총리가 된 하녀의 특별한 선택

너무
친절한
거짓말

내가 처음 글을 쓰도록 이끌어준, 내 최고의 형제 닐에게.
(그리고 햇살처럼 우리 가족에게로 온 이보나에게도, 물론.)

너무 친절한 거짓말

제럴딘 매코크런 지음 키스 로빈슨 내지 삽화 오현주 옮김
초판 1쇄 발행일 2023년 9월 20일
펴낸이 이숙진 펴낸곳 (주)크레용하우스 출판등록 제1998-000024호
주소 서울 광진구 천호대로 709-9 전화 (02)3436-1711 팩스 (02)3436-1410
인스타그램 @bizn_books 이메일 crayon@crayonhouse.co.kr

＊빛은책들은 재미와 가치가 공존하는 ㈜크레용하우스의 도서 브랜드입니다.
＊KC마크는 이 제품이 공통안전기준에 적합하였음을 의미합니다.

ISBN 979-11-7121-005-3 04840

총리가 된 하녀의 특별한 선택

너무
친절한
거짓말

제럴딘 매코크런 지음
키스 로빈슨 내지 삽화
오현주 옮김

빚은
책들

1928년 '아팔리아 대홍수' 당시의 범람 규모를 보여주는 지도

더 보이스

In atramento est veritas

홍수 위기 속 열릴 상원의원 회의
성문은 과연 닫힐까?

두 달 동안 내린 비에 퍼르카 강이 범람하여 격류가 된 것을 독자들도 이미 잘 알고 있을 것이다. 강물은 조만간 우리 프래스토시를 둘러싼 성벽까지 도달하여 네 곳의 대문을 통해 빠르게 안으로 밀려 들어올 것이다.

시내 저지대는 이미 지하수와 빗물로 흥건하며, 그 지역 지하시설도 모두 물에 잠겼다는 소문이 들려온다.

이에 상원은 최고 통치자인 총리를 만나 앞으로 어떻게 대처할지 논의할 예정이다. 상원 대다수는 총리의 지시로 성문이 닫히리라는 희망을 품고 있다. 만약 성문이 닫힌다면, 이는 프래스토에서 일어난 사상 초유의 일이 될 것이다.

공공안전부는 특히 지나친 공포심을 경계해줄 것을 시민들에게 당부했다. "프래스토의 성벽과 문은 시민을 보호하여 해를 입지 않게 할 것"이라고 어제 대변인이 말했다.

성문 밖 사람들에 대한 우려 커져

반면 〈더 보이스〉 독자들의 더 큰 걱정은 성문 밖 사람들의 안녕이다. 성문 밖의 농장, 강변 거주지, 삼림지는 프래스토만큼 안전하지 못한 상황이다. 먼 북부 지역 로즈시에서는 이 문제를 어떻게 보고 있는지 알려진 것이 있을까? 그들과의 접촉은 이루어지고 있는가?

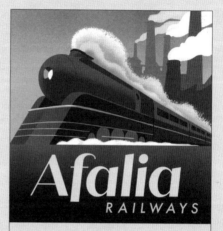

— 주요 공지 —

호우가 계속될 경우, 아팔리아 철도는 월요일 정오 이후 북문 종착역에서 출발하는 열차를 아쉽지만 더는 운행하지 않을 예정입니다.

동부 지역으로의 운행은 지난주 중단되었고 당분간 재개하지 않을 예정입니다.

지금은 승객의 안전이 가장 중요하기 때문입니다.

오늘의 초성 퀴즈:

ㅁㄹㄲㅈ ㄷㄴ ㅈㅎ

제1장

날씨가 좋거나 나쁘거나

프래스토시

프래스토시에서 가장 높은 언덕 꼭대기에 있는 저택 안, 하녀 글로리아는 손님들이 도착하기만을 기다리며 계단에 앉아 신문을 읽었다. 그렇게 많은 사람에게 차와 커피를 내야 한다고 생각하니 긴장감이 몰려왔다. 이번 방문객은 중요한 인사들이므로 누구에게든 무엇 하나 흘려서는 안 된다. 그 와중에 신문에는 북부 지역의 물이 범람한다는 기사가 실렸다. 글로리아는 소우밀즈에 있는 고향 집이 절로 떠올라 걱정되기 시작했다. 문턱까지 물이 차오른 상황에서 닭장 속 닭들은 어떻게든 물에 빠지지 않으려 안간힘을 쓰고 빨랫줄에 걸린 셔츠의 소매는 진창에 잠긴다. 판잣집 안까지 물이 들어오는 모습은 감히 상상할 수조차 없다. 엄마에게 집은 늘 자랑거리였다. 특히나 바닥에 깔아둔 래그러그(자투리 천 조각을 짜서 만든 깔개-옮긴이)를 항상 깔끔하게 관리하는 데 특별한 자부심이 있었다.

글로리아는 제 두 손을 내려다보았다. 신문을 꽉 쥐었던 손가락은 신문지에서 묻어난 잉크로 거뭇거뭇했다. 손을 씻어야만 했다. 하필 그때 거실에 깔린 선홍색 카펫 위에 하얀 개 한 마리가 잠들어 있는 모습이 눈에 띄었다. 상원의원들이 올 즈음에는 특히나 그 자리에 있어서는 안 되는 녀석이다. 글로리아는 손님들이 도착하기 전에 녀석의 흔적인 하얀 털을 깨끗이 쓸어놓아야 한다.

하지만 편안하게 숨을 쉬며 앞발에 기대 꿈을 꾸는 듯한 모습을 보고 있자니 마음이 편해지는 것 같았다. 개들은 대체로 도시 이곳저곳을 으르렁거리며 돌아다니다가 날씨가 이상하다는 낌새를 맡으면 냉큼 주인에게 알리곤 했는데…. 글로리아도 그렇게 개가 짖는 소리를 들은 적이 있었지만 데이지는 그러지 않았다. 아무리 심각한 일을 맞닥뜨린다 해도 데이지의 촉촉한 코는 아무것도 감지하지 못했고 목뒤의 털을 세우며 으르렁거릴 줄도 몰랐다. 글로리아는 데이지 곁으로 다가가 앉았다. 함께 있으니 안전하고 편안했다. 둘 사이에는 의무감 같은 것도 없었다. 하얀 개는 글로리아 등 뒤에서 몸을 쭉 편 채 눈도 뜨지 않고 편안하게 뒹굴고 있었다.

"네가 내 개였으면 좋겠어."

글로리아가 속삭였다. 개의 꼬리가 카펫 위를 탁탁 치며 살랑거렸다.

바로 그때 초인종 소리가 들렸다. 둘은 화들짝 놀랐다. 당황한 글로리아는 심장이 두근거리기 시작했다. 하지만 데이지는 혹시라도 누가 먹이를 주려나 하고 그저 고개를 들어 올릴 뿐이었다.

들어온 사람은 총리의 남편이다. 머리에 쓴 모자는 비에 흠뻑 젖었고 바지 밑단도 축축했다. 남자가 물었다.

"모두 도착했니?"

"아니요, 선생님. 아직입니다."

남자가 우산을 접는 사이 데이지는 어떻게든 비 내리는 정원으로 나가려 했다. 남자의 기다란 다리 사이를 비집어 가랑이에 제 하얀 털을 남긴 채 데이지는 결국 밖으로 빠져나갔다.

커다란 응접실에서 목소리가 들려왔다.

"당신이에요, 티미?"

글로리아는 남자의 젖은 외투를 벗겨주고 응접실로 향하는 이중문을 열며 마치 손님을 대하듯 알렸다.

"티모르 선생님이 오셨어요, 총리님."

총리는 작은 발과 가느다란 손가락, 그보다 더 가느다란 목소리를 지녔고 키는 작아서 인형처럼 보였지만 통치자로서의 당당함이 느껴졌다. 총리는 소파에 비스듬히 앉은 채 아마도 둘째인, 더 작은 개 한 마리를 숄로 감싸 안고 있었다. 손님이 오기로 되어 있을 때 총리는 보통 (지금처럼) 망사 장갑을 끼고, 베일로 싸인 챙이 넓은 모자를 썼다. 사람들은 여러 해 동안 한 번도 총리의 얼굴을 본 적이 없었다. 베일 아래로 새빨간 립스틱이 반짝거린다는 것 말고는 말이다. 팔에 안은 퍼그는 이 집에서는 처음 키우는 강아지 종이다. 납작한 얼굴에 마치 코를 킁킁거리는 듯한 인상, 부은 눈두덩이는 데이지에게 향했던 총리의 마음을 빼앗기에 충분했다.

"내가 말한 철도역에 갔었어요?"

아내가 물었다. 비에 젖어 축축하고 차가워진 남편의 손이 닿자 움찔했다.

"두 시 정각에 기차가 출발한다고 하더군요. 그 이후에는 빗줄기가 잦아들 때까지 더는 운행하지 않는다고 합디다. 선로가 빗물에 잠기거나 강둑이 무너져 내릴까 우려되니까. 그런데 누가 보더라도 선로는 아직 물에 잠기지 않았어요. 기차는 출발 준비를 끝냈고, 승객들도 이미 탑승을 마쳤고요. 듣자 하니 북부 지역은 물이 범람해 사람들은 모두 집 밖으로 피신했다고 하더군요. 신문에 그렇게 실렸다더라고요. 기차역에 있던 인파는 아마 북부 지역과 어떻게든 관계가 있는 사람들일 거예요. 그들의 가족이거나 도와주려는 사람들이 겠죠. 기상 상황이 점점 심각해진다면 그 사람들 모두 갈 곳이 없어질 텐데. 그나저나 아직 도착 안 했나요?"

"기상예보국 사람들은 열 시까지 올 거예요. 상원의원 반정도가 같이 온다던데. 그런데 티미, 바지 좀 봐요. 어떻게 좀 하는 게 좋겠어요."

티모르는 옷을 갈아입으려고 벽장을 지나갔다. 그때 마침하녀가 거기서 우산을 찾고 있었다.

자동차들이 도착하는 소리가 들려오면 즉시 우산을 들고 상원의원들에게 달려가 그들이 차에서 내리는 동안 비를 맞지 않도록 해야 한다는 것을 글로리아는 잘 알고 있었다. 그런 면에서 여기 있는 우산들은 지난 몇 주간 바깥 구경을 꽤 한 편이다. 글로리아는 권력자들을 가까이에서 보며 그들이 어떤 이야기를 나누는지 들을 좋은 기회로 여겼다. 하지만 실망스럽게도 그들은 오로지 사방에서 몰아치는 비를 탓할 뿐이었다.

의원들은 정원에 있는 홀딱 젖은 개를 흘끗거리기도 했다. 그러고는 무언가 기대하는 듯한 미소를 짓더니 이내 아팔리아 전역을 통치하는 총리가 있는 곳으로 들어갔다.

총리는 거대한 성곽도시인 프래스토를 지배한다. 공장 굴뚝이 빽빽한 숲을 이루고 길거리는 온통 검댕으로 그을린 도시다. 하지만 그의 왕국은 프래스토만이 아니다. 그보다 훨씬 넓다. 도시의 고대 성곽 너머, 퍼르카강 유역 전역은 물론, 아팔리아의 모든 절벽과 숲, 습지와 농장까지 모두 이 최고 통치자가 지배하는 지역이다.

상원의원들은 허리를 굽히지는 않았지만 넓디넓은 소파에 앉아 있는 왜소한 여인을 향한 존경심을 숙인 어깨로 보여주었다. 몸집은 작아도 총리는 두려움과 존경을 동시에 받았다. 어쨌든 의원들 역시 기상예보국 사람들이 도착했는지 간절히 알고 싶은 눈치였다. 의원 하나가 감히 초조한 마음을 드러냈다.

"비상사태를 선언해야 하는 것 아닐까요, 총리님?"

"그렇게 해서 무엇을 얻겠어요, 코베트 의원님, 도시에 불안을 조장하시게요? 걱정할 것 전혀 없어요. 기상학자들이 곧 우리를 안심시켜줄 겁니다. 이 음산한 비는 곧 그치고 태양이 떠오를 거예요."

총리는 비꼬듯 말했다.

"하지만 총리님! 오늘 신문을 아직 보지 못하신 건가요? 북부 지역에서 오는 전보는 받아 보셨나요? 강이 범람 직전이란 소식은요? 가옥들이 물에 잠겼다는 얘기는요? 비가 이토록 많이 내리니 강물이 점점 차오르고 있어요! 신문에 이미 실린 사실입니다. 모두가 불안해하고 있습니다. 적어도 성문은 모두 닫아야 합니다. 북부 도시들이 어떤 지경인지 듣기는 하신 겁니까, 총리님?"

"아무 소식도 듣지 못했어요. 신문에 난 뜬소문을 대체 누가 믿는다는 말입니까?"

내무부 의원이 말했다.

"많은 사람이 믿고 있습니다. 저는 두렵습니다, 총리님. 결국 '두 달'이나 비가 왔지 않습니까!"

"그래서? 이토록 높은 장벽이 바람과 전쟁과 홍수로부터 수백 년간 지켜주었던 프라스토시가 이런 지나가는 비에 갑자기 쓸려가기라도 한단 말인가요?"

총리가 웃자 그곳에 있는 사람들은 마치 시작 종소리를 들은 듯 모두 고개를 흔들며 함께 웃었다.

농무부 의원이 말문을 열었다.

"그런 뜻은 아닙니다, 하지만 성벽 '바깥'에는… 농업이나 임업에 종사하는 사람은 물론, 소작농까지 모두…."

"그러니 이 나라에서 가장 유능한 기상학자들을 오늘 이 자리에 부른 것 아닙니까. 무슨 일이 일어나고 있는지 정확히 들어보려고요. 시골에서 잘 알지도 못하고 보내오는 반쪽짜리 전보를 보고 정책을 세울 수는 없지 않습니까."

"하지만 어제부터는 그 전보조차 끊겼…."

"그러면 의원님이 가보면 되겠네요."

총리의 목소리가 날카로워졌다.

"제 말은 전보국에 문제가 생긴 게 틀림없다는 겁니다. 물에 쓸려갔거나, 벼락에 맞았거나, 누가 압니까? 강 수위가 얼마나 올라왔는지 아십니까, 총리님? 총리님은 그저 싱문 안에서 어렴풋이 보고 계실 뿐이지요! 북부로 가려는 사람들, 그 사람들을 그대로 가게 두어야 할까요? 그러니까, 그들이 이대로 북부에 가도 안전하겠느냔 말입니다."

총리가 재채기인지 코웃음인지 모를 묘한 소리를 냈다.

"돈을 갖다 버리고 있는 건 그 사람들이지요. 똑똑한 자들이었다면 더 안전한 이곳에 머물렀겠죠."

"어쨌든 그래도 그들이 이동하는 것은 막아야 합니다. 이곳의 노동 인력인 그들이 가족을 만난답시고 여기저기 돌아다니도록 두어서는 안 됩니다."

노동부 의원이 목소리를 높이자 총리가 말했다.

"아주 옳은 말씀입니다. 이렇게 '누군가'는 균형 감각을 잃지 않았다는 게 참으로 고무적이군요."

한편, 그들의 시야 밖에서는 글로리아가 응접실 문에 기댄 채 안에서 흘러나오는 대화를 엿듣고 있었다. 양손 가득 든 우산에서는 물이 뚝뚝 떨어져 신발을 적셨다.

"비행기라도 띄워서 알아보면 되잖아?"

글로리아는 한숨을 내쉬며 중얼거렸다.

"조용."

글로리아의 등 뒤에서 어떤 목소리가 들려왔다. 총리의 남편이다. 글로리아는 그가 바로 뒤에 서 있는 것을 보고 소스라치게 놀랐다. 그도 역시 안에서 들려오는 대화를 엿들었던 것이다. 총리의 남편은 글로리아 옆으로 빙 돌아서 응접실 안으로 들어가며 말했다.

"비행기를 보내 알아보는 것이 어떻겠습니까? 우리에겐 공군이 있지 않습니까."

그의 말에 상원의원들은 일제히 몸을 돌려 남자를 쳐다보았다.

"잠깐 나가 있어요, 티미. 이곳은 당신이 있을 자리가 아니에요. 의원 회의에 참석할 수 없다는 거 잘 알잖아요."

그의 부인이 날카롭게 말했다.

"그렇기는 하지만…."

"날씨가 비행에 적합하지도 않아요, 티미. 이제 가요."

응접실에 잠시 침묵이 흘렀다. 그 자리에 있던 모두의 표정에 당황한 기색이 역력했다. 티모르는 어깨를 으쓱하고 조금 붉어진 얼굴로 이내 응접실을 떠났다.

기상학자들이 도착했다. 남자 하나, 여자 하나로 이곳 퍼모스트 저택까지 무려 버스를 타고 왔다. 길게 늘어진 비옷이 응접실 카펫 위로 드리워졌다. 그들의 얼굴빛은 입고 온 겉옷과 같은 잿빛이었다. 총리에게 어색하게 인사를 올린 두 사람은 축축해진 봉투 하나를 꺼내 들었다. 그리고 누가 봉투를 건넬지 서로 눈치를 보며 머뭇거리다가, 망사 장갑을 낀 총리의 손에 동시에 서류를 올려놓았다.

"…죄송합니다."

여성 기상학자가 속삭이듯 말하자 총리가 말을 끊었다.

"미안해하지 마세요. '그렇게까지' 늦은 것은 아니니까요. 하지만 우리 모두 학자님의 보고서를 간절히 기다리고 있긴 했습니다."

그러고는 베일에 가려진 머리를 슬쩍 기울였다. 왜 아직도 그대로 서 있느냐고 묻는 것 같았다.

"기사에게 말해놓았으니, 내 차를 타고 돌아가세요. 문 앞에서 기다리면 됩니다. 해야 할 일도 많을 텐데 업무를 방해하고 싶지 않군요."

그들이 돌아가고 나서야 총리는 봉투를 열어 보고서를 꺼냈다. 총리는 기상학협회의 문장이 인쇄된 보고서 아래쪽을 읽어 내려갔다. 불편한 침묵이 길게 이어졌다. 베일에 얼굴이 가려진 탓에 보고서를 끝까지 읽는 데 꽤 오랜 시간이 걸렸기 때문이다. 총리의 빨간 입술에 곧 환한 미소가 번졌다. 그러고는 슬며시 입을 벌려 말했다.

"좋은 소식입니다, 여러분! 일기예보에 따르면 곧 비가 그치고 덥고 건조한 날이 이어질 거라는군요. 강 상류는 벌써 해가 나기 시작했다고 합니다. 다들 기상학협회는 신뢰하시겠지요. 성문을 닫는다? 하! 기차역을 봉쇄한다? 과잉 대응입니다."

여기저기 안도의 한숨이 터져 나왔다. 상원의원들은 서로 축하 인사를 건네고 총리에게 찬사를 보내고 또 보냈다. 총리가 직접 날씨를 바꾸기라도 한 것 같았다. 의원들은 이번 사태가 그 정도로 위험하지 않다는 것을 자기도 알고 있었노라는 말을 애써 주고받았다.

의원들이 너도나도 문을 나섰고, 그 열린 문을 통해 뛰어들어온 데이지가 곧바로 응접실로 향했다. 그리고 그 자리에 서서 몸을 한껏 흔들며 빗물을 떨어냈다. 평소와 달리 총리는 데이지에게 어떠한 악담도 하지 않았고 부엌으로 쫓아내지도 않았다. 의외였다. 그저 편지를 구긴 다음 데이지에게 장난스럽게 던진 게 전부였다. 데이지는 입으로 편지 뭉치를 받아냈다.

"거기! 너!"

총리가 글로리아를 불러 세웠다.

"내 짐을 좀 싸거라. 가져가려는 것들은 침대 위에 모두 올려놨다. 서둘러. 오후 기차로 떠날 예정이니까. 네가 나를 좀 따라오렴. 저 녀석들을 돌봐줄 사람도 필요해."

너무 놀란 나머지 글로리아는 숨이 턱 막히는 느낌이었다.

"아! 알겠습니다, 총리님!"

"떠난다고요? 왜요? 어디로요?"

티모르가 말을 건네며 다가왔다. 아내는 남편의 소매를 토닥였다. 경쾌하다 못해 장난스러워 보일 정도였다.

"신문에 난 좋지 않은 소문들이 사실인지 직접 확인해봐야겠어요. 누구라도 홍수 '피해를 입고' 집 밖으로 쫓겨났다면, 내가 직접 가서 그들에게 평안과 기쁨을 선사해야지. 그렇게라도 하지 않으면 대중들의 지지를 잃을지도 몰라요."

그러고는 무릎 위에 있던 퍼그종 보즈를 아무렇게나 털썩 내려놓고는 알릴 것이 있다며 요리사에게 향했다.

데이지는 글로리아에게 도와달라는 신호를 보냈다. 총리가 던진 종이 공이 윗니에 끼는 바람에 씹지도 뱉지도 못한 채 안절부절 어쩔 줄 모르고 있었다. 글로리아는 종이를 세게 잡아당겨 빼내고는 데이지를 와락 끌어안았다. (녀석의 몸이 스펀지처럼 축축했는데도 개의치 않았다.)

글로리아가 데이지에게 말했다.

"총리님이 북부 지역에 가실 건데, 우리도 같이 갈 수 있대! 드디어 북부에 간다고, 데이지! 기차 타고! 난 고향을 떠나올 때 말고는 기차를 타본 적이 없어. 기차가 소우밀즈에도 한 번은 설 테니 네게 고향 사람들을 보여줄 수 있을 거야! 그런데 총리님이 허락해주시려나? 총리님이 그곳 주민들을 만나 관대함을 베푸는 사이 잠깐은 다녀와도 괜찮겠지? 자, 생각해봐! 해는 쨍쨍할 테고, 이제 물에 빠지는 사람도 없을 거야. 왜냐하면 날씨가 다시 좋아진다고 했으니까! 할아버지가 아픈 다리를 끌고 지붕에 올라가지 않으실 테고, 닭들도 더는 물에 빠지지 않겠지. 닭장이 땅에 얼마나 가까이 있는지, 그래서 얼마나 물에 잠기기 쉬운지 알고 있거든, 안 그래? 너를 우리 식구 모두에게 소개해주고 싶어⋯."

데이지에게 이 말을 남긴 글로리아는 냉큼 위층으로 가버렸다. 총리의 방에 들어간 글로리아는 여행 가방을 꺼내 쾅하고 내려놓았다. 이는 마치 밖에서 들려오는 천둥소리 같았다. 데이지는 두리번거렸다. 조금 전까지만 해도 자기 입속에 있던, 구겨진 종이를 찾았다. 다시 무언가 잘근잘근 씹고 싶어질 수도 있을 테니까. 하지만 그 종이도 함께 사라지고 없었다. 아마 보즈가 삼켜버렸을지도 모른다. 데이지는 그 자리에서 그대로 옆으로 누웠다. 그러고는 자기 등에 난 털이 지금 왜 그렇게 뻣뻣하게 곤두섰는지 생각했다. 보즈가 원인일 리는 없다. 왜인지는 몰라도 데이지는 사실 가느다란 손가락을 가진 총리님의 사랑을 잃은 것이 그렇게 슬프지는 않았다. 지금까지 꽤 오랫동안 데이지의 마음은 오로지 글로리아를 향해 있었다. 약간의 마음은 총리님의 남편에게 그리고 당연한 이야기지만 요리사에게도 조금은 주고 있다.

내일쯤이면 이 좋은 소식도 널리 퍼져나갈 것이다. 내일이 오면 모두가 다시 웃을 것이고, 곳곳에 생겨난 물웅덩이와 넘친 배수관을 본다 해도 더는 두려워할 필요가 없을 것이다. 태양이 높이 떠오를 테니까! 내일이 오면 글로리아 역시 행복해질 것이다. 당장은 바퀴 하나짜리 손수레에 여행 가방 세 개를 담느라 진땀을 빼고 있지만 말이다. 그런데 사실 꺼내고 싶은 질문이 마음 꾸러미에 한가득 들어 있었다. 총리님은 어째서 기상학자들을 집에 데려다주러 간 기사 애피스를 기다리지 않는 걸까? 총리님은 이제껏 외출할 때 이런 빗속을 직접 걸어간 적이 단 한 번도 없었는데 말이다.

게다가 오페라 관람용으로 쓰던 모자 달린 커다란 망토를 두른 것도 사실 이해가 가지 않았다. 평상시 총리님은 자신을 향해 흘끗거리는 시선과 자신을 보고 깜짝 놀라는 사람들의 표정을 은근히 즐겼다.

그리고 도대체 왜 요리사를 해고했을까? 그 요리사는 어디에서도 맛볼 수 없는 최고의 치즈 수플레를 만드는데! 나중에 외국의 주요 인사가 방문하면 어쩌지? 수플레를 제공할 요리사가 없는데 말이다.

인파로 북적이는 기차역까지 총리님을 경호할 민간 경호원은 다 어디에 갔을까? 총리님은 왜 남편과 우산을 같이 쓰고 있을까? 보통은 경호원이 적당한 거리에서 우산을 들고 서 있는데.

기차역에는 인파가 가득했다. 날씨가 곧 좋아질 것이라는 소식을 '정확히' 듣지 못한 사람이 그만큼 많다는 뜻이리라. 북 프래스토역에서 증기를 내뿜으며 서 있는 기차는 이미 승객들로 가득 차 금방이라도 터질 것만 같았다. 그런데도 플랫폼은 여전히 기차에 오르려는 사람들로 만원이었다. 경호원들, 짐꾼들, 운전기사, 힘센 용역 회사 사람들까지 나서서 사람들 사이로 길을 만들고 질서를 유지하려 애썼지만 속수무책이었다. 객차 아래를 오가는 그 누구나 기회만 생기면 멀리서라도 달려와 억지로 창문을 열려고 했다. 어떻게든 북부로 가겠다는 의지가 넘쳐나는 광경이었다. 글로리아의 머릿속에는 가족들이 허리 깊이의 물을 헤치며 걷는 모습이 그려졌다. 돈도 없고, 집도 없고, 물쥐에게 물어뜯기는, 혹은 더한 모습도 떠올랐다! 글로리아는 총리님의 허락을 받아 꼭 집에 가봐야겠다고 결심했다.

총리는 인파를 피해 역 안의 휴게소로 들어갔다. 티모르는 우산을 접은 다음 글로리아에게 외발 수레를 받아서 밀며 인파 사이에 길을 냈다. 작은 곤봉 같은 방망이를 든 짐꾼이 총리 일행이 일등칸으로 가는 길을 막았다. 그는 고개를 휙 돌려 이미 꽉 찬 객차를 가리켰다.

글로리아는 총리님이 열차 한 칸을 미리 비워두라 지시했을 것으로 철석같이 믿었다. 하지만 아니었다!

"티미, 비용을 지불해요."

총리가 속삭였고 당연한 듯 티모르는 지갑을 꺼내 들었다. 10, 40, 60아팔(아팔리아의 화폐 단위―옮긴이)짜리 잔돈이 건네진 다음, 방망이를 든 짐꾼 소년은 객차 한 칸에 있던 승객들을 모두 내보내기 시작했다.

"짐은 안 됩니다."

짐꾼은 외발 수레를 발로 밀어내며 말했다.

하지만 바로 그때 짐꾼에게 신기한 일이 일어났다. 총리를 잠깐 쳐다보았을 뿐인데 할 말을 잃고 입을 다문 것이다. 심지어 총리가 망토의 모자를 벗지도 않았는데 말이다. 국가원수를 마주했다는 사실 그 하나만으로도 짐꾼은 경외감을 느낀 듯했다. 총리는 남편을 향해 다시 한번 손가락을 까딱거렸다.

티모르는 지갑을 다시 열었지만, 짐꾼은 합당한 자기 임무를 고수했다.

"짐은 저희 쪽에서 보관해드리겠습니다."

그런데 문제는 그 짐에서 끝나지 않았다. 기차역 경비가 초록 깃발이 달린 깃대로 데이지를 가리키며 말했다.

"개는 안 됩니다."

"이봐! 녀석의 조상이 누구인지 알아? 아팔리아 땅에 발을 들인 최초의 골든리트리버란 말이야!"

총리가 날카로운 목소리로 대꾸했다.

"개도, 짐도, 다 안 됩니다."

경비가 다시 한번 강조했다.

글로리아는 그 경비가 당장에라도 일자리를 잃으면 어쩌지 싶어 내심 걱정이 되었다. 총리님은 아마 곧 이렇게 말할 것이다. '어리석은 자야, 길을 비켜라! 아팔리아를 지배하는 최고 통치자 총리도 알아보지 못한단 말이냐?' 하지만 아니었다. 총리는 망토의 모자를 더 눌러 쓰며 말했다.

"그렇다면, 글로리아, 네가 뒤에서 데이지와 함께 앉아 가렴."

"개도, 짐도, 하녀도 안 됩니다."

경비가 말했다. 경비는 지금 자신의 권력을 은근히 즐기는 듯했다.

"빌어먹을… 그냥 탑시다."

티모르가 평소답지 않게 욱하며 말했다. 그러고는 아내를 감싸 안고 열차에 올랐다. 그는 열쇠를 글로리아의 손에 찔러주고 설명했다.

"우리가 돌아올 때까지 저택을 잘 지켜다오. 금방 돌아올 테니. 데이지는 수화물 칸에 태우고. 그래, 넌 잘할 거다."

말하면서도 티모르는 글로리아와 단 한 번도 눈을 마주치지 않았다. 그는 데이지의 가죽 목줄을 글로리아의 또 다른 손에 쥐여주었다. 그러고는 냉큼 열차에 올라탄 뒤 문을 닫았다.

당황한 나머지 글로리아는 열차 안을 멍하니 바라볼 뿐이었다. 열차 안 빼곡한 좌석들은 모두 호화로운 천으로 덮여 있어 사뭇 고급스러워 보였다. 하지만 이 열차가 떠나면 아름다운 좌석과 고향에 가볼 유일한 기회가 사라져버린다. 글로리아는 정신이 번뜩 들었다. 총리가 눈살을 찌푸리며 쳐다보고 있었다. 빨리 가라는 손짓도 함께였다.

사람들은 이제 기차 지붕에까지 기어올랐다. 기관사는 마침내 증기 엔진을 움직이기 시작했다. 엔진 소리에 귀가 찢어질 것 같았다.

열차 한가운데 위치한 수화물 칸 역시 (당연한 일이겠지만) 이미 사람들로 꽉 차 있었고, 누구든 더는 올라타지 못하도록 문이 안에서 꽉 잠겨 있었다. 글로리아는 이제 비는 곧 그칠 거라고 사람들에게 닥치는 대로 알렸지만 아무도 문과 마음을 열지 않았다. 그 무엇도 소용이 없자 글로리아는 데이지를 기차 지붕 위로 직접 올리려 했다. 하지만 지붕 위에 있던 어느 누구도 손을 내밀어주지 않았다. 다 자란 리트리버를 혼자서 머리 위로 올리는 것은 꽤 힘에 부치는 일이었고, 결국 데이지는 글로리아의 머리 위로 떨어지고 말았다. 그렇게 둘은 함께 바닥에 주저앉았다.

한편 일등칸에서는 총리의 망토 안에서 꿈틀거리던 보즈가 밖으로 빠져나와 총리의 무릎 위에 자리를 잡고 앉았다. 위세를 부리던 경비를 이기고 승리를 차지한 기쁨의 미소가 번지는 듯했다. 총리의 남편은 자리에 앉지도 않은 채 창문에 이마를 대고 서 있었다. 입김 때문에 유리가 뿌예졌다.

"그러니까. 우리는 지금 산간으로 가서 사람들에게 평안과 기쁨을 선사하려는 거지요? 홍수 피해를 본 사람들을 어떻게 도울지 보려는 것이고요. 그런 다음 돌아오는 거, 맞죠?"

총리는 자신의 퍼그에게 부드럽게 노래를 불러주었다.

"맞아요, 총리님?"

다시 물었지만 아내는 시선조차 주지 않았다. 두 손으로 보즈를 감싸 안고는 녀석의 둥글고 납작한 얼굴만 뚫어지게 쳐다볼 뿐이었다. 그러나 보즈의 툭 튀어나온 눈동자에 비친 자기 모습이 이내 우스꽝스럽게 느껴지자 마음이 불편해진 총리는 두서없이 말을 내뱉기 시작했다.

"수화물 칸에 간 데이지가 무사했으면 좋겠어요. 하녀란 정말 쓸데없는 물건이야. 하여튼 그 칸에 벼룩을 옮기거나 발정 난 개가 없어야 할 텐데."

티모르는 창문을 열어젖혔다. 숨쉬기가 좀 편안해졌다.

"글로리아는 좋은 아이예요."

총리는 코웃음을 쳤다.

"하녀는 하녀일 뿐이지, 티미. 골든리트리버야말로 세상에서 가장 진귀해요."

그러고는 난데없이 이런 말을 했다.

"당신이 틀렸어요. 사람들은 이번 재난을 절대 잊지 않을 거예요."

"틀렸다고요? 내가 전에 뭐라고 말한 적이 있던가요?"

티모르가 물었지만, 총리는 무시한 채 자기 말만 이어갔다. 남편에게 말한다기보다 오히려 혼잣말에 가까웠다.

"당신은 '우리에게는 절호의 기회'라고 말했지만 사람들, 그러니까 멍청한 대중들은… 탓할 누군가를 찾겠죠. 당신도 곧 보게 될 거예요. 그 대상은 언제나 나일 테니까. 그들은 이렇게 말할 거라고요. '총리는 왜 이런 일이 일어나게 둔 거지?', '총리는 왜 아무것도 하지 않았을까? 모두 바로잡아야 해. 모든 일을 원래대로 돌려놓아야 해.' 정말 나는 그들을… 경멸해."

티모르는 몸을 굽혀 창문 밖으로 얼굴을 내민 뒤 (금지된 행동이라고 안내문에 적혀 있긴 했지만) 승강장을 돌아보았다. 수화물 칸 문 앞에 무력하게 서 있는 글로리아와 데이지가 눈에 들어왔다. 당장이라도 열차에서 내려 그들을 도와야 한다는 생각이 강하게 밀려왔다. 이번만은 아내에게 어떤 허락도 구하지 않았다.

"내가 녀석을 올려봐야겠다. 내가 엎드릴 테니 녀석을 어깨에 올려줄 수 있겠니?"

글로리아에게 말한 티모르는 데이지 옆에 네 발로 엎드렸다. 멋진 깃이 달린 훌륭한 모직 코트를 입었음에도 어째서인지 그는 낡고 지치고, 해진 느낌이었다. 그는 데이지를 양 어깨에 숄처럼 두른 다음 기차 바로 옆에 섰다. 그러고는 데이지의 두 발이 지붕에 닿을 때까지 번쩍 들어 올렸다. 바로 그때 경적이 날카롭게 울리기 시작했다. 셋은 동시에 멈춰 섰다. 수화물 칸이 흔들리고 기차가 움직였다.

"뛰셔야 해요, 선생님! 기차 놓치시겠어요. 저희는 신경 쓰지 마세요! 뛰세요!"

글로리아가 소리쳤지만 티모르는 달리지 않았다. 그 자리에 그대로, 골든리트리버 바로 옆에 서서 그저 고개를 숙이고 있었다. 기차가 코앞에서 속도를 내자 그들의 눈은, 그러니까 소녀와 남자와 개의 눈동자는, 왼쪽에서 오른쪽으로 왼쪽에서 오른쪽으로 빠르게 더 빠르게 움직이고 깜빡거렸다. 마침내 정신을 차린 그들 앞에는 적막한 기차역만이 남아 있었다.

"총리님 혼자 가시는 거예요, 선생님?"

"나도 모르겠군. ···그러니까 내 말은, 나도 알 길이 없다는 뜻이야. 총리는 강 상류 사람들이 얼마나 불행한 처지에 있는지 직접 알아내려 했으니까."

"강 상류에 제 가족이 살아요."

"아, 애석하군···. 아니, 내 말은, 모두 괜찮을 거다."

집으로 돌아가는 길에 티모르는 짐이 가득 실린 외발 수레를 밀었다.

"비가 정말 빨리 그쳤으면 좋겠어요, 선생님. 기찻길마저 잠겨버리면 총리님이 어떻게 돌아오실 수 있겠어요?"

티모르는 "글쎄" 하고 말한 뒤 곧이어, "아마 남겨지겠지!" 라고 덧붙였다. 자신의 질문에 이런 격한 반응이 되돌아오자 글로리아는 슬며시 뒤로 빠졌다. 그 자리야말로 글로리아의 원래 자리였다.

글로리아는 대신 개에게 말을 걸었다.

"사실 진창에 가시는 거잖아. 그런데 그 좋은 옷들을 챙겨 놓으신 게 좀 이상해. 그리고 요리사도 해고했잖아! 총리님

돌아오시면 대체 누가 요리를 하지?"

데이지는 꼬리를 살랑거렸다. 오전 내내 자기 주변에서 오고 간 말 중 어느 것 하나도 이해하지 못했지만, 그저 기차역의 뜨거운 공기와 호루라기 소리에서 벗어날 수 있어 안심했다. 게다가 지금은 자기가 가장 사랑하는 두 사람과 함께였다. 그 어느 때보다도 행복할 수밖에 없었다.

제 2 장

쓸어가다

포레스트 굽이, 북 아팔리아

같은 날 매우 이른 시각, 먼 북쪽에서는 클렘 월른과 그의 부모님이 판잣집 마룻바닥에 앉아 소중한 모든 것을 앗아갈 것만 같은 무서운 폭풍우 소리를 듣고 있었다. 반려견 하인 즈는 그들의 무릎과 무릎을 오가며 불안한 듯 서성댔다. 나쁜 일이 금방이라도 들이닥칠 거라고 경고하는 듯했다.

위험한 것은 꼭 냄새를 풍긴다. 하인즈의 콧속이 따끔거리기 시작했다. '이 냄새 나니? 무언가 잘못되어 가고 있어' 하고 말하는 것 같았다. 마을 안의 개들은 위험한 냄새를 맡고 사정없이 짖어댔다. 몇 주 동안이나 비가 내렸다. 빗방울은 부드러운 땅 위로 떨어져 땅 냄새를 뿜어 올렸다. 진한 냄새가 뒤섞여 소용돌이쳤다. 하지만 유독 두드러지는 냄새가 있

있는데, 바로 위험을 알리는 냄새였다. 마치 '사랑하는 사람들을 당장 보호하라'고 말하는 듯했다. 그들에게 말해. 그들에게 위험을 알려. 그 때문에 하인즈는 혼신의 힘을 다해 위험을 알리고 또 알렸던 것이다.

이제 그들은 하인즈를 믿는다.

끊임없이 내리는 비는 지붕과 창문을 때렸다. 그때마다 조약돌이 서로 부딪히는 듯한 소리를 냈다. 오두막 안은 싸늘했다. 굴뚝으로도 비가 들이쳐서 벽난로에 더는 불이 붙지 않았다. 물론 램프도 사용할 수 없었다. 이제는 쓰지 않거나 혹은 너무 소중해 버리지 못하는 물건들과 함께 다락방 어딘가에 처박혀 있기 때문이다. 가족들은 가구와 사다리 같은 것을 모아 임시로 탑을 쌓았다. 여차하면 다락으로 올라가 범람하는 물을 피할 수 있도록 발판을 만들어둔 것이다. 꼭 지키고 싶은 물건들 또한 이 탑에 묶어놨다.

클렘의 아버지가 입을 열었다.

"이번 주에만 나무 마흔 그루를 벴어. 마흔 그루라고! 제방을 따라 쌓아놓았어. 장벽처럼 말이야. 장담하는데 그걸로는 범람하는 강을 막지 못해. 역부족이야. 제아무리 두껍고 무거운 떡갈나무라도 급류 앞에서는 잔가지에 불과하거든! 성난 강을 전에도 본 적이 있지만 이번엔 느낌이 좀 달라. 펄펄

끓는 것 같기도 하고 소용돌이쳐대는 것이, 강이 정말 미친 것 같아."

그의 아내가 눈살을 찌푸리고는 클렘을 흘끗 쳐다본 다음 말했다.

"쉿, 여보, 당신 말 듣고 모두 기겁하겠어."

"다시 가서 나무를 좀 더 베어야겠어."

그는 그 너머에 끔찍한 악몽이 도사리는 것처럼 문을 바라보며 이어 말했다.

"알 수 없잖아. 혹시나 나무 한 그루가 상황을 바꿀 수도 있으니까. 어쨌든 물이 얼마나 차올랐는지 한번 보기도 해야 할 것 같고."

그가 밖으로 나가며 열린 문틈으로 벌레와 쥐가 숨을 곳을 찾아 들어와 벽 아래를 돌아다녔다. 마루 틈에서는 지하수가 배어 나왔다. 배털이 젖은 하인즈는 그 자리에 그대로 서서 물을 향해 으르렁거렸다. 자신의 영역을 침범당했는데도 축축한 공기 탓에 전투력이 사라졌다. 지붕을 때리는 빗줄기 소리는 그나마 남아 있던 전투력인 짖는 소리마저 모두 묻어버렸다. 나무 사이를 지나온 싸늘한 바람에 오두막이 덜컹거렸다. 소중한 책 한 권이 다락에서 떨어져 분해되었고 뜯어진 낱장들은 필름처럼 얇게 바닥을 채운 물 위를 신비롭게 떠다녔다. 모든 것이 제멋대로 잘못되었고, 말 그대로 엉망, 정말 엉망이었다. 하인즈는 이 모든 일이 일어나리란 것을 미리 알고 있었다.

클렘은 체온을 유지하려고 식탁 위로 올라가 몸을 동그랗게 말고 침구를 뒤집어썼다. 하인즈가 그를 따라 식탁 위로 올라갔다. 평소 같으면 절대 허락되지 않는 행동이지만, 클렘의 어머니는 하인즈를 이불 안으로 들여보내주었다.

식탁이라는 임시 거처 위의 보드라운 이불 안에 두 팔로 만든 보금자리는 클렘의 기분 좋은 체취와 어우러져 하인즈의 걱정을 누그러뜨렸다. 하지만 방 안을 기어다니는 벌레들은 무언가 나쁜 일이 계속되고 있음을 잊지 않게 해주었다. 클렘은 외출할 때 입는 옷을 겹겹이 껴입었다. 그의 어머니는 그저 스툴에 앉은 채 다 찢어진 책의 표지만 꼭 붙들고 있었다. 위험의 징후가 집 안에 그나마 남아 있던 따뜻한 기운을 전부 앗아가버렸다. 하인즈는 길고 낮게 낑낑거렸다. 마치 기름칠하지 않은 문이 삐걱거리는 듯한 소리였다.

한 시간쯤 지나 오두막 문이 벌컥 열렸다. 클렘의 아버지가 머리부터 들이민 후 비틀거리며 들어왔다. 속옷까지 전부 젖어서는 추위에 몸을 덜덜 떨었다. 바깥 날씨가 얼마나 매서운지, 입을 열자 말과 함께 뿌연 입김이 연거푸 쏟아져 내렸다.

"오고 있어! 모두 올라가!"

호루라기와 종소리, 남자들의 외침이 멀리서 들려왔다.

"일어나! 높이 올라가! 지금 당장!"

아버지의 말을 들은 클렘은 이불을 감싸 안은 채 쌓아둔 탑을 발판 삼아 재빨리 위로 올라갔다. 그 사이 이불은 여기저기에 걸려 사방이 찢어졌다. 클렘은 이불의 한쪽 모서리로 하인즈를 감싸서 어깨 위에 묶어두었다. 다락방으로 오르는 사이 하인즈는 기둥에서 자신의 장난감인 밧줄 매듭 냄새를 맡았다.

"메이지, 위에 물 있어?"

아내의 엉덩이를 어깨로 받쳐 위로 올리며 남자가 소리쳐 물었다.

"예닐곱 병 있어. 콩은 여전히 많고. 최후의 그 날까지 며칠은 더 버틸 수 있을 것 같아. …신이시여, 이 작은 집을 부디 지켜주소서."

그렇게 그들은 모두 다락으로 올라왔다. 떨어지는 빗줄기 바로 아래 있으니 누군가 두드리는 북 안에 있는 듯했다.

순간 비가 멈췄다. 누군가 수도꼭지를 단번에 잠근 것 같았다. 엄마는 노래를 부르기 시작했지만 이내 목이 메었고, 다른 식구들은 모두 아무 말 없이 앉아 있었다. 그들의 시선은 모두 하인즈에게로 향했다. 하인즈 역시 불안한 듯, 씩씩거리고 낑낑거렸다. 녀석의 좁은 가슴을 뚫고 나오는 소리는 꼭 아코디언 연주 같았다. 그런 와중에도 녀석은 가족들을 편안하게 해주려고 최선을 다했다. 주둥이가 닿으면 누구든 혀로 핥았는데, 남자의 피부는 너무 차가워서 그런지 아무 맛도 나지 않았다.

"아빠, 문을 열어놓고 오셨어요!"

클렘이 외쳤다.

"뒷창문도. 하지만 클렘, 문을 닫아 강물이 들어오지 못하게 하면 안 돼. 그러니까 그저 물은 흐르는 대로 둬야지, 그렇지 않으면 이 집이 무너질 거야."

어머니가 설명하자 아버지가 갑자기 끼어들었다.

"메이지, 도끼 가져왔어?"

"당신이 가져온 줄…."

아버지는 가구로 쌓아놓은 발판을 따라 말없이 아래로 내려갔다. 하지만 절반쯤 내려갔을까, 하얗게 질린 채 다시 위로 올라왔다. 호루라기 소리는 멈춰 있었다. 온 세상이 숨을 고르는 듯 고요했다. 남편과 아내는 같은 줄 위에 앉은 새들처럼 서로를 쳐다보았다. 무릎을 꿇고 앉아 추위를 떨치려 앞뒤로 몸을 흔들던 클렘은 하인즈를 번쩍 들어 녀석의 갈비뼈가 활처럼 휠 때까지 세게 안았다.

"신께서 은총을 내리시고 우리를 지키실 거야, 그렇지?"

엄마가 말했다.

클렘네 마을 아래로 흐르는 강물은 다행히 제방을 넘지는 않았다. 하지만 마치 정복할 대상을 찾는 것처럼, 나무로 쌓아 올린 방어벽을 어깨로 밀치듯 밀어댔다. 강물은 사람 키의 두 배만큼이나 높은 물살을 일으켜 강가의 어린나무를 뿌리까지 헤집어댔다. 그러고는 목화밭을 매섭게 집어삼켰는데, 흡사 광견병 걸린 개가 입에 거품을 문 모습 같았다. 물살은 또한 양철 판잣집들과 야외 화장실을 죄다 뽑아버린 다음 사정없이 부쉈다. 작은 배들은 강줄기를 벗어나 땅까지 떠밀려 올라왔는데, 연신 구르고 뒤집히다 오두막이나 집, 헛간 벽이나 나무에 세게 부딪치고서야 멈추었다. 흘러가는 강물은 스스로 무장했다. 땅에서 굴러온 돌, 나뭇가지, 울타리, 수레, 가시철사 같은 것들이 온통 뒤섞여 무기가 되었다. 얽히고설킨 물줄기는 무엇과 만나든지 힘겨루기를 했다.

하지만 다행히 집은 그 자리에 그대로 있었다. 물론 나무 벽에 박혀 있던 못은 하나같이 사정없이 휘어졌고 나사는 제멋대로 돌아가다 빠질 것 같았지만 집은 여전히 그대로였다. 문의 상인방까지 차오른 물은 그 높이에서 잠시 멈추고 안정을 취하는 것 같았다.

"더 깊어지려나?"

엄마가 물었다.

"당연하지."

아빠가 대답했다.

"아니요!"

클렘이 반대 의견을 냈다.

"낑낑."

하인즈가 집 안으로 들이친 흙탕물에 메기 한 마리가 죽은 채 둥둥 떠다니는 모습을 바라보며 뭐라고 덧붙였다.

아빠는 가족들과 잡았던 손을 비틀어 뺐다. "도끼가 필요해"라고 말한 뒤 임시 발판을 따라 아래로 내려갔다. 하지만 물이 차올라 도저히 더는 내려갈 수 없다는 사실만 확인했을 뿐이다. 아빠는 눈을 감더니… 잠시 뒤 깊은숨을 한 번 내쉰 다음, 갈색 구정물 아래로 몸을 담갔다. 아내가 울부짖었다.

"내가 도끼를 잃어버리는 바람에, 너희 아빠가 나 때문에 죽겠구나!"

이제 그는 영원히 사라져버린 것 같았다. 하지만 그때 발판이 흔들렸다. 아빠가 한 손에 장작을 팰 때 쓰는 도끼를 들고 힘겹게 올라오고 있었다. 올라오는 속도만큼 물이 다시 차오르기 시작했다.

"그만 울어, 이 사람아."

남편이 아내에게 말하고는 도끼를 높이 들어 올렸다.

우지끈, 우지끈, 우지끈. 그가 도끼를 내리칠 때마다 나무 조각과 타르가 비 오듯 쏟아졌다.

그다음으로 이끼가 쏟아져 내렸다.

지붕에 난 구멍을 통해 뿌연 햇빛이 비쳐 다락을 가득 채웠다. 아버지는 가족들을 한 명씩 한 명씩 구멍 밖으로 내보냈다. 닿을 수 있는 가장 높은 곳까지 올라간 것이다. 하지만 물이 더 차오르면 모두 끝장이다.

다섯 영혼이 지붕 위, 기와로 이루어진 섬에 앉았다. 하인즈, 클렘, 그의 어머니와 아버지, 그리고 턱밑까지 쫓아온 사냥개 모습을 한 죽음. 그 죽음의 냄새는 오로지 하인즈만이 맡을 수 있었다.

그날 늦은 저녁, 빠르고 세차게 바다로 향하던 물살은 여정의 절반 즈음 엄청난 속도로 달리는 짐승과 마주쳤다. 프래스토시에서 달려온 마지막 기차였다.

수톤이나 되는 무거운 금속 기차는 반짝거리는 강철 기찻길에 완전히 붙어서 이동했기 때문에 홍수의 거센 물살도 이를 감히 쓸어버릴 수는 없었다.

물살은 대신 선로 아래의 흙을 전부 도려냈다. 결국 레일이 구부러지는 바람에 객차는 하나씩 하나씩 연달아 선로 밖으로 굴러떨어지고 말았다. 승무원들이 머물던 칸이 떨어져 물살에 휩쓸렸다. 기관차와 뒤이은 객차 또한 엄청난 무게와 힘으로 달려드는 물살에 전부 휩쓸려갔는데, 그 안에는 짐, 코트, 모자, 어린이들, 커튼, 반려동물, 권력자, 유명인, 유명하지 않은 사람들, 입찰로 얻은 석탄까지 모두 들어 있었다. 하지만 이를 본 사람은 아무도 없었다. 그러니 그 누구도 이 소식을 퍼뜨릴 수 없었고, 심지어 살아남은 사람도 없었다. 퍼르카강은 결국 제방을 넘어 달팽이가 남긴 은빛 흔적처럼 철로와 도로만 남긴 채 모든 것들을 쓸어갔다.

더 보이스

In atramento est veritas

곧 다가올 화창한 날씨

성문들은 여전히 열린 채

기상예보국에 따르면 날씨에 변화가 있을 것이라 한다. 다만 강의 수위는 여전히 높아지고 있으므로, 실제 변화가 눈에 띄게 나타나지는 않을 것이다. 여전히 5개 공장 중 4개가 물에 잠긴 상황이다.

프래스토에서 가장 똑똑한 두뇌를 가진 대기과학자들은 어제 퍼모스트 저택에서 총리와 상원의원들에게 비가 곧 그치고 맑은 날이 이어질 것이란 예보를 내놓았다.

--- 편집자의 말 ---

더 알아야 할 소식

기념할 만한 순간이 다가왔다. 하지만 여전히 아팔리아 북부와 통신이 되지 않아서 우려되는 상황이다.

홍수로 전신주들이 쓰러져 숲, 농장, 습지의 소식은 물론 로즈시의 소식도 끊겼다. 지방의 우리 친척들이 처한 상황은 예상보다 훨씬 좋지 않을 수 있겠다.

우리가 도울 일이 있는지 알아보고 모두 안심할 수 있도록 상원의원들이 나서주기를 바란다.

"그 누구도 홀로 섬으로 살 수 없다."
-존 던

곧 재개될 통신 서비스

상원의원은 북부 지역과의 전기통신을 "매우 빠르게" 복구할 계획이라고 밝혔다. 하지만 산림지대에 사는 친지들의 소식을 알고자 하는 이들에게는 인내심을 가지고 조금 더 기다려달라고 요청했다.
"매우 어려운 상황이지만 최선을 다하겠습니다. 하지만 전기 기술자들의 생명을 위협하면서까지 통신 복구 작업을 강행할 수는 없습니다."

오늘의 초성 퀴즈:

ㅎㅅ ㅇㄴ

제3장

확실히 좋은 날

퍼모스트 저택, 프래스토시, 5일 후

데이지는 유달리 기분 좋은 하루를 보내고 있었다.

글로리아가 퍼모스트 저택 부엌에서 데이지에게 말했다.

"내가 얼마나 바보인지 들어봐, 데이지. 또 그랬어! 아침 식사를 하나만 차려도 되는데 또 두 명 것을 차린 거 있지. 습관이 됐어, 정말."

데이지는 습관이 무엇인지 안다. 매일매일, 습관에 따라, 아침 식사를 준비하는 글로리아를 오랫동안 봐왔기 때문이다. 그러면서 언젠가는 당밀빵 하나라도 접시에서 굴러떨어져 자기 입으로 쏙 들어왔으면 좋겠다고 생각했다. 그 좋은 날이 바로 오늘이 될 줄이야. 글로리아가 스크램블드에그와 토스트 한 조각, 바나나 반쪽을 데이지의 그릇에 담아준 것이다. 게다가 지금 집 안에는 데이지를 밀어내고 혼자 먹을 것을 독차지하려는 보즈도, 부엌에서 늘 데이지를 쫓아내던 요리사도 없다.

한편, 식당 안에 있는 남편의 마음은 슬픔과 불안으로 가득 차 있었다. 글로리아가 아침 식사를 차려둔 지 한참이 지났음에도 그는 그저 음식을 쳐다만 볼 뿐 포크와 나이프조차 들지 않았다. 데이지는 혹시라도 그릇을 비울 때 도움이 필요하다면, 자기가 가까이에서 대기하고 있다는 것을 확실히 알려주고 싶어 그의 무릎을 툭툭 쳤다. 총리의 남편은 당밀 빵을 데이지에게 휙 던져주었다. 데이지는 어쩐지 아주 멋진 하루가 펼쳐질 것 같은 강한 예감이 들었다.

글로리아는 다리를 살짝 구부려 인사한 다음 자리를 뜨려고 뒤로 돌아섰다. 그 등에 티모르가 말을 걸었다.

"강물이 결국 둑을 넘었다는구나. 부두도 전부 물에 잠겼어. 그런데도 여전히 비가 온다고 하는군."

"네, 그렇다고 합니다, 선생님."

"어떻게 그럴 수 있지? 그 기상학자들 말이야, 어떻게 그렇게 틀린 예보를 냈을까? 해가 난다고, 아주 햇살이 뜨거울 거라 그랬는데."

글로리아는 아랫입술을 깨물었다. 그렇게 할 수는 없다….

안 된다. 그 말을 하면 분명 해고될 거야. 하지만 그 종이를 그저 무시할 수만은 없는 노릇이다. 글로리아는 커피를 내올 때 주머니 안에서 구겨진 종이 뭉치 하나를 꺼냈다. 얼마 전 데이지의 입에서 빼낸 그 종이 공이었다. 글로리아는 그 구겨진 종이를 실수인 듯 티모르의 팔꿈치 옆에 슬며시 내려놓고 돌아왔다. 그러고는 문 앞에 서서 티모르를 지켜보았다. 그는 한 손으로 종이를 펼쳤다.

기상학협회
기상예보국, 아카데미 힐

프래스토시, 아팔리아

기압계가 여전히 저기압을 가리키고 있으므로, 앞으로 몇 주 동안은 흐린 날이 계속될 것입니다. 그러나 그보다 더 심각한 일은 현재 라차산 기슭에서 화산활동이 시작됐다는 사실입니다. 따라서 더욱 비극적인 재난이 이어질 수밖에 없습니다. 유례없이 어마어마한 양의 눈이 녹아내려 퍼르카강이 더욱 범람할 수도 있습니다. 아팔리아 전역은 물론 아팔리아를 벗어난 지역까지 심각한 홍수가 장기간 이어지며, 일상에서 상당히 위험한 사고와 결과가 뒤따를 것입니다.

자료가 더 모이면 이번 재해가 가져올 영향을 보다 통합적으로 예측할 수 있을 것입니다.

기상학협회 수석교수

대기과학협회 예보본부장

"제 생각에 총리님은 다음 역에 멈추기 전에 선생님과 개들을 데리고 기차에서 빠져나오려 하신 것 같아요."

또다시 커피를 가져오며 글로리아가 말했다.

"자기 역할을 버리고? 말도 안 된다!"

글로리아는 이번 일에 대해 꽤 많은 생각을 해봤지만 결국 그 결론에 이를 수밖에 없었다.

"선생님, 총리님은 모든 걸 계획하셨던 것이 분명해요. 그렇지 않았다면 왜 요리사를 해고하셨겠어요? 그날 모인 사람들에게 일기예보도 속이셨잖아요?"

티모르는 식탁을 내리쳤다. 하필 그의 주먹이 커피잔 받침의 모서리를 치는 바람에 커피잔이 빙글빙글 돌며 옅은 색의 카펫 위에 나동그라졌다.

"총리는 국가원수야! 그러니까 '거짓말하지 않아!' 글로리아, 너는 분수를 좀 알았으면 좋겠구나!"

글로리아는 머리를 숙여 사죄했다. 당장에라도 도망치고 싶었지만, 몹시 겁이 나서 발걸음이 떨어지지 않았다. 또 "분수를 안다"는 것이 무슨 뜻인지 이해되지 않았다. 묻고 싶었지만 이미 간이 콩알만 해져 있었기 때문에 그저 상대를 쳐다볼 뿐이었다.

"전, 아니에요, 선생님. 저는, 네, 선생님. 죄송합니다, 선생님."

"내 생각에는…."

그 "내 생각에는" 뒤로 오랜 침묵이 이어졌고 두 사람은 침묵 속에 한참을 남겨졌다. 마침내 먼저 침묵을 깬 티모르가 문장을 마무리했다.

"내 생각에는, 총리가 안경을 쓰지 않고 기사를 읽어 잘못 이해한 것 같다."

티모르는 아침을 전혀 먹지 않았다. 바로 그때, 총리님의 집무실에서 전화가 울렸다. 꺽꺽거리는 아주 희미한 벨 소리는 마치 감기에 걸린 목소리 같았다. 도시에 깔린 소규모 전화망은 전보망과 달리 여전히 살아 있었다.

전화를 받는 일은 주로 보좌관의 역할이었으나 보좌관은 현재 요리사와 같은 운명에 처한 듯했다. 총리가 떠난 뒤 단

한 번도 출근하지 않은 것을 보면 글로리아의 추측은 거의 확실해 보였다. 글로리아는 이제껏 전화를 받은 적이 전혀 없었다. 젖은 손으로 전화를 받았다가는 감전될 수 있다는 말을 들은 적이 있기 때문이다. 그리고 지금 두 손은 땀으로 흥건했다. 게다가 자기가 방금 해고되었다는 확신으로 한참을 울던 중이라 더더욱 전화를 받을 수 없었다. 글로리아는 집무실 책상 위에서 진동하는 전화기를 바라보며 잠시 서 있다 곧바로 위층으로 달려 올라갔다. 그리고 계단 가장 위 칸에 앉아 무릎을 껴안았다.

다행히 티모르가 수화기를 들었다. 〈더 보이스〉 편집자인 헤쿠바 라이트풋 교수였다.

"…총리가… 기차역에… 변장을… 소문이… 사실…?"

티모르는 손가락 끝을 책상에 대고 물었다.

"죄송합니다만, 교수님. 다시 한번 말씀해주시겠습니까?"

5일 전 프래스토역을 출발해 북부 지역으로 가는 기차에 총리가 올라탔다는 소문이 퍼지고 있는 모양이었다. 어디로 가는 걸까? 이 도시에서 도망치려던 것일까? 당시 신문사는 총리의 말을 철석같이 믿고 몇 주 후 무더위가 예상된다는 기사를 실었다. 그런데 그 기사가 사실이 아니라면 신문사의 명성에도 큰 흠집이 날 수밖에 없다.

글로리아는 북부 지역 사람들에게 평안과 기쁨을 선사하

기 위해 총리님이 기차를 탄 것뿐이라는 말이 티모르 입에서 나오기를 기다렸다. 하지만 그는 아무 말도 하지 않았다. 그 저 수화기를 내려놓았을 뿐이다. 그의 시선은 이전 총리들의 초상화를 지나쳐 서투르게 계단을 오르는 데이지를 따라갔 다. 그 개는 티모르의 시선을 계단 꼭대기에 앉은 글로리이에게로 이끌었다. 마치 풀을 바른 것처럼, 티모르의 시선이 그 자리에서 멈췄다.

"여보세요? 여보세요?"

전화기 너머에서 거칠고 큰 소리가 들려왔다. 티모르가 다 소 어색하고 상기된 음성으로 대답했다.

"도시에서 도망쳤다고요? 당연히 말도 안 됩니다. 총리는 아무 데도 가지 않았어요. 지금 바로 이곳에 있습니다. 일기 예보가 정확지 않았던 데 대해 제가 할 말은 없습니다만, 제 아내는 지금의 재난 상황에서 '절대' 자신의 역할을 저버리지 않을 것입니다. …재난이 일어나기 전에는 더욱 말할 것도 없었고요."

"정말 잘되었군요. 이봐요, 티모르. 총리님에게 오늘 오전 에 〈더 보이스〉와 인터뷰를 해주실 수 있는지 여쭤봐주시겠 어요? 정중한 질문 몇 개에 답해주시기만 하면 됩니다."

"질문?"

티모르는 소리를 내지 않고 입으로만 중얼거렸다.

글로리아 역시 앵무새처럼 그 말을 따라 해보았다. '질문?' 이 말이 갑자기 쥐며느리 같은 벌레가 되어 퍼모스트 저택 안 여기저기에서 들끓는 것 같았다.

"도무지 비가 그칠 기미가 안 보이는데, 혹시 성문을 닫을 예정인가요?"

편집자가 물었다. 티모르가 대담하게 웃었다.

"아, 그거, 그럼요! 시의 법령에 쓰여 있지 않나요. 범람한 물이 전쟁기념관까지 올라오는 경우 도시로 통하는 네 개의 문은 모두 닫아야 한다."

편집자가 짜증스러운 목소리로 물어댔다.

"아내분의 서명과 함께 말이죠. 잠시만요, 총리님과 직접 이야기해도 될까요?"

티모르는 전화기에 대고 고개를 저었다. 차마 어떤 말도 할 수가 없었다. 그는 그대로 전화를 끊어버렸다. 데이지는 느릿느릿 계단을 내려와서는 코와 주둥이를 티모르의 손바닥에 대고 쿡쿡 찔렀다. 그의 마음을 편안하게 해주고 싶은 모양이다.

전화벨이 곧 다시 울렸다. 내무부의 코베트 의원이다.

"제가 좀 끔찍한 소문을 들은 것 같은데요⋯."

걱정하는 목소리 뒤에는 왠지 모를 통쾌함 같은 것이 숨어 있었다.

티모르가 말을 끊었다.

"총리님이 내일 성문을 모두 닫고자 합니다. 관련한 서류 작업을 해주세요, 가능하죠? 오늘 오후에요? 서류를 전달하는 데 꼭 그 자리에 있어야 하는 또 다른 사람이 있나요? 예, 좋네요."

잠시 정적이 흘렀다.

"아, 알겠습니다. 물론이죠. 곧바로 하겠습니다. 그런데 누구시죠?"

"남편입니다. 이만 끊습니다."

티모르는 글로리아와 한참 눈이 마주쳤다. 창백하고 푸른 그 눈빛 앞에서 글로리아는 한 발자국도 움직일 수 없었다. 마치 압정처럼 그 자리에 꽂아두는 듯한 시선이었다. 게다가 그 눈빛은 글로리아에게 그가 무슨 생각을 하는지 너무나 분명하게 알리고 있었다.

"베일을 쓰고, '네가' 여기 잠깐 앉아야겠다."

"안 돼요! 아니요, 못해요! 저는 아직 열다섯 살이라고요."

"그래, 그래서 몸집이 작잖아. 딱 총리처럼."

"제게는 총리님처럼 보이는 구석이 하나도 없는걸요! 제 머리카락을 보세요. 총리님 머리카락보다 훨씬 두껍다고요!"

"그렇게 오래 걸리지는 않을 거야!"

"제 머리카락은요?"

"그… 속임수를 쓰자."

"뭐라고요?"

"네가 '행세'를 하는 거야. 흉내만 내면 된다. 총리가 된 척을 해보는 거야…. 목소리는 충분히 따라 할 수 있어."

데이지가 낑낑거렸다. 코를 만지던 총리 남편의 손에 힘이 지나치게 많이 들어갔고, 그 바람에 숨이 막힐 것 같았다. 그대로 빠져나올 수도 있었지만, 조금 참으며 곁에서 그의 마음을 어루만져주고 싶었다. 이는 데이지가 가진 유일한 기술이었다.

"저는 하녀예요! 할 일이 많다고요! 침대 정리! 청소! 주방 일도 봐야 하고…. 그건 그렇다 쳐도 누가 저를 총리님으로 믿겠어요."

"총리가 자기 일을 끝까지 해내도록 도와야 해! 그래야 하지 않겠니? 총리가 돌아올 때까지만이야. 알겠지?"

티모르의 목소리는 당혹스러움이 묻어나는 목소리였다.

글로리아는 저택 꼭대기 층에 있는 제 방으로 올라가 털썩 침대에 누웠다. 빗줄기가 창문을 세게 때리는 소리를 들으며 천장을 멍하니 보았다. 이런저런 생각이 새처럼 머릿속을 날쌔게 날아다녔다. 하지만 생각의 새는 앉을 곳을 찾지 못한 채 꼬리에 꼬리를 물고 이어졌다. 분명 범죄다. 분명히, 법에도 금지된, 명백한 범죄다. 아팔리아 총리인 척을 하라니. 어쨌든 결국 그렇게 한다 한들 아무도 속지 않을 것이다. 비싼 드레스를 입어볼 수 있다는 점 하나는 마음에 들지만. 아니, 그렇지도 않다. 총리님의 옷 취향은 정말이지 끔찍했다. 사람들은 총리님이 북부 지역에 사는 불행한 사람들을 만나러 갔다는 것을 당장 '알아야만 한다!' 선생님은 왜 이 사실을 알리지 않는 걸까? 총리님이 집에 돌아왔는데 하녀일 뿐인 글로리아 위노우가 자기 흉내를 내는 모습을 본다면? 상상하기 힘들 정도로 두렵고 골치 아픈 일이 생길 것이다!

덜컹거리는 창문 틈으로 바람이 새어 들어왔다. 이 작은 방은 1년 내내 겨울처럼 추웠다. 곰팡내가 진동했고, 그릇장 아래 넣어둔 신발은 쥐가 갉아먹기 일쑤였다. 하지만 글로리아는 이 방을 진심으로 아꼈다. 이 방만큼은 유일하게 자신의 것이었다. 고향 집을 떠난 뒤 처음으로 갖게 된 자기만의 공간이었다. 그렇게 좋아하는 자기 방에 머물 수도 없고 자신이 아닌 다른 사람으로 살아야 한다는 것은 생각만 해도 끔찍했다. 특히 그다지 좋아하지 않는 사람, 아니 사실은 생각만 해도 덜덜 떨릴 정도로 두려운 바로 그 사람으로 살아가야 한다니. 자기 자신을 두려워하며 지낸다? 말도 안 되는 생각이다.

바로 그때 계단을 오르는 티모르의 발소리가 들려왔다. 티모르는 방문을 열지도 두드리지도 않았다. 그저 문 앞에서 글로리아가 나오기만을 기다렸다. 스스로 문을 열고 나와 총리가 되는 방법을 배우겠다고 말하기를 바라고 있었다. 글로리아는 살그머니 일어나 문 앞으로 다가갔다. 문과 문설주 사이가 잘 맞지 않아 생긴 틈으로 밖을 내다보았다. 티모르는 두 손으로 머리를 감싼 채 계단에 걸터앉아 있었다. 그의 손가락이 뻣뻣한 머리칼을 가르고 있었다.

"저는 어디에서 자죠?"

그렇게 묻자 그는 몸을 휙 돌려 글로리아를 바라보았다.

"뭐라고?"

"전 어디서 자야 하느냐고요?"

"세상에. 글로리아. 그렇게까지 하지 않아도 된단다! 당연히 네 방에서 자면 되지! 아내가 돌아와 네가 자기 침대에서 자는 것을 보면 바로 채찍을 꺼내 들지도 몰라…. 당연히 침실에서 옷을 갈아입긴 해야겠지…. 그런 일을 깊이 생각하지 않았어…. 참, 네가 무엇을 하든 개는 침실 안으로 데려오면 절대 안 된다. 녀석은 사방에 온통 털을 떨어뜨려놓으니까. 그리 오래 할 필요도 없을 거야. 항상 기억하도록 해라. 이 일을 오래 하지는 않을 거라고, 알겠니?"

그래요. 글로리아는 생각했다. 맞는 말씀이에요. 사람들이 첫날부터 단박에 저를 알아볼 테니까요.

티모르는 정말이지 무자비한 교사였다. 겨우 모음을 말할 수 있게 되었을 뿐인데 글로리아는 곧바로 모음에 자음을 붙이는 연습을 해야 했다. 입이 헐어버릴 것 같았다. 나사, 너트, 볼트 같은 각종 공구를 집어삼켜 입속이 전부 상해버린 어린 새가 된 기분이었다. 티모르 선생님은 절대 만족하는 법이 없었다.

"아직 더 익혀야 할 것이 있어. 목소리에 무엇인가 빠져 있구나. 꿀, 그래 꿀처럼 부드럽게. 음절마다 꿀을 더 펴 바른 것처럼 말해보렴."

물론 그렇게 하면 목소리가 꽤 달콤해질 것이다. 하지만 꿀같이 보드라운 목소리의 주인공인 아내 대신, 일개 하녀와 마주 앉아 이러고 있는 선생님은 얼마나 끔찍한 심정일까. 얼마나 총리님이 그리울까. 그때 기차를 잡아탔어야 했다며 후회하고 계실지도….

"자, 이제 거기에 갑옷을 입히면 되겠구나. 리벳(연결할 때 쓰는 굵고 짧고 납작한 못―옮긴이)으로 잘 연결하면 되겠다. 파티 드레스 안에 가시철사를 감았다고 생각하렴."(이건 정말 로맨틱하지 못하다.)

글로리아는 아무리 노력해도 '총리님 되기'에서 합격 판정을 받지 못했다. 하지만 이제 정말 시간이 부족했다.

"그게 뭐죠, 거기에 서명을 받으려고 저를 보러 오는 사람은 또 누구예요?"

"법령. 그건 법령이란다. 포고령, 아무래도 이게 더 기억하기 쉽겠구나. 아마도 상원의원 스무 명쯤이 올 거야. 코베트가 포고령을 가져오면 일단 내가 바로 서명해둘 거야. 너는 그냥 서명하는 척만 하면 된다, 알겠니? 하지만 언젠가 총리의 서명을 연습해야 할 날이 올 거야. 그들은 숨죽이고 너를 지켜보다 갑자기 박수를 칠지도 모르겠구나. 의원들이 질문하기 시작하면, 성문을 그리 오래 닫지는 않을 거라는 점만 강조해. 잠깐입니다, 그렇게 말하면 돼. 그리고 조상들이 튼튼한 성벽과 문을 지어 우리를 안전하게 지켜주고 있는 것이 얼마나 다행인지도 말하고. 무언가 진정시키는 말 있지? '안전하다'는 말을 최대한 많이 쓰고. 비가 그치지 않는 지금의 상황을 그들이 너무 깊게 생각하지 않도록 해야 해."

당황한 마음을 나누듯 둘은 잠시 눈을 마주쳤다.

"못할 것 같아요."

"내가 너였어도 쉽지만은 않았을 것 같구나. 하지만 우린 잘 해낼 거다. 참, 감기에 걸린 척을 해라. 혹시 의심받는다는 느낌이 들면, 이렇게 말하면 돼. '이에 대한 당신의 의견을 듣고 싶군요.'"

〈더 보이스〉의 기자 두 명이 정오쯤 퍼모스트 저택의 정문 앞에 도착했다. 그들은 비어 있는 경계초소 안에서 비를 피하고 있었다. 특별한 날이 되면 보기 좋은 제복을 입은 군인 하나가 이 초소 안에 서 있곤 했다. 마침내 의원들과 법조인들이 도착하자, 기자들은 슬며시 그들의 뒤를 따라 종종거리며 안으로 들어왔다.

지금은 퍼모스트 저택에 우산을 들고 손님들을 맞이할 사람이 아무도 없었다. 대신 키가 크고 마른, 총리의 남편이 문을 열어주었다.

방문자들의 눈에는 이 저택에 오로지 남편 혼자 남아 있는 것처럼 보였다. 그 어디에도 불은 켜져 있지 않았으며 하필 저택을 뒤덮은 비구름 탓에, 우아했던 방들은 그저 어두침침한 상자처럼 보일 지경이었다. 여기저기 간소한 촛대에서 깜빡거리는 희미한 불빛이 천장에 매달린 샹들리에를 넌지시 비추고 있을 뿐이었다.

"총리님이 꼭 '권력을 잃으신 것' 같군요."

집 안을 유심히 살펴보던 코베트는 회심의 미소를 지으며 말했다.

"발전기에 비가 들이쳤습니다."

티모르가 대꾸했다. 그 역시도 집 안이 좀 어둡다는 것을 새삼스레 느꼈다.

"이쪽으로 오시면 됩니다."

접견실에 있는 총리의 책상 앞에는 아무도 앉아 있지 않았다. 한참을 쳐다봐야 알아챌 수 있었지만 말이다. 코베트가 다소 무례할 정도로 재촉했다.

"총리님은 어디 계시죠?"

그 시간 글로리아는 총리의 화장대 앞 의자에 앉아 있었다. 순간순간 공포가 엄습해왔다. 그 감정은 등에서부터 시작해 몸 안으로 점점 더 파고들었다. 총리의 향수를 지나치게 많이 뿌린 탓인지 머리가 아팠다. 머리에 쓴 베일은 마치 거미줄 같았다. 평소 야외 화장실에 다녀올 때마다 머리 위를 스치던 거미줄이 떠오르자 거미가 머리 위를 기어가는 느낌이 들기 시작했다. 머리털은 물론 머리뼈까지 곤두서는 듯했다. 총리보다 굵은 머리카락이 베일 달린 모자 밖으로 갑자기 삐져나올지 모른다는 생각이 들자 더욱 긴장됐다. 짙은 빨간색 립스틱에서는 기름 냄새가 났고, 옷장에 걸린 옷들은 갑자기 목이 잘린 악녀로 보였다. 누군가 경고의 의미로 걸어둔 것만 같았다.

아무리 희미한 촛불 아래였어도, 글로리아는 거울 속에 있는 소녀가 누구인지 쉽게 알아챌 수 있다. 거울 속에는 하녀가 있었다. 제대로 하는 것이 아무것도 없을 뿐만 아니라 총리님을 아주 규칙적으로 성가시게 만들어, 결국 총리님의 화를 돋우고야 말던 바로 그 하녀다. 어느 날 화를 참지 못한 총리님은 결국 글로리아에게 무엇인가를 던지고야 말았다. 철썩! 벽지에는 (애써 찾아보지 않아도 너무 잘 보이는) 희미한 붉은 자국이 있는데, 총리님이 글로리아에게 잼병을 던질 때 묻은 흔적이다. 총리님이 병을 던진 데에는 사실 별다른 이유가 없었다. 글로리아가 가져온 것이 살구잼이 아니라는 게 전부였다. 그렇게 벽에 남은 잼 자국은 흡사 핏자국처럼 보였다.

어쨌든 밖에 있는 상원의원들은 글로리아를 단번에 알아볼 게 뻔했다. 그들이 저택에 올 때마다 문을 열어준 사람이 바로 글로리아다. 글로리아와 상원의원들은 이미 너무 자주 마주쳤다.

하지만 지금 누군가는 총리의 옷을 입어야 했고 마침 그 옷은 글로리아에게 완벽하게 맞았다. 무엇보다 도망칠 방법이 전혀 없었다. 도둑, 암살범, 비둘기들이 쉽게 퍼모스트 저택 안으로 들어오지 못하도록 저택 창문에는 창살이 달려 있었다. 그러니 창문 밖으로 기어 내려가는 것은 꿈도 꿀 수 없다. 생각을 정리한 글로리아는 윗옷 칼라를 다부지게 세운 다음 눈에 띄는 커다란 손수건을 직접 찾아두었다. 그런 다음 망사 장갑을 잡아당겨 끼고 촛불을 껐다. 거울에 비친 미소가 사라졌다. 최고 통치자 총리 2호가 이제 접견실로 나아가야 할 때였다.

"죄송합니다, 여러분. 제가 감기에 걸렸어요."

총리가 잔뜩 쉬고 코가 막힌 목소리로 말했다. 그러고는 책상 앞에 앉아 코를 세게 풀었다. 손에 든 커다란 손수건과 바로 옆에 서 있는 하얀 개가 방에서 가장 눈에 띄었다.

글로리아는 누군가 말하기를 잠시 기다리다 자신이 먼저 입을 열어야 한다는 걸 알아챘다

"성무으로 물이 들어왔나요?"

"네, 총리님. 남문 쪽은 발목 깊이 정도까지 물이 올라왔습니다."

"저쟁기념과까지 닿았나요?"

"네, 총리님. '일기예보와는 달리' 말이죠."

코베트 상원의원이 조롱하는 듯한 말투로 글로리아, 아니 총리의 물음에 답했다.

글로리아는 코베트 의원에게 사람을 무시하는 경향이 있다고 생각한다. 의원회의가 끝날 때마다 하녀 글로리아가 그에게 코트와 모자를 가져다주곤 했는데, 그때마다 그는 대놓고 주머니에 손을 넣어 없어진 물건이 없는지 확인하며 글로리아를 의심했기 때문이다.

"코베트 의원님, 내일은 해가 날 거라고 하는군요. 그때 다시 성무을 열 수 있을 겁니다! 날씨라는 게 원래 이해하기가

히드 법이지요."

"안으로 물이 들이치지 못하도록 성문은 일단 임시로 봉쇄될 것입니다, 총리님. 하지만 성문을 여닫는 것이 그렇게 즉흥적으로 이루어서는 안 됩니다. 오늘 닫았다 내일 해가 난다고 열 수 있는 것이 아니란 말씀이죠."

의원 하나가 말했다.

"좋아요. 그렇다면, 물이 더 새어 들어올 때까지는 봉쇄하지 말도록 합시다!"

글로리아가 좀 더 저돌적으로 말했다.

"질문 하나 드려도 될까요, 총리님…?"

기자 하나가 벌떡 일어서며 물었다. 그 바람에 의자가 뒤로 넘어졌다.

"제가 하려는 질문은 이것입니다. 혹시 북부에서 전달받으신 소식이 있는지요?"

기자들이 있다고 생각지도 못했던 의원들은 큰기침을 해대며 웅성거렸다. 하지만 기자는 답변을 꼭 가져오라는 편집장의 말을 떠올리며 절대 물러서지 않았다.

"북부 지역은 모두 물에 잠겼다고 알고 있습니다. 하지만 전보망은 전부 불통인 것 같고요. '그리고' 비가 점점 더 많이 내리고 있으니, 북부 내륙지역 주민들이 어떤 형편에 처해 있는지 모두가 궁금해합니다."

글로리아는 생각했다. '누구시죠.' 손님들이 정문에서 벨을 누를 때마다 하녀 글로리아가 늘 하던 말이다. 그 문구는 하나의 모양으로 머릿속에 자리 잡았다. 누구시죠. 하지만 그렇게 말할 수는 없었다! 모두가 단박에 알아볼 것이다! 글로리아는 결국 이렇게 말했다.

"물론입니다, 기자님. 코베트 의원님이 그에 관한 업무를 시작할 예정입니다. 그렇죠, 의원님?"

클로리아는 코를 다시 한번 풀고는 책상에 놓인 포고령을 향해 몸을 숙인 채 펜촉을 움직여 총리의 가짜 서명을 따라 썼다. 글로리아는 황량한 흰 종이 안에 자리 잡은 그 글자들이 아주 미세하게 흔들린 것을 알아차렸다. 가짜 서명을 하는 자신이 느끼는 두려움, 그것을 티모르 선생님도 분명히 느꼈을 것이다.

회담이 끝난 후 신문기자들은 경계초소로 들어가 빗줄기가 잦아들기만을 기다렸다. 퍼모스트 저택은 프래스토에서 가장 높은 언덕에 서 있다. 덕분에 발치 아래로 도시 전체를 볼 수 있다. 연기를 내뿜는 다섯 개의 공장, 공장과 공장을 연결하는 은색의 전찻길, 음악당과 경기장, 학교, 급수탑, 축구 경기장, 폴로 경기장, 시를 둥그렇게 둘러싸고 있는 성벽, 그리고 그 너머로 보이는 물. 그 위에 희미하게 반짝이는 빛.

사방이, 물이었다. 물은 항구를 온통 뒤덮었다. 기중기 몇 대와 커다란 화물선만이 수면 위로 모습을 드러냈다. 나머지 지역은 모두 물에 잠긴 채였다. 퍼르카강이 범람해 거대한 호수가 되어버리는 바람에 프레스토시는 그야말로 물 한가운데 홀로 우뚝 선 섬이 되었다. 하지만 수위가 낮아지기는 커녕 (보통 홍수가 일어나 강물이 한 번 제방을 넘은 후에는 수위가 점차 낮아지는데) 불어난 물이 그대로 바다를 향해 무서운 속도로 달려가고 있었다.

"전에도 강이 범람한 것을 본 적이 있지만, 이 정도는 아니었어. 신이시여, 강 상류의 불쌍한 영혼들을 부디 굽어살펴 주소서."

기자 한 명이 말하자, 그의 동료가 입을 열었다.

"우리 가족이 강 상류에 살아."

"아, 이런."

"총리가 오늘 친절했던 것 같아, 그렇지? 몇 년간 신문기자로 일했지만, 지금까지 단 한 번도 우리 질문에 답해준 적이 없었잖아. 오늘은 심지어 나더러 '기자님'이라고 했어!"

그의 난데없는 생각에 동료 기자는 코웃음을 쳤다.

"어쩌면 그 소문이 사실인지도. 총리는 정말 이 도시를 탈출했고, 아까 그 사람은 대역일 수도 있어!"

그의 친구도 역시 웃었다. 그러고는 맥없이 한숨을 쉬며 말했다.

"아냐, 그럴 리가. 너도 그 개 봤잖아. 위대한 총리님께서
는 그 빌어먹을 개들을 두고 아무 데도 가지 않아."

제 4 장

서로 헤어지다

포레스트 굽이, 북 아팔리아

클렘과 가족들은 밤이고 낮이고 지붕 위에 앉아 있었다. 세상이 모두 물에 잠겨버린 것 같았다. 주위를 아무리 둘러봐도 사람 하나 찾을 수 없었다. 멀리 수면 위로 불쑥 솟아 있는 고지대의 꼭대기는 마치 유영하는 돌고래들 같았다. 낮은 지대에 있던 이웃들의 집은 모두 사라져버렸다. 소, 말, 돼지, 토끼 같은 죽은 동물들이 떼로 둥둥 떠다녔다. 그중에서도 갈색 상자들이 서로 쿵쿵 부딪치며 떠다니는 것이 가장 충격적이었다.

바로 관이다.

무덤이 시신을 모두 토해낸 것 같았다. 하지만 다시 보니 관은 모두 새것이었고, 당연히 비어 있었다. 범람한 강은 목재소를 완전히 망가뜨렸는데, 그곳은 클렘의 아버지가 이 관들을 만들던 곳이었다. '팀버레이크 자치주에서 가장 우수한 관'으로 손꼽힌 덕에 아버지의 단골 자랑거리였던 관들. 지금은 그저 도망 다니는 떠돌이처럼 물에 둥둥 떠서는 아찔하게 빙빙 돌며 떠내려갈 뿐이다. 아버지는 자기 작품이 강에 떠밀려가는 것을 그저 바라만 볼 뿐이었다.

가족들은 깨끗한 물을 한 모금씩 마셨다. 정말 소중하고도 소중한 식량이었다. 그리고 도끼로 캔을 까서 콩을 나눠 먹었다. 캔 따개를 챙겨오지 않은 탓이다. 콩이 다 떨어져가자 아빠는 말했다. '낚시로 고기를 잡아야겠구나.' 깨끗한 물을 다 마셔버리면 어떻게 할지에 대한 이야기는 없었다.

자기 일을 충분히 다 했다는 듯이, 비는 멈췄다. 덕분에 입은 옷이 점차 마르기 시작했다. 클렘의 아버지가 여전히 몸을 떨긴 했지만 말이다. 그는 누가 영혼을 발로 차기라도 하는 것처럼 격렬하게 몸을 떨었다.

"서로 꼭 붙어 있어야 해."

엄마가 말하더니, 또 반복했다.

"우리 가족은 여전히 함께야. 꼭 붙어 있자."

하인즈는 지붕 가장자리에 서서 가장 아끼는 장난감인 밧줄 매듭이 떠오르기를 기다리고 또 기다렸다.

그때 마침 노 젓는 배를 타고 구조팀이 찾아왔다. 엄마의 목소리는 완전히 달라졌다.

"신이시여, 감사합니다! 신이시여, 감사합니다!"

남자 셋과 여자 일곱, 다섯 명의 어린이가 이미 구조돼 그 배에 타고 있었다. 클렘의 아버지는 그중 남자 몇 명을 알고 있었는데, 모두 예전 소목장에서 일할 때 만났던 사람들이었다. 아버지가 물었다.

"많이들 죽었나?"

"정말 많이."

노 젓는 사람은 소총과 권총으로 무장하고 있었는데, "등유를 사야 한다"며 승선비로 10아팔을 요구했다. 배가 클렘 가족이 머물고 있던 지붕에 쾅, 쾅, 쾅 부딪쳤다. 그때마다 배는 기우뚱거렸다. 배 안에 있는 사람들에게는 그야말로 공포 그 자체였다. 배에서 나온 기름 폐수를 모아둔 배 밑바닥에서는 두려움과 불행의 냄새가 슬며시 올라왔다. 하인즈만이 용케 그 냄새를 맡을 수 있었다.

뱃사공이 말했다.

"개는 안 됩니다."

배에 있던 가장 작은 아이가 갑자기 울음을 터뜨렸다. 버려두고 올 수밖에 없었던 자신의 소중한 강아지가 생각난 것이다.

클렘은 안 된다고 항의했다. 소리쳤다. 하인즈 없이는 살

수 없다고도 했다. 아니, 더 정확히는 하인즈 없이 '살지 않을' 거라고 했다.

"우리 가족과도 같은 아이입니다."

엄마도 거들었다.

"아유, 마음대로 하세요."

뱃사공이 돈을 주머니에 찔러 넣고는, 이렇게 말하며 배를 멀리 밀어내려 했다.

"얼른 타라."

클렘의 아버지가 아들의 뒤통수를 찰싹 때리며 말했다. 지금까지 한 번도 하지 않은 행동이었다. 그는 하룻밤 사이에 스무 살이나 더 나이 들어 보였다.

이것이 바로 잡종견 하인즈가 홍수 속에서 가족을 잃은 사연이다. 클렘의 가족은 배에 오른 다음, 지붕 용마루를 올라갔다 내려갔다, 올라갔다 내려갔다, 올라갔다 내려갔다, 올라갔다 내려갔다, 올라갔다 내려갔다 하는 녀석을 두고 저 멀리 가버리고 말았다. 강을 뒤덮은 냄새가 그들의 냄새를 삼켜버릴 때까지, 하인즈는 그 자리에 꼼짝없이 서 있었다.

제5장

성문을 닫다

프래스토시

총리(아니, 티모르)가 서명한 포고령 전문이 확성기를 통해 울려 퍼졌다. 만반의 준비를 해둔 일꾼들이 자리를 지켰다. 시장이 포고령을 모두 읽는 즉시 남문을 닫을 태세였다. 범람한 갈색 물이 출입구 쪽으로 무섭게 소용돌이치며 올라오고 있었다. 그 바람에 전쟁기념관을 장식했던 조화들이 모두 씻겨 내려가고 말았다.

글로리아와 티모르는 문루(성문 위에 지은 다락처럼 생긴 작은 집으로 성 밖을 관찰하는 용도로 사용함-옮긴이)의 가장 높은 계단에 앉아 있었다. 〈더 보이스〉의 기자는 존경을 나타내며 낮은 시선에서 그들을 올려다보며 사진을 찍었다.

"왜 여기 있어야 하는 거죠? 아직 총리님의 임무를 하는 거예요?"

글로리아가 속삭이자 티모르도 속삭이며 답했다.

"맞아. 무례한 것 같아 미안한데, 돕고 싶으면 조용히 해줬으면 좋겠다."

"알겠습니다…. 제가 문 닫는 것을 직접 도울 수도 있어요. 저는 힘이 좀 세거든요."

문제의 문은 30보 정도 높이로, 청동과 구리로 만들어졌다. 청동은 이미 녹슬어버렸기 때문에 문판의 인물 장식은 모두 초록 요정처럼 보였다. 300년 전에는 코끼리 한 무리를 불러 모아 닫았을 정도로 무거운 문이었다.

"필요 없다. 문 위와 아래에 유압 피스톤이 달린 경첩이 있고, 정문 경비초소에는 스위치가 있으니까. 문은 자동으로 닫힐 거야."

더 위쪽 거리에는 우산을 든 무리가 도시 경비대에 둘러싸여 있었다. 경비대의 노란 제복은 공포를 일으킬 만했다. 우산들 사이에는 플래카드가 어린 새싹처럼 군데군데 돋아나 있었지만 먼 거리에 있는 글로리아가 읽기에는 아무래도 무리였다. 게다가 빗줄기가 먼 곳에서 울려오는 함성을 대부분 삼켜버리고 말았다.

"나갈 자유를! 들어올 자유를! 나갈 자유! 들어올 자유!"

시위대는 문이 닫히기를 원하지 않는 모양이었다.

"저 사람들은 갇히는 것이 싫은가 봐요. 총리님이 저를 응접실 벽장 안에 가둬두셨을 때, 관 속에 들어 있는 것 같아서 정말 싫었거든요."

"아, 제발 목소리 좀 낮춰주길 바란다!"

티모르가 애원하듯 말했다. 그는 불안한 듯 이쪽으로 저쪽으로 계속 오갔다. 그의 신발에서 나는 쩍쩍 소리에서 리듬감마저 느껴질 정도였다.

"저 사람들은 자유롭게 밖으로 나가 곤경에 처한 성 밖 사람들을 도와주고 싶다고 저렇게 시위하는 거야. 집을 잃은 북부 지역 주민들이 이곳에 와서 도움을 구하려는데, 들어올 방법이 없다면…. 그들이 어떻게 이곳까지 오게 됐는지는 몰라도, 나는…. 그런데 총리가 네게 '무얼' 했다고?"

글로리아는 어깨를 으쓱하며 말했다.

"제가 발을 헛디뎌 화병을 깼거든요. 벌받을 만하죠."

빗줄기 사이로 시위대를 바라보자, 글로리아는 자신도 함께 시위하고 싶었다. 여동생과 남동생, 아기를 안고 있는 엄마, 우리 소 무니, 다리를 절룩이는 할아버지, 이미 죽은 강아지까지, 가족 모두를 떠올렸다. 겨드랑이까지 차오른 물속에 서서 성문을 두드리고, 그러나 아무도 문을 열어주지 않아 모두 물에 쓸려가는 모습이 떠올랐다. 의도했던 것보다 그 장면은 훨씬 생생했다. 그런데 정작 자신은 문루 계단에

서서 어른인 척을 하고 서 있다. 갑자기 엄습한 두려운 마음에 글로리아는 자기도 모르게 흐느끼기 시작했다.

더러운 물줄기가 다시 밀려와 성문을 통해 들어오기 시작했다. 노, 덤불, 물에 빠져 죽은 한 무리의 쥐가 둥둥 떠다녔다. 물줄기는 이를 전쟁기념관 계단까지 몰고 와서는 원래는 꽃이 있던 그 자리에, 마치 제물처럼 버려두었다. 군중들은 외마디 비명을 질렀다. 시위대조차 함성을 멈췄다.

경비초소 안에 있던 기술자가 스위치를 밀었다. 어마어마하게 큰 문은 경첩을 획 움직였고···. 또 획 움직였지만, 닫히지 않았다.

기술자는 스위치를 다시 밀었다. 덜컹. 제기랄. 재빨리 밖으로 뛰어나온 일꾼들은 아치 아래에 모여 온 힘을 다해 수톤이나 되는 문을 끌고 밀었다. 사진기자는 바지를 걷어 올리고 신발을 벗어 던진 다음, 입구에서 허둥대고 있는 남자들의 사진을 찍기 시작했다. 구경하던 군중 사이에서 고함과 탄성, 그리고 시장에게 항의하는 말들이 쏟아져 나왔다. 시장은 무력하게 두 손을 펼칠 뿐이었다. 그는 그저 포고문을 낭독하러 왔을 뿐인데 그 문이 꼼짝도 하지 않는 이유를 어찌 알 수 있단 말인가?

"실린더 속에 있는 기름을 바꿔보면 될 텐데."

글로리아가 말했다.

다시 밀려온 물이 기다란 장화를 신은 일꾼들의 무릎까지 차올랐고 일꾼들은 모두 겁에 질려 욕을 해댔다. 데이지는 크게 짖으며 그들을 격려했다.

티모르가 되물었다.

"뭐라고? 개가 짖는 바람에 잘 못 들었다."

"저는 그냥 저 사람들이 경첩 속 피스톤, 거기에 든 기름을 확인하면 좋겠다고 생각했어요. 제 남동생이⋯."

"처남을 말하는 거죠?"

티모르가 쉿, 하고는 누군가 듣지는 않았을까 경계하듯 주위를 두리번거리며 말했다.

"폴로 경기 중에 말에서 떨어져서 죽은 기업가 말이에요."

"아! 세상에. 정말 끔찍한 일이네요. ⋯모두에게 말이에요."

글로리아는 잠시 돌아가신 총리님의 동생을 떠올렸다. 그리고 지금은 자신이 총리임을 기억하고 다시 정신을 차렸다.

"네, 하지만 말에서 떨어지기 '전에' 제 형제는 경첩 속 피스톤 장치를 잘 알았거든요. 기업가라면 당연히 알아야 하니까요. 그 안에 있는 기름을 바꿔야 한다는 것을 일꾼들이 빨리 알아야 해요. 그대로 너무 오래 두면 기름이 두터워지고 그러면 장치가 덜덜 떨리거든요. 특히나 추운 겨울이 지난 다음에는 더더욱요."

사진기자는 넘쳐흐르는 물속에 양말을 잃어버린 것을 까

맑게 잊고 물을 헤치며 가서 소리쳤다.

"이봐요, 경비초소 안에 계신 분! 총리께서 말씀하시길 경첩 속 피스톤 장치 안의 기름을 바꿔야 한다네요."

사다리 여러 개가 준비되었으나, 그것들은 오로지 문 아래쪽 경첩에만 겨우 닿았다. 기술자들은 기름 한 통을 들고 성벽의 꼭대기로 올라가서는 밧줄을 매단 채 문 위쪽의 경첩까지 내려갔다. (글로리아는 비가 퍼붓지만 않았어도 밧줄에 매달린 일꾼들이 자신보다 훨씬 재미있을 것 같다고 생각했다.)

두 시간이 지났다. 사태를 구경하려는 사람들이 계속 늘어난 탓에 군중의 규모는 훨씬 커졌다. 경비초소에 있던 기술자들에게도 꽤 곤란한 상황이었다. 그들은 하늘에 대고 행운을 빌었다. 그러고는 10부터 아래로 숫자를 세어나갔다. 그리고 외쳤다.

"당겨!"

녹슨 초록빛의 요정들이 마침내 덜컹거렸다. 피스톤에서 퓨 하는 소리가 나더니 그 오래된 아름다운 문이 천천히, 천천히 움직이며 닫혔다. 문이 닫히자 도시 경비대의 무시무시한 노란 부츠까지 차올랐던 물이 싹 사라져버렸다.

성벽은, 그리고 이제 성문은, 하늘까지도 닿을 것만 같았다. 해 질 녘이 되면 도시는 홍수로부터 자유로워질 것이다.

시위대는 우우 하는 야유를 보냈지만 대체로 많은 사람이 성문을 닫는 데 찬성했다. 강물이 도시 안으로 들어오는 것을 어쨌든 막아야 했기 때문이다.

이제 나는 집에 가야지. 글로리아는 생각했다.

티모르는 글로리아를 향해 팔꿈치를 내밀었다. 글로리아는 무슨 뜻인지 알 수 없었다. 여기를 빠져나가자는 비밀 신호일까?

"내 팔을 잡아요, 총리."

그는 이를 악물고 말했다.

"그럴 수 없어요, 선생님!"

티모르는 자동차에 시동을 거는 듯 시끄럽게 큰기침을 했다. 글로리아는 어쩔 수 없이 티모르의 코듀로이 코트 소매가 만든 안쪽 공간에 손을 쓱 밀어 넣었다. 그러고는 물이 흥건한 길을 따라 다시 언덕 위로 걷기 시작했다. 시민들은 길을 비켜주었고 지나가는 곳마다 박수가 터져 나왔다. 글로리아는 그들이 대체 누구에게 박수를 치는지 궁금해 주위를 둘러보았다. 그러자 팔뚝이 손을 더 꽉 죄는 것이 느껴졌다.

두 사람이 시위대를 지나갈 즈음, 글로리아가 물었다.

"저 사람들한테 가서 이야기를 좀 나눠도 될까요?"

티모르는 목구멍 안쪽에서부터 끌어 올린 짙은 큰기침을 뱉었다. 안 된다는 뜻이었다. 하지만 글로리아는 시위대 속에서 플래카드를 들고 있는, 가장 가까이 있는 그 여자에게 소리치고 싶은 충동을 참을 수가 없었다.

"마구(말의 등과 양어깨에서 가슴까지 연결하는 고정끈—옮긴이) 있잖아요! 마구에 밧줄을 달아요! 묶어서 성벽 밖 아래로 흘러내리게 매달아주면 됩니다. 그러면 누군가 성밖에 도착한다 해도, 물론 배로 오겠죠, 그것을 잡으면 여기서 끌어 올려주면 되고요! 어떻게 생각해요?"

양말을 잃어버렸던 바로 그 기자가 이 말을 받아 적으려 했다. 하지만 공책은 물에 젖어 이미 다 찢겨 있었다.

더 보이스

In atramento est veritas

성문이 닫히다

근 백 년의 역사상 최초로 성문이 굳게 닫혔다. 여러 어려움이 있었지만 네 개의 성문이 모두 닫혔으며, 우리에게 찾아온 위기가 끝날 때까지는 다시 열리지 않을 예정이다. 생명을 잃을 위기와 혼란에서 우리 모두를 구한 것은 선조들의 업적이었다. 집중호우 속에도 수백의 인파가 이를 지켜보았고, 거대한 청동 문은 결국 굳게 닫혔다. 하지만 유압 장치가 작동하지 않은 탓에 예상보다 오랜 시간이 걸리기도 했다. 장치 안의 기름을 바꾸라는 총리의 시의적절한 제안 덕에 결국 모든 사태는 해결되었다.

〈더 보이스〉는 앞선 일기예보에 오류가 있었던 이유를 꼭 밝혀낼 예정이다.

———— **편집자의 말** ————

역사적인 자연재해 앞에서 프래스토 사람들이 보여준 훌륭한 유머와 용맹심은 찬사를 받아 마땅하다. 〈더 보이스〉는 여러분에게 경의를 표한다. 홍수로 전화망이 손상된 탓에 동부 해안이나 서부 해안의 농장이나 마을에서 어떠한 소식도 전달받지 못하는 상황이다. 삼림지와 강변 주민들에 대한 우려가 깊어지고 있다. 가옥은 파괴되었을까? 주민들의 피해 상황은? 이에 대해 어떻게 조처하고 있는지, 우리는 상원에 질의할 것이다. 그 사이 우리가 할 수 있는 유일한 일은 우리의 친지들을 위해 기도하는 것뿐이다.

범람한 물에 배 세 척이 가라앉다

프래스토 항구에 정박 중이던 화물선 네 척 중 세 척이 맹렬히 범람하는 강물에 침몰했다. 이 중 광석 운반선 한 척은 떠내려가고 말았다. 이 과정에서 배가 부두를 들이받는 바람에 부두가 무너지기도 했다. 당시 해당 선박들에는 아무도 타지 않은 것으로 추정되나 선체는 인양하기 어려울 것으로 보인다. 벌크선(화물을 원재료 그대로 포장하지 않은 채 실어 나르는 배-옮긴이) 니켈

총리가 구한 날

총리는 남문 폐쇄식에 참석했다. 문이 닫히지 않는 상황에서 총리의 조언은 큰 도움이 되었다. (더 많은 사진이 안에 수록돼 있음)

로디언호만이 유일하게 살아남았다.

오늘의 초성 퀴즈:

ㅊㄱ ㅌㅊㅈ ㅊㄹㄴ

79

제6장

지붕 위의 밤

포레스트 굽이, 북 아팔리아

하인즈는 홀로 남겨졌다.

강아지 시절 강제로 엄마와 떨어져야 했을 때 하인즈는 일주일을 울었다. 하지만 클렘을 만나며 치유되었다. 지금 하인즈는 지붕에 앉아 갈색 물결 저 먼 곳을 내다보고 있다. 바람이 아무리 불어와도 클렘의 냄새는 실려오지 않았다. 구조대가 올 것이라는 확신 또한 찾아오지 않았다.

유일한 친구인 그 소년을 다시 찾는 것 말고 다른 선택을 할 수가 없었다. 외로운 감정과 추위 때문에 계획을 세우기가 점점 더 어려워졌지만 머지않아 마음속에 잠들어 있던 기지가 다시 살아나 올바른 순서로 일을 해나갈 것이다. 본능은 어떻게든 클렘에게로 이끌 것이다. 꼭 그래야만 한다.

하인즈는 지붕 위에 떨어져 있는 구운 콩을 조금 핥아먹고는 그대로 누웠다. 집이 흔들리며 삐걱거리는 것이 배 아래로 느껴졌다. 흐르는 물은 끊임없이 벽을 때리고 또 문짝과 배수로를 세게 쳐댔다. 물살은 벽 '아래의 흙'을, 말하자면 걸쭉해진 진흙 수십 리터를 조금씩 조금씩 파내고 있었다.

하인즈는 배 아래에 있는 집이 휘청대며 삐걱거리는 것을 밤새 느꼈다. 아침 무렵에는 마치 술에 취한 듯 집 전체가 사방으로 휘청거렸고 여러 조각으로 조금씩 갈라졌다.

원인은 바로 자동차였다. 팀버레이크 자치주 전역에서 유일하게 한 대 있는 자동차다.

지붕이 없는 폴리투어러(Folly Tourer) 자동차는 하류로 떠내려갔다. 캔버스 천으로 된 접이식 지붕은 완전히 구부러진 채 앞 유리에서 떨어져 나와 있었다. 운전사는 없었다. 손짓하는 승객도 없었다. 보닛에서 피어오르는 연기도 없었다. 그 차는 정확하게 하인즈를 향해 돌진해 집의 모퉁이를 세게 쳤다. 차는 전조등 하나가 부서진 것 빼고는 손상이 거의 없었다. 하지만 집에는 최후의 결정타였다. 지붕 안에 있던 기둥 몇 개는 큰 가지가 나무에서 떨어져 나가듯 그렇게 사정없이 부러졌다. 땅 위에 직각으로 서 있던 건물은 안으로 바깥으로 마구 휘어지고 비틀거리다 결국 산산조각이 났다. 밧줄에 묶여 있던 지붕 한쪽이 갑자기 솟아올라 지붕 전체가 수직으로 기울어졌다.

하인즈는 더는 지붕 위에 있을 수가 없었다. 자신의 무게를 감당할 수 있을 만한 유일한 표면을 찾아 뛰어내렸다. 바로 자동차의 지붕이다. 캔버스 천은 해먹처럼 하인즈를 감쌌다. 발톱 때문에 천이 조금 뜯겼지만 그래도 꽤 안정적으로 누울 수 있었다. 하인즈는 이 차만큼은 뒤집히지 않기를 간절히 바랐다. 하인즈의 새집은 팀버레이트 자치주를 가로질러, 이번 홍수로 새로 생긴 물길을 따라 신나게 빙글빙글 돌며 떠내려갔다. 여행은 오전 내내 계속되었다.

뒤뜰과 오두막집, 자전거와 창고, 딸기나무, 우편함 그리고 아기용 유모차를 헤치며 차는 남쪽으로 향했다. 물길을 따라 모든 것은 결국 남쪽, 그러니까 바다로 향했다. 고지대는 군데군데 물 위로 솟아 있었고, 그 위에는 어김없이 소와 나무, 양과 말, 사슴과 돼지들이 있었다. 집도 물론 있었다. 사람들도 역시. 하지만 그 어디에도 클렘은 없었다. 하인즈는 클렘을 찾아내려고 눈에 힘을 잔뜩 준 나머지 눈이 아팠다. 물 위에 뜬 배들은 깨지기 직전의 달걀 껍데기처럼 모두 텅 비어 뒤집혀 있었다. 하지만 클렘을 태운 배는 어디에도 없었다.

하늘 높은 곳에서는 천 마리쯤 되는 새들이 빙빙 돌며 소리 지르듯 지저귀고 있었다. 둥지는 모두 사라졌다. 딸기나

건포도, 곡물 같은 먹이도 역시…. 그래도 그 새들은 홍수를 피해 자유롭게 날 수 있지만 하인즈는 자동차 지붕에 자신의 운명을 걸 수밖에 없었다. 생명을 걸고 오른 요람이었다.

다시 비가 내리기 시작하자 캔버스 천에 빗물이 모였다가 발톱에 뜯긴 구멍 사이로 똑똑 흘러내렸다. 그런데 그때 저 아래에서 무엇인가 게걸스레 물을 핥는 소리가 들렸다.

하인즈는 찢어진 틈으로 코와 한쪽 눈을 가져다 댔다. 그곳, 자동차 뒷좌석에 노란색 목욕용 스펀지처럼 생긴 것이 있었다.

자동차가 이리저리 기울어질 때마다 이쪽으로 저쪽으로 미끄러질 만큼 아주 작은 녀석이었다. 그것은 고양이처럼 야옹야옹 울었다. 하지만 하인즈는 그 녀석을 죽이고 싶지 않았다. 그러므로 고양이가 아니라 작은 강아지일 터였다.

"네 자동차니?"

하인즈가 물었다.

"내 차야."

그게 다였다. 몸이 조금 녹고 물기가 말라가자 하인즈는 머릿속에 백 가지 생각 정도는 담아둘 수 있게 되었다. 하지만 그 스펀지는 오로지 "내 차야"라는 말밖에 할 줄 모르는 것 같았다.

"내 차야."

뒷자리에 있던 개가 야옹거렸다.

"혈통이? 혈통이 있니?"

하인즈가 물었다. 노란 스펀지는 자신이 잡종인지 아니면 혈통이 있는지 그런 것은 싹 잊어버리고 있었다.

"내 차야."

"클렘? 내 친구 클렘 본 적 있니?"

하인즈가 조금 더 다급하게 묻자, 그 스펀지가 말했다.

"내 차야."

제7장

나팔꽃

프래스토시

　다음 날 아침, 글로리아는 다행히 자기 자신으로 돌아와 있었다.

　"아침의 내가 진짜 나야."

　글로리아는 그렇게 데이지에게 말한 후 개를 먹이고 침대를 정리하고 아침을 준비하고 장식마다 쌓여 있는 먼지를 털어냈다. 벽에는 장식이 어찌나 많은지, 모두 아팔리아를 방문했던 외국 정치인들이 총리에게 바친 선물이었다. 코끼리, 고양이, 말, 나체화, 심지어 가장 좋은 의상을 차려입은 정치인들의 사진 같은 것도 있었다. 글로리아는 그 동물 모두에게 이름을 붙여주었지만, 정치인들에게는 지어주지 않았다 (이미 이름이 있을 테니까). 나체화 속 사람들도 마찬가지다. 그 사람들은 오히려 무명으로 있는 것을 더 좋아할 것이다.

글로리아는 데이지를 데리고 아침 산책을 나섰다. 하녀복이 너무 크다는 것 따위는 이제 아무런 문제가 되지 않았다. 당장은 자신이 총리님 행세를 할 필요가 없다는 것만으로도 그 어느 때보다 기분이 좋았기 때문이다. 베일 사이로 볼 필요도 없을뿐더러 망사 장갑을 낄 필요도 없었다. 특히 망사 장갑을 꼈을 때의 닭발 같은 손은 정말 별로였다. 단 한 가지 좋아하는 옷이 있긴 했다. 모직 안감을 덧댄 총리님의 비옷 같은 걸 언젠가 한 번은 입고 싶었다. 하녀에게 그런 옷이 있을 리가 없었으니까. 그런데 마침 요리사가 벽장 안에 두고 간 비옷이 하나 있어 당장은 그것을 입었다. 당연하지만 자신의 옷보다 훨씬 더 비를 잘 막아주었다.

퍼모스트 저택이 있는 언덕에서 내려다보니, 도시 전체가 물에 둘러싸여 있었다. 하지만 엄청나게 불어나 빠르게 흐르는 강물로부터 성벽과 성문이 도시를 보호해주고 있었다. 물론 빗물은 여전히 배수로가 있는 길옆으로 빠르게 흘러갔다. 하지만 어쨌든 프래스토시는 물에 잠기지 않았다. 세계 속의 프래스토는 단연코 공장 도시였다. 특히 '나이프, 포크, 숟가락 같은 식탁 용품 제조 분야의 세계 중심지'였다. 보통은 굴뚝 다섯 개에서 흘러나오는 매연이 층을 이루어 지역 전체를 덮고 있었는데, 지금은 검은 먹구름이 매연마저 집어삼켰다.

비는 하얀 대리석으로 지은 의회 건물과 조각상에 묻은 검댕을 모두 씻어낼 기세였다. 프래스토에는 공원과 골프장, 채소 농장과 같은 매력적인 녹지도 물론 있다. 글로리아는 그쪽 방향으로 가고 싶었지만, 오늘은 다른 계획이 있었다.

데이지가 가장 좋아하는 곳은 묘지나 공원에 있는 관목지대다. 그곳에서는 개들이 오줌을 누고 서로 쫓거나 뛰어다녀도 괜찮다. 하지만 오늘은 보통 들르던 공원 산책로로 가지 않고 도심으로 내려갔다. 데이지의 코에 닿은 그곳의 냄새는 사포처럼 거칠었고, 소음은 기차역보다 더 심각했다. 제1공장(숟가락 공장) 앞에 도착했을 때 녀석은 자리에 주저앉아 글로리아의 코트를 핥았다. 코트에 밴 음식 냄새를 잠시나마 만끽하고 싶었다.

"이봐, '저것'은 가지고 들어갈 수 없다. 개털이 기계에 들어가면 안 되거든."

문지기가 데이지를 가리키며 말했다. 그는 여전히 공장으로 들어가는 사람들에게 시선을 두고는, 노동자가 한 명 한 명 정문을 지날 때마다 기록계를 눌러대며 말했다. 그의 뒤로 보이는 어둡고 거대한 건물은 마치 모두를 삼켜버릴 것 같았다. 공장 안에서 들려오는 기계 소리는 위장에서 그날의 첫 끼니를 소화하는 소리처럼 들렸다.

"안 데려갈 거예요. 저는 여기서 일하지 않거든요. 저는 하녀인데요, 저기 위쪽….."

"그렇다면 당장 가라."

문지기가 기록계를 찰칵, 찰칵, 찰칵거리면서 말했다.

글로리아는 이곳으로 출근하는 친구 히기를 만나고 싶었다. 자신의 비밀을 친구와 나누고 싶었다.

그때 길 끝에서 글로리아를 발견한 히기가 달려왔다. 활짝 웃는 히기를 보니 글로리아는 기분이 좋아졌다. 둘이 이야기를 주고받는 사이 공장 노동자들은 강이 바위를 빙 둘러 흐르듯 두 사람을 사이에 두고 양쪽으로 갈라져 걸었다. 혹은 범람한 물에 둘러싸인 이 도시의 모습처럼.

"여기 어쩐 일이야?"

히기는 데이지의 젖은 털을 손가락으로 빗어 내렸다.

"말할 것이 있어서. 아니, 말할 사람이, 어쨌든."

글로리아의 심장이 가슴 속에서 심하게 요동치며 갑자기 어딘가 아픈 느낌이 들었다. 하지만 반드시 비밀을 누군가와 나눠야 했고 다른 누구보다 히기가 적임자였다.

그때 히기가 말했다.

"너희 그분 진짜 잘했어, 정말!"

"무얼?"

"늘 찡그리고 있는 그 늙은 총리님. 그분이 오신 덕분에 가까스로 궁지에서 벗어났잖아, 안 그래? 한집에 살면서 몰랐던 건 아니지?"

순간 글로리아는 생각했다. 최고 통치자 총리님이 다시 돌아오셨나, 북부 지역에서 많은 사람을 위로한 다음 프래스토의 집에 돌아오셨나.

히기는 특유의 크고 활발한 목소리로 계속 떠들었다.

"내 말은 그러니까 네가 말해준 이야기들, 네 급료를 안 주고 또 너를…. 나는 그래서 그 여자가 진짜 불행해져야 한다고 생각했거든. 하지만 피스톤에 대해 잘 아는 사람이 그렇게 모든 면에서 나쁠 수는 없어, 그렇지 않아?"

그는 글로리아의 코앞에 바짝 신문을 내밀었다.

'총리님'의 흑백 사진이었다. 모자, 장갑, 남편, 개가 나오는 사진 위로 빗방울이 떨어졌고 그때마다 신문지가 움찔댔다. 신문지에 퍼지는 어두운 회색 물방울로 최고 국가원수의 얼굴은 얼룩덜룩해지고 흐릿해졌다.

진실을 밝혀야 했을까? 저 사진에 있는 게 나야. 총리님은 보즈랑 라차산에 있어. 사람들을 돕느라. 히기는 글로리아의 말을 믿어주기나 할까?

글로리아는 마침 히기가 다른 사람 웃기는 것을 얼마나 좋아하는지 생각났다. 다른 사람을 웃기는 것이 너무 좋아서 공장 안으로 들어가 아는 사람 모두에게 글로리아의 비밀을 말할 수도 있지 않을까? 그들의 놀란 얼굴을 보고 싶어서 말이다.

히기는 신문을 다시 가져가 겉옷 안주머니에 집어넣었다.

"있잖아, 나 이제 가봐야 해. 점심시간에 다시 와서 얘기해 줘. 나는 오늘 펌프 당번이거든."

"펌프?"

머릿속은 온통 딴생각으로 가득 찬 채 글로리아는 그저 한 귀로 듣고 한 귀로 흘릴 뿐이었다.

"지하실에서. 지금 여기 물이 넘치잖아, 그치? 펌프에 넣을 석유가 어제 다 떨어졌어. 그래서 우리가 전부 다 손으로 해야 해. 공장들 모두 지금은 오래된 방식, 그러니까 수동으로 작업하느라 난리야, 알아? 전에는 본 적이 없었는데 말이야. 설사 내가 공장 일을 처음 시작하기 전이었다고 해도 이런 일은 없었어."

"하지만 성문은 모두 닫혀 있잖아. 그런데도 왜 물이 넘치지? 아무래도…."

히기가 웃었다. 글로리아는 얘가 웃을 때 꼭 호박 같다는 생각이 들었다. 눈과 코와 입을 도려낸 후 촛불을 안에 넣어놓은 그 호박 말이다.

"그래도 여전히 하늘에서 물이 떨어지잖아? 모르겠어? 아직도 비가 오고 있다고! 여기는 또 낮은 지대거든. 공장들은 전부 도시의 저지대에 있잖아. 비가 오면, 공장 지하는 물에 잠겨. 땅에서 물이 스며 나오기도 하고. 어제까지는 자동 펌프가 있었는데 기계 연료가 지금 바닥이 난 거야…. 그러니까, 그래, 그들이 말하는 게 '모든 인력을 펌프에'인데, 웃기지. 나는 지하실에 들어가본 적도 없는데, 숟가락에 윤기 내는 게 내 일이었는데, 바뀌었어…. 어쨌든 가야겠다. 호루라기 소리가 들릴 때까지 여기 있다가는 급료가 깎이거든. 우아하신 하녀님과는 완전히 다르다고."

여전히 찰칵, 찰칵, 하던 문지기는 시계를 보며, 찰칵, 찰칵. 그리고는 은색의 호루라기를 입술에 갖다 댔다. 다행히 그가 호루라기를 불기 전에 히기는 그를 지나쳐 공장의 거대한 검정 구덩이 안으로 들어갔다.

은색 호루라기에서 찢어지는 소리가 나자 데이지는 뛰고 싶은 충동에 사로잡혔다. 글로리아는 집으로 가는 길의 절반만큼을 데이지에게 끌려가고 말았다.

더 보이스

In atramento non est veritas

모든 일손을 펌프에 투입할 것!
우리의 위대한 공장에 필요한 것은 당신의 도움

힘을 모아
당겨요!

전쟁이 일어나면 군인들이 소집되는 것과 같은 이치로, 우리의 소중한 도시를 구하려면 모두가 나서 일손을 도울 것을 프래스토의 시민들에게 촉구한다. 내일부터는 따로 언급하지 않더라도 누구든 집에서 가장 가까운 공장에 신고해야 한다.* 자발적인 참여는 언제나 환영이며, 특히 젊은 인력을 위한 아이 돌봄 서비스가 제공되는 것은 물론,** 중요하고

---

* 혹시 적합한 업무가 없을 경우, 그에 따른 확인증 교부.
** 반려동물 역시 전문 '반려동물보호센터'에서 보호됨.

가치 있는 일이 기다리고 있다. 약간의 훈련만 거친다면 곧바로 모든 아팔리아 사람이 감사할 일을 하게 될 것이다. 그러므로! 웃음과 동료애, 즐거움이 있는 활기찬 일터를 기대하시라!

자신에게 물어보자. 다섯 개의 대형 공장이 없었다면 과연 우리는 지금 어디에 있을까?

끔찍한 죽음을 부른 광견병 주의보

한 연금 수급자가 지난밤 캐슬 스트리트에서 일단의 개 떼에게 죽임을 당했다. 도시 경비대가 여성을 구조하려고 곧장 출동했으나 개들의 공격을 막아낼 수 없었다. 출동했던 경비대원에 따르면, 개들은 "완전히 미쳐 날뛰고 있었으며 입에는 거품을 물고 있었다"고 한다. 한 수의사가 개들이 광견병에 걸렸음을 발견했는데, 이 병에 걸린 개에게 물리면 뇌가 부풀어 오르게 된다. 감염되는 즉시 정신이상 증상을 보이며 종종 죽음에 이르기도 한다. 어린이들은 특히 문밖에서 놀지 않도록 해야 하며 꼭 필요한 경우가 아니라면 집 안에 머물기를 바란다.

오늘의 초성 퀴즈:
ㄴ ㅇㅇ ㅎㄹ

93

제 8 장

육지
내륙 지방

"내 차야."

폴리투어러 차는 팀버레이크 자치주를 지나 프렌드십 자치주까지 가로질렀다. 그렇게 말해주는 어떤 표지판도 보지 못한 채였다. 프렌드십 자치주에는 자동차 여러 대가 있는 것이 확실했다. 물 표면에 휘발유가 무지개처럼 피어나 나선형으로 소용돌이치고 있었으니까. 폴리투어러는 그 위를 가로질렀다. 차는 연료 없이도 출렁거리는 물의 파고를 지나 무모하게 속도를 냈다. 바퀴와 자동차 몸체 사이 아치형 공간에 덤불이 끼었다. 마치 이 사이에 낀 음식물 같았다. 그 때문에 자동차는 마치 뗏목을 타고 하류로 흘러가는 것처럼 보였다. 다행히 문틈으로는 물이 새지 않았다.

"내 차야."

뒷좌석에 앉은 스펀지가 뾰로통하게 말했다.

천이 찌익 찌익 찢어지는 듯한 느낌을 받은 하인즈는 그대로 얌전히 있었다. 캔버스 천은 개의 무게를 이기지 못하고 조금씩 찢어지고 있었다.

공교롭게 자동차는 소용돌이로 들어가 완전히 한 바퀴를 돌고 또다시 한 바퀴를 돌았다. 운전대가 오른쪽, 왼쪽으로 마구 돌았다. 마치 유령이 운전대를 쥐고 있는 것만 같았다. 캔버스 천이 완전히 찢어지는 소리와 함께, 하인즈는 결국 미끄러졌다. 예의고 뭐고 따질 겨를도 없이 털썩 조수석으로 떨어지고 말았다.

"내 차야!"

"나 하인즈야."

하인즈가 대답하듯 말했다. 변속기어는 사정없이 흔들렸다. 물이 배기관과 구동축(변속기에서 나온 동력을 바퀴 등에 전달하는 축-옮긴이) 안을 지나며 내는 소음은 차 안에서 훨씬 시끄럽게 들렸다.

종종 표류물이 그들의 바로 앞에서 갑자기 물 밖으로 튀어나오는 바람에 차가 수차례 부서질 위기에 처하기도 했다. 하지만 장애물들은 다행히 금방 가라앉았고 자동차는 무사히 지나갈 수 있었다. 조수석에 앉은 하인즈는 앞을 뚫어지게 바라보았다. 그런 식으로 집중해 앞을 보면 재난을 피할 수 있기라도 한 듯. 한참 시간이 흐를 동안은 그 작전이 정말 성공한 듯 보였다. 어찌나 집중했는지 앞에 땅이 흘끗 보였다고 생각했을 정도였다.

하지만 물 아래에는 희망을 사라지게 할 위험이 도사리고 있었다. 자동차는 쓰러진 두 전봇대 사이를 무사히 지나가는 듯했지만, 물 아래에서는 다른 일이 벌어지고 있었다. 두 전봇대 사이를 잇는 전선이 전봇대 뒤로 질질 끌려가고 있었고 자동차 범퍼가 전선에 걸리고야 말았다. 바로 그때 타이어가….

자동차가 너무 급히 멈추는 바람에 뒷자리에 있던 '내차야 씨'가 위로 날아올라 계기판에 세게 부딪혀 떨어졌다. 하인즈는 발밑 공간에 내동댕이쳐졌다. 물이 문안으로 들이쳤다. 자동차는 빙글빙글 돌더니 강 상류 쪽을 바라보았고, 빠르게 흐르던 물은 보닛 위까지 올라왔다. 차에 끼어 둥둥 떠다니던 덤불은 차 앞 유리까지 밀려 올라와 자동차를 긁어댔다. 덤불 안에는 죽은 백조가 끼어 있었는데, 그의 부리가 유리를 찍어대는 바람에 유리는 위에서 아래로 쩍 갈라졌다.

"밖으로. 당장 밖으로."

하인즈가 말했지만 내차야 씨는 죽은 백조의 머리가 앞 창문을 밀어대는 것을 보고 그 자리에서 얼어버리고 말았다.

녀석은 짖고 또 짖었다. 갈라진 유리 사이로 물방울이 눈물처럼 쏟아졌다. 그리고 곧이어 창문이 두 조각으로 갈라졌다. 덤불과 백조가 모두 차 안으로 쏟아졌고, 차 안의 좌석을 모두 채웠다.

"밖으로. 당장 밖으로!"

하인즈가 소리치며 문틈으로 몸을 끌어당겼다. 폴리투어러 자동차는 전봇대 전선에 묶인 채 가라앉고 있었다. 그 찰나의 순간, 목욕 스펀지 크기의 노란 녀석은 차 밖으로 나와 물 위에 둥둥 떠서 허우적거리고 있었다. 하인즈는 녀석의 목덜미를 물고는 멀리 보이는 마른 땅을 향해 헤엄쳐갔다.

제9장

유명 인사

퍼모스트 저택, 프래스토시

"개라면 질색이야."

코베트 상원의원은 퍼모스트 저택 앞 계단 위에 서서, 누군가가 문을 열어주길 기다리며 말했다. 그는 신발의 밑창을 바라보고 있었다.

의원은 당연한 듯 보좌관에게 손을 내밀었고, 보좌관인 마일드는 개똥을 벗겨낼 도구로 하는 수 없이 자신의 만년필을 건네주었다. 보좌관은 손가락 두 개로 펜을 다시 건네받으며 말했다.

"의원님은 벌써 여러 차례 같은 말씀을 하셨습니다."

"그 녀석들은 아무짝에도 쓸모가 없어. 아주 더럽고 또 먹긴 또 왜 이렇게 많이 먹어."

"좀 그렇지요, 의원님."

그 순간 문이 열리자 데이지는 마치 그들에게 인사라도 하듯 어깨로 밀치고 나가며 코베트 의원의 바지 옆면에 흰 털을 묻혀놓았다. 총리의 남편은 접견실로 그들을 안내했다. 매일 열리는 '의원들을 대표하여 보고'하는 시간이었기 때문이다.

코베트는 자신이 매우 중요한 사람이라는 듯 거만하게 의자에 앉았다. 그 옆에는 '아스클레피아스(1미터 정도의 키에 털이 난 줄기가 있고 자르면 흰 유액이 나오는 쌍떡잎식물—옮긴이)'를 닮은 마일드(코베트 의원은 자기 보좌관을 이렇게 생각했다)가 앉았다. 그는 최대한 눈에 안 띄려는 자세로, 무릎은 꼭 붙이고 팔꿈치는 안으로, 머리는 숙인 채 앉아서는 손수건으로 만년필을 닦아 필기할 준비를 하고 있었다. 총리가 책상 위 알코올램프를 켜면 그 빛은 어둠 속에서 코베트의 눈에 바로 닿았다. 그 때문에 코베트는 총리의 얼굴을 거의 제대로 볼 수 없었다. 어찌 보면 일부러 그를 골탕 먹이려는 것처럼 보이기도 했다.

글로리아는 밤늦게까지 총리의 목소리를 연습했다. 하지만 (지금 와서 보니) 코베트 의원에게 무슨 말을 해야 할지 시간을 더 들여 생각해둘 것 그랬다는 생각이 들었다.

"새로운 일은요?"

글로리아는 새가 지저귀듯 말했다. 코베트는 총리를 보고 능글맞게 웃었다.

"총리님께서 기뻐하실 만한 소식입니다. 우리의 '지방 친지'들의 일은 모두 잘 처리되었고, 필요한 경우 모두 구조되었습니다. 현재 모두 안전하고 건강합니다. 지붕 위에 갇혀 있던 사람들은 모두 높은 지대로 피신했습니다."

마일드는 지도를 가지고 종종거리며 앞으로 나와 총리 앞에 이를 펼쳐 보였다. 그의 목소리는 비단이나 우유처럼 부드럽고 코베트보다는 훨씬 친절했다.

"여기 언덕은, 그리고 여기, 여기에 집에서 쫓겨난 사람들을 위한 구호 캠프와 식품 저장소를 건설하고 있습니다, 총리님. 여기 호그 언덕. 여기 브리든 언덕. 여기 라운드 언덕. 오시언 언덕. 모두 현재 수위보다 높은 지대입니다. 따라서 그곳의 마을은 대체로 잘 말라 있습니다."

글로리아는 고향 집 근처에도 구호 캠프가 생기는지 찾아보려 했지만, 마일드는 재빨리 자기가 원래 앉아 있던 소파로 돌아가버렸다. 그러고는 젓가락처럼 말라빠진 몸으로 마치 기도하는 사마귀처럼, 돌돌 말린 지도를 꽉 쥐었다.

코베트는 다시 편안한 자세로 고쳐 앉고는 팔을 소파 등받이로 넓게 펼쳤다. 되어가는 상황에 매우 흡족한 듯했다.

"지역 군대가 파견되어 피난민들을 보호해줄 것입니다. 범람한 물이 다 빠질 때까지 음식, 물, 그리고…, 뭐든지요."

"공군이 하늘에서 투하하는 건요? 그곳 사람들에게는 텐트와… 따뜻한 옷이 정말 필요하지 않을까요?"

티모르가, 여전히 그 방문객의 코트를 들고 물었다.

코베트는 고개를 돌려 티모르를 바라보았다. 총리 남편이 아직 이 방에 있다는 것에 놀란 모양이었다.

"당연합니다. 그런 일들은 지금 다 진행되고 있습니다."

이는 특히 글로리아에게는 매우 기쁜 소식이었다. 가족들이 산 중턱 풀밭에 앉아 있는 장면을 그려보니 그것은 마치 소풍의 한 장면 같았다. 마음 깊은 곳에서 짙은 안도감이 새어 나왔다. 높은 산 위에 통나무 오두막이 점점이 펼쳐지고, 군인들은 자기 헬멧에 귀리죽을 담아 가져오는 장면도 그려졌다.

"오, 아주 잘됐군요! 하여튼, 아무도 물에 빠지지 않은 것이죠? 정말이죠?"

코베트는 자세를 고쳐 조금 바르게 앉았다.

"유감스럽지만 일부는 아마도 범람 초기에. 마일드, 사망자에 대한 자세한 조사가 있나?"

"전혀 없습니다, 의원님. 의원님이 이 일을 맡으신 이후에는요. 심각하지 않은 부상 정도는…. 하지만 제가 아는 한 사망자는 없습니다."

책상 위에 있는 램프는 (글로리아를 위해) 방문객들의 얼굴을 비추었고, 그들 뒤에서 여전히 그들의 젖은 코트를 들고 서 있는 티모르의 조금은 우스꽝스러운 모습 또한 비췄다. 그는 고개를 약간 기울인 채 얼떨떨한 표정을 과장되게 짓고는 전화기를 귀에 대는 흉내를 냈다.

"어떻게 아신 거죠? 전신망이 불통인 것으로 알고 있는데요."

총리가 질문했다.

코베트는 놀란 듯 보였다. 사실 아주 그럴싸하게 놀란 척을 하고 있었을 뿐이다.

"음, 당연히 우리만의 방식이 있습니다. 이런 비에 모든 정보통이 사라지는 것이야말로 있어서는 안 되는 일이죠!"

그리고 코베트는 웃었다. 잠시 쉬었다 또 한 번 웃다가는 급기야 기침까지 하기 시작했다.

마일드는 의원의 기침을 멎게 할 요량으로 손수건을 건네며 말했다.

"비밀 정보망이, 당연히, 있습니다, 총리님. 경호국 사무실에 말이죠."

"맞습니다, 경호국이요! 그 빌어먹을 이름이 잠깐 생각이 나지 않았습니다. 비밀 정보망이 있어요. 경호국이 사용하는 망인데, 그 망을 통해 북부 지역에 주둔한 군대와 연락이 닿고 있습니다."

코베트의 말에 글로리아는 커다란 의자에서 벌떡 일어났다 다시 앉았다.

"그러니까 그 캠프에 연락을 취할 수 있다는 것이네요! 가족들과 이야기도 할 수 있고. 매우 고무적이군요!"

"당연히 안 됩니다. 지금 총리님 좀 이상….""

코베트가 쏘아붙이자 마일드는 몸을 앞으로 허둥지둥 움직였다. 총리에게 이상하다고 말하는 사람은 누구든 정치계에서 미래를 내다볼 수 없었다.

"죄송합니다, 총리님. 경호국은 일반 시민이 이용할 수 있는 곳이 '절대' 아닙니다. 비밀 정보망이 있다는 것 또한 알려져서는 안 되는 일입니다. 여기 코베트 상원의원님이라도 그 망을 사용하게 해달라 부탁할 수가 없습니다. 생각해보십시오. 밤이고 낮이고 사람들이 그 망을 사용한다면…. 그러니까 그저 가족들의 안부나 묻자고 말입니다! 그렇다면 원래의 목적대로 사용할 수가 없게 됩니다."

"하지만 사람들은 정말…."

말을 꺼낸 글로리아는 자신이 말하고 싶었던, 간절히 바라던 것을 모두 표현할 만한 딱 맞는 말을 찾고 있었다. 장갑을 낀 주먹은 접견실의 책상 모서리를 부드럽게 내리쳤다.

"…안도감. 사람들은 안도감을 느끼고 싶어 하지요. 이름들이 있으면 좋겠군요. 명단 말입니다."

그늘진 곳 어딘가에 있던 티모르가 거들어주었다.

"명단?"

"명단이요. 누가 어디에 있는지. 하나도 빠짐없이요."

고요했다. 들리는 것이라고는 오직 굴뚝에서 들려오는 바람 소리뿐이었다.

"그. 지방. 주민. 전체. 의. 명단."

코베트 의원은 단어 하나하나를 천천히 나열했다. 이는 마치 천천히 동전을 셀 때의 느낌과 같았다. 말을 마친 그는 다시 웃었다. 웃음소리가 어찌나 크던지 불을 켜지 않은 머리 위 샹들리에의 유리마저도 짤랑거리는 소리를 내었다.

"이런 말씀을 드려도…?"

그의 보좌관이 수줍게, 그리고 서둘러 이어 말했다.

"남문을 닫을 때 총리님께서 사람들에게 얼마나 큰 기쁨을 주셨는지 감히 말씀드려도 될지요? 총리님이 계시는 것만으로도 사람들의 사기가 높아지고 있습니다! 경첩 속 피스톤의 기름을 살피라고 제안해주신 덕분에, 음, 우리가 모두 곤경에서 벗어날 수 있었습니다! 이 말씀 외에는 달리 표현할 것이 없습니다. 경이로우십니다."

"고맙군요!"

하녀 글로리아가 지금 서 있었다면 무릎을 굽히며 인사했을지도 모른다.

"그때처럼 사람들에게 종종 모습을 드러내주시면 그들에게 큰 격려가 될 것이라 확신합니다. 매일매일의 일을 해나가는 이들에게 용기를 주실 수도 있고요. 아시죠? 일은 딴생각하지 못하도록 해줍니다. 걱정이나 분노에 빠지는 것을 막아주지요. 그렇지 않습니까?"

글로리아도 그 생각에 동의했다. 하녀가 되었다고 해서 집을 그리워하는 마음조차 빼앗기지는 않았다. 하지만 일하느라 온종일 불태운 날이면 그리움에 빠질 시간조차 남지 않곤했다.

"공장 순회를 고려해보시길 바랍니다. 총리님과 티모르 선생님, 그리고 사랑하는 개도 당연히 같이요. 노동자들이 한없이… '감사해할 것'입니다."

글로리아는 연신 찰칵찰칵거리는 문지기를 지나 히기네 공장에 걸어 들어가는 모습을 상상했다. 그때가 되면 그 찰칵거리는 문지기도 글로리아에게 멈추라고 하지는 못할 것이다.

"내 아내는 절대…."

티모르가 말을 꺼냈다. 하지만 이미 한발 늦고 말았다.

"물론입니다, 코베트 의원님. 물론이고 말고요."

글로리아가 말했다. 베일을 걷어 올리는 상상도 한번 해봤다. 히기에게 윙크하려고 말이다. 생각만 해도 기분이 좋았다.

하지만 막상 제1공장(숟가락 공장) 앞에서 리무진 밖으로 나올 때가 되자 글로리아는 공포에 질려 꼼짝도 하기 어려웠다. 히기가 아파서 공장에 나오지 않게 해달라고 기도하며 베일을 드레스의 칼라 속으로 깊이 집어넣었다. 히기는 분명 글로리아를 알아볼 것이다! 그는 깔깔거리며 글로리아를 가리키고 "봐요, 총리님이 아니에요!"라고 말할 것이다. 문지기 또한 알아볼 것이다. (제1공장에서 일하는) 요리사의 딸 릭시는 비명을 지를 것이다. "저 애는 총리가 아니에요! 우리 엄마랑 일하는 하녀라고요!" 하면서. 티모르가 팔뚝으로 글로리아의 팔짱 낀 손을 꽉 잡지만 않았다면, 글로리아는 뒤돌아 곧장 자동차로 달려갔을 것이다.

제1공장에 두툼한 호스 수십 개가 땅 위로 튀어나와 있는 모습이 보였다. 지난번부터 보이던 것이었다. 호스를 따라 진동과 떨림이 느껴졌다. 심장 속에서 동맥이 뛰는 것과 흡사했다. 글로리아는 안으로 들어가기 전 숟가락 부서의 관리부장이 손에 입을 맞추는 바람에, 그 호스가 어디로 이어지는지 확인하지 못했다.

신나는 음악이 확성기를 통해 흘러나왔다. 애국심을 고취

하는 노래와 관악대의 쾌활한 행진곡이었다. 〈더 보이스〉의
기자는 글로리아를 향해 두툼한 모직 모자를 들어 올리고는
사진을 찍어도 되겠냐고 물어왔다.

"다른 양말 한 짝을 찾으셨군요. 잘됐어요."

글로리아가 아무런 생각 없이 말했다. 덕분에 기자는 자기
발을 한 번 더 쳐다보았다.

기계가 놓인 방에 들어서자 글로리아는 요리하는 프라이
팬 위에 올려놓은 시금치처럼 금방이라도 쪼그라들 것만 같
았다. 아니, 곧 사라져버릴 것 같았다. 거대한 방에 모인 사
람들은, 사람 수가 얼마 없기도 해서 그런지 모두 체스판 위
의 말 같았다. 체스 말들은 모두 몸을 돌려 글로리아를 바라
보았다. 여자들은 그물망으로 묶어 놓은 머리를 매만졌고 남
자들은 모자를 벗었다. 시끄러운 기계 소리 위로 흥분의 잔
물결이 소리를 내는 것 같기도 했다.

데이지는 한껏 움츠러들어서는 엉덩이를 대고 앉았다. 꼬
리는 배 아래에서 살랑거렸다. 글로리아가 목줄을 세게 잡고
있지 않았다면 데이지는 왔던 길로 되돌아갔을 것이다. 뜨거
운 금속과 기름 냄새가 진동했고 소음은 뾰족한 막대가 되어
두개골을 찌르는 것만 같았다.

어린 소녀가 꽃다발을 한 아름 들고 와서는 무릎을 굽히

며 인사했다. 글로리아는 흠흠 꽃향기를 맡은 후, 미소를 지으며 데이지에게 그 꽃다발을 찔러주었다. 그런데 데이지의 콧속으로 들어간 꽃가루가 폭동의 주범이 되고 말았다. 데이지는 재채기하고 또 재채기하고 또 재채기했다. 그사이 몸의 균형을 잃지 않기 위하여 네 다리를 쭉 펴고 그 사리에 앉았다. 공장 안에 있던 사람들이 모두 웃음을 터뜨렸다. 꽃다발을 갖고 왔던 소녀가 데이지에게 손을 내밀었고… 데이지는 등을 대고 누워서는 쓰다듬어달라는 듯 배를 내밀었다. 노동자들은 모두 안도의 한숨을 쉬었다.

"휴!"

바닥에서는 여러 발걸음의 진동이 쿵쿵 느껴졌으나, 모두가 자기를 쓰다듬거나 예뻐해줄 것이라 여겼는지 데이지가 슬며시 다가왔다.

"…정말 사랑스럽구나."

"…세상에 이렇게 아름다운 생명체라니…."

"…정말 포근하네!"

데이지는 옆으로 누워서 한 발을 쭉 내밀었다. 꼬리는 부드럽게 살랑거리며….

"…이렇게 예쁜 아이는 누구니, 그렇다면…."

"…민들레 솜털 같아…."

…반쯤 감긴 눈으로 세상을 바라보았다.

금속 기계의 괴물 같은 입에서는 숟가락이 잔뜩 쏟아져 나와 기둥을 만들며 통 안으로 쨍그랑 떨어졌다. 그렇게 생긴 진동은 데이지가 누운 바닥에까지 전해져왔다. 마치 또 다른 괴물이 땅에 대고 코를 고는 것 같았다. 통을 들고 있던 젊은 남자는 숟가락에서 반사되는 밝은 빛을 데이지의 가장 소중한 글로리아에게 비추었다. 아프게 하려는 의도는 없어 보였다. 사실, 시간이 지날수록 글로리아는 점점 더 행복해지는 것 같았다.

그들은 이제 광택을 내는 방으로 이동했다.

"찻숟가락에 광택을 내려면 예순 번을 문질러야 한다고 들었습니다. 밥숟가락은 백 번을요."

글로리아는 히기에게서 몇 달 동안이나 숟가락에 광택을 내는 과정을 모두 들었다. 국가원수가 이런 사소한 것까지 알고 있다는 것에 노동자들은 모두 놀란 눈치였다. 감독관조차 감명받은 듯했다.

베일 안에서 글로리아는 이제 웃고 있었다. 이제 더는 프라이팬 위에 놓인 시금치가 아니었다. 글로리아는 총리였다. 광대 신발과 터질 듯한 바지를 입고 줄 위에 서 있는 마술사처럼, 관중들을 즐겁게 해주고 있었다. 물론, 관중들의 눈은 대체로 개를 향해 있었지만, 글로리아에게는 그편이 오히려 더 나왔다. 여자 하나가 주저함 없이 총리에게 다가와 감히 "베일 안은 덥지 않으세요?"라고 물었을 때도, 글로리아는, 자신감으로 상기된 얼굴로, 이렇게 대답했다.

"네, 덥지요. 하지만 절대 벗지 않을 거예요. 아셨죠? 쉰 살을 넘긴 이후로는 말이지요. 허영심이 심하죠? …새로 들여온 펌프를 좀 볼까요?"

갑자기, 당황한 경영진들이 허둥대기 시작했다. 시계를 보더니 다른 공장으로 이동할 시간이라고 말했다. 누군가는 사진기자를 문 쪽으로 멀리 보내기도 했다. 하지만 노동자들은 총리가 지하실을 봐주기를 간절히 바라고 있었고, 글로리아는 사람들의 미소와 박수와 웃음소리에 취해 있었다. 총리는 꽃과 데이지를 티모르에게 건넸다. 그는 가까이 다가와 무언가를 속삭였다. 소음 한가운데에서 글로리아가 알아들은 것은 겨우 "…의무"라는 말이었다. 사람들을 기쁘게 해주라는 그의 요구를 알고 나니 가슴속에서 기쁨의 노랫소리가 들려오는 것 같았다. 치마를 꽉 잡은 채, 글로리아는 지하실의 어두움 속으로 내려갔다.

히기와 마주칠지도 모른다는 사실조차 더는 글로리아를 두렵게 하지 않았다.

하지만 그를 직접 보자 생각이 조금 달라졌다.

땀에 젖은 더러운 조끼를 걸친 히기를 알아보기는 쉽지 않았다. 히기와 비슷한 나이대의 소년들, 그리고 남자 수십 명이 회전 보[하중을 견디는 보(기둥)와 힘을 싣는 보가 서로 연결된 채 힘을 싣는 보를 회전시킬 수 있는 형태의 구조물—옮긴이] 아래에 있었다. 그들은 물이 천장으로 뿜어질 때까지 안간힘을 다해 보를 아래로 내리고 또 내렸다. 후루룩, 물이 빨아올려지는 시끄러운 소리와 함께 보가 아래로 내려가면, 빨려 들어간 물이 멀리 보내졌다. 그러면 보는 쿵 하고 다시 올라오고 히기는 어깨를 그 연결 부위에 휙 하고 다시 끼웠다. 누더기 천으로 손을 감싼 채, 튀어나온 나무 보 아래 서 있는 히기는 교수형을 기다리는 소년 같아 보이기도 했다. 하지만 노동자들이 그렇게 노력했어도 물은 여전히 지하실 전체를 종아리 깊이만큼 채우고 있었다. 그 때문에 사다리를 타고 내려가던 글로리아는 절반쯤에서 멈춰 설 수밖에 없었다.

히기의 밝은 얼굴이 글로리아의 시야에 휙 들어왔다. 심장이 요동치기 시작했다. 이럴 줄 알았어. 이제 끝이야. 그 애가 날 알아봤어.

"저기요! 저분을 위해 일하는 여자애를 한 명 알아요. 그러니까 저분의 하녀를 알고 있어요. 우리는 좋은 친구 사이거든요. 저와 저분의 하녀가요."

히기가 옆에서 펌프질을 열심히 하는 남자에게 기대며 말했다. 그는 아주 은밀하게 속삭인다고 했지만 사실 목소리가 너무 컸다. 아마도 다른 사람 모두가 그 이야기를 듣고 유명인과 연결 고리가 있는 자신을 부러워하기를 바랐는지도 모른다.

글로리아는 큰 소리로 말하고 싶었다. '있잖아! 여길 봐! 나야, 히기! 나, 글로리아!'

하지만 그 대신, 사다리를 타고 다시 올라가기 시작했다. 한 손에는 치맛자락을 꼭 쥐었다.

"이렇게 힘들게 애써주셔서 감사합니다, 여러분."

글로리아는 고개를 돌린 후 말했다. 특히 진짜 총리의 모음과 비슷하게 발음하는 것을 잊지 않았다.

현관홀에서 숟가락 제조부장이 금으로 도금한 식탁 용품 세트를 선물했다. 벨벳으로 장식한 상자 안에는 나이프, 포크, 나이프 갈이가 들어 있었다. 그는 또한 찻숟가락을 끼워 넣으며 찻숟가락은 이 세트에 원래 들어 있는 것은 아니지만 자신은 뼛속까지 숟가락에 속한 사람이므로 이 찻숟가락을 준비했고, 이곳 숟가락 제조부에서 행복한 기억을 담아가길 바란다는 뜻을 전해왔다.

글로리아뿐 아니라 가족 친지 통틀어 그 누구도 가져보지 못한, 가장 가치 있는 물건이었다. 하마터면 입 밖으로 그 말을 꺼낼 뻔했지만, 다행히 아슬아슬하게 그 일은 피할 수 있었다.

돌아오는 차 안에서, 티모르는 글로리아를 쳐다보지도, 말을 걸지도 않았다. 그의 광대뼈 부근의 피부는 붉으락푸르락했고 그저 운전사의 목덜미만 뚫어지게 쳐다볼 뿐이었다. '안 된다.' 글로리아도 안다. 운전기사가 듣는 동안에는 글로리아가 무슨 일을 하고 있는지 절대 이야기해서는 안 된다.

그들은 제2공장(나이프 공장)에 방문했고 그곳 역시 음악도, 박수 소리도 요란했다. 총리를 향한 만세삼창까지 이어졌다. 신나기도 했지만 아주 당황스럽기도 했다. 그들은 어째서, 자기가 보고 있는 여인이 그저 열다섯 살밖에 안 된 하녀라는 생각을 하지 못하는 것일까? 노동자들은 지금 아팔리아의 통치자를 보고 있다고 생각했다. 물론 대부분은 그 옆의 강아지를 쳐다보고 있지만. 어쨌든 그들이 좋아하는 것은 그 '개'이고, 그들이 환호하는 것도 그 개이며, 나중에 서로가 이야기 나누게 될 소재도 그 개일 것이라고, 글로리아는 그렇게 간절히 믿고 싶었다. 그러면서도 사람들이 자신에 대해 "좋은 사람", "정말 소탈하다", "우리와 거의 비슷하다"고 말해주길 바라는 마음도 솔직히 있었다.

일을 찾아 프레스토에 온 이래 글로리아는 특별하거나 중요한 사람이라는 느낌을 받은 적이 단 한 번도 없었다. 소우밀즈에 있는 집에서조차 아무도 글로리아를 여왕처럼 대접해주지 않았다. 그 누구도 기쁜 마음으로 한껏 집중해주지 않았다. 그래서 글로리아는 다시 방문하겠다는 약속을 남겼다. 자기도 모르게 너무나 자연스럽게 말이다. 그러나 물이 차오른 끔찍한 지하실과 그 안에서 펌프질하던 히기의 모습은 완벽하게 빛나던 하루를 망쳐버렸다. 티모르의 침묵도 역시 마찬가지였다.

퍼모스트 저택에 도착하자 글로리아는 기사 애피스에게 고맙다는 인사를 남기고는 (이런 행동 때문에 기사 역시 그녀를 좋아하는 것 같았다) 기진맥진한 채 차 발판에서 잠든 데이지를 밖으로 끌어내렸다. 그들 뒤에서 현관문이 닫히자 이제야 안심한 글로리아는 아주 큰 소리로 웃었다. 글로리아는 "선생님, 저 잘 해냈어요?"라고 물으며 티모르를 향해 고개를 돌렸다.

그는 천장이 곧 자신에게 그대로 떨어지기라도 할 것처럼 두 팔로 머리를 감싸고 무릎을 구부렸다.

"내가 대체 누굴 고용하고 있는 거지? 나는 왜 도자기 가게에 황소를 데려갔을까? 전에도 분명히 말했을 텐데, 어린 아가씨, 너는 정말 골칫덩어리 그 자체야."

그는 이를 악문 채 속삭였다.

하지만 〈더 보이스〉만큼은 그녀를 골칫덩어리라 보도하지 않았다. 다음 날 신문에는 총리에 대한 찬사만 족히 다섯 쪽이 넘게 실렸다. 총리가 방문한 총 다섯 개 공장의 방문기가 실렸는데, 한 공장마다 한 장씩이었다. 그중 한 장에는 이런 설명이 붙어 있었다. '노동자의 마스코트'

티모르는 신문을 읽지도 않고 곧장 쓰레기통에 던져버렸다. 글로리아는 버려진 신문을 몰래 위층 자신의 다락방으로 가져가 침대 밑에 밀어 넣었다. 혹시라도 어느 날, 이 신문을 가족들에게 보여줄 수 있게 된다면, 그때 이렇게 말하고 싶었다. '여기 실린 게 나야. 이 사진. 이게 나였어. 정말이야.'

제10장

쓰레기 섬

강 상류

하인즈가 틀렸다. 차에서 본 그곳은 실제 땅이 아니었다. 온갖 쓰레기가 뒤엉켜 물에 둥둥 뜬 채 돗자리처럼 펼쳐진, 말하자면 쓰레기 뗏목이다. 하인즈가 포레스트 굽이에서 태어났듯이 그 쓰레기들도 그곳에서 태어났다. 뒤엉켜 있는 커다란 나무들은 물이 제방을 넘어 범람하는 것을 막으려고 사람들이 쌓아놓았던 것들이었다. 이 쓰레기 뗏목을 만든 나무들 안에 보이는 것은 관이었다. 물풀, 쓰레기, 죽은 생물들이 강 하류로 떠내려가다 이 뗏목에 온통 달라붙었다.

뗏목 섬은 하류로 항해하며 빙글빙글 돌거나 휘어지곤 했지만, 어쨌든 서로 함께였다. 죽은 양, 수레, 책상 등 새로운 무언가가 이 섬과 충돌하면, 그것 역시 섬의 일부가 되어버렸다. 만나는 것은 모두가 썩어가는 쓰레기 섬과 하나가 되었다.

새들은 이곳에 잠시 머물며 물에 빠져 죽은 동물을 먹으며 지냈다. 그곳에는 쥐도 있었다.

하인즈는 훌륭한 쥐잡이였다. 하지만 그 수가 너무 많아 하인즈조차도 당황할 수밖에 없었다. 죽은 동물에 붙어 있는 파리는 그 수가 어마어마했는데, 새보다 백만 배나 많았다. 구석구석에는 파리가 낳은 구더기가 꿈틀댔다. 하인즈가 죽은 동물을 한입 가득 베어 먹을 때마다 파리가 토핑처럼 따라올 지경이었다.

개에 대한 두려움조차 잊은 고양이들 역시 이 위에서 살길을 찾는 모습이 하인즈의 눈에 띄었다. 그들은 자기 자리에 앉아서는 등을 구부린 채 하악 소리를 내고 있었다. 발톱을 계속 드러내고 있어서 어슬렁거리는 곳마다 발톱이 걸렸다.

고양이들은 사나웠다. 하지만 쥐들은 꽤 조직적이었다. 그들은 때때로 서로의 생각을 하나로 모은 것처럼 보였다. 적이 나타나면 동시에 뒤를 돌아보고 하나의 목표, 하나의 적을 향해 일제히 몸을 날렸다. 자신보다 열 배나 더 큰 독수리에게 동시에 달려들어 가리가리 뜯기도 했는데, 쥐 떼가 뒤덮인 모습은 마치 까만 바위 같았다. 그것들은 또한 하나가 되어 공중에서 달려드는 고양이를 넘어뜨리기도 했다. 그것들이 하인즈에게 관심을 보이자, 하인즈는 용기만으로 살아남기는 힘들겠다는 생각이 순간 들었다.

쥐 떼가 다가왔다. 서로 뒤엉킨 채 다닥다닥 붙어서는, 한 번에 서너 마리가 덤벼들었다. 채소 껍질과 깨진 유리 사이에서 움츠리고 있는 사이 하인즈는 내차야 씨의 목소리를 들었다. 내차야 씨는 여전히 꺅꺅 소리를 치고 있었다.

"내 똥이야! 내 똥이야!"

쥐들은 뗏목의 가장자리에서 하인즈를 둘러쌌다. 쥐 한 마리가 하인즈의 엉덩이에 이빨을 박아 넣었다.

바로 그 순간, 물 밖으로 튀어나와 있던 나무 한 그루가 쓰러졌다. 아마도 처음에는 단단히 뿌리를 내리고 있다가 땅이 축축해진 탓에 버티지 못하고 휘청이다 쓰러진 것일 테다. 이는 쓰레기 섬의 한 귀퉁이를 내리쳤고 어지러이 모여 있던 관 여러 개가 확 트인 물 위로 쏟아져 내렸다. 모여 있던 쥐 떼는 황급히 흩어졌다. 잔가지와 나뭇잎들이 덩달아 쓸려가는 통에 거대한 파리 떼도 같이 쓸려갔다. 염소 뼈가 떨어지며 두 동강이 났다. 섬 전체가 엉망이 되었다.

철벅거리던 물이 어느새 진정되었다. 뿌리째 뽑힌 그 나무가 쓰레기 섬에 합류하여 강의 하류로 흘렀다.

둥둥 떠내려가는 관 안으로 숨어들어 바닥에 쭈그리고 앉아 있던 하인즈는 강 중류쯤에서 쥐의 발톱이 무언가를 긁는 소리를 들었다. 나란히 가던 또 다른 관이 그가 탄 관과 부딪히고 서로 밀치는 사이 또 다른 소리가 가까이, 무척 가까이에서 들려왔다. 무언가가 하인즈의 관에 올라타고는 탈출할 기회를 잡으려던 중이었다.

"내 상자야! 내 상자야!"

내차야 씨가 말했다.

제11장

찾아내다

프래스토시

글로리아는 치즈를 자르는 가느다란 철사로 몸이 잘리고 있다는 생각이 들기 시작했다. 그날 아침, 여느 때와 같이 하녀복과 요리사의 코트를 입고 데이지를 산책시켰다. 거리의 사람들이 개를 알아보고는 자신들이 얼마나 녀석을 좋아하는지 말해주었다. 개도 그렇지만. 얼마나 '총리님'을 존경하는지도 말해주었다. 자전거가 지나가면서 배수로에 있던 물이 튀어 글로리아의 치마와 신발을 적셨다. 가게 주인들과 장을 보러 나온 사람들은 모두 날씨를 탓했다. 가게에는 물건이 없는 것도, 돈을 내지 않고 물건을 가져가는 도시 경비대도, 모두 불만거리였다.

집으로 돌아가면 글로리아는 양단이나 벨벳이나 미끌미

끌한 새틴 옷을 입고는 모자와 장갑과 베일을 쓰고 총리님이 된다. 리무진에서 거리 사람들에게 손을 흔들고, 아주 맛있는 음식을 아주 특별한 자동차에 태워 배달시켜 먹는 그 최고 통치자 총리님 말이다.

그날 아침 그렇게 개 산책을 시킨 후 글로리아는 데이지의 몸을 말려줄 생각으로 뜰에 남겨두었다. 진흙이 잔뜩 묻은 신발을 벗고 여전히 요리사의 코트는 그대로 입은 채 위층으로 달려 올라가서 총리님으로 변신했다. 수건으로 머리를 말리는 사이 티모르가 아침 식사를 하지 않았다는 것이 문득 떠올랐다. 글로리아는 토스트를 구웠다. 조리대 앞에 서 있는 글로리아의 등 뒤에서 부엌문이 열렸다.

허둥지둥하는 사과의 말과 두려운 듯 주저하는 속삭임이 들려왔다.

"여기 계신 줄 몰랐습니다. 죄송합니다, 총리님. 코트를 가지러 왔습니다. 정말 사죄드립니다, 총리님. 요즘 공장에서 일하고 있는데 습한 날씨 때문에 밖이 추워져서요."

글로리아는 요리사의 친근한 목소리가 들려오는 쪽으로 고개를 돌리고 미소를 지었다.

"아무 일도 없을 거예요, 요리사님. 저예요."

글로리아를 위아래로, 또다시 위아래로 바라보는 요리사의 얼굴은 마구 지어놓은 매듭처럼 일그러져 있었다.

"아유, 이 짓궂은 말괄량이 같으니라고."

요리사는 안도의 한숨을 쉬었다. 글로리아는 자기 자신을 내려다보았다. 파리식 옷, 이탈리아식 신발, 조금 젖은 긴 머리를 장식한 벨벳과 새틴.

"그러니까, 너 혼자 이 집을 차지하고는 이런 일을 벌이고 있던 거야, 그렇지? 나는 아무 이유 없이 해고됐는데 너는 여기서 총리님 옷을 입고 몸치장을 하고 있어. 그래서는 안 되는 네가. 총리님한테 말씀드릴 테니 여기서 기다려라! 총리님이 널 가만 안 두실 거다, 망할 꼬마 아가씨!"

토스트가 타기 시작했다. 글로리아는 자신이 저지른 모든 범죄가 하늘에서 서로 부딪히며 불꽃을 번쩍이는 것 같았다. 못된 거짓말은 검은 연기를 내뿜으며 불길 속에서 타오르고 있었다.

"아니에요! 그러지 마세요. 저 허락받은 거예요. 정말이에요. 제 얘기 좀…."

글로리아는 갑자기 말을 멈추더니 심호흡했다.

다른 사람의 옷을 허락도 없이 입은 것은 나쁜 행동이다. 하지만 그중에서도 총리 흉내를 낸 것은 아마 반역죄 중에서도 가장 심각한 범죄일 것이다. 글로리아의 머릿속에는 총살 집행대와 눈이 가려진 자신과 티모르가….

"같이 가서 총리님을 찾아봐요. 총리님이 설명해주실 거예요. 지금 보즈와 함께 과수원에 계시거든요. 요리사님의 코트는 응접실 벽장에 있어요. 제가 가져다드릴게요."

요리사는 당연히, 글로리아를 따라갔다. 손가락으로는 글로리아의 오간자 주름 장식과 벨벳 리본 장식, 젖은 머리카락을 만지작거렸다.

"도둑질과 같아, 바로 그건…."

글로리아는 응접실의 벽장을 열고 안으로 한 발자국 들어갔다.

"초록색이죠, 맞아요, 요리사님 코트? 이곳에 있는 게 확실한데…."

요리사는 글로리아의 뒤에서 분주히 서성이다가 걸려 있는 옷들을 획 밀었다. 코트를 거는 옷걸이들이 옷장 봉 사이를 오가며 비명 같은 소리를 냈다.

글로리아는 말없이 밖으로 나와 문을 잠갔다. 안에서 저항하는 음성과 쾅쾅쾅 소리가 들려왔다.

"죄송합니다. 정말 죄송합니다."

생각할 시간. 지금 필요한 것은 생각할 시간이었다. 유일한 해결책은 요리사를 벽장 안에 가둬두는 것뿐이었다.

티모르가 집무실 밖으로 나왔다. 읽고 있던 신문을 여전히 손에 쥔 채였다. 그리고는 벽장문 쪽을 바라보았다. 표정은 거의 울 것 같았다. 티모르가 입을 열었다.

"그 기상학자들 체포되었다는군."

"왜요? 그 사람들이 무얼 잘못했는데요?"

그는 다시 신문으로 눈을 돌린 다음 말했다.

"잘못된 정보로 의원들의 판단을 흐리게 한 죄, 많은 사람의 목숨을 해한 죄로."

"하지만 그 사람들은 전혀…. 그렇지 않아요?"

"물론 잘못하지 않았다. 그 사람들은 오히려 진실을 말해주었지. 아내가 그렇게…. 그 사람들 지난주에 직장을 잃었다던데. 지금은 체포되었고. 다 내 잘못이다."

"아니에요, 그렇지 않아요."

"그들에게 사실대로 말했어야 했어! 그런데 만약 그들이 항소라도 하면, 법원에서 총리를 부를 거야. 증인이 되어 증거를 제출해야 하니까."

말하는 와중에 티모르의 말꼬리는 흐려졌다.

"그렇다면 항소할 만큼의 운은 없어야 할 텐데요. 그렇지 않아요, 선생님?"

"이 모든 사실이 드러나면… 법원에서 아내를 심문하게 될지도 몰라."

글로리아는 이 말이 무슨 뜻인지 잘 와닿지 않았다. 비를 맞으며 서 있어야 하는, 그런 것인가. 전에 총리님이 글로리아에게 그렇게 한 번 시킨 적이 있었다.

"어떻게 그래요? 총리님은 지금 여기 안 계시잖아요!"

티모르는 글로리아를 쏘아보았다. 도움이 될 만한 내용이 아니면 조용히 하고 있으라 엄중히 경고하는 것 같았다. 그는 값비싼 벽장문을 턱으로 가리키며 물었다.

"저기 뭐가 있니? 개인가?"

"네, 선생님. 당연하지요."

"나가게 해줘, 이 꼬마 총리야!"

그 벽장 안의 개가 말했다.

"저를 믿으세요, 선생님. 개라니까요."

글로리아는 자기 말이 맞는다고 주장하듯 그의 눈을 똑바로 바라보았다.

티모르는 고개를 끄덕이고 뒤돌아 집무실 쪽으로 향했다. 그의 생각은 아내가 있는 강 상류로 헤엄치려 했으나, 해류가 심한 탓에 한계에 부딪히고 말았다. 티모르의 손목이 어찌나 말랐는지, 그리고 두 손이 얼마나 떨리고 있었는지, 글로리아는 모두 알 수 있었다. 티모르가 신문을 툭 내려놓자, 신문은 전부 낱장으로 흩어졌다. 다시 모아 정리하는 일은 너무 번거로웠고, 그는 바닥에 떨어진 신문지를 그냥 그대로 두고 방을 나섰다.

제12장

찾기도 하고 잃기도 하고

강 상류

신은 개를 창조할 때 특별한 장점을 선사했다. 하인즈는 총명했다. 그러나 내차야 씨에게는 운이 따르지 않았다. 애초에 너무 작게 만들어져 뇌가 들어갈 공간 자체가 아주 작았다. 그 개의 잘못은 아닐지 모르겠지만, 끔찍한 강의 소용돌이 속에서 이렇게 열린 관 속에 들어가 있어야 하는 것은 내차야 씨에게는 크나큰 시련이었다.

강은 마치 고통 속에서 몸부림치는 것 같다가 이상하게도 갑자기 죽은 듯 고요해졌다. V자의 물길을 헤치며 내려오는 사이 살아 있는 오리, 백조, 물쥐 같은 것은 하나도 없었다. 세상에 남아 있는 생명체라고는 하인즈와 내차야 씨뿐인 것 같은 시간이 꽤 오래 흘렀다. 쓰레기 섬을 겨우 피해 가던 대여섯 개의 관은 서서히 나뉘더니 해류에 의해 흩어졌다. 몇 몇은 트림하듯 물거품을 쏟아내며 바닥으로 가라앉았다.

남쪽으로 브리든 언덕이 보였다. 세 개의 언덕은 마치 괴물처럼, 갈색 점무늬를 뽐내며 몸을 드러내고 있었다.

원래 초원 비탈지었던 곳은 진흙으로 뒤덮여 갈색이 되었다. 점점이 따개비처럼 보이는 것은 사람들이었다.

고기잡이배 수십 대가 자기 가족들을 지붕에서 구하고 있었다. 그 수가 수백은 돼 보였는데, 고기잡이배는 이제 사람들을 이쪽으로 데려오고 있었다. 제방 근처에는 구조 선박이 한 대도 없었다. 배의 소유주들이 정박할 더 좋은 자리를 찾아 나섰기 때문이다. 지금으로서는 브리든 언덕보다 어디든 더 나은 상황이었다.

마치 고래 등에 박힌 작살처럼 나 있는 언덕 위 나무들 덕에 땅은 단단했고 비를 피할 곳을 얻을 수 있었다. 하지만 바람을 막아주지는 못했다. 여자들과 노인들이 그곳에 앉아 무릎 위로 아이들을 안고 있었다. 몇몇은 잠옷 바람이었다. 그 누구도 가방 하나보다 더 많이 갖고 있지 않았다. 강을 따라 아래쪽에는 남자와 소년들 수백 명이 차례차례로 발목 깊이의 진흙탕에서 쓸 만한 것들을, 그러니까 태울 만하거나 임시 거처를 만들 만한 나무, 혹시 먹을 수 있을 만한 죽은 동물 같은 것들을 건져 올리고 있었다. 마침 기다란 줄과 옷핀을 갖고 있던 사람들은 그들이 받은 은총을 이용해 낚싯줄을 만들었다. 모두 미끄러지고 넘어지고 얼굴을 진흙에 박으며, 신발을 잃어버리며, 아무도 구조하러 오지 않음에 매일같이 희망을 잃었다.

언덕의 다른 쪽에서는 습지가 남쪽까지 뻗어 있었다. 생존한 몇몇은 이미 그곳을 떠났다. 먹을 것을 구하거나 도움을 청할 요량이었다. 물이 특히 깊은 곳은 어디인지, 야생동물이 어디서 도사리고 있는지, 그런 것은 그 무엇도 알지 못한 채였다. 안전한 길이라는 것은 아마 존재하지 않을지도 모른다. 머물기로 한 사람들은 구조받는 데 희망을 걸었다. 이 끈질긴 불행도 반드시 끝이 있을 것이다. 그러는 사이 그들은 온몸이 다 젖은 채 추위에 떨었고, 굶주렸다.

그래서 관이 떠내려오는 것을 보자 그들은 바로 '장작'을 떠올렸다. 사체가 그 안에 있는지 어떤지 생각할 겨를도 없이 그저 땔감만을 취하고자 했다. 남자와 소년들이 우르르 물가로 몰려들었다. 나뭇가지를 걸어 해안으로 끌어당길 생각이었다.

"뚜껑이 없어!"

누군가 소리쳤다.

"새것이야."

또 다른 누군가가 소리쳤다.

"우리 애들을 그 안에 재우면 되겠다!"

하인즈의 몸은 자꾸만 저절로 눕고 있었다. 너무 피곤했
다. 기다란 관 속에서 내차야 씨와 함께 위로 아래로 미끄러
지고 또 미끄러졌다. 그 흔들림을 버텨내기가 너무 벅찼다.
하지만 바로 그때 어떤 목소리가 들려왔고, 하인즈는 벌떡
일어났다. 하인즈는 벽을 긁으며 짖었다. 클렘? 클렘이야?

진흙으로 옷을 입고 진흙으로 얼굴을 가린, 둑 위의 있는
그 생명체들은 상자 속의 이 작은 개에게는 위협적으로 보였
다. 그들은 나뭇가지를 휘두르며 하인즈의 배가 흔들릴 때까
지, 아니 뒤집힐 만큼 세게 쳐댔다. 나뭇가지 끝의 잔가지가
관으로 떨어져 들어왔다.

한편 그들의 뒤쪽 언덕 내리막길에서는 한 진흙 소년이 두
발로 미끄러져 내려오고 있었다. 달리다가 미끄러지고, 소리
치며 손을 흔들었다.

"하인즈! 하인즈!"

너무 멀었다. 너무 멀어 닿을 수가 없었다. 관이 물속 소용
돌이를 만나 그 자리에서 빙글빙글 돌기 시작했다. 하인즈는
달려오는 그 모습에 눈을 떼지 않으려고 계속해서 반대 방향
으로 빙빙 돌았다.

갑작스러운 개의 출현에 놀란 남자들은 일주일만에 처음

으로 웃기 시작했다. 하지만 두 발은 범람한 강가에 붙어 있었다. 그들은 더 앞으로 나갈 용기는 내지 못했다.

"제가 잡을게요! 제 개예요! 내 친구 하인즈거든요! 하인즈라고요!"

클렘은 찰랑이는 잔물결을 지나 곧장 깊은 물속으로 뛰어들었다.

"그러지 마, 얘야!"

한 남자가 소리치면서, 쥐고 있는 나뭇가지를 클렘에게 뻗어주었다. 클렘이 더 깊이 들어갈수록, 클렘의 몸은 붙잡은 나뭇가지를 따라 점점 수면 위로 올라왔다.

"그냥 두면 안 돼요! 제발요! 하인즈란 말이에요!"

클렘의 두 발이 결국 진흙 밖으로 나올 때까지, 클렘의 몸은 물론 영혼까지 한기가 와락 느껴질 때까지 그 구조 작업은 계속되었다. 소년은 손을 뻗었고, 관에 손이 닿았고, 그 손이 관의 테두리를 낚아챘다. 하인즈의 머리가 그의 손가락에 닿았다. 하인즈의 혀가 클렘의 손등에 있는 상처를 핥자….

"조심해!"

죽은 수사슴이었다. 물에 잠긴 사슴의 머리 위로 불뚝 솟은 무거운 뿔이 관에 부딪혔다. 소용돌이치는 물살에 관은 거칠게 흔들렸고 하인즈의 배는 결국 저 멀리 뻗어나갔다.

클렘은 손에 쥐고 있던 나뭇가지를 놓고 다시 관으로 돌진했지만 안타깝게도 하인즈를 놓치고 말았다. 녀석은 시야에서 사라졌다. 그 수사슴의 뿔이 클렘을 물 아래로 잡아 끌어내렸다가 다시 수면으로 퍼 올렸다.

저녁으로 사슴고기를 먹을 수 있다는 희망과 물에 빠진 소년을 구해야 하는 상반된 상황에 맞닥뜨린 그곳 남자들은, 장작을 얻어야 한다는 것은 까맣게 잊고 온 힘을 다해 그 소년과 사슴을 물가로 끌어올렸다.

하인즈는 부서지기 직전의 작은 배 위에 겨우 발을 올리고는 한 귀는 여전히 쫑긋한 채, 또 다른 귀는 이미 포기한 채, 사람들이 하는 행동을 지켜보았다. 울부짖음이 닿을 만큼 가까운 곳에서 하인즈는 가장 사랑하는 친구를 찾기도 하고 잃기도 했다.

한편 내차야 씨가 할 말을 찾지 못한 것은 행운이었다. 만약 입이라도 뻥긋했다면 하인즈의 입에 찢겨 물고기 밥이 됐을지도 모를 일이었다.

제13장

문제야, 문제야

프래스토시

일 년 정도, 글로리아는 밤마다 데이지에게 요리책을 읽어주었다(개들은 이야기보다는 요리법을 좋아할 것 같았기 때문이다). 요리사가 해고된 뒤로는 요리책을 읽어주던 그날들이 매우 의미 있게 되었다. 티모르를 위해 식사를 준비해야 했는데, 마침 요리법을 알고 있었기 때문이다. 다행히 방문하는 손님들은 눈에 띄게 줄었다. 티모르는 오로지 코베트 의원만을 퍼모스트 저택으로 불렀다. 의원들을 대표한 그와 국정을 논의할 생각이었다. 그 덕에 글로리아는 의원들 모두의 이름을 외울 필요가 없어졌다.

그날 밤 요리사가 마침내 코를 골기 시작하자 글로리아는 냅킨이 깔린 쟁반을 준비하고 저녁을 차렸다. 손가락을 씻는 작은 유리그릇과 참깨로 만든 한입거리 음식, 차 한 잔, 아팔리아식 매운 치즈 토스트를 올린 금장식의 접시, 후식으로 먹을 애플크럼블을 올렸다. 그러고는 응접실 벽장문을 열고 발밑에는 요강을, 머리맡에는 조금 전 차린 식사 쟁반을 가져다 두었다. 떠날 때는 일부러 문을 세게 닫아 요리사를 깨워 따뜻한 음식을 먹도록 했다.

"정말, 정말 죄송해요. 다른 방법이 없었어요."

글로리아가 문틈으로 말했다. 요리사는 용서할 생각이 전혀 없어 보였다. 그저 앉아서는 밥을 먹으며 구시렁거리더니 후루룩거리며 차를 마시고, 협박을 한번 하더니 글로리아의 이름을 부르고는 '정말이지, 꼭 공장으로 돌아가야 한다고…' 하고 말했다. 글로리아는 잠시 멈칫하더니, 들어줘야겠다는 의무감 같은 것을 느끼고는 벽장 앞 스툴에 앉았다. 다행히 데이지가 와서 달콤한 사과잼이 묻은 그의 손가락을 핥았다. 그것은 일종의 위로였다. 다행스럽게도 요리사는 조금 일찍 잠이 들었다.

하지만 글로리아는 그렇지 못했다. 밤새 뜬 눈으로 요리사를 어떻게 해야 할지 고민하고 또 고민했다. 새벽 두 시가 되어서야 뇌물로 그 여자의 입을 닫게 해야겠다는 생각이 들었다. 뇌물은 벽난로 선반 위에 있는 장식 중의 하나로 정할 생각이었다(액자 틀 중 일부는 정말 금이다). 아니다.

새벽 세 시에는, 요리사가 도망가지 못하도록 저택에서 가장 높은 다른 방으로 옮길까도 생각했다. 말도 안 된다.

새벽 네 시, 요리사를 죽인 다음 정원에 묻어야겠다는 생각이 스쳤다. 그 생각은 마치 시커먼 박쥐들 같았다. 안 된다!

새벽 다섯 시가 되자 가방을 싸서 도망가는 것이 가장 괜찮은 방법이란 생각이 들었다.

그래서 글로리아는 당장 가방을 쌌다. 하녀복을 입고 그 위에는 이미 누더기가 된 자신의 코트를 입고 집을 빠져나갔다. 글로리아는 언덕 아래 히기의 집까지 걸었다. 다시는 데이지를 볼 수 없다는 생각에 가는 내내 울었다. 조리대 옆에 앉아 데이지에게 찜 요리법이나 국수 요리법을 읽어주는 것도 더는 하지 못할 것이다. 녀석이 잠들 때까지 털을 빗겨주는 일도 더는 할 수 없다. 녀석의 앞발을 잡고 악수할 때마다 손바닥에 느껴졌던 그 거칠거칠함도 그리울 것이다.

거리는 텅 비어 있었다. 버스 차고 안에는 타이어가 죄다 벗겨진 채 바퀴 축만 덩그러니 단 버스들이 나란히 서 있었다. '버스 없이 어떻게 일을 하러 가지?' 궁금했다. 그리고 글로리아는 여전히 아무 생각도 하지 못했다.

소녀는 히기의 집 문간 계단에 앉았다. 덜덜 떨면서, 히기의 가족들이 한밤중에 일어나지 않기를 바라면서 태양이 떠오르기를 기다렸다. 일하는 사람들에게는 밤잠이 소중한 법이다. 그래도 비는 내리지 않았다. 히기에게 도망친 이유를 어떻게 설명하지? 그의 무릎에 앉아서 자신의 비밀을 털어놓고 아무에게도 말하지 말아 달라고 할까? 아니면 어리석은 짓을 해서 총리님에게 해고당했다고 할까. 좋다! 바로 이거다. 총리님의 실크 잠옷을 다리미로 조금 태운 다음 쫓겨났다고 하자.

창문 밖으로는 희미한 불빛조차 보이지 않았다. 거리 어디에도 불이 켜진 창문은 없었다. 그리고 글로리아는 여전히 아무 기억도 하지 못했다.

이제 글로리아의 귀에는 공장에서 흘러나오는 펌프질 소리가 북소리처럼 들려오기 시작했다. '여전히' 사람들은 기합을 넣으며 무릎만큼 차오른 물을 퍼내려고 보를 들어 올리고 있을까? 소녀는 깜빡 잠이 들었고 꿈을 꾸었다. 남자와 어린 소년들이 이곳에서부터 저 멀리 영원까지 줄을 서서는 일제히 펌프질하는 꿈이었다. 글로리아는 두 주먹을 불끈 쥔 채 어깨뼈 사이의 통증을 느끼며 눈을 떴다.

그제야 어떤 기억이 떠올랐다. 그의 지친 뇌가 비로소 무엇인가를 생각해냈다. 모두 공장으로 가서 신고하라 말하던 바로 그 신문 기사였다.

신문에서 말한 것은 야간 교대를 의미한 것이겠지? 낮에 일하라는 뜻은 아닐 거야. 일주일 내내 밤마다! 모든 사람이 그렇게 해야 한다는 뜻은 분명 아니겠지? 엄마들도, 아빠들도, 아이들도? 시곗바늘이 끊임없이 돌아가는 스물네 시간 내내? 마운트뷰 스트리트에 있는 작고 정겨운 집들이 설마 다 비어 있는 것일까? 잠든 사람이 없는 침대, 차가운 난로, 이는 모두 주인들이 다 공장으로 가버렸기 때문일까? 이런 생각을 하다 보니 히기네 대문을 두드려봐야겠다는 결론에 이르렀다.

그때 거리에서 오르막길을 오르는 마차의 부드러운 고무 바퀴 소리가 들려왔다. 글로리아는 잠시 멈칫했다. 그것은 늙은 암탕나귀가 끄는 수레였다. 당나귀의 발굽은 헌 옷으로 싸여 있었다. 수레는 보기 싫은 노란색으로 채색돼 있었다. 도시 경비대원 여섯이 발판을 따라 내려오는 것이 보였다. 그들은 철제 곤봉으로 무장한 상태였다. 글로리아는 히기의 집 앞뜰에 거꾸로 놓여 있는 커다란 금속 목욕통 안에 엎드렸다. 데이지를 몰래 데려오지 않은 것이 처음으로 다행이라 생각되었다.

경비대원들은 둘씩 다니며 집집이 문을 강제로 열어보기 시작했다. 얼마 지나지 않아 그들은 탁자, 의자, 카펫 따위의 가구를 밖으로 가지고 나왔다. 불은 켜지지 않았다. 하긴 그렇다. 늘 정전이 일어나니까. 하지만 사람들의 저항하는 소리도, 자신들의 물건을 꼭 잡고 지키려는 소리도 들리지 않았다. 집에는 아무도 없었던 것이다. 30분 정도 지났을까. 그들은 부드러운 고무바퀴 소리를 남기며 서둘러 되돌아갔다.

글로리아는 철제 목욕통 밖으로 겨우 빠져나왔다. 히기네 갈라진 현관문을 밀어젖혔다. 하지만 아무도 없었다. 경비대원들이 가구를 질질 끌고 간 자국만 난데없이 버려진 카펫 위에 남아 있었고 엎어진 장난감 상자만 뒹굴고 있을 뿐이었다. 벽난로 위에 걸려 있던 히기 아버지의 배 젓는 노가 사라졌고, 재봉틀도 역시 사라지고 없었다. 히기에게 당장이라도 묻고 싶었다. 다섯 공장이 프래스토에 있는 사람들을 전부, 그러니까 우편배달부, 교사, 제빵사, 점원 할 것 없이 모두를 집어삼키고 있다는 것이 정말이니? 하지만 아무리 물어보려해도 히기는 그곳에 없었다.

글로리아는 다시 언덕을 올라 저택으로 향했다. 그것 말고 할 수 있는 것이 없었다. 비록 고민하던 문제는 여전히 사라지지 않겠지만, 그곳에는 적어도 데이지가 있었다.

하지만 떠오르는 해를 보고 있자니, 공포인지 죄책감인지 모를 어떤 것이 글로리아의 마음속에서 꿈틀대기 시작했다. 모두 공장에 가라고 누가 명령했을까? 총리는 아니었다. 도시 경비대는 어떻게 감히 친구 집을 허락도 없이 뒤졌을까? 진짜 총리님이 이곳에 계셨다면 과연 어떻게 했을까? 내가 진짜 총리라면, 과연 이 일을 어떻게 해결할까?

"그런데 말입니다, 코베트 의원님? 모든 사람이 공장에 가서 먹고 자야 한다는 것은 누구의 결정인지 알고 싶군요."

상원의원이 (이미 알게 된) '현 상황'을 보고하러 왔을 때 글로리아가 물었다.

코베트는 보좌관을 쳐다보았다. 보좌관의 얼굴에는 아무것도 드러나지 않았다. 코베트는 글로리아가 예상한 것보다 훨씬 더 놀란 듯 보였다.

"잠시만요, 총리님께서 결정하셨지요."

그는 마일드를 보고 손가락을 까딱했다. 마일드는 자신의 공무 가방을 확인하더니 빳빳한 흰 종이 한 장을 내밀었다. 종이에는 문장이나 직인은 물론 어떠한 화려한 장식도 없었다. 오로지 총리의 서명뿐이었다. 그것이 이 모든 일의 진원지였던 셈이다.

> 프래스토의 경제에 위기가 찾아오면, 앞으로의 생산력에 지장이 없도록, 어떤 대가를 치르더라도, 가능한 한 모든 수단을 동원해야 한다.

온몸이 화끈거릴 정도로 당황스러운 순간이었다. 두 볼이 벌겋게 변하는 것을 느꼈다.

"그렇지요. 정확히."

글로리아가 말했다. 눈물이 나오려다 말고 코끝에 모여 있는 듯했다. 마음이 아렸다. 쥐구멍에라도 들어가고 싶었다.

"내가 그랬지요. 알고 있습니다. 하지만 원성을 살 정도로 진행하라는 뜻은 아니었는데요. 저도 그렇지만, 의원님도요. 우리 모두 말입니다. 이런 결정을 내린 이유는… 모두가 행복해지기를 바랐기 때문입니다. 이를 바로 잡아야 합니다."

"저는 이 모든 것이 아주 매끄럽게 진행되고 있다고 생각하고 있습니다만."

코베트 의원이 보좌관 마일드를 흘끗 보며 말했다. 혹시라도 보좌관은 다른 생각을 하고 있는지 살펴보려는 뜻에서였다.

"더 나은 방법이 있을 겁니다! 예를 들어, 카펫이 도움이 될지도 모르겠군요. 아니면 식탁도 그렇고요."

글로리아가 날카롭게 내뱉었다.

"무슨 말씀이신지요, 총리님."

"작은 장식품들도 역시요. 그것들을 이용하면 기계만 덩그러니 있던 공장이 조금 더 집처럼 편안해질 것입니다. 하지만 무엇보다도 카펫을 챙기도록 하세요. 사람들이 앉을 자리가 좀 더 따뜻해질 테니까요. 취침용 요와 베개도 준비하시고요."

어리둥절해진 코베트가 총리를 쳐다보았다.

"공장이 다섯 개나 되는데, 그곳에 놓을 침대와 식탁 등의 비용을 국가 재원에서 충당할 수는 없습니다! 비용이…."

글로리아가 끼어들었다.

"아니요, 아닙니다! 일 아팔도 들지 않아요! 도시 경비대가 각 집에서 슬쩍한 것들만이라도 도로 공장에 갖다 놓으면 됩니다. 마지막 하나까지 빠짐없이. 그렇게만 해준다면… 저는 그들을 쏘지 않을 것입니다. 어떻게 생각하시나요?"

함께 있던 사람들 모두가 깜짝 놀라서는 감히 아무 말도 하지 못했다.

"사실 그들을 그냥 쏴버려도 될 테죠. 도둑질은 총질로 다스려야죠, 안 그렇습니까? '도둑질은 총질로!' 얼마나 좋은 구호입니까! 경비대 막사에 잔뜩 붙여놓는 겁니다. '도둑질은 총질로!'"

코베트는 꿀꺽 침을 삼키며 숨을 들이킨 다음 큰기침을 한 뒤 말했다.

"총리님을 지키는 도시 경비대인데, 확실히 믿으셔야 합니다, 총리님!"

"오, 당연히 믿지요, 의원님. 그러니까 사람들이 그들을 증오하도록 두면 안 되지 않겠습니까. 나의 경비대를 증오하다니, 얼마나 끔찍한 일입니까. 이렇게 하면 노란 제복을 입은 도둑과 강도들이 제집을 부수고 침입한다는 사람들의 걱정을 멈출 수 있습니다."

"놀랍습니다!"

보좌관 마일드가 제대로 숨을 쉬지 못하며 경외감 어린 두 눈을 크게 뜬 채, 코베트 의원의 기침을 막기 위한 손수건을 건네며 말했다.

글로리아는 말을 하는 사이 계획이 점점 구체화되는 것을 느꼈다.

"물론입니다. 하지만 훔친 것 전부를 가져다 놓기에는 공장의 공간이 충분하지 않습니다. 그러므로 가져온 것들은 '원래 있던 자리에 정확히 가져다 놓도록' 경비대에게 명령해야 합니다. '물건을 원래의 주인에게 돌려주려는' 수고를 아끼지 않는 대원들의 모습을 보는 내 마음이 어찌나 기쁜지 그들에게 다정한 편지 한 통을 보내면 됩니다. 한밤중 막사 안이 그 어느 때보다 포근하고 쾌적하게 느껴질 때! 정말 친절하시군요! 그런 느낌이 들게 말이죠. 그들은 내 말뜻을 잘 알아들을 겁니다."

글로리아는 그렇게 말하고 책상 위에 있던 펜을 모두 정갈하게 나란히 늘어놓았다.

상원의원에게 문을 열어준 마일드가 응접실을 총총거리며

되돌아와서는 접견실 안으로 다시 머리를 내밀었다. 마침 총리는 손으로 연필을 빙글빙글 돌리고 있었는데 그 모습에 그는 놀란 듯했다.

"질문이 하나 있습니다, 총리님. 도시 경비대가 도둑질하고 있다는 것을 어떻게 알게 되신 거죠?"

글로리아는 자기도 모르게 코를 만지작거리려 했지만, 베일에 가려 결국 하지 못했다.

"정보원이 있습니다."

글로리아가 이렇게 말하자 마일드는 큰 소리로 깔깔거리더니 두 손으로 박수를 쳤다.

"대체 무슨 일을 한 거야?"

내무부 상원의원이 나간 후 현관문이 닫히자 티모르가 물었다. 당연한 이야기지만 그는 회의를 엿듣고 있었다.

"도시 경비대가 집집이 쳐들어가서는 물건을 훔치고 있어요. 그대로 놔두어서는 안 된다고 생각해요. 그뿐이에요."

"그건 어떻게 알았어?"

글로리아는 도망갔던 것을 실토할까 생각했다. 철제 목욕통 안에 달팽이처럼 숨어 있던 것과 당나귀 발굽을 감싸고 있던 누더기 천에 대해서도…. 하지만 그렇게 말하는 대신 이렇게 둘러댔다.

"벽장에서 선생님의 망원경을 발견했어요. 그걸로 제 방에서 창밖을 내다보다 우연히 보았어요. 어쨌든 모두 정말로, 진짜로, 사실이에요."

티모르는 고개를 돌려 소녀를 보았다. 해고해야 하는지 말아야 하는지 확신이 서지 않는 듯 보였다. 마침내 그가 입을 열었다.

"나는 그 '슬쩍했다'는 말이 내 아내의 입에서 나왔다는 것을 도저히 믿을 수가 없다…. 하지만 그 계책은 꽤 좋았다. 그래도 제발, 다음에는 생각해둔 것이 있거든 나한테 미리 알려다오. 이런 식으로 계속 조마조마하다가는 내가 신경쇠약에라도 걸릴 것 같구나."

글로리아는 그러겠다고 했다. 한편 도망가지 않아도 된다는 허락이라도 받은 것 같아 기뻤다. 되돌아보니 도망가려 했던 자신이 갑자기 비겁하게 느껴졌다. 유치하기까지 했다.

더 보이스

In atramento non est veritas

도시 경비대, 공장을
"내 집처럼 편안한 곳"으로 만들기로

도시 경비대가 어제 한 일이 크나큰 칭송을 받고 있다. 그 일의 요지는 가구와 침구, 장식들을 일터로 가져다 놓아 우리 공장의 영웅들이 좀 더 편안히 일할 수 있는 환경을 만든다는 것이다. 다섯 개의 대형 공장을 살리려고 최선을 다하는 사람들을 위해 도시 경비대가 이렇게 소중한 물건들을 곁에 가져다 놓자, 그들이 느끼는 업무의 중압감이 조금 완화되었다.

경비대원들은 자유 시간마다 도시 안의 모든 집을 찾아가 바닥 깔개, 침구, 작은 장식품, 사진 같은 것들을 가져왔다.

"저는 이를 향수병 치료제라고 부르고 싶어요."

병장 멀벡은 포지가에 주소지를 둔 샤이벌 씨에게 찻주전자를 돌려주며 말했다.

그들이 베푼 친절함에 경의를 표한다.

경쟁의 시간!

〈더 보이스〉는 이토록 멋진 회중시계를 이달의 영웅으로 선정된 행운의 주인공에게 제공할 것이다. 각 공장의 감독관들은 일터에서 가장 활기차게 그리고 열심히 일한 남녀를 매달 선정하고 그들 중에서 무작위로 우승자를 뽑을 예정이다. 우승자는 다음 주 화요일에 최종 결정된다.

로즈시에 부는 사이비 광풍

'사이비 광풍'에 대한 소문이 퍼지고 있다. 로즈시 주민들이 이교도적인 잡술에 빠져들고 있다는 것이 소문의 주된 내용이다. 이 사이비 집단 지도자의 주장에 따르면, 100년 전 빅락댐이 건설될 당시 도시는 물을 잃었고 이에 대한 보복으로 비가 '내리게 하고' 있다는 것이다. 그리하여 그가 지금 벌이는 만행이 무엇인가? 갓 태어난 아기들과 '말라비틀어진 피부를 가진 사람들(노인)'을 제물로 바치고 있다. 홍수가 지나간 후 아팔리아의 법은 이러한 끔찍한 범죄를 엄중히 다스릴 것이다. 하지만 그사이 우리는 그저 이러한 소문이 사실이 아니길 바라고 기도할 뿐이다.

오늘의 초성 퀴즈:
ㅈㅇ ㄱㄱ ㅇㅇㄹ

제14장

구조 임무

프래스토시

하루는, 요리사가 글로리아에게 소리쳤다. 하루는, 요리사가 아무 말도 하지 않았다. 세 번째 날에는, 지나가는 남자의 발소리를 들은 요리사가 그에게 부탁했다.

"응접실 벽장 안에 있는 여자가 차와 당밀빵을 달라고 하던데. 하나 갖다줄 수 있겠니?"

부엌 입구에 선 티모르가 말했다. 소매 한쪽은 걷어 올리고 한쪽은 늘어뜨린 상태로, 점심 식사 때 허리춤에 꽂아놓았던 냅킨은 여전히 그 자리에 그대로 둔 채였다. 게다가 맨발이었다. 면도도 하지 않은 일그러진 얼굴에는 그의 마음이 그대로 드러나 있었다.

"저를 안에 들여보내고 문을 잠가주세요. 제가 이야기를 나눠볼게요."

"음식이 바닥날 때를 대비해 먹으려고 '준비해둔 것'은 아니길 바란다."

"네, 선생님. 그런데 그 사람은 총리님이 아직 이곳 어딘가에 있다고 생각해요."

"그래. 하여튼, 잘 좀 달래보렴. 그럴 수 있지? 그렇지 않으면 우리가 궁지에 몰릴 수 있다."

"네, 선생님…. 하지만, 저를 다시 꺼내주는 것은 잊지 마세요, 아셨죠?"

요리사는 통 모양 우산꽂이에서 우산을 모두 꺼낸 다음 뒤집어 의자를 만든 모양이었다. 글로리아가 안으로 들어갔을 때 요리사는 그 위에 걸터앉아 무릎 위에 쟁반을 놓고 차를 마시고 있었다. 글로리아는 남아 있는 비좁은 자리에 책상다리로, 요리사의 무릎을 위로 살짝 누른 채 앉았다.

"네가 나한테 해준 빵이다. 우리 딸은 처트니(인도 소스의 일종으로 영국인들도 즐기는 음식—옮긴이)를 하나 떠서 빵에 꼭 얹어 먹어. 이건 우리 딸 거야."

요리사는 당밀빵을 원피스 주머니에 집어넣었다.

뜨거운 눈물이 요리사의 코 옆 주름을 지나 입꼬리까지 주

르륵 흘러내렸다.

"우리 딸을 다시 볼 때쯤이면 이 빵이 돌처럼 굳어 있겠지만. 없는 것보다는 나으니까. 그 애는 당밀빵을 정말 좋아하거든. 그 애 생각에 견딜 수가 없어. 공장에서 혼자 지내며 내가 돌아오기를 기다리고 있을 텐데. 왜 엄마가 돌아오지 않는 걸까 궁금해하며. 개가 엄마를 물었나 생각하고 있을지도 몰라. 알아들었어?"

"무슨 개요?"

"공장은 밤에 또 얼마나 추운데! 춥고 습하고. 그런데도 모두 바닥에서 잘 수밖에 없다고. 릭시에게 깔아줄 코트가 필요했어. 아니면 매트라도."

"그러니까 사람들은 공장을 전혀 떠날 수 없는 거잖아요. 그래야만 하는 상황이라도요. 좋게 부탁해보지 그래요?"

"공장 밖에는 아무도 없어. 도시 경비대원만, 당연히 그 사람들만 있지. 부유한 사람들은 물론이고 기업가, 상원의원 같은 상류사회 사람들만 밖에 살지. 지금 망할 공장 안에 있는 사람들 있지, 그 사람들은 평생 단 한 번도 공장이라는 데를 가본 적이 없는 사람들이야. 아무리 급료를 준다 해도 기계 일을 못했던 사람들이지. (물론 지금은 한 푼도 못 받고 있지만.) 물이 땅에서도 솟아오르고 언덕에서는 또 아래로 흘러가니까. 밤이고 낮이고 계속 펌프질해야 하겠지. 그리고 들어

보니 일터에서 직접 사람들을 먹이는 게 훨씬 수월하다 하더라고. 국가와 우리 모두를 위해 다 함께 펌프 손잡이를 잡아당겨야 한다는 것은 알겠는데. 아이들도 뒤섞여 있어서, 그게 제일 힘들어…. 계속 물은 차오르고, 물이 그 애 가슴까지 올라올까 걱정돼. 릭시는 연약한 아이라고."

계속 물이 차오르는 것. 그래, 글로리아 순식간에 벌어질 끔찍한 일을 상상해보았다. 프래스토시를 둘러싼 성벽 안이 물로 찰랑찰랑하게 가득 채워지는 장면이었다. 그렇게 되면 숟가락이 무슨 의미가 있을까?

"아, 우리는 이제 숟가락을 만들지 않아. 그저 펌프질만 할 뿐이야. 펌프를 만들거나. 우리가 펌프질을 멈추면 물은 바로 차오르고 기계는 전부 망가질 거야…. 나를 보내줘야 해, 글로리아. 나 혼자라면 여기 이렇게 한가로운 하마처럼 행복하게 앉아 있는 게 정말 좋았겠지. 이런 음식과 제대로 된 차를 마시면서 말이야. 하지만 나는 릭시한테 가야 해. 난 그저 따뜻한 옷 몇 벌만 몰래 가져가려고 온 건데…. 그리고 매트 한두 장이랑 빵 한 덩이 정도 챙겼을 거야."

"꼭 감옥 같잖아요! 사람들을 좀 나갈 수 있게 해줘야지요. 잘못한 것도 하나 없는데요!"

"아, 그 사람들이 오히려 우리를 안전하게 지켜주는 거야. 뭐, 그런 비슷한 거지. 경비원이 공장을 떠나는 것은 안전하지 않다고 했어. 개 때문이라던데. 하지만 한 시간만 내보내 주면 위스키 한 병을 가져오겠다고 했거든. 총리님이 나한테 위스키 한 병 주는 거 아까워하진 않겠지, 그렇지? 어디 계셔? 총리님 오가는 소리가 안 들리네. 하여튼 나는 돌아가야 해. 개가 나를 물어갔다고 생각하기 시작하면 릭시는 아마 미쳐버릴 거야!"

"그러니까 무슨 개요?"

"그 여자한테 마음이란 게 있다면, 아, 광견병이 있든 광견병이 없든, 말이야. 하여튼 나는 무릎을 꿇고 간청할 거야. 그 연못 같은 데서 우리 릭시를 좀 꺼내 달라고…. 이곳에서 일할 수 있게 해달라고, 그 애랑 나랑 둘 다. 급료는 안 주셔도 된다고. 공장에서도 한 푼 받지 못했는데 뭐. 그 사람들이 그랬어. 우리는 공익을 지키려고 일하는 거라고. 그 애와 내가 여기 이 벽장 안에서만이라도 잘 수 있다면."

"하지만 이곳은 관 같잖아요!"

글로리아는 문득 요리사를 안에 가두었을 때 느꼈던 끔찍한 기분을 다시 느끼고는 그렇게 내뱉었다.

"지금 관이라고 했니? 네가 그 숟가락 공장을 봤어야 해. 좀 더 크고 넓긴 하겠지만, 거긴 북극이야. 그 여자가 한번 와서 봐야 해. 지난달에 그랬던 것처럼. 총리님이 직접 그곳 상태를 똑똑히 봐야 해."

글로리아는 고개를 끄덕이며 일어섰다. 그러고는 앞치마를 벗었다. "아무래도 그래야겠어요"라고 중얼거리는 그 목소리는 입안에 캐러멜 사탕을 넣은 듯 말하는 총리님의 것으로 순간 바뀌어 있었다.

"이렇게 찾아와주시다니 영광입니다, 총리님….."
제3공장(포크 공장)에서 열린 회의에 제1공장(숟가락 공장)의 소유주도 참석했다. 관리자와 부관리자도 함께였다. 현장 관리자에게는 최고 통치자 총리님을 맞이할 임무가 주어졌다. 그는 마치 사냥당한 토끼처럼 얼굴을 붉히고는 양해를 구하며 이 일을 맡았다. 그는 당당하게 보이기라도 하려는 듯 안경을 거칠게 벗었다.
"다시 오겠다고 했죠. 그리고 지금 여기 있네요!"
글로리아가 말했다.
금속과 기름의 냄새가 습기와 곰팡내를 대신했다. 히기를 찾아야만 한다! 히기를 찾을 것이다!
글로리아는 광택 내는 방까지 빠르게, 정말 빠르게 걸었다. 감독관보다 앞서 걸었고 데이지마저 따라 뛰어야 할 정도였다. 글로리아는 이전에 히기를 만났던 바로 그 지하실 입구까지 곧바로 향했다. 펌프질 소리가 머릿속에서도 쿵쾅거리는 것 같았다. 확성기에서 흘러나오는 경쾌한 행진곡은

참을 수 없는 소음일 뿐이었다. 광택 내는 방 안에서는 평소 들을 수 없었던, 톱질 소리까지 들려왔다.

"펌프를 만들어야 해서요…. 총리님도 이미 아실 거라 생각하지만요."

감독관은 글로리아를 따라잡으려 애쓰며 숨을 헐떡였다.

"빔 펌프(압력을 이용해 물을 끌어 올리는 펌프−옮긴이)와 호스를 만들고 있어요. 그저 임시로 운영할 뿐이에요. 모든 것이 평상시로 되돌아갈 때까지만요."

지하실로 향하는 쪽문이 닫혔다. 하지만 문틀을 따라서 무언가 긁는 소리가 들렸다. 갇힌 죄수들이 아래에서 문을 부수고 밖으로 나오려는 듯한 그런 소리였다.

"혹시…. 저 아래에 있는 사람들을 만나야겠어요."

글로리아가 쪽문을 가리키며 말했다. 쪽문이 저절로 들렸다가 쾅 하고 닫혔다. 아래에서 물이 뿜어져 올라왔다. 그곳은 물이 가득했다.

"오, 이런! 저 안의 사람들이 모두 물에 잠긴 건가요?"

총리의 비명을 들은 감독관은 너무 놀란 나머지 안경을 떨어뜨렸다.

"아니에요, 아닙니다! 아닙니다, 총리님. 수위는… 그러니까 자꾸 차오르는 중이긴 합니다, 그렇죠? 지하실에 있는 펌프를 모두 올려놓아야 했어요. 지상으로요, 네?"

그래서 그들은 그렇게 해두었다. 펌프에서는 물을 퍼 올리고 배관에서는 물을 빨아들이느라 기계 방에서는 달가닥달가닥 소리가 들려왔다. 그들은 거대하며 고요하고 지금은 쓸모없어진, 숟가락, 포크, 나이프를 만들어내던 그 기계들 사이의 공간을 대부분 사용했다.

남자들, 여자들, 남자아이들은 모두 회전 보를 열심히 잡아당겼다. 옆 방으로 이어진 문을 통해 탱탱한 고무호스가 이리저리 얽히고 휘어 있었는데, 마치 뱀처럼 끔찍해 보였다. 그들 사이에는 천으로 얼굴을 가린 여자아이들도 있었다. 검댕으로 가득한 공기는 매캐했다. 잠깐 검은 물체가 눈앞에서 아른거린 탓에 글로리아는 어지러웠다. 이는 공기 중에서 눈처럼 흩날리는 고무의 검댕이었다.

감독관이 문을 향해 급히 소리쳤다.

"호스 가져와! 저희 공장에서 거의 매일 할당량을 채워왔다는 것이 무척 자랑스럽습니다. 지난주에는 나이프 공장이나 포크 공장보다 더 많은 호스를 생산했지요."

물론 그렇겠지! 도시 곳곳에서 밤마다 책상들이 사라졌다. 버스 바퀴에는 타이어가 없었다. 글로리아는 갑자기 그 모든 것이 이해되었다. 나무와 고무는 모두 공장에서 필요한 것이었다. 범람한 물을 퍼내 성곽까지 이동시키는 호스를 만들 고무, 펌프를 만들 나무. 펌프와 호스! 그렇다면 자신은 죄

없는 도시 경비대에게 부당하게 대응한 것일까?

다행인 것은, 쿠션과 베개, 시계와 작은 장식품들, 장난감과 악기 같은 것이 눈에 띄었다는 것이다. 사실 공장 일에는 방해가 되긴 했지만, 그래도 '내 집 같은 편안함'은 분명히 있었다. 글로리아가 벽에 걸린 구도가 좋은 말 그림에 감탄하려던 찰나, 공장 소유주가 속삭였다.

"그 망할 도시 경비대 골칫거리들이 슬쩍하는 것에 아주 맛을 들였지요. 그런데 누가 그놈들을 설득한 모양입니다. 모두 돌려주라고요. 전부 다요! 놈들이 제 응접실 벽에 걸려 있던 이 그림도 훔쳤어요. 그래서 제가 다시 가져다 놨습니다. 보세요!"

글로리아의 대답은 그저 놀라움의 한숨이었다. 하지만 그 경비대원들 문제에 제대로 대응했다는 생각에 그나마 안심이 되었다.

데이지는 자기 다리 사이에 두었던 꼬리를 푼 다음 글로리아의 옆자리를 박차고 나아갔다. 펌프질하는 남자들 사이에서 친구의 냄새를 맡았기 때문이다. 바로 히기였다. 녀석은 크게 짖어대며 글로리아의 관심을 끌었다.

데이지가 없었다면 글로리아는 친구를 전혀 알아볼 수 없었을 것이다. 둥그렇고 토실토실했던 얼굴은 구멍 난 축구공처럼 움푹 패고 축 처져 있었다. 머리카락의 색 또한 눈에 띄게 어두웠다. 허리띠의 버클은 할 수 있는 한 최대로 조였지만 바지의 허릿단은 허리가 아닌, 금방이라도 쓰러질 것 같은 앙상한 엉덩이뼈에 걸쳐 있었다. 데이지가 앞발을 들어 히기의 가슴에 대자 그는 거의 넘어질 뻔했다.

그는 자신의 보를 그대로 놓아두고는 가장 소중한 친구처럼 데이지를 꼭 끌어안았다. 그와 글로리아는 서로를 쳐다보았다. 그는 짙은 검정의 베일을, 글로리아는 자신의 친구를.

순간 글로리아는 그를 집으로 데려가야겠다고 생각했다. 이곳에 두고 떠날 수 없었다. 개인 비서로 삼아야겠다! 그래! 왜 안 되겠어? 공장에는 펌프질에 투입할 만한 남자아이들이 수백 명이나 더 있었으니, 한 명쯤 대신할 아이는 있을 것이다. 어쨌든 그들은 감히 전능하신 총리님의 요구를 거절할 수 없을 것이다!

"정말 사랑스러운 녀석이에요, 총리님! 안전한 집 안에 두셔야지, 안 그러면 사람들이 녀석을 데려가버릴 겁니다. 데이지는 버터처럼 부드럽거든요."

히기가 말했다. 소년은 변성기가 왔는지 목소리가 갈라져 있었다! 글로리아는 깔깔 웃으며 이렇게 말하고 싶었다. 그런데, 이 아저씨는 누구실까!

"버터처럼 부드럽지, 맞아."

"우리는 서로 좋은 친구입니다, 안 그래, 데이지? 총리님의 하녀 글로리아, 그 아이와 저요. 우리는 서로 잘 아는 사이입니다."

핏발이 선 눈은 자랑스러움으로 가득 차 더욱 반짝였다.

'너는 그 애를 전혀 몰라.' 글로리아가 말했다. 하지만 입 밖으로 내지는 않았다. 대신 이 말을 했다.

"하루 쉬세요, 여러분! 감독관님, 어서 모두에게 알리세요. 하루 쉴 수 있다고요! 오늘은 휴일입니다!"

찬바람이 들어오는 넓은 공장 안, 덮고 있던 무릎담요들이 걷히는 소리가 잔잔한 파문이 되어 멀리 퍼져나갔다. 새로운 소식 또한 물결처럼 공장 안으로 번졌다. 달가닥 달가닥 달가닥…. 펌프는 하나씩 하나씩 멈추더니 갑자기 고요해졌다. 한 마디 말이 두 마디 세 마디가 되고 나중에는 천배쯤 커지고 또 커지더니 그 요란한 음악 소리를 넘어섰다. 망치질과 톱질 또한 멈췄다. 글로리아는 환호가 터지길 기다렸다.

하지만 아무 일도 없었다. 조금씩 조금씩, 펌프질, 톱질, 망치질, 용접하는 소리가 다시 시작되더니 이내 시끄러운 소리가 들려오기 시작했다.

감독관은 걱정스러운 표정으로 헛기침을 했다.

"인정 넘치는 말씀이십니다만, 총리님. 사람들은 공장에서 떠나기를 두려워합니다. 그 개들 때문이죠."

"무슨 개들이죠?"

"과격한 개들이요, 총리님. 광견병에 걸린 개들입니다. 도 망쳤는데 잡히지는 않고, 길거리를 돌아다니면서 만나는 것 은 닥치는 대로 물어뜯어 죽이는 개들이죠."

그는 부서진 자기 안경을 내려다보았다. 말투에 묻어 있던 존경심은 전보다 조금 사라졌다. 꼭 이렇게 말하는 것 같았 다. '세상 모두가 그 개에 대해 알아요.'

"물론 저희 개들은 아닙니다, 총리님. 저희 개들은 모두 반 려동물보호센터에 있거든요. 고양이. 개. 토끼들도 전부요. 먼저 이곳으로 모두 데려온 다음 도시 경비대가 그곳으로 데 려갔어요. 동물원 근처 어딘가에 있다더라고요."

은장식이 된 찻잔에 차 한 잔을 내오던 여자가 말했다.

그때 머리카락 한 올만큼이나 말라빠진 한 십대 소녀가 호 스가 놓여 있는 지하 방에서 밖으로 기어 올라왔다. 여름 드 레스를 입고 있었는데, 그 옅은 파란색 드레스는 그곳의 추 위에는 전혀 어울리지 않았다.

"저는 하루 쉬어야겠어요! 총리님이 쉬라 하셨고, 저는 그 렇게 해야겠어요!"

그 아이가 말했다. 그 표정이 워낙 단호해 감히 누구도 막 을 수 없었다.

"야, 미쳤니? 걔들은 어쩌고? 신문 못 읽었어? 나는 돈을 준다 해도 여기를 떠나지 않을 텐데."

히기가 파란 드레스 소녀에게 말했다.

"상관없어요. 꼭 가야 하는 이유가 있단 말이에요!"

감독관이 아이 쪽으로 손을 펄럭거리며 한편으로는 보안부서 사람을 찾고 있었다.

"사실 한 가지 생각난 게 있는데…. 내 일을 도와줄 하녀가 한 명 필요하던 참이었는데 저 아이가 적격이네요, 감독관님. 저 아이를 대신할 사람은 당연히 준비되어 있겠죠. 이리 오렴, 애야. 데이지도 데려오고."

글로리아가 말했다.

그 아이가 다가오자 최고 통치자 총리님은 제1공장(손가락 공장)을 떠났다. 데이지가 그 뒤를 따르고 자그마한 소녀가 그 뒤를 따랐다.

집으로 돌아가는 길, 글로리아는 차 안에서 늘어선 가게의 입구를 들여다보았다. 골목을 지나 정원으로 향하는 동안 미친개들을 찾아보려 했다. 앞으로는 매일 신문을 읽어야겠다는 생각이 들었다.

문득 요즘 들어 신문의 신 자도 본 적이 없다는 것을 깨달았다. 아마 지금은 공장으로만 배달되는 거겠지. 맞다! 신문 배달 소년도 역시 공장에 보내져 일하고 있을지 모르겠다!

"애피스, 매일 아침 〈더 보이스〉를 가져다주겠어요?"

"알겠습니다, 총리님."

운전기사가 답했다.

"애피스, 사람들이 이야기하던 미친개들을 본 적 있나요?"

"네, 총리님. 많이 봤습니다."

사나운 개 떼들이 길거리에서 어슬렁거리며 입에 거품을 물고 공원에 숨어 있다가 정말 무엇이든 물어 죽이는 동안 자신은 밤새 히기네 문간에 앉아 있었다고 생각하니! 너무 아찔해 땀이 났다. 심장이 쉬지 않고 쿵쾅거렸다.

"아주머니, 오늘은 아주머니를 위해 일할 수가 없어요."

대벌레처럼 마른 소녀가 뒷좌석 구석에 웅크리고 앉은 채 말했다. 고집스러울 정도로 부루퉁한 것을 보니 영락없는 열네 살 소녀였다. 툭 튀어나온 입과 턱 밑 부루퉁한 살은 짙은 반항심을 보여주었는데, 제아무리 총리라도 상관없다는 듯 보였다.

"엄마를 찾아야 해요."

"아니, 그럴 필요 없어."

"정말 찾아야 해요."

"정말 그럴 필요 없어, 릭시. 내가 이미 찾았거든."

제15장

거친, 야생의

강 상류

관 속은 물로 가득 차 있었다. 관이 해안을 따라 떠내려가다 얽히고설킨 나무뿌리에 걸렸을 때 하인즈는 배까지 차오른 물속에서 내차야 씨를 입에 물고 있었다. 나무뿌리 근처에서 둑까지 가려면 두 배는 더 많이 허우적대야 했다.

이제 하인즈는 해안에 있다. 하인즈는 본능적으로 갈색 언덕과 클렘을 향해 지금까지 온 길을 되돌아가려고 했다. 그러나 강이 이끄는 대로 오다 보니 해안까지 다다랐고, 이제는 땅이 이끄는 대로만 갈 수 있을 뿐이었다. 둘은 길도 없는 숲속의 습지에 와 있었다. 도마뱀의 땅이며, 늑대와 야생 돼지의 나라이며, 뱀과 불개미들의 영역이었다. 어느 방향으로 코를 대어도 하인즈는 목뒤의 털이 곤두설 만큼 낯설고 불안했다.

공작새의 등장은, 그래도, 놀랍지만 행복했다.

분명 어느 별장의 정원이나 동물원에서 길을 잃고는 범람하는 물을 피해 이 야생 습지까지 흘러들었을 것이다. 야생에서 보는 공작새는 꼭 배수관에 빠져버린 보석 같았는데, 쐐기풀밭에서 자신의 보석인 꼬리를 질질 끌고 있었다. 내차야 씨는 공작새에게 몸을 날려 뒷머리를 덥석 물려 했다. 하지만 공작새는 도망쳤다. 내차야 씨를 뒤에 달고서 새는 그저 계속 달렸다. 하인즈는 내차야 씨의 꼬리를 뒤쫓았다. 공작새가 갑자기 멈춰 섰다. 그 바람에 쫓고 쫓기는 추격전은 어느 공터에서 끝이 났다. 모두 다 같이 한마음으로 동시에 멈춘 것이다.

그들은 개 떼를 마주했다. 무려 열두 마리로 전부 강해 보였다. 모두 이를 하얗게 드러내고 귀를 바짝 세우고는 사납게 으르렁거렸다. 야생 개들, 그러니까 거친 개들, 두 말은 같은 말이다. 하여튼 그들은 모두 생각하기를 포기한 채 무리의 우두머리를 그저 따를 뿐이었다.

그 개들은 공작새를 물어뜯었다. 곧 여러 색의 깃털이 하늘로 솟구쳤다. 내차야 씨는 한쪽으로 밀려나 있었다. 하인즈는 멀찌감치에서 꼼짝도 하지 않고 꼬리를 다리 사이에 넣은 채 앉아 있었다. 쥐에 물린 엉덩이의 상처가 다시 벌어져 따뜻한 피가 흘러나왔다. 하지만 그는 순순히 등을 대고 눕지 않았다. 지나치게 살벌한 기운이 감돌았다. 하인즈는 그저 뒤로 물러섰다. '너희들 거야, 모두 너희들 거야'라며 가장 정중한 자세를 취했다. '나는 배고프지 않아.'

공작새는 그다지 충분한 식사가 되지 못했다. 죄다 깃털이었고 고기는 거의 없었지만 곧 무리는 정복자 영웅 행세를 하기 시작했다. 꼬리를 바짝 세우고 머리를 권총처럼 당겼다. 내차야 씨는 한 입도 허락받지 못했지만, 승리의 행진에 동참했다. 가장 앞에서 거드름 부리는 것은 무리의 우두머리였다. 당연하게도 그에게는 이름이 없었다. 회색빛의 잔물결이 도는 매끈한 피부에는 털이 덮여 있지 않아 마치 방금 태어난 괴물 같았다. 회색의 눈동자는 마치 유령 같았다.

"우린 떠돌이다."

그 무명 씨가 말했다. 그야말로 도전이었다.

"그래?"

하인즈가 말했다. 둘은 서로의 실력을 가늠해보았다. 하인즈보다는 무명 씨가 더 강해 보였다. 그것도 훨씬 더. 짤따란 꼬리에서부터 가윗날 같은 이빨까지. 게다가 그는 거의 송아지 크기였다.

"우린 목줄이 없다."

무명 씨가 말했다. 하인즈는 어영부영 한쪽 귀를 긁었다.

"내가 우두머리다."

무명 씨가 말했다. 하인즈는 호사스럽게 기지개를 켰다.

무명 씨는 나무 밑동을 향해 하인즈의 몸을 던졌다. 그러고는 갈비뼈를 눌렀다. 그의 가윗날 같은 이빨은 잡종견 하인즈의 목에 꽂혀 있었다.

"같이할 텐가?"

이빨이 목을 너무 세게 찌른 탓에 하인즈는 작은 소리조차 내기 어려웠다. 침이 목의 털을 타고 흘러내렸다. 당연히 자기 침은 아니었다.

내차야 씨는 하인즈의 꼬리 끝으로 빠르게 달려가 킁킁거렸다.

"우리 같이 가. 우리 같이 가."

그렇게 깽깽거렸다.

무명 씨 무리는 사실 별로 말이 없었다. 모두 그저 으르렁거리기만 하며 그럭저럭 지내는 반면, 오로지 우두머리만 그들에게 말을 했다. 하인즈는 그런 유형의 개가 아니었다. 그는 생각하기를 그만둘 수가 없었다. 클렘을 잊을 수도 없었다. 하인즈는 어느 가족의 일원으로 지내던 개였고 이 불량배들은 그의 가족이 아니었다.

그렇기는 해도 이런 거친 생활에 매력은 있었다. 고대 조상의 피가 하인즈의 핏줄에서 강하게 요동쳤다. 패거리의 하나로 달리다 보면 모두가 형제와 자매 같았고 모두 전우이자 동지 같았다. 게다가 음식이 멋졌….

…그리고 사냥도 큰 기쁨이었다. 먹이뿐만이 아니라 다 함께 으르렁거리는 것도, 불빛과 그림자 사이를 스치며 추격하는 것도, 서로 달리며 경쟁하는 것도 좋았다. 찔레나무, 가시덤불, 쐐기풀밭과 얕은 물가를 지나며 먹이를 쫓은 후, 좌우로 흩어져 먹이를 둘러싼다. 그러면 무명 씨가 덮치고 뒤이어 나머지가 사정없이 공격해 숨통을 끊어놓는다. 그 맛은 머리 위에서 울리는 천둥소리조차 들리지 않게 할 정도였다.

날고기를 먹자 하인즈는 금방 기분이 좋아졌고 건강해지는 것 같았으며 걱정과 피로도 덜 느꼈다. 그는 꼭 클렘을 찾을 것이다. 언젠가 때가 되면. 그러는 사이 범람한 습지는 개들이 뛰어놀며 번창할 최적의 장소가 되어 있었다.

제16장

판결의 날
프래스토시

응접실 벽장에서 풀려난 요리사는 원한을 품지는 않은 듯했다. 결국 글로리아는 릭시를 집으로 데려온 장본인이었다. 응접실 벽장 안으로 식사를 가져다주는 일 외에도 글로리아가 할 수 있는 일이 더 많다는 데 요리사는 깊은 감명을 받았다.

하지만 요리사가 아침을 준비하고 릭시가 이를 돕는 분주한 아침 시간에 글로리아만은 할 일을 찾지 못했다. 글로리아는 빵과 잼을 얻으러 부엌에 왔다가 안으로 들어가지 못한 채 복도에서 서성였다. 그 복도는 부엌과 오전에만 사용하는 거실 사이에 있었다. 그러다 우연히 속삭이는 소리를 들었다.

"엄마, 진짜는 어디 있어? 둘이서 어디 가둬둔 걸까? 정원

165

에 묻었을까?"

"글로리아가 숟가락 공장에서 너를 구해줬어, 릭시. 그 진짜라는 사람은 아무도 구해주지 않았을 거라고."

"하지만 엄마, 걔는 알잖아! 자기가 총리를 연기하는 것을 '우리'가 안다는 것 말이야. 그러니 엄마랑 나를 죽이려 들지도 몰라! 입을 막으려고. 비밀은 비밀로 둬야 하니까."

"바보 같은 소리. 그랬다면 내 저녁밥에 독을 넣고 그냥 벽장 안에 두어도 됐을 거야, 안 그래? 하지만, 그러지 않았어. 나를 꺼내줬다고. 더는 공장으로 돌아갈 필요 없다면서. 그리고 내 부탁을 들어줘서 너를 데려왔잖아. 그래서 우리가 여기 있는 거야, 이렇게 안전하고 건강하게. 너에게 준 그 침실 있지, 기둥 네 개 달린 침대가 있는 방. 거기는 기념일에 맞춰 사모스섬(그리스 동남부에 있는 섬-옮긴이)에서 찾아온 대사에게 내주던 방이라고!"

"저들이 언젠가 우리 입을 막으려 들 거야."

릭시가 투정하듯 말했다.

"내 입은 안 막아도 된다, 얘야. 내 입은 벌써 막혀 있거든. 있잖아, 그 남편이 진짜 총리님을 토막 내 토스트에 얹어 먹었다 해도 나는 별 상관 안 해. 진짜 아무것도 아니야, 그 여자. 아무 이유 없이 나를 해고하고는 밀린 급료도 주지 않았다고. 나를 계속 고용했다면 우리는 공장에 갈 필요도 전혀 없었을 텐데. 그 애가 너를 따뜻한 침대가 있는 집에 데려온 거라고. 이제 호들갑 좀 그만 떨고 네 **빵**이나 먹어라."

글로리아는 거의 기어가다시피 살금살금 부엌을 떠나 오전에만 쓰는 거실문을 두드린 후 그 안으로 겨우 들어갔다. 탁자 앞에 앉아서, 아무 말도 하지 못한 채, 대체 어디서부터 말을 꺼내야 할지 생각했다.

"직원이 또 왔더구나, 나도 알고 있다. 우리에게는 잘된 일이지."

티모르가 글로리아에게 시선을 주지 않고 말했다. 어쩐 일인지 매일 밤이 지나면 그는 조금 더 피곤해 보였고 더 화가 난 듯 보였다. 눈 밑은 더 까매졌고 그 때문에 눈동자마저 멍든 것 같았다. 소매 단추를 채우는 것도 셔츠를 깨끗이 입는 것도 모두 포기한 듯 보였다.

"네, 선생님. 릭시는 요리사의 딸이에요. 숟가락 공장에서 집으로 데려왔습니다."

"기념품을 가져왔구나?"

"허수아비를 데려온 셈이죠. 그곳에서 충분히 먹지 못했어요. 그리고 너무 추웠고요. 릭시는 하녀가 될 수 있을 거라 생각했어요!"

"차석 하녀를 데려왔군."

글로리아의 가슴 속에서 자라나던 자부심이라는 푸르른

싹이 다시 한번 쪼그라들더니 곧 죽어버렸다. 공장에서나 접견실에서는 총리님일 수 있겠지만 티모르에게는 단지 자기 아내의 베일을 쓰고 신발과 장갑만 착용한 하녀 글로리아일 뿐이었다.

"요리사와 릭시도 지금 이곳에서 일어나는 일들을 '숙지'해야겠지?"

"죄송합니다만, 선생님? '숙지'가 무슨 뜻인지⋯."

"무슨 일이 일어나고 있는지를 그들에게 자세히 설명해야겠지?"

글로리아는 그를 더는 성가시게 하고 싶지 않았다. 그런 생각을 하며 잠시 멈칫하다 입을 열었다.

"두 사람은 이미 아는 듯합니다, 선생님."

티모르의 얼굴에 나타난 표정을 보니 글로리아의 마음이 급해졌다.

"하지만 모두 이 상황을 잘 이해하고 있습니다! 정말입니다! 총리님을 죽인 것만 아니라면 말이죠. 우리가 진짜 죽이지는 않았으니까요."

티모르는 버터를 바르던 나이프를 벽난로를 향해 집어 던졌다. 장식용 타일 하나가 깨지고 말았다. 그는 두 손에 얼굴을 파묻고 아무 말도 하지 않았다. 그 사이 시간은 더디 흘러 꼭 나흘 정도는 지난 것 같았다. 누군가는 말을 해야만 했다.

"모든 반려동물은 반려동물보호센터에 가 있습니다. 주인들이 모두 공장에 있기 때문이죠. 오늘 그곳에 다녀와도 될까요? 반려동물이요, 그러니까, 공장은 아니고요. 그들을 다독여주고 싶어요. 혹시라도 그게, 제 말은 그러니까, 도움이 된다면요."

그렇게 또 기다린 시간이 이번에는 2주 혹은 4주 정도 된 것 같았다. 한 성인 남자가 벽난로에 무언가를 던진 다음 우는 모습을 당신 앞에서 드러낸다. 그럴 때 어떻게 해야 하는지 알려주는 책이 있었으면 좋겠다 싶었다. 상황에 어울리지 않은 말은 하고 싶지 않았기 때문에, 글로리아는 티모르가 직접 가르쳐주었던 그 조언을 바로 써먹었다.

"이에 대한 선생님의 의견을 듣고 싶군요."

티모르는 두 손을 무릎에 올려놓고는 탁자의 모서리 쪽으로 상체를 숙여 가까이 다가왔다. 그의 코가 글로리아의 코에 거의 닿을 정도였다.

"아무 의견도 없다."

글로리아는 진심으로 놀랐다.

"정말이요? 전혀 없으신 거예요?"

티모르가 뿜어내던 먹구름 같은 기운마저 하녀만큼이나 놀란 것 같았다. 그는 벌떡 일어나 저택 안에 있는 그릇장으로 걸어가서는 그 위에 걸린 유화를 쳐다보았다.

"여기 보이니? 이 저택에는 쥐가 들끓었어. 우리가 이사 왔을 때만 해도 사방이 온통 쥐였지. 다락방도 쥐들로 가득 차 있었고. 이곳은 오래된 건물인 데다 이전 통치자는 쥐에게 관대했거든. 하지만 총리는 쥐를 좋아하지 않았지. 아주 못마땅하게 여겼어. 일주일 만에 쥐는 전부 사라졌단다. 이와 비슷해. 나도 의견이란 게 있었어. 의견이 아주 많았어. 하지만 우리 총리님께서는 내 의견을 아주 못마땅하게 여기셨고, 결국 내 의견도 전부 사라지고 말았지."

벽난로 위 장식장에 있던 시계에서 티모르는 완전히 구겨진 채 여섯 번이나 접힌 보고서를 꺼냈다. 기상학자들이 그의 아내 손에 건넸던 바로 그 보고서였다. 그는 보고서를 펼쳐 읽었다. 그리고 가슴 주머니에 집어넣었다.

"걔들을 만나고 와라, 글로리아. 하지만 오늘은 물건이든 사람이든 아무것도 데려오지 마라. 알겠느냐? 리무진을 타거라. 나는 애피스가 운전하는 차를 타고 법정에 가고 싶진 않구나. 걸어가는 편이 낫겠다. 무슨 일이 있어도 내가 어디 갔는지는 절대 말하지 말도록 해라. 자, 내가 방금 뭐라고 했니?"

"아무도 집에 데려오지 말라고요. 법원에 가신다는 것을 애피스에게 말하지 말라고요."

글로리아는 아침 식사가 놓인 식탁 위에서 신문을 발견했다. 티모르가 왜 법정에 가려는지 알 것 같았다. 신문은 이런 헤드라인을 외치고 있었다.

기상학자들, 오늘 첫 재판

글로리아가 애피스를 부르는 벨을 누르기가 무섭게 그는 이미 차를 바깥에 세워두었다. 좀 신기했다. 사람들은 보통 자리에서 일어나거나 다른 무언가를 하기 전에 하던 일을 마무리하려 한다. 하지만 애피스는 아니었다. 한 번의 벨 소리에도 그는 바로 문 앞에 와 있었다. 뒤로는 부릉부릉하는 자동차를 두고 말이다.

"반려동물보호센터에 갈 생각입니다, 부탁합니다."

글로리아가 차에 오르며 말했다. 묘한 침묵이 흘렀다.

"그게 어디죠, 총리님?"

"동물원 근처 어딘가예요. 근처까지 가주면 개들이 짖는 소리가 들릴 겁니다."

"연료가 아주 조금 남았습니다, 총리님."

글로리아는 그대로 앉아 있었다. 개들을 만나러 가겠노라고 데이지와 분명히 약속을 해둔 터였다.

애피스가 거울을 보고 모자를 고쳐 쓰며 말했다.

"새 하녀가 왔다고요, 총리님. 그 하녀가 벨 소리를 듣고 문을 열러 나왔더군요."

"그래요. 이름은 릭시라고 해요."

"그 애를 좀 자세히 검증해보셨습니까?"

"검증을요?"

글로리아는 개에게 벼룩이 있는지, 발바닥은 정상인지 점검받는 장면을 떠올렸다.

"그렇게까지 할 필요가 있을까요."

"모든 직원은 철저히 검증받아야 합니다. 총리님의 안전을 위해서요. 혹시라도 무정부주의자일 수도 있어요. 첩자일 수도, 골칫덩이일 수도 있습니다."

"알아요."

글로리아는 지금 질문하면 할수록 자신의 무식함이 더 드러난다는 것을 알았다. 공공장소에서 갑자기 운 나쁘게 아래로 쓱 내려오는 속치마처럼, 무식함도 그렇게 천천히 드러나게 되는 법이다. 글로리아는 지금 자신의 그 속치마가 내려오고 있다는 것을 느낄 수 있었다.

"애피스, '당신'은 검증받았나요?"

그 말을 들은 기사 애피스는 백미러를 통해 글로리아를 바라보았다.

"저는 정보부 소속입니다, 총리님. 말할 것도 없지요."

"아! 그런가요? ⋯내 말은, 알고 있어요, 하지만 깜빡했군요. 미안합니다. 티미와 내게 당신은 그저 애피스거든요.”

초조함에 숨통이 조여왔다. 창문을 내리고, 바람을 쐬면서 노래를 부르고 싶었다.

하지 말아야 한다! 총리님이 이렇게 품위 없이 행동한 적이 있었나? 전혀, 전혀, 전혀. 글로리아는 손가락을 베일 안으로 가져간 뒤 세게 물었다.

“반려동물보호소로 갑시다.”

“송구스럽습니다만, 총리님, 현명하지 못한 판단이라 생각됩니다.”

글로리아는 갑자기 실수는 지금까지도 충분히 했다는 생각이 들었다. 마음속의 초조함은 사라졌다. 그리고 그 자리에는 어느새 성난 붕붕거림이 자리 잡았다. 마치 말벌 한 마리를 삼킨 것만 같았다.

“지금 현명하지 못하다고 했나요, 애피스. ‘어리석다’는 말인가요, 애피스?”

적어도, 발음은 완벽했다. 파티 드레스 안에 가시철사를 감은 바로 그 느낌으로.

애피스는 글로리아를 태우고 한 시간가량 운전했다. 창문을 내린 채였음에도 동물원을 지나치는 동안 으르렁거리는 소리, 울부짖는 소리, 새가 지저귀는 소리를 들을 수 없었다.

마침내 기사가 입을 열었다.

"죄송합니다, 총리님. 도저히 찾을 수가 없습니다."

그러고는 허락도 기다리지 않고 집을 향해 출발했다.

데이지는 글로리아의 손바닥을 쿡쿡 찔렀다. 쿡, 쿡, 쿡, 쓰다듬어달라는 눈치였다. 바로 그때 무언가 글로리아의 양심을 쿡 찔렀다. 법정에서는 무슨 일이 벌어지고 있을까? 지금쯤 티모르는 기상학자가 가져온 보고서를 보여주고 있을 것이다. 이제 이 모든 어리석은 일들이 제자리를 찾지 않을까? 누구도 감옥에 가지 않을 것이다.

쿡, 쿡, 쿡.

하지만 그들의 결백이 증명된다면? 법정은 누구에게 책임을 물으려 할까?

애피스가 법원 및 법률대학을 지날 때 연료가 바닥나는 바람에 연료펌프에서 재깍거리는 소리가 났다. 그러다 갑자기 멈춰 섰다. 글로리아는 오전 내내 일어난 일 중 유일하게 우연히 일어난 일이라는 인상을 받았다.

애피스는 휘발유를 찾으러 갔고, 글로리아와 개는 재빨리 자동차 밖으로 나와 사라졌다. 동물원이나 다른 사람의 반려동물보다 훨씬 중요한 것이 생각났다.

모퉁이를 돌기만 하면 바로 법원이었다. 로비의 천장은 세로로 홈이 파인 기둥에 얹혀 있었는데 그 높이는 낮게 깔린 구름에 닿을 정도였다. 날씨와는 어울리지 않게 너무 벌거벗고 있는 이방 신들의 그림이 천장에 그려져 있었다. 글로리아는 벤치에 앉았다. 아무도 자신을 보지 않음을 확인했다. 모자를 벗고 머리를 푼 뒤 코트를 뒤집어 입었다. 쿡, 쿡, 쿡. 데이지는 배가 고팠고 글로리아는 줄 것이 없었다.

'최고 통치자 총리'가 증인으로 불려가면 어떻게 될까? 글로리아가 대신 나가야 할까?

"그날 안경을 쓰지 않았거나 혹은 도수가 잘못된 안경을 쓰고 계셨던 겁니까?"

"물론 아닙니다. 제가 거짓말했습니다."

글로리아는 그렇게 말해야만 할 것이다. (왜냐하면 법정에서 증언하는 사람이 진실을 말하지 않으면 갑자기 불길이 치솟아 죽게 될 것이라 했다. 히기가 그렇게 말해주었다.)

"제가 막차를 타야 했으므로, 성문이 열려 있기를 바랐습니다."

"그렇다면 제가 한 가지 여쭙겠습니다, 총리님. 총리님은 막차를 '안' 타지 않으셨습니까? 그렇기 때문에 지금 이 우스운 모자와 주름투성이 드레스, 닭발같이 생긴 끔찍한 장갑을 끼고 바로 이곳에 계신 것 아닙니까."

그렇게 모든 진실이 드러나게 될 것이다.

티모르는 하녀에게 총리 행세를 하게 한 죄로 체포될 것이다. 그리고 반역자가 된, 불쌍한 하녀인 자신에 대해 말하자면….

티모르가 하늘과 같은 아내의 잘못을 고백해 그들의 귀에 들려주는 사이, 가서 개들 몇 마리나 쓰다듬어주려 했던 것이다.

"끔찍하고 못된 하녀에게, 한 가지 묻겠습니다. 아팔리아의 통치자 행세를 한 것은, 모두가 알다시피, 대역죄라는 것을 알고 있는지 말입니다."

"이봐요, 당신!"

성난 외침이 휑한 홀에 크게 울려 퍼졌다.

본능적으로 항복의 뜻으로 두 손을 번쩍 들 뻔했다. 하지만 그 대신 모자와 장갑 위에 털썩 주저앉아 이를 가렸다.

수위가 서류철로 데이지를 가리키며 소리쳤다.

"이곳에 동물을 데려올 수는 없어요! 데리고 나가요! 여기는 법정이에요!"

176

글로리아는 머리를 숙이고, 아무도 자신을 총리로 오해하지 않도록 일부러 비틀비틀 흐느적거리며 도망쳤다. 데이지는 둔하고 느리게 걷는 글로리아 뒤를 졸졸 쫓았다. 바로 그때 뒤로 어떤 발소리가 점점 빠르게 다가와 그들을 따라잡았다. 손 하나가 글로리아의 팔뚝을 잡았다.

"네가 여기 있는 것을 애피스도 아니?"

티모르가 글로리아의 귀에 대고 물었다. 심장이 터져 목까지 차오르는 느낌이었다. 글로리아는 그저 고개만 가로저을 뿐이었다.

티모르는 법정을 방문하는 데 어울릴 만큼 맵시 있게 옷을 입었다. 하지만 죄책감에 쫓기는 듯한 모습은 여전했다. 그래서 그런지 그 멋진 코트와 신발은 마치 훔쳐 입은 것 같았고, 머리칼은 땀에 젖어 있었다.

"어떻게 됐어요? 총리님이 잘못된 안경을 썼다고 증언하셨어요?"

글로리아가 물었지만 티모르는 그 어떤 것도 설명할 기회를 얻지 못했다고 했다. 보고서를 보여주는 것도, 아내의 거짓말에 대해 변명하는 것도, 아니면 결백한 기상학자들을 구하는 것도, 그 어느 것도 하지 못했다. 〈더 보이스〉에 착오가 있었던 것이 분명해 보였다.

"재판은 '어제' 열렸다더구나."

심지어 재소자들을 법정에 세우지도 않았다. 그들은 죄를 인정할 때만 감옥에서 나올 수 있었고 그들을 변호해주는 사람 또한 아무도 없었다. 그들이 자리에 없을 때 선고가 내려졌고 결국 그들은 15년 중노동형을 받았다.

"그 사람들을 만날 수 있는지 물어보셨어요?"

"안 된다고 들었다."

"왜 그들은 유죄를 인정…."

허공에 대고 말하고 있는 글로리아를 뒤로 두고, 티모르는 이미 출발해 걷고 있었다.

그들은 말없이 언덕을 올라 집으로 향했다. 글로리아는 다시 변장한 총리로 돌아와 있었고 티모르의 걸음을 따라잡으려고 거의 달리다시피 했다. 그들은 어느새 둔탁하고 시끄러운 쿵쿵 펌프질 소리에 발을 맞춰 걷고 있었다. 프래스토시의 심장 소리는 이렇듯 매일매일 커지고 있었다.

그날 오후 글로리아는 하녀복으로 갈아입은 뒤 저택의 꼭대기부터 아래층까지 샅샅이 청소했다. 요리사가 티모르의 집무실 앞에 저녁 식사를 가져다 두었다. 하지만 잠자리에 들 시간까지 그 누구의 손도 닿지 않은 채, 지나가던 데이지가 무심코 먹어버릴 때까지 그대로였다.

15년? 이는 글로리아가 살아온 평생의 시간이었다. 침대에 누워서 자신의 평생인 15년을 되돌아봤다. 보고, 듣고, 했던 모든 일을 생각해보았다. 어떻게 잠을 이룰 수 있을까? 그 날씨 담당자들 역시 잠이 오지 않았을 것이다. 하루하루 어떤 의미도 없을 그들의 미래를 떠올려보았다. 가족도 없이. 집도 없이. 반려동물도 없이. 날씨도 없이. 어째서 저지르지도 않은 일로 유죄를 받아야 했을까…?

베개 위에서 아무리 이리저리 뒤척여도 잠이 오지 않았다. 그 작은 침대 위에서 이쪽저쪽 자리를 옮겨보아도 마찬가지였다. 침대 끝으로 자리를 바꿔보았지만 아무 도움도 되지 않았다. 15년이라니! 그 긴 시간을 보내는 최선의 방안은 잠을 자는 것뿐이다. 하지만 교도관이 그들을 깨울 게 뻔했고 선고받은 '중노동'도 해야 하니. 지금 글로리아만큼이나 그 날씨 담당자들도 잠들기 어려울 것이다.

총리님의 모자와 옷은 문 뒤의 고리에 고요하고 오싹하게 걸려 있었다.

"무언가를 할 결심이 섰다면, '당신'은 분명히 해낼 수 있어요."

글로리아는 문에 걸려 있는 그 인물에게 말했다.

집무실 문 아래 틈으로 램프의 불빛이 새어 나왔다. 응접실 시계를 보니 4시 15분이었다.

"이제 괜찮을 거예요! 어떻게 해야 할지 알아냈어요! 제가 모든 걸 바로잡을게요.”

글로리아가 문을 두드리며 말했다.

티모르의 사무실에는 그 누구도 들어갈 수 없었다. 단 한 번도. 하녀들은 물론 그 누구도. 그가 문을 열자 문틈으로 지저분한 방이 보였다. 하녀가 들어가 청소한 적이 전혀 없는 게 분명했다. 티모르를 찾으려고 부부 침실에 들어갔을 때까지만 해도 글로리아는 티모르가 실제로 집무실에서 잠을 자고 있다는 사실을 알지 못했다. 쇠창살 달린 창문 아래 놓인 검소하기 짝이 없는 작은 침대에서. 지금 보이는 쇠창살은 특히나 음산해 보였다.

티모르는 문기둥에 기대어 서 있었다.

“그만해. 제발 그만하지 않을래?”

그 얼굴은 잔뜩 일그러져 있었다. 성능이 안 좋은 다리미로 대충 다린 옷 같았다. 여전히 외출복 차림이었고 그래서 그런지 옷 또한 온통 구겨져 있었다.

“총리 행세 좀 그만하겠니. 나는 네게 이런 것까지 하라 한 적이 없을 텐데…. 잘 들어. 이렇게 할 거니까…. 듣고 있니? 어제, 총리는 성벽에서 몸을 던졌어. 프래스토시가 겪는 고통과 자신의 책임을 생각하니 견딜 수 없을 만큼 참담했던 거야. 그 날씨 보고서에 대해 거짓말한 것은 단순히 ‘모두에게 희망을 주고 행복하게 해주려던 바보 같은 의도’였을 뿐이라고."

"스스로 몸을 던진다고⋯."

글로리아는 범람한 물이 성벽을 스치며 들끓던 아찔한 장면을 떠올렸다. 그때 느꼈던 그 아찔함이 다시 훅 다가오는 듯했다. 총리님의 모습이 생생하게 그려졌다. 청록색과 초록빛이 섞인 실크 드레스를 입고 물총새처럼 갑자기 강으로 뛰어드는 장면이었다.

"안 돼요."

"가서 자라, 글로리아."

"더 이상의 거짓말은 안 돼요. 이런 식이라면 더더욱요. 그렇게 하시면 안 돼요. 제가 그 사람들을 '용서'할게요!"

"뭐라고?"

"음, 선생님이 어떻게 말씀하실지 모르겠지만요, 법에서 죄를 용서하는 것이 '사면'이잖아요. 저는 총리니까요. 제가 그들을 용서한다고 한다면, 사람들은 당연히 죄인들을 풀어줘야 해요. 그들이 어떤 짓을 했든 말이죠. 그렇지 않나요?"

복도 맞은편 부엌에 있던 데이지가 눈을 떠서는 앞발로 법랑 그릇을 이리저리 밀어대고 있었다. 그릇은 바닥에서 시끄러운 소리를 냈다. 아마도 아침이라 생각한 듯했다. 데이지가 내는 소리 외에도 글로리아는 티모르의 머리에서 똑딱똑딱똑딱하고 생각하는 소리가 들리는 듯했다. 마치 자동차의 연료펌프가 작동하는 소리 같았다. 글로리아는 티모르를 이해시키고 싶었다.

"그들에게 국가사면령을 내리자 그 말이지?"

"바로 그거예요! '사면'이라는 게 있다는 것을 알았거든요! 그렇게 한다면, 총리님이 거짓말했다는 것을 밝힐 필요가 없어요. 제가 그들을 용서하기만 하면…. 그러니까 총리님이 그들을요. 사면을 내리면 되잖아요. 그렇죠?"

글로리아는 이전에 티모르가 웃는 것을 본 적이 없다는 것을 문득 깨달았다. '진짜' 웃음 말이다. 이는 다락방의 경사진 창문을 아무리 밀어젖혀도 태양을 볼 수 없는 것과 비슷했다. 그는 갑자기 지하 저장고로 달려가서는 샴페인 한 병을 꺼내왔다. 솜씨 좋게, 그리고 절도 있게 뚜껑을 따니 옅은 금빛 거품이 쏟아졌다.

"저는 알코올 안 됩니다, 선생님."

"나도 역시 마찬가지다. 하지만 이 거품들이 얼마나 행복감을 주는지 봐라! 조금 전만 해도 어둠 속에 갇혀 있었는데 이제는 해방되었잖니! 요리사를 깨워서 뭐라도 만들라고 해라. 이인분 만들라고 해. 그리고 너는 슬리퍼를 좀 신으렴. 발이 얼겠다."

샴페인은 카펫을 흠뻑 적셨다. 글로리아도 발끝으로 역시 이를 알아챘다.

"그나저나, 반려동물보호센터에 있는 개들은 괜찮았니?"

"개들이요? 개들이 보이지 않았어요."

더 보이스

In atramento non est veritas

거짓된 날씨 예보로
15년형을 선고받은 기상학자들

몇 주 전 상원에 전달된 잘 못된 일기예보 뒤에는 사악한 세력이 숨어 있었던 것으로 보인다. 정보부에 따르면, 존경받았던 기상학자들이 "거짓말을 한" 이유는 "뇌물을 받았기 때문"이라고 한다. 사악한 세력은 프래스토의 다섯 공장을 파괴할 목적으로 성문을 열어두고자 했다.

이 여성이 거짓말했을까?

오늘 기상학협회 수석교수와 대기과학협회의 예보본부장은 모두 적국과 공모하여 거짓 예보를 한 죄로 15년 중노동형을 선고받았다.

공범들은 프래스토에서 출발하는 마지막 기차에 올라 탈출한 것으로 여겨진다. 로즈시가 관여돼 있을 것이라는 의심을 떨칠 수가 없다. 그 야만적이고 추잡한 도시는 오랫동안 법과 질서, 상원의 통치를 거슬러 왔다.

지방 친지들의 발이 마르다!

강에서 일어난 홍수 때문에 거리로 내몰린 아팔리아인들은 브리든 언덕을 비롯한 여섯 개 지역에 지어진 조립식 창고를 임시 거처로 사용할 예정이다. 모두 지대가 높으므로 강이 범람해도 안전하게 지낼 수 있을 것이다. 구조본부는 "필요한 지역에 출동해 마을, 작은 마을, 농가, 농장 단위로 침착하게 대피시켰습니다. 큰 혼란은 없었으며 진정한 아팔리아인답게 서로가 도움을 주고받았습니다!"라고 말했다.

코베트 상원의원이 여러분을 위해 최선을 다하고 있다!

오늘의 초성 퀴즈:
ㅇㅁㄷ ㅁㅈ ㅁㄹ

제17장

물고 물리다

강 상류, 습지의 서쪽 제방

승리의 순간마다 매번 무명 씨는 무리에 대한 통제를 강화했다. 무엇을 사냥할지, 누가 사냥감을 죽일지, 누가 가장 먼저 먹을지 결정하는 것은 오로지 그였다. 그는 모든 것을 혼자 결정했다.

이제 우리 공격한다.

이제 우리 이동한다.

이제 우리 잔다.

암캐들은 그를 사랑했지만 동시에 두려워했다. 수캐들은 당연히 그를 두려워했지만… 승리의 순간에는 어울려 한껏 즐기기도 했다. 물에 잠긴 강의 서쪽 기슭은 남쪽으로 상당히 뻗어 있었지만, 무명 씨가 자기 마음대로 모두 소유하고

186

있다. 다들 이 상황을 받아들였는데, 무명 씨가 나머지 개들의 생사를 좌지우지할 수 있기 때문이다.

한 계곡에서 범람한 물이 작은 빈집의 처마까지 닿았다. 개들은 지붕에서 다른 지붕으로 헤엄쳐야 했다. 시간이 지나니 수위는 다시 낮아졌지만, 나무와 오솔길은 모두 진흙으로 뒤덮여 있었다. 장어 수백 마리는 태어나면서부터 매년 돌아가던 연못을 찾지 못한 채, 그저 이리저리 꿈틀거리고만 있었다. 무명 씨는 단순히 시간을 보내려고 장어를 잡아먹었다. 다른 개들은 하지 않는 짓이었다. 꿈틀거리는 뱀 같은 것을 잡아먹다니.

굵은 밧줄 같은 뱀이 강에서 뭍으로 올라왔을 때는 좀 두렵긴 했다. 그것은 구불구불하게 뒤틀린 상태로 제방 위에다 각종 알파벳 문자를 그려놓았다. 무명 씨의 군대는 여기저기 흩어졌고, 제아무리 무명 씨라도 그 자리에서 굳어버릴 만했다. 그는 무리에게 뱀을 둘러싸라고 명령했지만, 그들은 그저 뒤로 물러날 뿐이었다. 이에 분노한 무명 씨는 잇몸까지 드러낸 채 그들 사이로 내달렸다. 우리의 작고 멍청한 내차야 씨만 그가 가는 길을 가로지르다 공처럼 차여서 뱀 위로 내동댕이쳐졌다.

오로지 하인즈만이 내차야 씨를 구하고자 내달렸다. 구조 임무라기보다는 '근사한' 반사 행동에 가까웠다. 하지만 이미 흥분한 무명 씨는 하인즈가 자신을 죽이기라도 하려나 싶었던 모양이다. 하인즈에게 거칠게 몸을 던진 무명 씨는 결국 목표는 놓쳐버린 채 노란색의 고리들에게 감겨 부상을 입고 말았다. 뱀의 비늘이 털이 없는 그의 회색 피부를 긁자 이상한 소리마저 났다.

뱀은 그 송곳니를 개의 머리에 꽂았다.

하인즈는 가까이에서 뱀을 물었다. 비늘이 그의 입에서 떨어져 나갔고, 그 생명체가 버둥거리며 몸을 비트는 바람에 하인즈는 하늘로 번쩍 들렸다 땅으로 내동댕이쳐졌다. 하지만 하인즈는 끝까지 뱀을 놓지 않았다. 내차야 씨가 그 괴물 같은 파충류를 물고, 물고, 물어뜯었는데, 뱀이 갑자기 죽고 말았다. 모두가 놀랐다.

무리는 뱀으로 식사를 했다. 하지만 생명을 죽일 때 느끼는 희열감이 점차 사그라들자, 그 먹이가 얼마나 맛이 없는지 깨닫고는 그저 어슬렁거렸다. 무명 씨는 전혀 먹지 않았다. 뱀의 독이라는 것이 들쥐나 물쥐 정도만 죽일 정도라서, 뱀에 물린 큰 개는 몸을 떨거나 휘청거리고 토하기만 했다. 그의 병사 중 누구도 와서 머리를 핥아주거나 옆에 있어주지 않았다. 감히 그럴 수가 없었다. 무명 씨가 털을 곤두세운 채 온몸으로 위협했기 때문이다.

어쨌든 뱀을 죽인 것은 하인즈와 내차야 씨였다. 그날은 그 둘이 주인공이 된 "복(된)날"이었다.

언덕 꼭대기는 범람한 물 위로 혹처럼 불쑥 솟았다. 이는 깊고 어두운 잠에서 솟아난 꿈 같았다. 작은 언덕에는 농장과 따로 떨어져 있는 헛간이 있고, 헛간 안에는 쟁기질하던 얼룩말이 있었다. 헛간 벽에 줄로 묶여 있지만 않았어도 그 말은 다른 농장 동물을 따라 쉽게 헤엄쳐 나왔을 것이다. 말은 닿는 것은 무엇이든 먹었다. 짚, 건초는 물론 마대까지 입에 댔는데, 절반쯤이나 먹어치웠다. 그런데도 배가 고팠다. 뒤로 수북이 쌓여 있는 배설물은 그가 이곳에서 얼마나 오래 기다렸는지를 말해주고 있었다. 그는 누워서 자신을 묶고 있는 밧줄을 씹으며 굶주려갔다. 입 주변에 생긴 흰 자국 때문에 마치 웃고 있는 것처럼 보였다. 명랑한 광대 같았다.

개들이 헛간 출입구에 반달 형태로 섰다. 공포에 질린 암말의 다리가 후들거렸다.

무명 씨에게 말은 그저 고기에 지나지 않았다. 밧줄에 묶여 있으니 쉽게 잡아먹을 수 있을 터였다. 하지만 얄궂게도 그 밧줄이 오히려 그에게 실패를 안겨주었다.

고삐가 말의 입꼬리에 매달려 있고, 반대편 끝에는 커다란 매듭이 있었다. 이를 본 하인즈는 불현듯 가장 소중했던 장난감과 가장 사랑했던 소년이 떠올랐다. 클렘은 말을 정말 좋아했다. 함께 산책할 때면 감자 농장에서 쟁기질하던 말 앞에 언제나 멈춰서서 이야기를 나눴다.

하인즈는 그 암말 앞으로 나아갔다. 헛간 입구에 서 있는 폭도들만큼이나 자신도 그 말을 죽여서 먹고 싶었다. 그렇지만 어째서인지, 마음 한구석에서는 연민이 피어올라 마음이 움직였다. 그 암말을 지켜야겠다는 강한 의지가 생겨났다.

자만심 가득하고 자랑하기 좋아하는 (게다가 멍청하기까지 한) 내차야 씨가 하인즈 옆에 앉아서 말했다.

"내 개야."

그 말은 무리를 혼란스럽게 했다. 모두가 머뭇거렸다.

무명 씨는 두통으로 정신이 없는 한편 저항심이 피어오르는 것을 느꼈다. 눈은 초점을 잃었고 생각이 마구잡이로 끓어올라 끝까지 치달았다. 양 입가에서는 거품이 피어올랐다. 죽여야 한다는 생각 외에는 아무것도 떠오르지 않았다.

하인즈는 싸움하는 개가 아니었다. 그러니 미친 사냥개와 맞설 기회도 없었다. 하인즈는 어떻게 하면 무명 씨를 말과 떨어뜨릴까 고민하면서 똥 더미 뒤로 달려갔다. 희미한 희망을 품고. 크게 한 번 뛰어올라 무명 씨를 내리쳤고, 그 짐승은 헛간의 절반을 날았다.

힘이 붙자 생각보다 더 멀리 날려 보낼 수 있게 되었으며 마침내 무명 씨를 끈적끈적한 똥 더미로 날려 보냈다.

초록빛의 반짝거리는 파리 십만 마리쯤이 자욱하게 법석을 일으키며 날아올랐다. 윙윙거리는 파리가 무명 씨의 입에도 가득, 눈에도 가득, 귀에도 가득했다.

무명 씨는 첫 번째 호흡으로 백 마리를 들이마셨는데, 그러다 콧구멍이 모두 막혔다. 두 번째 호흡으로도 백 마리를 들이마셨는데, 모두 식도를 가득 채웠다. 똥 더미 위로 기어오르며, 머리부터 발끝까지 몸을 흔드는 사이 앞발은 부드러운 갈색 똥 위에 처박혔다. 숨을 크게 들이마실 때마다 오로지 파리와 또 더 많은 파리만 들이마실 뿐이었다. 말은 시선을 어디 두지 못한 채 공포에 떨며 귀를 늘어뜨리고는 할 수 있는 유일한 방법으로 자신을 방어하고 있었다. 머리는 아래로, 엉덩이는 위로 들고 그렇게 뒷발질해댔다.

무명 씨는 눈을 크게 뜬 채 죽어버렸다. 등을 대고 누워 머리를 자신의 경쟁자에게 향한 채, 회색 귀 안쪽 분홍 속살을 다 드러내고 죽었다. 파리는 헛간 안을 온통 헤집고 날아다녔는데 이는 마치 반짝이는 초록 안개 같았다.

겁에 질린 말은 벽과 고삐를 고정하던 꺾쇠를 풀고 도망쳤지만 문 앞에서 개들에게 가로막혔다. 헛간 뒤로 조금 물러선 말은 격렬하게 몸을 떨었다.

거친 들개들이 말을 둘러쌌다. 모두 고요했다. 지금까지는 위대한 회색 사냥개가 그들을 모아주는 구심점이었다. 하지만 구심점은 사라졌다. 무명 씨가 사라졌다.

하인즈는 매듭이 있는 밧줄을 물어서 들어 올렸다. 언제나 가장 아끼던 장난감이었다. 순간 마음이 편안해졌다. 한쪽 끝에 말이 묶여 있다 해도. 장난감을 물고 떠나는 하인즈를 막을 수 없었다. 그와 말과 내차야 씨는 헛간을 빠져나와 밝은 햇살 아래로 걸어갔다. 그들이 떠나려 하자 무리는 어디로 가느냐는 질문을 퍼부었다.

"그러니까 지금 너는, 혹시…?"

"이제 대장이 사라져버렸으니…."

"네가…?"

"…책임자?"

"아니면 우리 중 누가?"

하인즈는 계속 걸었다. 암캐 서너 마리가 뒤를 따랐지만 암말의 뒷발이 여전히 너무 무서웠는지 곧 돌아갔다.

말은 주변을 둘러보지 않았다. 실제 존재하는 세상이라 할지라도 말은 등 뒤의 세상을 믿지 않는다는 말이 있다. 하지만 언젠가는 뒷일도 마무리 지어야 한다는 것을 알고 있을 것이다. 그러나저러나 말의 마음을 누가 알겠는가?

제18장

뭐라고요? 사면?

프래스토시

"나는….."

글로리아가 말했다.

"나는 진심으로."

"나는 진심으로 사면하고자…."

"사면령을 내리고자."

"나는 진심으로 그 날씨 담당자들에게 사면령을 내리고자
합니다."

"기상학자들."

"기학자들."

"기-상-학-자-들."

"기-상-학-자-들."

"좋아. 날씨 담당자들."

티모르가 양보했다.

이른 시간부터 글로리아는 코베트에게 직접 명령을 내릴 연습을 하고 있었다. 또한 그 앞에서 직접 서명해야 할 상황을 대비해 총리 이름을 계속 써보고 있었다.

"계속 연습하거라."

티모르가 말했다. 글로리아의 글씨체는 크고 넓게 펼쳐진 것이 어린아이의 것 같고 알아보기 쉬웠다. 총리님의 서명은 지진이 일어났을 때 지진계에서 나올 법한 필체였다. 격렬한 선이 가운데에서 갑작스럽게 치솟는다. 이는 단순히 모양을 똑같이 따라 하는 문제가 아니고 (티모르가 그렇게 말했다) 종이에 달려들어 그 종이를 찔러 죽일 정도의 날렵함이 필요하다고 했다.

"에스 자를 더 날카롭게. 좀 더 화난 듯."

"더 화난 듯한 에스 자는 어떻게 쓰는 걸까요, 선생님?"

"나도 모른다. 내 아내한테 물어보든지. 그냥 해라."

글로리아는 날씨 담당자들을 생각하면서 힘을 냈다. 그들이 감옥 철장을 꼭 쥐고 겨우 스며드는 햇빛을 한 번 바라보려고 애쓰며 울고 있는 모습을 상상했다. 문이 열리고 교도관이 이렇게 말할 것이다. '이제 가도 좋다. 총리님께서 다 바로 잡으셨다.' 그들이 얼마나 기쁘겠는가!

"그 사람들은 왜 그렇게 말하지 않았을까요, '총리님께서 우리가 쓴 것을 읽지 않으셨다'고요?"

"분명 그렇게 말했을 거다. 하지만 아무도 믿지 않았겠지. 누가 총리의 말을 의심하겠어?"

"모두가 자기 말을 믿어주지 않는다는 것은 정말 끔찍한 일이에요."

글로리아가 딱 잘라 말한 뒤 설명했다.

"그건 말이죠, 그때와 비슷해요. 샹들리에를 청소하던 날 초 여러 개가 사라졌는데, 제가 보즈가 먹었다고 말씀드렸어요. 그런데도 총리님은 저를 믿지 않으시고 제가 그것을 훔쳤다면서 한 달 동안이나 급료를 끊으셨어요."

"보즈가 그 초를 먹었니?"

"물론이죠! 그 개는 무엇이든 먹었다고요. 신발도. 자기 침대도. 데이지의 저녁도⋯."

"그래. 끔찍한 개였어."

티모르가 생각에 잠긴 듯 말했다.

문밖에서 벨이 울렸다. 위험한 개들이 들어오지 못하도록 문은 모두 단단히 잠겨 있었다. 신문 배달하는 소년이었다.

릭시가 꺅 소리를 질렀다. 신문을 들고 들어오다 헤드라인을 읽은 것이다.

모두의 생명을 구하고자
개를 살처분

반려동물보호센터에서 광견병이 발병하여
"즉각적인 행동이 필요했다"고 밝히다

반려동물보호센터에서 보호받던 개들 일부에서
광견병이 발병하자 지난밤 불가피하게…

글로리아는 접견실 소파에 데이지와 함께 앉았다. 글로리아는 친구 개들이 안락사당했다는 소식을 전하며 데이지를 부드럽게 쓰다듬었다. 데이지는 네 다리를 벌리고 편안히 누워서는 명랑하게, 아무것도 모른 채, 글로리아의 손에 묻은 잉크만 핥고 있었다. 미친개들은 입에 거품을 물고 있고, 사람들은 총으로…. 글로리아는 대학살에 대한 이런 상상을 이제 멈춰야겠다 싶었다. 개가 없는 도시를 어떻게 상상할 수 있겠는가? 붉은 머리의 어린이와 꽃 피는 나무가 모두 갑자기 사라져버린 것과 같은 일이었다. 도시 경비대를 영웅이라 생각하려고 노력했다. 신문에서 그렇게 말했으니까. 하지만 이제는 어려웠다.

"애피스가 왜 반려동물보호센터를 못 찾는 척했는지 알겠어. 아마 모든 개가 광견병에 걸렸다는 것을 알고 있었을 거

196

야. 정보부 소속이니까. '현명하지 못하다고' 말했어. 너무 위험하고 끔찍하다는 뜻이었을 거야."

글로리아는 데이지를 껴안았다. 그러고는 울기 시작했다.

"그래도 나는 여전히 너와 함께 있어, 데이지!"

티모르는 시계를 보았다.

"코베트가 곧 올 겁니다, '총리님.'"

"총리님은 그 개와 관련한 일로 상당히 언짢아했습니다. 지금 마음을 가라앉히고 있습니다."

티모르는 아내가 자리를 비운 이유를 설명했다.

코베트와 그의 보좌관은 소파에 앉았다. 접견실이 어두워서인지 코베트는 자리에 앉아 있는 동안 쿠션 위에 하얀 개털이 잔뜩 묻었다는 사실을 깨닫지 못했다. 하지만 그 개털은 점차 눈에 띄기 시작했다.

"공공의 안전을 지키려면 꼭 필요한 일이었습니다."

코베트는 간결하게 말했다.

"하지만 정말 슬픕니다."

마일드가 중얼거리며 희미한 미소를 짓고 티모르를 쳐다보았다.

지진계에서 찍혀나온 듯한 서명으로 가득한 편지지 여덟 장이 구겨진 채 휴지통에 버려져 있었다. 티모르는 어쩔 수 없이 신경이 쓰였다.

"날씨에 관한 최근 소식이 있습니까?"

티모르가 묻자 코베트는 초조함을 감추지 않고 답했다.

"아, 누가 알겠어요. 불이 나고 전염병이 돌고, 이게 제가 아는 전부입니다. 혹시 옷솔이 있으신지요?"

오랜 시간이 흐른 후 '총리'가 유령처럼 들어와 책상 앞에 앉았다. 그는 죽은 개들을 기리는 마음으로 검은 상복을 입었지만 사실 눈에 띄지는 않았다.

"사람들의 마음이 매우 상했을 겁니다. 내가 할 수 있는 것이 있을까요?"

"전혀 없습니다. 그래야만 했다는 것을 모두 이해할 겁니다. 과연 광견병으로 죽기를 원하는 사람이 있을까요?"

코베트가 사무적으로 말했다.

"갑자기 일어난 일입니다, 총리님. 활발하던 개들이 어느 순간 서로 물어뜯으며 서로를 갈기갈기 찢어놓았습니다. 증상은 정말 충격적이었습니다."

마일드가 깍지 낀 손을 무릎 위에 올리며 소곤거렸다. 그는 당장이라도 울음을 터뜨릴 것만 같았다.

그때 마침 책상 아래에서 나온 하얀 개의 형상을 보더니 코베트가 흠칫 놀랐다. 그의 표정이 갑자기 밝아지더니 큰 소리로 말했다.

"총리님께서 하실 일이 있습니다! 사람들에게 본보기가 되어주시면 됩니다!"

"무엇에 대해서죠?"

"용기에 대해서지요, 총리님! 혼자 되는 것. 슬픔에 맞서는 대담함에 대해서지요! 저 상원 코베트는 총리님도 총리님의 반려동물을 포기해야 한다고 생각합니다."

개에 대한 혐오감을 이겨내며, 그는 개 목걸이를 잡아채 꽉 붙잡았다. 마침 릭시가 들어왔다.

"목줄 좀 가져오렴, 얘야."

코베트가 릭시에게 말했다.

"안 돼! 안 돼, 릭시! 그럴 수 없어! 안 돼! 하지 마!"

총리가 소리쳤다. 우아했던 모음 발음이 비눗방울처럼 톡톡 터졌다. 총리는 몸을 움직여 데이지를 구하려 했다.

티모르가 책상 모서리에서 총리를 막아섰다.

"자, 자, 당신."

그러고는 총리의 머리를 가슴에 밀어 넣고는 마음을 편안하게 해줄 말들을 속삭였다. 목소리가 너무 작아 아무도 들을 수 없었다.

"침착해라. 우리 둘 다 교수형에 처하는 것을 보고 싶니?"

티모르가 글로리아의 팔을 너무 세게 쥐는 통에 팔에는 멍이 남았다.

릭시는 여분의 목줄을 가져왔다. 코베트는 전리품 하나를 받아 들고는 곧 떠날 참이었다.

티모르가 의원을 불렀다.

"떠나기 전에, 코베트 의원님, 오전 의제와 관련해 협의할 일들이 남아 있습니다. 개보다 훨씬 중요한 일이죠. 무엇보다 오전 브리핑도 필요하며 국가 업무 협의도 아직 남아 있고요."

"뭐라고요? 네, 맞습니다. 하지만 그것들을 논의하는 자리에 '당신'이 있어서는 안 됩니다만. 오해 없이 들으시길 바랍니다만, 당신은 단순히 '총리의 남편'이라는 것만 기억해주시길 바랍니다."

코베트가 쏘아붙였다.

"저는 최근 총리의 개인 비서로 일하고 있습니다. 얼마 전까지 근무했던 비서가 부재중이라서요."

마침 머리털이 글로리아의 모자 뒤로 흘러내렸고 티모르는 이를 잡아 대충 뭉쳐두었다. 그는 잡은 머리카락을 모자 안으로 은밀히, 베일을 흐트러뜨리지 않고 집어넣으려 했다.

"잠시만, 뭐라고요?"

마치 총리가 뭔가 말한 것처럼, 그가 속삭였다.

총리는 고요하게 깊고 떨리는 숨을 내쉬었다. '잠시만'은 총리에게 신호처럼 들렸다. 총리는 책상 뒤로 한 걸음 물러났다.

"좋아요, 좋아요. 나는 진심으로 기상학자들에게 사면령을 내리고자 합니다, 코베트 의원. 티미가 문서를 작성해주었습니다. 하지만 의원님은 내가 직접 서명하는 것을 보고 싶어 하는 것 같은데, 맞나요?"

그러고는 펜촉을 종이 하단의 흰 여백으로 날렵하게 가져가 그것을 죽음에 이르게 할 정도로 세게 찔렀다.

코베트와 그의 보좌관은 놀랐다기보다 어리둥절한 표정으로 서로를 쳐다보았다.

"유감입니다만⋯."

코베트가 말했다. 하지만 어떻게 말을 이어야 할지 생각해내지 못한 눈치였다.

마일드가 서류를 모아 의원에게 내밀었다. 그들은 잠시 서로 속삭였지만, 흰색의 양피지 뒤로 가려져 보이지 않았다.

"유감입니다만, 총리님께서 말씀하신 그 두 사람이 오늘 아침 탈옥을 감행했습니다. 그리고 즉각 총살당했습니다. 저는 총리님이⋯."

코베트는 당황스럽다는 표정으로 총리를 바라보며 말하다가 더는 할 말이 없는지 갑자기 말끝을 흐렸다.

"⋯바로 보고를 받으셨을 줄 알았습니다."

마일드가 이어 문장을 마쳤다.

코베트는 데이지를 억지로 끌고 떠났다. 글로리아가 혹시라도 그들을 따라갈까 싶은 마음에 티모르는 재빨리 접견실 문을 닫았다. 그가 글로리아의 입을 꽉 막고 있는 순간에도, 글로리아는 포기하지 않고 문짝을 발로 쳐댔다.

"내 개! 우리 데이지!"

현관문이 닫히고 티모르가 손을 떼어냄과 동시에 글로리아가 훌쩍거렸다.

"네 개는 아니지, 엄밀히 말하면."

"그 사람들이 데이지를 데려가도록 그냥 두셨어요! 그냥 두셨다고요! 선생님이 싫어요. 저는 정말⋯."

"열다섯 살 소녀에게 내 아내 행세를 하라고 하지 말았어야 했는데 말이다. 하지만 이미 여기 이렇게 하고 있으니. 당장 기상학자들도 이 상황이 그리 달갑지 않을 텐데. 빌어먹을, 모그다!"

찬장 위 머리와 어깨까지만 있는 조각상이 그들을 한심하다는 듯 쳐다보았다. 티모르는 그 얼굴에 주먹을 세게 날렸다. 그 바람에 조각상의 장미꽃 봉오리 같은 입술이 완전히 날아가버렸다.

"열여섯 살이에요. 있잖아요, 저 이젠 열여섯 살이에요. 오늘 제 생일이거든요."

초인종이 울렸다. 릭시가 대답하는 소리와 또 한 번의 한

숨 소리가 들렸다. 접견실 문을 두드리는 소리가 들렸다.

"실례합니다, 총리님. 아무개 씨예요. 그 마른 사람요. 그가 다시 왔어요."

마일드가 문간에 서 있었다. 두 팔을 옆구리에 정확히 대고 발목의 두 복숭아뼈를 딱 붙인 채였다. 그 옆에는 데이지가 활짝 웃으며 서 있었다. 녀석은 혀를 말고 민들레 솜털 같은 머리를 흔들며 많이 웃었는지 숨을 헐떡이고 있었다.

"오! 오!"

총리가 외쳤다.

"저는 데이지가 '노동자들의 마스코트'라는 점을 코베트 의원님께 강조했습니다. 그러므로 사람들은 이 개가 성벽 아래로 떨어지는 것을 원하지 않을 것이라는 점도 분명히 말씀드렸습니다."

그렇게 말한 마일드는 손가락 두 개로 잡았던 목줄을 건넸다. 그러는 동안 데이지에게는 공모자와 나눌 법한 윙크를 보내며 세상에서 가장 다정한 미소를 지어 보였다.

제19장

도와줘

강 상류

말에게는 아주 유쾌한 벗이 생겼다. 하인즈와 말은 꽤 잘 지냈다. 하지만 말은 천천히 움직였고 종종 가만히 서서 풀을 뜯었다. 쫓아야만 하는 냄새를 맡은 하인즈는 그럴 때마다 서둘러 떠나고 싶어 답답했다. 한편 내차야 씨는 가질 것은 없나 하고 이리저리 어슬렁거렸다. 무언가 찾았을 때 그는 거만하게 그 위에 앉았다. 그가 찾은 것은 보통 아무도 '원하지' 않을 썩어빠진 자루, 망가진 바퀴, 시들어버린 겨우살이풀 같은 것이었다.

종종 비가 내렸다. 구름은 때로 진눈깨비를 뿌렸다. 하지만 때때로 태양이 반짝이거나 수증기가 피어오를 만큼 따뜻할 때, 습지의 초목들은 뜨거운 냄비 속 시금치 같기도 했다.

그때 초목에서 피어나는 향기는 그 어느 때보다 강했다.

이제 점점 더 자주 가지나 덤불, 다 쓰러진 갈대밭에서 사람들의 냄새를 맡을 수 있었다. 습지는 사람들이 지내기에 적합한 곳은 아니었다. 하지만 큰 무리가 모두 같은 방향으로 이 길을 담담히 지나갔다. 때로 깊은 물을 만나 가던 길을 벗어나야 하는 때도 있었던 것 같다. 하지만 오래지 않아 냄새는 다시 남쪽을 가리켰고 그 후로는 쭉 남쪽을 향했다. 하인즈는 저벅저벅 발소리를 들었다. 하지만 강이 내뱉는 아우성에 다른 소리는 이내 덮이고 말았다.

밤에는 말의 고삐 끝에 달린 매듭을 씹으며 말 옆에 누웠다. 그러고는 곧 뒤숭숭하게 뒤섞인 꿈에 빠져들었다. 하지만 하인즈의 코는 주변의 냄새를 분별하여 찾고 또 찾는 것을 절대 멈추지 않았다. 그가 찾는 것은 바로 이렇게 불리는 사람이었다.

'클렘.'

하인즈는 말에게 제발 좀 더 빨리 가자고 재촉했다. 냄새가 강해지는 것이, 분명 근처에 사람이 있을 것이라는 확신이 들었기 때문이다. 조금만 더, 반 시간 정도만 달리면 될 것 같았다. 하지만 말은 개보다 훨씬 더 컸고 앞으로 나아가려면 더 넓은 공간이 필요했다. 가파른 언덕을 오를 때에는 특히 고생을 많이 했다.

묘한 나선형의 석탑이 물에 잠긴 숲의 한가운데 불쑥 튀어나와 있기도 했다. 하인즈는 그중 하나에 올랐다. 현재 위치를 더 명확히 파악하기 위해서였다. 석탑을 반쯤 오르기만 해도 장관을 이루는 장면이 선물처럼 펼쳐졌다. 강은 바다로 넓게 퍼져나갔는데, 다른 쪽 제방까지 시선이 닿지 않을 정도였다. 누런 물의 갈래를 보고 있으면 어느 곳의 물살이 가장 강한지 알 수 있었다.

연기 한 가닥이 먼 풍경 어디에서인가 피어올랐다. 모닥불인가? 그렇다면 가까워졌다! 사람들이 정말 가까워졌다! 하인즈는 어두워지기 전에 그들을 따라잡기로 했다.

강에는 고기잡이배 한 척이 하류로 쓸려가고 있었다. 아직은 물살이 강했는데 그 배는 방향을 잃고 물에 갇힌 지 꽤 된 듯 보였다. 그 안에도 역시 사람들이 있었는데 하인즈의 눈에는 배 밑바닥에 쭈그려 앉은 그들의 등만 보였다.

바로 그때 갑작스레 우박이 내리기 시작했다. 처음에는 우박 한 알의 크기가 작았다. 그래도 산탄처럼 쏟아지며 새 떼를 전부 떨어뜨렸다. 그러고는 점점 커졌다. 모든 살아 있는 것들을 해칠 정도의 폭발이 하얗게 일었다. 강에 있던 배는 석탄처럼 무거운 우박으로 짐칸을 가득 채웠다. 갑작스러운 일이었다. 배는 아래로 아래로 가라앉았고, 배의 양옆으로 물이 흘러들기 시작했다. 얼음과 물의 무게를 견디지 못한 그 배는 결국 사라지고 말았다.

그때 하인즈와 그를 둘러싼 식물들이 함께 석탑에서 미끄러져 바닥으로 굴러떨어졌다. 여기저기가 까지고 숨이 차올랐다. 우박에 맞아 멍이 생길 때마다 하인즈는 고통스럽게 악을 쓰다 결국 바위 밑의 홈에 숨어들었다. 은신처에 몸을 철저히 숨긴 그는 우박 덩어리들이 바깥에 쌓여가는 것을 지켜보았다.

우박은 시작되기가 무섭게 멈췄다. 하인즈는 공포에 질린 네 발을 질질 끌며 감옥 같은 곳에서 밖으로 나가는 길을 찾아 허우적거렸다. 얼음이 만든 벽이 사라지자 여기저기 흩어져 있는 우박 덩어리를 핥고 있는 내차야 씨가 보였다.

하지만 말은 우박의 공포에서 벗어나고 싶어 이 방향 저 방향으로 두리번거리다 공포에 사로잡힌 채 그냥 떠나버린 모양이었다. 말이 남긴 발자국은 찾기가 쉬웠다. 제정신이 아닌 채로 강을 향해 내달린 것 같았다. 어디쯤에서 멈춰서서 울었는지도 알 수 있을 것 같았다.

말은 무릎까지 닿는 깊은 진흙밭까지 나아가다 파묻혔다. 빠져나오려 미친 듯이 애쓰다 더 깊이 빠지고 말았다. 하인즈는 직접 들어가 갇히기보다는 진창 밖에서 도와줄 방법을 찾아보았다. 하인즈가 시야에 나타나자 말은 조금 진정했다.

자신을 한 번 구해준 이 개에게 한 번 더 희망을 걸어보자. 하지만 기대하는 마음이 상황을 더 악화시켰다. 버둥거리다 진창 안에 더 깊이 빠져버린 것이다. 하인즈는 이제 불가능한 일을 해내야 했다. 말의 고삐 끝에 달린 매듭은 진흙탕 표면에 가볍게 놓여 있었다. 다행히 아직 가라앉지 않았다. 매듭이 있는 밧줄은 하인즈에게 그 축축한 진흙탕에서 건져달라고 말하는 듯했다. 거대한 강은 해안에 찰랑찰랑한 물살을 불규칙적으로 보내왔고, 그 때문에 진흙은 좀 더 촉촉해져 있었다. 물살이 한 번 더 일자 밧줄 끝이 하인즈에게 좀 더 가까워졌다. 하인즈는 앞으로 쏜살같이 달려 이를 낚아챘다. 그는 고삐 끝을 들어 올렸다. 그러고는 간절히 바라며 말을 안전한 곳으로 끌어 올리기 시작했다. 말은 머리를 아래로 향한 채, 목을 하인즈 쪽으로 쭉 뻗었다. 고삐가 말의 귀를 지나 밖으로 깔끔하게 빠져나왔다. 그 힘에 하인즈는 공중에 떠오른 다음 뒤로 한 바퀴 돌아 마른 땅 위에 떨어졌다.

도움을 청해야 했다! 돌로 쌓은 탑 위에 올라가서 보니 도움의 손길이 그리 멀리 있지 않다는 것을 알 수 있었다. 그는 연기가 기둥처럼 피어오르는 곳으로 내달렸다. 함께 여행하는 벗이 뒤에 없으므로 덤불, 들장미를 지나고 자기 어깨보다 넓기만 하면 그 틈을 모두 헤치며 쏜살같이 내달렸다. 양쪽으로는 저 멀리 물에 빠진 오소리, 썩어가는 고기를 먹고 있는 독수리, 다람쥐, 호저 여러 마리와 자기 눈알에 핀 가느다란 붉은 핏줄이 보였다. 습지 냄새가 코를 지나 꼬리 밖으로 흐르며 온몸에 가득 찬 것 같았다. 숨이 차올랐을 때조차 이미 혈류를 타고 함께 날뛰는 그 냄새는 여전히 그와 함께였다. 이제 하인즈는 클렘을 찾으러 달리고 있었다. (말은 이미 잊은 지 오래였다.) 클렘이 그곳에 있을 것이다! 클렘이 모든 것을 바로 잡을 것이다….

빛이 점점 사라지고 있었다. 나뭇잎이 떨어지듯 가지 사이로 저녁이 드리워지고 있었다. 하인즈는 사람들의 목소리를 들었고 모닥불, 토끼 요리, 사람들의 땀, 축축한 옷의 냄새를 맡을 수 있었다. 클렘이 여기 있을 것이다. 그런데 정말, 소년이 거기 있었다. 하인즈에게 등을 보이고 불 쪽을 향해 앉아 있었다. 아마 클렘일 것이다! 분명 클렘일 것이다! 하인즈는 앞뒤 보지 않고 일단 보러 가기로 했다. 슬픔과 두려움으로 그득한 악취가 사방에 진동했다. 하지만 하인즈가 그들을 위로할 수 있을 것이다! 그는 장점 많은 복덩이였으니까! 하인즈는 그 소년에게 달려가 펄쩍 뛰어 소년의 숙인 등에 앞발을 갖다 댔다. 그는 반가운 마음을 담아 친근하게 짖으려 했지만, 묘하게 사나운 목소리가 흘러나왔다. '네가 날 떠났

어. 네가 나를 두고 떠났어….'

클렘이 아니었다.

그 소년은 공포에 질려 소리를 지르며 방방 뛰었다. 근처에 있던 소녀도 비명을 질렀다.

"들개야!"

누군가 소리쳤다.

"들개라고!"

한 남자가 모닥불에서 불타는 나뭇가지를 집었다. 또 다른 사람은 정원에서 쓰는 괭이를 들어 올렸다. 또 어떤 사람은 총을 들었다.

그 소년이 길을 막아섰다. 불빛은 약했고, 피로와 공포에 휩싸인 한 남자의 두 손에서 권총이 흔들렸다. 함께 떠돌던 그들은 이제 한마음이 되었다. 엄마들은 아이들을 불러 모아 팔에 안았다. 총알은 벗어났다. 또 다른 총알이 약실 안으로 떨어져 들어갔다.

하인즈는 빙글빙글 돌다 나무로 피했다. 어마어마하게 큰 쐐기풀 더미가 얼굴로 튀었고 데일 정도로 뜨거운 쐐기풀 잔털이 콧속으로 들어갔다. 또 다른 총성이 울리고, 하인즈는 계속 뛰었다. 모닥불이 그 뜨거운 열기와 불꽃으로 자신을 숲까지 쫓아냈음이 틀림없다고 생각했다. 갑자기 주변이 온통 아주, 아주 어두워졌다.

제20장

속삭이다

프래스토시

글로리아는 광견병 예방 목적의 대량 학살 때문에 소중한 개를 잃은 사람들을 위로해야겠다고 결심했다.

다시 한번 공장에 방문하겠다고 했을 때 이상하게도 티모르는 반대하지 않았다.

"풍파만 일으키지 말아라. 진심이다. 모두를 위해, 풍파를 일으키지 말아라."

이것이 그가 말한 전부였다.

글로리아는 혹시라도 그 날씨 담당자들이 사망한다면 티모르가 매우 괴로워할 것이라 예상은 했었다. 그들이 체포되었다는 소식을 들었을 때 티모르는 무력감과 절망감에 휩싸였으니까. 그런데 그들이 죽었다는 소식을 듣자 그는 그대로 굳어버렸다. 말하자면 부러질 듯 빳빳해진 것이다. 금방이라도 무너지기 직전의 다리미판처럼 쾅 하고 주저앉을지도 모른다. 그렇다면 이 다리미판 티모르를 다시 원래 자리인 벽장에 가져다 놓으려면 말할 수 없는 고된 노력이 필요할 것이다. 특히 그가 돌아가기를 원하지 않는다면 말이다. 그의 안에는 이미 너무 많은 강철이 자리 잡고 있다.

애피스가 말과 마차를 끌고 왔다. 연료를 아끼려고라고 말했다. 아마 총리가 마차를 탈 수 없다며, 결국 공장에 가지 않겠다고 결정하기를 바랐을 것이다. 그렇게 되면 애피스는 총리의 경호원 역할을 하지 않아도 된다. 그곳은 사람이 너무 많고 사방이 불쾌한 것투성이다. 한마디로 공장에서의 경호는 어려운 일이었다. 하지만 그의 노력은 소용이 없었다. 말과 마차라면 프래스토에 오기 전부터 글로리아는 이미 익숙했다. 게다가 글로리아 자신도 어쩌면 상당히 불쾌한 상태였다.

하지만 죽은 개들에 대해서는 코베트가 옳았던 것 같았다. 글로리아와 데이지가 제1공장(숟가락 공장)에 도착했을 때 보니 잃어버린 반려동물 때문에 눈물을 훔치거나 대성통곡하는 사람은 전혀 없었다. 노동자들이 걱정해야 할 더 나쁜 일은 따로 있었다.

공장 뜰에는 고무호스가 마치 잠자는 숲속의 공주가 잠든 궁전 주변의 숲처럼 공장을 구불구불 에둘러 있었다. 문은 사슬과 자물쇠로 잠겨 있었다. 그 누구도 밖으로 나가는 것이 허락되지 않았다. 이유는 바로 '스스로의 안전을 위해서'였다. 반려동물보호센터의 개들은 모두 안락사당했지만, 미친 들개들은 여전히 도시를 어슬렁거리고 있었다.

신문에도 그렇다고 쓰여 있었다.

펌프질의 소음은 더욱 커졌다. 그사이 펌프를 더 많이 만들어두었기 때문이다. 성벽 밖의 물은 약 9미터까지 차올랐지만, 공장 지하의 물은 전보다 더 깊지 않았다. 펌프가 제대로 역할을 한 셈이었다. 혹은 펌프질하는 사람들이 밤낮으로 최선을 다했거나.

안의 공기는 지나치게 습해 벽마다 물방울이 송송 맺혀 있었다. 기계나 사람들 얼굴에도 마찬가지였다. 바깥보다 안이 훨씬 더 추웠고 펌프질 소음에 기침이 더해져 하나의 교향곡이 되었다. 아기의 기침과 어린이의 기침, 여성들의 자그마한 기침, 사슴을 잡는 사냥개처럼 깊은 곳에서 울리는 남성들의 기침 소리가 한데 어우러졌다. 펌프 손잡이를 쉴 새 없이 들어 올리느라 노동자들의 옷은 겨드랑이 부분이 다 헤져 있었다. 글로리아 덕분에 도시 경비대가 여러 장의 카펫을 공장 안으로 가져다주었다. 그 덕에 아이들은 카펫 섬에(물론 이 또한 습했지만) 앉아 있을 수 있었다. 하지만 아이들이 이리저리 뛰어다니는 일은 더는 없었다. 기침하느라 모든 힘을 다 써버렸기 때문이었다.

글로리아는 교대 시간에 도착했다. 지친 펌프 일꾼들은 다른 사람들과 교대 후 자유의 몸이 되어 자리에 앉았다. 더러운 앞치마를 두른 남자들이 스튜 한 그릇을 가져왔다.

"고기다! 오늘 고기가 나왔어! 어떻게 이런 것을 구했는지 모르겠지만, 빌어먹을, 어쨌든 환영이야! 보세요, 총리님, 고기예요! 연회가 열렸어요!"

한 여자가 소리쳤다.

그들이 음식을 먹는 사이 이상하게도 데이지는 여느 때처럼 그 누구의 그릇에도 코를 갖다 대려 하지 않고 꼬리를 흔들지도 않았다. 그저 청갈색의 큰 눈에 슬픔을 가득 머금은 채 그들을 쳐다보기만 할 뿐이었다. 그리고 글로리아의 신발 위에 머리를 갖다 대고는 고개를 푹 숙였다.

누군가 왔다는 뉴스는 공장 안으로 퍼져나갔고, 다른 방에 있던 사람들도 서둘러 몰려들었다. 그들은 총리를 둘러싼 채 방을 가득 메웠다. 그 수가 너무 많았기에 공장 감독관, 경영자, 심지어 총리의 운전기사도 옆으로 밀려나 총리와 개한테서 한참을 멀어졌다. 노동자들은 기회는 이때다 하고 몰려와 데이지를 칭찬하고 어떻게든 쓰다듬으려 했다. 바로 그때 기침 소리에 뒤섞인 희미한 속삭임이 들려오기 시작했다.

"어린아이들을 내보내주세요, 총리님!"

"제발요, 총리님!"

"…저희가 나가지 못한다고… 아이들까지 안 되나요?"

"…건강한 곳이 아니에요."

"제 아들의 가슴이 이렇게 안 좋아졌어요."

"…저 기침 소리 들리세요?"

"…아이들을 여기서 내보내주시겠어요? 습하지 않은 곳으로요?"

"좀 따뜻한 곳으로요?"

"…집으로…."

"…자기 집에서, 자기 침대에서 잘 수 있게 해주세요."

"…집에서…."

감독관들이 팔꿈치로 그들을 밀어내며 다가왔다. 문제가 생길까 걱정이 된 것이다. 무리가 뒤로 물러났다. 그들의 눈은 총리를 오랫동안 바라보았다. 그 눈은 모두 자신들을 외면하지 말아달라며 탄원하고 있었다.

글로리아는 친구 히기를 찾아 주위를 둘러보았다. 아마 다른 기계 방에 있는 모양이었다. 멀리 눈에 띄는 남자가 있었는데 아무리 봐도 히기의 아버지 같았다. 눈썹도, 뺨도, 화병 같은 몸매도, 줄처럼 가는 다리도 히기와 같았다. 하지만 히기는 아닐 터였다. 확실히 저 사람은 늙은 남자였다. 납빛의 주름진 얼굴, 숱이 없는 머리칼. 반쯤 먹다 만 스튜 그릇을 무릎 위에 그대로 놔둔 채 축축한 벽에 기대 잠이 들어버린, 늙은 사람이었다. 굳은살이 박인 두 손은 양옆 마룻바닥에 축 늘어져 있었다. 그 손은 마치 죽어버린 두 마리의 게 같았다. 데이지는 그가 히기라는 확신이 들었다.

사무원이 사인을 부탁했다. 글로리아는 사무원이 내민 공책에서 종이 한 장을 찢어 따로 편지를 쓰고는 아주 작게 접어 히기의 주름진 손에 집어넣었다. 그는 너무 깊이 잠든 나머지 꿈쩍도 하지 않았다. 편지는 이렇게 쓰여 있었다.

글로리아가 사랑을 담아 보내. ♡♡♡

"여기 있어서는 안 되겠어, 히기. 그 누구도 안 돼."
글로리아가 낮은 목소리로 말했다.
밖에 있던 애피스가 나머지 공장도 '계속' 방문할 것인지 물었다. 그는 안 된다고 강력히 조언했다. 그래도 들르고 싶었지만… "풍파를 일으키지 말라"는 티모르의 말이 생각났기 때문에 집으로 데려가려는 그를 순순히 따랐다.

아, 조만간 풍파를 좀 일으켜야겠다. 무조건 폭풍을 만들어야겠다 마음먹었다. 글로리아는 아이들을 공장 밖으로 데리고 나오겠다며 자신과 엄숙히 맹세했다. 그것은 자신이 해야 할 마지막 일이었다. 공장 문을 닫고, 꼭 필요하다면 기계들이 물에 잠기든 말든 '모두'를 데리고 나온다면 더욱더 좋을 것이다.

데이지는 바퀴가 휙휙 굴러가는 길 위에서 마차의 널빤지 사이를 가만히 쳐다보며, (기본적으로 친절하고 다정한) 공장 사람들이 왜 개를 먹기로 했는지 정말 궁금해했다. 음식이 담겼던 그들의 그릇에는 대규모 학살의 냄새가 섞여 있었다.

제21장

연회
프래스토시

    티모르가 일정표를 확인하고는 글로리아에게 연례 국가 연회가 있다는 것을 알렸다. 글로리아는 엄청난 문제가 기다리고 있다는 것을 예견했다.

    "제가 어떻게 먹어요?"

    글로리아가 거의 울면서 물었다.

    "나이프와 포크로 먹겠지. 받아들여질 만한 식탁 예절을 따르면 돼."

    "하지만 입을 찾으려면 베일을 들어올려야 한다고요!"

    티모르는 자기 아내가 어떻게 이 문제를 극복했는지 확실하게 말하지 못했다. 그의 아내는 남편을 연회에 데려간 적이 단 한 번도 없었기 때문이다.

"음, 인후통이 있다고 하면 어떻겠니? 베일을 들어 올릴 필요도 없고 전통적으로 해오던 연설도 피할 수 있어. 먹는 것도."

"하지만 저는 '말하고 싶어요!' 그 공장 문을 닫고 모두 집으로 돌려보내라고 말하고 싶다고요!"

글로리아가 저항했다.

티모르는 두 눈을 감았다. 못 견디겠다는 마음 때문인지 아니면 슬픔 때문인지, 글로리아는 알 수가 없었다.

"그렇게 하면 모두가 놀랄 거다. '모든 수단을 동원해 공장을 지키라'는 것은 총리의 생각이었어. 기억하니?"

글로리아가 단념한 시간은 아주 잠깐이었다.

"제가 마음을 바꿨어요! 제 방식에 문제가 있다는 것을 안 거죠!"

그는 글로리아를 보며 눈살을 찌푸렸다. 글로리아는 스스로 말을 수정했다.

"미안합니다. '총리'인 저는 제 방식에 문제가 있다는 것을 발견했고 모두가 겪는 어려움을 애처롭게 생각합니다."

"양이 으르렁거리고 사자가 매 하고 울고 있군. 너는 대역일 뿐이야. 진짜가 되려고 애쓰지 말아라."

글로리아의 눈 안에 고여 눈을 시큰하게 하던 눈물이 제멋대로 흘러내렸다. 그렇게, 글로리아는 깊고 어두운 세계 속에서 느낀 소녀로서의 깊은 감정을 드러냈다.

"그들은 '왜' 집에 갈 수 없어요, 선생님? 그들은 아무 잘못도 하지 않았어요! 그들은 계속해서 펌프질만 하고 있어요. 그 사람들은 '왜' 거기 있어야 해요? 벌을 받는 것처럼요. 하지만 그 사람들은 아무 잘못도 하지 않았어요! 이해할 수 없다고요!"

티모르는 소리치지 않았다. 그는 소녀를 자리에 앉히고는 멍하게 브랜디 한 잔을 따랐다. 아내를 위해 했던 것처럼, 정중하게. 글로리아는 꿀꺽꿀꺽 마셨다. 브랜디가 포탄처럼 머릿속에서 터지고 말았다. 티모르 역시 글로리아 맞은편에 앉았다.

"프래스토의 전체 경제는 말이다, 음, 사실, 정확히는 아팔리아의 경제지. 모두 공장에 의존하고 있단다. 우리는 전 세계에 숟가락, 포크, 나이프를 공급하고 있어. 공장을 모두 제거하고 나면 뭐가 남을까? 농업 일부. 임업은 꽤 남겠구나. 해운업도 남겠지만, 그런데 우리에게 숟가락과 포크, 나이프가 없다면 배에는 무엇을 싣지? 프래스토시는 부유한 도시야. 아팔리아의 다른 도시들은 그렇지 않지만, 이 도시는 부유해. 나라를 운영하려면, 글로리아, 한 산업에만 의존해 돈을 벌면 안 된단다. 만약 이 산업을 잃는다면, 과연 우리는 어디에 의존해야 할까?"

"기억할게요, 선생님."

글로리아는 고분고분하게 대답했다. (나라를 운영하는 것은 글로리아의 소망 중 높은 순위가 아니지만, 어쨌든 대답은 했다.)

"그리고 핵심 산업 지대를 도시의 가장 낮은 곳에 건설하면 안 된다. 홍수에 취약해지니까."

"그것도 꼭 기억할게요, 선생님."

"그리고 다른 나라에서 수입해와야 하는 띠강(띠 모양의 철-옮긴이)이나 니켈이 주력 상품이 되면 안 된다."

"맞아요."

"그리고 특별히 우리가 나서지 않아도 세상에서 기본적으로 만들 수 있는 것을 생산한답시고 사람들을 끔찍한 환경에 내몰아 지루한 삶을 살게 하지 말아라."

글로리아는 티모르의 목소리에 묻어나는 분노에 놀라 멈칫했다.

"사실, 선생님…."

"사실?"

"제가 말씀드리고 싶었던 것은 사실, 선생님의 의견은 쥐떼처럼 사라진 게 아니라고 생각해요. 여전히 많이 갖고 계시잖아요."

티모르는 흥분한 마음이 잠잠해질 때까지 눈을 질끈 감고 숨을 깊게 쉬었다. 그런 다음 다시 처음으로 돌아와 펌프질이 필요한 이유를 설명하고자 했다.

"대형 공장 다섯 곳이 이곳 프래스토의 시민 모두를 먹여 살리고 있단다. 그 때문에 홍수 속에서도 꼭 살려내야 해. 그러니 기계는 모두 마른 상태로 유지되어야 한다. 그래야 홍수가 지나가더라도 기계가 쓸 만하지 않겠니? 발전기로 펌프를 돌리려면 공장주들이 엄청난 연료를 확보해야 하고. 그래서 연료가 다 소진되면 물을 퍼 올리는 데 사람의 힘이 필요한 거란다. 밤이고 낮이고."

"그렇지만… 그럴 만한 가치가 있는지 모르겠어요. 모두 기침을 하고 손에는 물집이 잡히고 그렇게 습한 데서…. 몸이 망가지고 있어요."

글로리아가 끈질기게 말했다.

"'넌' 의견을 낼 수 없어. 넌 내 아내가 아니니까. '네가' 다른 견해를 가질 수는 있지. 나 역시 그렇단다. 하지만 우리 의견을 공개적으로 내보이지는 말아야 한다. 그러다 우리 둘 다 교수대에서 생을 마감할 수도 있으니…. 그러니 이제는 가서 망할 연회에 무엇을 입을지나 결정하도록 해라, 알겠니?"

글로리아는 고분고분하게 문을 나서 계단까지 걸어갔다. 그때 부엌에서 음식 냄새가 흘러나오고 있었다. 마늘과 로즈메리, 그리고 초콜릿케이크를 굽는 냄새였다. 글로리아는 뒤로 돌아서 국정 집무실 문 앞에서 한참을 서 있었다. 그러다가 문을 빼꼼 열고 작은 틈새로 재빨리 말했다.

"펌프질하는 사람들은 우리보다 일을 더 열심히 해요. 펌프질하느라 에너지를 더 많이 다 쓰잖아요, 그렇죠? 그래서 더 많이 먹어야 해요. 우리는 그렇게 많은 음식이 필요하지 않잖아요. 그러니까 펌프질하지 않는 사람들의 음식을 공장으로 보내야 한다고 생각해요."

그는 문을 잡아채 거칠게 열어젖혔다. 그 바람에 글로리아는 한 발짝 뒤로 물러났다.

"프레스토시에만 육만 명이 살고 있다, 얘야. 그중 오만 구천 명쯤이 지금 공장에 있어. 남아 있는 소수가 다수를 먹이려면 아마 기적이 필요하겠지."

티모르는 짜증스러운 듯 큰기침을 하더니 두 손으로 머리칼을 쓸었다.

"자, 가서 옷을 갈아입고 오면 그때 다시 이야기하마."

그들은 어쨌든 모든 상원의원과 군대 장교, 각계 유력 인사에게 편지를 쓰기로 했다. 편지에는 소유한 음식의 절반을 배급품으로 가장 가까운 공장에 보내라는 내용을 담을 예정이었다.

"'우리'는 그렇게 하겠지만… '그 사람들'은 안 하겠죠?"

글로리아가 슬퍼하며 말했다.

"희망을 버리지 마라, 애야. 이제 부탁 하나만 들어다오. 오늘 밤 연회에서는 귀만 쫑긋 세워 잘 듣고 입으로는 아무 것도 하지 말아라. 알았니?"

연회장에서 베일 안으로 먹는 것은 전혀 문제가 되지 않았다. 그 누구도 차린 음식을 먹으라고 강요하지 않았다. 은행가, 공장 소유주, 건축업자, 법률가 등 모든 손님의 흥미를 끈 것은 식량 부족 사태를 겪고 있는 지금, 요리사가 과연 무슨 음식을 저녁으로 내놓을까 하는 것이었다. 식량 및 농업부 상원의원이 메뉴판을 뒤집자고 제안했을 때 환호성과 함께 너털웃음이 곧바로 터져 나왔다. 물론 박수도 함께였다.

메뉴

- 전체 요리 -
얇게 썬 펭귄 가슴과
레물라드 소스를 곁들인 병아리콩

- 주요리 -
찐 대나무 위에 얹은 기린 안심 요리
혹은
해바라기씨와 물고기* 과육을 곁들인 사자 스튜
중 택일

- 후식 -
호랑이 젖으로 만든 블랙베리 아이스크림

황금 잉어

연회장 지하의 어두컴컴한 곳에는, 60마리 이상의 동물 사체가 숙성되기만을 기다리며 높이 걸려 있었다. 손님들 모두 그곳에 초대되어 구경할 기회가 있었지만 소수만 초대에 응했을 뿐이다. 대체로 접시에 담긴 깔끔하고 정돈된 음식을 더 좋아했다.

동물원에서 산책하는 것이었다면 얼마나 좋았을까 싶었던 글로리아는 베일 안에서 눈물을 훔쳤다. 글로리아는 티모르가 이 동물들을 학살한 주범이 누구인지 알아내주었으면 했다. 하지만 감히 부탁할 수 없었다. 연회에 참석한 이들이 주방에서 요리사를 불러내 총리의 감사 인사를 직접 듣도록 했다. 글로리아는 정중하게 고개를 숙였지만 식탁 위의 나이프를 들어 요리사에게 던지고 싶은 충동을 애써 참았다.

손님들은 모두 서로 잘 아는 사이였다. 하지만 그들은 티모르를 잘 알지 못했다. 이전에 총리는 언제나 혼자 연회에 참석했다. 그 때문인지 모두 티모르를 경계하는 눈치였다. 티모르는 자신이 아내의 개인 비서로서 활동하게 되었다고 정중히 설명했다. 글로리아의 어깨를 꽉 잡고는, 총리가 인

225

후통으로 고생하고 있으며 먹거나 말하기가 어려워 이번 연설을 할 수 없다고 설명했다. 사람들이 사업 이야기를 나눌 때 그는 개인 비서가 그러하듯 모두 적어 내려갔다. 하지만 보안부 상원의원이 노트를 낚아채서는 손가락으로 잡고 그의 얼굴에 펄럭이며 쯧쯧거렸다.

"친구들과 보내는 즐거운 밤입니다. 이 방 밖에 있는 문제들에는 관심 없어요."

그날 손님들은 어마어마한 양의 포도주를 마셨다. 더 행복해하는 사람, 더 슬퍼하는 사람, 더 시끄러워진 사람, 더 화를 내는 사람들이 있었다. 존경받을 만한 정갈한 태도와 정중한 대화는 사라져 고성만이 남고 서로 대답을 듣지 않은 질문만을 남발했다.

"노동자들이 만족하지 못하고 있어요. 일단 개고기로 그들을 잘 달래두었지만, 여전히 통제하기가 참 어렵습니다."

제2공장(나이프 공장)의 관리자가 말했다.

"통제하는 것은 당연한 자네 일인데, 자네가 어렵다고 하면 다른 사람으로 교체되어야겠지."

무역 및 산업부 상원의원이 이렇게 말하자 관리자가 다급히 대응했다.

"아, 제가 잘 해보겠습니다, 의원님! 물론입니다. 제가 잘 해낼 수 있습니다. 저는 그저⋯."

옥신각신 말다툼이 일었다. 누군가의 주먹이 식탁을 쿵 쳤다. 조금 전까지만 해도 하얗던 누군가의 옷에는 핏빛의 블랙베리 자국이 튀었다. 연방이사회 회장은 총리가 연설할 수 없으니 또 다른 누군가는 꼭 연설해야 한다고 생각하는 모양이었다.

그는 한 손으로는 포도주로 찰랑거리는 잔을 꼭 잡고, 다른 한 손을 흔들면서, 분명하지 않은 발음으로 말했다.

"앞으로 무슨 일이 일어나든, 이 나라의 미래를 위해서는 공장이 정상적으로 가동돼야 합니다. 이는 매우 중요한 것으로서 여러분들도 모두 동의하실 것입니다. 기계는 건조하게 유지해야 하겠고, 공장 안에 있는 사람들은… 그곳에서 소란을 일으키면 안 됩니다. 우리가 그들을 먹이면 그들은 먹습니다. 그거면 충분하지요. '공장에 들어와 있는 것' 말이죠. 또한 무슨 일이 있어도, '주요 공인'들은 이런… 음, 이러한… 이러한… '불쾌한 상황'에서 벗어나야 합니다! 핵심 인물들, 맞아요. 그들은 홍수 이전의 도시를 되찾아야 합니다!"

"우리를 말하는 거요?"

누군가 물었다. 그는 놀란 듯 주위를 둘러보았다.

"물론 우리죠! 당연히요."

"그때가 되면 노의 방주에게 감사를."

아팔리아 은행 총재가 중얼거렸다.

글로리아 귀에 낮은 소리로 계속해서 들린 두 단어는 '노아의 방주'였다. 그 단어가 들릴 때마다 사람들은 고개를 끄덕였고 시선은 총리에게 향했다.

"우리같이 최고의 두뇌를 가진, 없어서는 안 될, 핵심 인물들은… 노아의 방주에 올라야 합니다."

"…우리 같은 사람들을 잃는다니, 그런 위험을 감수할 수는… 노아의 방주가 필요합니다."

"…최악의 경우에는… 노아의 방주가 필요합니다."

"몇 명이나 태울 수 있을까요? 노아의 방주에는요?"

"총리님은 분명 알 겁니다. 총리님의 생각…."

"노아의 방주가 뭐예요? 물어봐야 해요?"

글로리아가 티모르에게 속삭이자 그는 고개를 저었다.

"저들은 네가 이미 안다고 생각하는 것 같으니, 안 된다."

제22장

숲속 늙은이

강 상류 습지

더웠다. 잠에서 깨며 받은 첫 느낌은 덥다는 것이다. 하인
즈는 무언가 타는 냄새를 맡았다. 주위를 둘러보기 위해 머
리를 들어 올리려 했으나 버석대는 회색 섬유질에 친친 감겨
움직일 수조차 없었다. 그의 다리는 몸과 반대쪽으로 묶여
있었다. 버둥거리는 것조차 불가능했다. 눈꺼풀 아래로 보이
는 유일한 다른 색은 노랑과 빨강이 서로 자리를 바꾸며 타
오르는 불꽃이었다. 하인즈는 장작불에 구워질 참이었다.

회색의 거미줄 같은 섬유질은 하인즈의 털에는 물론, 서로
서로 척 달라붙어 있었다. 아무리 꿈틀거려보아도 감긴 것을
풀 수 없었다. 유일하게 벌릴 수 있는 것은 입이었고, 그래
서 그는 심장이 따라잡기 어려울 정도로 빠르게 숨을 헐떡거

렸다. 연기가 입과 코 모두를 채웠고, 그것이 유일하게 맡을 수 있는 냄새였다. 우주의 다른 모든 냄새는 멀리 사라져버렸다. 눈이 먼 것보다 더 심각한 일이었다. 왜냐하면 냄새 없이 개는 방향을 잡을 수 없기 때문이었다. 회색 거미줄이 하인즈의 가슴을 너무 꽁꽁 싸매는 바람에 숨을 쉬기가 어려웠다. 누가 자기에게 이런 고통을 안겨주었는지 아무것도 기억나지 않았다.

요리의 한 과정인지, 포획자는 불 위에 있던 하인즈를 들어 향기로운 나뭇잎 침대에 눕혔다. 칼을 가는 소리가 들리는가 싶더니 칼끝이 하인즈의 코부터 꼬리까지 온통 동여맨 회색 섬유를 잘라냈다. 그것은 복숭아씨에서 가뿐히 분리되는 과육처럼 단번에 떨어져 나갔다. 한 손이 나타나 그의 다리를, 하나, 둘, 셋, 넷, 모두 펼쳤다. 이제 하인즈는 아마 요리가 되어 누군가에게 먹힐 차례인가 보다.

"땀은 그만 빼자. 다시 촉촉해질 시간이야."

컵을 쥔 손 하나가 차가운 물을 하인즈의 입에 부었다.

"뒤집을 때를 네가 직접 계산해라, 강아지야."

그 늙은이가 말할 때마다 기다란 턱수염이 하인즈의 가슴을 가볍게 스쳤다. 그는 하인즈에게도 말했고 또 내차야 씨에게도 말했다. 말에게도 말을 거는 걸 보니 말도 구해주었나 보다. (그런데 말조차 노인이 자기를 어떻게 구해주었는지 잘 알지 못했다.) 그 늙은이의 손님들은 아무도 대답하지 않았지만, 그는 어쨌든 혼자 말했다. 하인즈는 저녁을 준비할 때마다 조리법을 입 밖에 내어 말하던 클렘의 엄마가 떠올랐다.

그들을 둘러싼 나무들조차 몸을 기울여 그 늙은이의 말을 듣고 있는 것 같았다. 나무들은 그렇게 이야기를 들으며 수염도 자라고 나이도 들었나 보다. 나무줄기에는 회색 거미줄 같은 이끼가 매달려 있었는데 꼭 턱수염 같았다. 강 위의 바람이 나무들을 흔들자, 마치 기다란 회색의 턱수염을 자기 가슴에 근처에서 나풀거리며 말하고 있는 것처럼 보였다.

총알이 하인즈의 등을 향해 날아왔지만, 하인즈를 멈추게 할 수는 없었다. 거의 쓰러지기 직전이었지만 개는 전속력으로 달려 숲속 늙은이의 영역으로 들어온 것이다.

"넌 들개냐 아니면 집에서 자라던 개냐?"

그 노인이 나무의 수액, 약초, 꿀을 섞어 총알이 스친 부위에 발랐다. 길들여졌냐, 야생이냐, 노인은 하인즈만큼이나 생각했을 것이다. 노인에게는 '사람'이나 '동물'이나 별 차이가 없었다. 강이 범람하면서 두 종 모두 안전한 곳을 찾아 그의 영역을 지나 이동했다. 강의 수위가 높아질 때마다 늙은이는 서둘러 조금씩 딱 적당한 만큼만 위로 이동했다. 강은 그가 먹을 물고기와 씻고 요리할 물을 가져다주었고, 야외에 집을 짓기에 적당한 가구들을 떠내려 보내주었다.

"어쩌면 세상이 종말을 맞이하려는 건지도. 아닐 수도 있겠지만, 자연이 발악하는 거야. 말이 뒷발로 차듯이. 어쨌든 최후의 날을 피해 갈 수 있는 곳은 아무 데도 없어."

그는 풀 한 주먹을 들고 말을 문질러주면서 말했다.

그 늙은이는 살아남는 데에는 별 관심이 없어 보였음에도 하인즈와 내차야 씨에게 줄 생선의 가시를 발라내는 데에는 온갖 정성을 다 기울였다. 아주 가늘어 털처럼 보이는 가시까지 전부 골라낼 정도였다. 그러고는 하인즈를 자기 무릎에 앉히고 귀를 부드럽게 쓰다듬었다.

사랑이 하인즈에게 스며들었다. 그 사랑은 쥐와 무명 씨에게 물린 아픔, 총알에 스쳐 얻은 아픔, 달리면서 얻은 아픔에까지 닿았는데…. 그러다 회색빛 이끼 침대에 누워 슬며시 잠이 들었다. 그는 클렘이 나오는 꿈과 소풍날의 꿈, 그리고 클렘에게 재롱을 부리는 꿈을 꾸었다. 하인즈는 모든 장점을 되찾았다. 그중의 제일은 사랑이었다.

하지만 이 숲속 늙은이는 사실 손님들이 너무 오래 머무는 것을 달가워하지 않았다. 어느 날 노인은 말을 끌고 왔다. 하인즈가 그 밧줄의 매듭을 얼마나 좋아하는지 보고는 매듭을 개의 입안에 넣고 말했다.

"가, 달려. 달려. 제발 나를 좀 쉬게 해줘."

하인즈는 정말 이해하기 어렵다는 눈빛으로 뒤를 돌아 그를 보았다. 사랑은 어찌 되었는가? 구운 장어는? 쫑긋 세운 귀와 벼룩을 잡아주던 그 늙은 사람의 손길은 과연 무엇이었을까? 내차야 씨는 아주 가뿐하게 출발했지만, 하인즈는 숲속 공터 끝에 서서 자신이 잘못 이해한 것이기를 바라며 한참을 기다렸다. 그 늙은이는 등을 돌린 채 붓꽃의 이파리를 가져다 엮으며 잠자리를 만드는 데에만 열중할 뿐이었다.

그 동물들이 숲속을 지나가는 소리를 듣자, 그는 만들어둔 잠자리를 옆으로 밀어두었다. 그는 들릴까 말까 한 소리로, 자신의 마음을 가져간 개들 모두에게 악담을 퍼부었다.

이상한 짐승들이 빅락 근처 제방에서 돌아다녔다. 거대한 게코 도마뱀, 나무를 타고 올라가 나뭇가지에서 종처럼 딸랑거리는 조개류, 양털 사슴, 혹은 새처럼 거대한 잠자리, (파랑만 뺀) 색색의 쥐들이었다. 불개미는 모두 하나가 되어 붉은 뗏목에 붙은 채 물의 흐름을 따라 둥둥 떠내려갔다. 부엉이는 대낮에 부엉부엉 울고, 개구리는 어둠 속에서 반짝거렸다. 더군다나 그 땅은 거짓된 정보를 가져다주곤 했다.

절벽 때문에 소리가 계속 울려댄 탓이다. 보랏빛 도마뱀이 먹이를 향해 독을 내뿜어서 온갖 냄새가 섞여 진동했다. 때때로 하인즈는 떠도는 사람들의 냄새를 맡거나 멀리서 들려오는 소음을 알아챘지만, 그것들이 정확히 어디서 왔는지 확신할 수 없었다.

해가 떠오르자 습지가 반짝거렸다. 하인즈는 파란 하늘까지 닿을 것 같은 언덕에 다다랐다. 발아래는 온통 히아신스였다. 토끼 떼가 두 히아신스밭 사이 통나무 위에 옹기종기 귀를 맞대고 모여 앉아 있었다. 그중에 가장 좋았던 것은, 히아신스 너머로 선명하게 보이는 사람들이었다. 그들은 가파른 언덕을 힘겹게 오르고 있었다.

밧줄 매듭이 갑자기 침으로 범벅이 되었다. 토끼들을 본 하인즈가 자신이 얼마나 배고픈지 새삼 깨달았기 때문이다.

'나도 역시 배고파.' 하인즈 뒤에서 목소리가 들렸다. 사냥개의 모습을 한 죽음이었다. 하인즈는 온몸의 털이 곤두섰다. 다리는 덜덜 떨렸고, 꼬리는 몸 아래에서 후들거렸다.

"너도 역시 봤니? 위험?"

하인즈는 말에게 물었다. 말은 질문을 이해하지 못한 채 그저 앞으로 나아갈 뿐이었다. 하지만 꽃을 밟지는 않았다.

내차야 씨도 한편 토끼들을 보긴 했다.

"안 먹어?"

하인즈가 고민하며 물었다.

"내 토끼야."

내차야 씨는 이렇게 말하며 히아신스밭을 가로질러 뛰어

갔다.

히아신스는 크고 단단한 식물이었지만 내차야 씨는 아주 작은 개였다. 그는 꽃가루에 재채기를 해대며 길을 따라 계속 앞으로 나아갔다. 그러다 커다란 꽃 두 송이 사이에서 사라졌다.

아주 멀리 보이는 히아신스 사이로 내차야 씨가 요란하게 짖어대며 다시 모습을 드러냈다. 바람이 불었다. 통나무 위에 있던 토끼들이 옆길로 재빨리 움직였다. 아니, 그들이 앉아 있던 통나무가 옆길로 굴러갔다고 보는 편이 더 낫겠다. 꽃이 거칠게 떠밀렸다. 그렇게 주변으로 어둠이 드리워졌다.

물속이었다. 깊고 어두운 물에 빠진 히아신스와 토끼 모두 이내 물 위로 떠올랐다.

한참 동안 하인즈는, 내차야 씨가 숨을 크게 들이쉬며 물 밖으로 올라와 습지 토끼를 통나무에서 쓰러뜨리기를 기대하며 바라보았다.

풍경은 여전히 고요했다. 들리는 것이라고는 개구리 울음소리와 안전한 건널목을 찾는 말발굽 소리뿐이었다. 도마뱀이나 거대한 물고기나 물뱀이 내차야 씨를 낚아챘는지 그 작은 개가 단순히 물에 빠졌는지 하인즈와 말은 도무지 알 수 없었다.

'내차야 씨는 내 거야.' 사냥개의 모습을 한 죽음의 목소리가 하인즈의 귀에 들려왔다. 앙심을 품었다거나 고소해한다거나 하는 목소리는 아니었다. 유머가 섞인 부드러운 목소리에 더 가까웠다.

"그 개는 정말 골칫거리일 거야. 그래도 녀석을 데려가고 싶은 거야?"

하인즈가 경고했다.

'걱정하지 마. 누구든 상관없어. 내차야 씨는 이미 내가 데려갔어.'

제23장

장밋빛 해법

프래스토시

글로리아는 거울 속의 자신을 들여다보며 어두운 빨간 립스틱을 거울 속 입술에 그려보았다. 벽에 낙서하는 기분이었다. 바로 앞의 여자는 자신이 아니었다. 그 여자는 프래스토 사람들이 선출한 한 나라의 우두머리였다. 국민은 여자를 권력자로 선출하여 이렇게 큰 집에 살게 했고 애피스와 리무진을, 공짜 음식을, 벽난로 위에 있는 누드 조각상을 선사해준 것이다.

"그분은 남아서 모든 걸 올바르게 해결해야 했어요."

"정확히 어떻게? 아내도 그저 사람일 뿐이야. 마법의 힘 같은 건 없다고. 그리고 말인데, 제발 가구에 그림 그리지 마라."

티모르가 말했다. 그는 책상다리를 하고 바닥에 앉아 인조

낙엽을 총리의 모자에 꿰매고 있었다. '총리'는 초라해 보여서는 안 된다.

"끔찍해요. 선생님은 못 보셨잖아요! 총리님도 그곳을 직접 보셨다면 문을 닫게 하고 모두 집에 보내셨을 거예요."

"기계들을 다 물속에 버려두고? 수백만 아팔의 기계를?"

"기계는 사람만큼 중요하지 않아요."

"어떤 사람에게는 사람보다 중요해."

티모르가 말했다. 그는 손가락 끝으로 모자를 들어 올린 다음 바느질이 잘되었나 살펴보았다.

"연회 때를 봐라. 거기 있는 사람들 모두 기계가 훨씬 중요하다고 말하지 않든. 기계를 정상적으로 작동시키라는 그 사람들 말 들었지. 사람들을 '안에다 넣어두고.'"

글로리아는 자신이 한 말에 티모르가 더 반응하지 않는 것이 조금 짜증스러웠다. 춥다고, 습하다고, 어린이들이 더 고생하지 않도록 해달라는 간청이었는데. 그는 소맷단의 단추를 채우며 눈을 찌푸린 채 긴 숫자의 나눗셈을 하는 것 같은 표정을 지었는데, 그것은 더 이상의 논쟁을 허용하지 않겠다는 의지의 표현이었다.

티모르는 그렇게 꽤 오래 서 있었다. 그러고는 모자를 글로리아에게 건네며 말했다.

"자, 오늘 조심해라."

글로리아의 심장이 쿵쿵댔다.

"언제요? 왜요? 무엇을요?"

"공장 문을 닫겠다고 코베트에게 알릴 때 말이다. 네가 맞다. 사람이 숟가락 따위보다 훨씬 중요하지. 걱정하지 마라. 내가 대사를 써주마."

"공장 문을 닫는다고요? 불가능합니다, 존경하는 총리님!"

코베트 의원이 재미있다는 듯 깔깔거리고 머리를 가로저으며 말했다. 어린아이를 토닥거리는 삼촌 같은 태도가 목소리에 묻어났다.

글로리아는 티모르가 적어준 말을 열심히 익혀두었다! 그리고 그 말을 자기가 낼 수 있는 가장 총리님다운 목소리로 말한 직후였다. 글로리아가 방금 사용한 단어들이 마치 죽은 파리들처럼 책상 위에 놓여 있으며, 코베트가 그 파리들을 잡고 있는 형국이다.

"우리 도시의 부는 모두 공장에 의존하고 있습니다. 프래스토에 공장이 없다면 과연 존재 이유가 있을까요? 아팔리아는 제조업의 나라입니다. 아팔리아는 필요한 곳이라면 어디라도 숟가락, 포크, 나이프를 보내야 하는 나라라는 얘기죠! 프래스토 인구의 구십 퍼센트가 그걸로 먹고삽니다! 프래스토시는 제조업의 나라입니다!"

글로리아는 베일에 가려진 얼굴이 붉게 달아오르는 것을 느꼈다.

"아닙니다! 아팔리아는 사람들의 나라지요!"

술렁이는 와중에 누군가 참지 못하고 이야기를 시작했다.

"말도 안 됩니다. 임금을 받지 못한 사람들은 음식을 어떻게 구하죠? 그 임금을 지급하는 곳은 어디죠? 공장입니다!"

"하지만 공장에서는 이제 수저나 포크를 만들고 있지 않습니다! 공장주들은 임금을 지급하지 않고 있어요! 그건 알고 있나요?"

"음, 물론 임금을 지급하지는 않아요. 니켈을 들여올 수 없는 데다 식탁 용품을 전혀 수출하지 못하고 있으니까요. '오히려' 펌프를 만드는 데 비용을 다 쓰고 있지요. 어쨌든 지금은 무용지물인 노동자들에게 돈이 '필요할' 이유가 있을까요? 그리고 그들은 그 안에서 음식과 물을 먹고 있지 않나요? 그런데 총리님, 같은 분이 맞는지 의문이군요. 작년에 총리님께서 학교의 졸업 연령을 십삼 세로 낮춰 공장 인력을 충원해주지 않으셨나요? 왜 갑자기 사람들의 호감을 사고 싶으신 거죠? 총리님의 과거 정책은 늘… '실용주의'에 가까웠는데 말입니다."

글로리아는 수첩의 종이 한끝을 찢고는 그 위에 무언가를 휘갈겨 썼다.

코베트는 의자에서 자세를 바로 한 후 팔짱을 꼈다.

"총리님, 우리 이제 더 중요한 문제로 넘어갑시다."

글로리아는 슬슬 겁이 사라지고 있었다.

"뭐죠? 노아의 방주요?"

코베트는 당황한 나머지 의자에서 반쯤 일어나 혹시라도 들은 사람이 없는지 주위를 둘러보았다.

"쉿, 쉿, 쉿. 아니! 아니, 아니요. 그렇게까지는 되지 않을 겁니다. 남편분, 아니 개인 비서는 어디, 어쨌든…."

"의원님과 마일드 씨를 위해 위스키를 가지러 갔죠."

밖에서는 유리잔이 쟁그랑거렸다. 마일드는 벌떡 일어서더니 문을 잠갔다. 그 소리를 들으니 글로리아는 당장 밖으로 나가고 싶은 마음이 더욱 간절해졌다.

"총리님, 나랏일을 남편분과 의논하지 않기를 권고드립니다. 그는 의회에 소속된 자가 아닙니다."

총리의 옷을 꽤 오래 입고 있어서였는지, 이 상황에서 어떻게 대답해야 할지 글로리아는 잘 알 것 같았다.

"코베트 의원님, 티미는 걱정하지 마세요. 나의 의사결정은 모두 이곳에서 이루어집니다. 그이는 내가 한 말을 따를 뿐입니다."

코베트가 슬며시 웃었다.

"그렇다면 이제 이 빌어먹을 홍수를 끝낼 궁리를 했으면 합니다."

마일드는 곧바로 책상 옆으로 다가서서 글로리아의 앞에 지도를 펼치고 몇몇 주요 지형을 가리켰다. 그에게서는 화장수와 부드러운 비누 냄새가 났고, 말할 때마다 내뱉는 숨에서는 치약 냄새가 났다.

"수천 년 전 강은 이곳 빅락 지역에서 '이분'되었습니다. 과학자들은 지진이 원인이라고들 합니다. 여기 보시면, 그리고⋯."

"지질학은 건너뛰게, 마일드."

코베트가 지시하자 글로리아는 이때다 싶게 메모지에 '이분되었다'라고 썼다.

"그러니까, 강줄기 하나가 둘로 나뉘었습니다. 하나는 우리 지역, 그러니까 퍼르카강 유역, 라틴어로 포크라는 뜻으로⋯."

"저도 학교는 다녔습니다, 마일드 씨."

마일드가 자신의 라틴어 실력을 의심하지 않기를 바라며, 글로리아가 말했다.

"또 다른 줄기는 로즈강이라고 하죠."

"라틴어로는 무슨 뜻입니까?"

마일드가 웃었다.

"붉은 사암 탓에 물은 누가 봐도 분홍빛이었지요. 하지만 총리님도 물론 아시겠지만, 칠십 년 전에 이곳 빅락에 댐이 지어졌습니다. 물길을 '죄다' 우리의 프래스토로 흐르게 했지요. 천재적인 공학 기술이었어요. 이때 불어난 물은 강바닥을 파헤쳐 내려갔고 강은 더욱 깊어졌습니다. 그 덕에 니켈과 기름을 싣고 들어온 배가 바다에서 강 상류인 이곳까지 안전하게 항해할 수 있었던 것입니다. 또 식탁 용품을 실은 배 또한 이곳에서부터 출발해 어디서든 좌초하지 않고 항해할 수 있었지요."

"말씀하신 것처럼 천재적이군요."

"천재적입니다. 물론 댐은 로즈강을 막았습니다. 그 때문에 강의 흐름이 막혔죠. 안타깝지만 어쩔 수 없었습니다. 그 지역의 과일나무와 농작물이 모두 말라버렸습니다. 그래서 로지즈(로즈 시민들은 스스로를 이렇게 부릅니다)는 대부분 프래스트로 건너와 공장에서 일하게 되었던 것입니다. 이 '또한' 경제에 도움이 되었습니다!"

마일드의 목소리는 그가 입고 있는 벨벳 비단 조끼처럼 부드러웠다.

"역사 수업은 이만 됐네. 총리님께서도 이 모든 것을 다 알고 계신다."

코베트가 지시했다.

"물론 잘 알고 계시리라 생각합니다. 잘 들어봐주십시오,

총리님. 이제, 그 댐을 '제거'하면, 강은 다시 두 줄기로 나뉠 것입니다. 반은 이쪽으로, 반은 이쪽으로. 짜잔! 프래스토로 쏟아져 내려오던 물이 곧 지금의 반이 될 것입니다!"

"아주 좋습니다!"

글로리아는 실제로 자신의 닭발 같은 손으로 기쁨의 박수를 쳤다.

"그렇습니까."

마일드가 부드럽고 겸손하게, 마치 자기가 이 견해를 내놓은 것처럼 말했다.

"다시 물길을 얻은 로즈시 사람들 역시 매우 기뻐하겠군요!"

"음."

마일드가 소리를 냈다.

"아직도 그곳에 사람이 살고 있다면. 그러니까, 사는 사람이 있나요?"

"거의 아무도. 하층민. 이민자. 그런 종류의 사람들. 아시잖아요."

코베트가 끼어들었다. 글로리아는 노트에 적었다. '진짜 속물이네.'

"얼마나 됩니까?"

그 물음에 마일드와 코베트가 동시에 대답했다.

"삼백 명?"

"천 명?"

"하지만 어떻게 '실행'할 건가요? 댐을 제거하는 방법 말입니다."

글로리아가 물었다.

"폭파할 생각입니다, 총리님."

"아. 그렇군요. 잠시만요, 여러분."

글로리아가 그렇게 말한 뒤 서류실로 향하는 문을 통해, 서둘러 밖으로 나갔다. 서랍 높이만큼 치마를 끌어올린 뒤, 계단을 한 번에 두 칸씩 뛰어올랐다. 접견실 안으로 들어오지 못한 티모르는 아마도 어디선가 이 대화를 들을 수 있는 차선의 장소를 찾았을 것이고, 예상대로 그곳은 바로 위에 있는 사무실이었다.

"단어 문제야?"

티모르가 물었다. 아무래도 거의 엿듣지 못한 것 같았다. 글로리아는 고개를 끄덕였고 종잇조각을 꺼내 읽었다.

"이붐되었다가 뭐예요?"

"이분되었다? 아이고! 둘로 나뉘었다."

"실용주의적이다?"

"현실적이다. 옳고 그름에 대해 생각하며 시간을 낭비하지 않고 필요하면 그냥 하는 것."

글로리아는 종이를 구겼다.

"코베트가 빅락댐을 폭파하려고 해요. 강을 다시 둘로 이 붐하려고 해요. 정말 기가 막힌 생각 아니⋯예요? 마인드 씨 가 '음'이라고 말했고 코베트 의원님은 뭔가 꿍꿍이가 있어 보였어요."

티모르는 생각에 잠겨 눈을 감았다. 티모르의 이마에서 정 맥이 뛰는 것이 보였다. 마치 생각이 핏줄 속을 여행하는 것 같았다.

"범람한 물의 수위가 자연스럽게 내려갈 때까지 기다리는 것이 더 좋은 생각 같구나. 그들 말대로⋯."

그는 두 눈을 뜨고 말을 마쳤다.

"⋯그렇게 하면 로즈시와 그 안에 있는 모든 것이 전부 쓸 려 내려갈 거다."

"우리 같은 성벽이 없어요?"

"벽이라는 것 자체가 없단다."

"하지만 생각해보세요. 그렇게 해서 홍수를 멈출 수 있다 면, 그러면 사람들은 하루 종일 펌프질을 하지 않아도 되고 공장에서 살지 않아도 되잖아요! 노동자들이 말했어요. 로즈 시 사람들은 소방관에게 불을 지르고 서로 죽이기까지 한다 고요. 전부 신문에서 읽었다고 했어요! 그리고 코베트 의원님은 그들 모두 하층민이고 또 그마저도 얼마 없다고도 했고요. …어떻게 알았는지는 모르겠지만. 이해가 안 되네요. 신문은 또 어떻게 그곳 소식을 알았죠. 어떻게 알았대요?"

"접견실에서 일하는 동안 꼭 생각해둬야 할 것이 있다. 로즈시 사람들도 역시 아팔리아의 국민이란 사실이다, 글로리아. 그러니 그들을 지키는 것 또한 총리의 의무야. 설사 그들이 우리 시민이 아니라 하더라도. 그리고 한 가지 더. '하층민'의 아기에게는 그럼 어떤 값을 매겨야 할까?"

"그럼, 어쨌든 범람이 잦아들 때까지만 그 물길을 잠깐 피해 있게 하면 안 될까요?"

글로리아는 끼어들려는 의도는 없었다는 듯 물었다

"그러려면 누군가 사전에 그들에게 알려야 하는데. 전보망도 망가진 상태에서 대체 어떻게 정확히 알릴 수 있을까. 그리고 누가…."

"비행기요!"

"…그런데 그곳 시민 중 과연 누가 자기 도시를 전부 파괴하는 데 '동의'하겠니? 순진하게 굴지 말아라, 얘야."

"어리석은 생각이란 말씀이시죠?"

"거의 그렇다고 볼 수 있지. 그러니 그러지 마라. 우리가 살자고 만육천 명의 사람을, 어린이까지 물에 빠뜨린다? 그런 것을 실용주의라고 부르지는 않는다. 그건 단지 대학살일 뿐이야."

"만육천 명이라고요? 삼백 명이 아니고요?"

"남자, 여자, 어린이 모두 해서 만육천 명이다."

글로리아는 거울을 보며 옷매무시를 다듬은 후 다시 서둘러 계단을 내려갔다.

글로리아는 책상으로 다가가며 말했다.

"죄송합니다, 여러분. 어디까지 이야기했죠?"

"비행기를 보내 빅락댐을 폭파하는 것까지요."

코베트가 참지 못하겠다는 듯 말하며 책상 위에 국가 법령을 올려놓고 서명을 요청하듯 쓱 밀었다.

글로리아는 금빛 테두리 장식에 아름다운 손글씨가 쓰인 벨벳처럼 부드러운 그 종이를 쳐다보았다. 상원의원의 비서는 서류를 이렇게 예쁘게 작성해두었다. 커다랗게 흘려 쓴 대문자에 모든 글자는 정갈하게 한 줄로, 큰 글씨는 모두 같은 높이로 쓰여 있었다. 1만6000명의 사람을 수장시키라는 총리의 명령이 담긴 종이였다. 특별 서명에 필요한 펜 또한 준비되어 있었는데 오래된 깃펜처럼 생긴 만년필이었다. 공작새의 깃털로 만든.

"엄마가 늘 말씀하셨습니다. 공작새의 깃털을 실내로 들여오면 불운이 찾아온다고요."

글로리아는 이렇게 말하며 서류를 들여다보기 시작했다.

"모자를 벗으셔야 '서명하실 때' 잘 보이실 것 같은데요."

코베트가 짜증스러운 듯 거친 목소리로 말했다. 마침 데이지가 나타나 코베트의 바지에 침을 흘렸다.

글로리아는 펜을 내려놓았다.

"아니요, 괜찮습니다. 어쨌든 고맙군요. 그 많은 사람을 수장시켜야 한다니, 공장 노동자들이 원치 않을 것 같군요. 지하 저장실에 갇혀서 물이 계속 차오르는 동안 펌프질하는, 그런 상황을 그들은 항상 기억할 겁니다. 안 돼요. 그들은 단지 아이들을 안전하고 따뜻하고 청결하고 배고프지 않게 지켜달라 했을 뿐입니다. …그들이 원하는 것을 해줄 때까지, 나는 다른 일을 생각할 수 없군요."

그의 보좌관이 서류를 다시 모아 정리하기 시작하자 코베트는 마치 폭발하기 직전의 화산처럼 엉덩이를 들썩거렸다. 그는 입을 다물지 못한 채 글로리아를 뚫어지게 쳐다볼 뿐이었다.

"그 사람들이 '원하는 것'은 성벽이 그들 앞에서 무너져 내리지 않는 것과 홍수가 그들 모두를 완전히 쓸어가지 않는 것입니다!"

바로 그때 한 가지 생각을 떠올린 마일드가 파란 눈을 크게 뜨고는 기다란 손가락을 펼쳤다.

"그들에게 '물어보시는 것'은 어떠실까요? 사람들의 생각을 들어봅시다! 어쨌든 이런 것이 민주주의죠."

코베트가 보좌관을 쳐다보았다.

"사람들에게 물어본다고?"

"의원님, 비밀투표요, 그거요! 제가 준비해볼 수… 이틀만 주신다면…. 하지만 총리의 시간을 더 뺏으면 안 될 것 같습니다. 코트는 제게 주십시오, 의원님."

코베트는 자신의 솜바지를 쓸어내리고는, 투덜거리며 접견실을 가로질러 성큼성큼 걸어 나갔다. 상관이 시야에서 사라지기만을 기다린 마일드는 팔꿈치로 글로리아를 가볍게 치고 속삭였다.

"아이구! 정말 잘하셨어요, 총리님! 멋진 연기였어요!"

글로리아는 마일드가 제안한 "사람들에게 물어보자"는 계획을 티모르에게 알렸다. 그는 얼굴을 찡그린 채 창밖을 한참 동안 바라보았다.

"그렇게 하지 않았으면 좋겠구나."

"왜요? 그런 식으로 도시 전체가 쓸려간다는 것을 알면 사람들은 절대 댐을 부수자고 하지 않을 거예요!"

"모두가 겁에 질려 있다. 겁에 질린 사람들은 자신의 안전을 지키자는 쪽으로만 생각을 모으게 마련이지."

"아, 하지만요! 그들은 좋은 사람들인걸요. 고의로 누군가를 물에 빠뜨려서 죽이려 들지는 않을 거예요!"

티모르는 그저 창밖을 바라볼 뿐이었다.

"좋은 사람들. '좋은' '사람들'이라는 것은 참으로 모순된 말이구나."

"무슨 말씀이에요? 무슨 순서가 있다고요?"

"모순. 함께할 수 없는 둘을 일컫는 단어야. 마치 너와 나처럼 말이다."

더 보이스

In atramento non est veritas

사기가 하늘을 찌르다

두 한 가족처럼, 요즘 같은 힘든 시기를 함께 헤쳐 나가고 있습니다. 피곤함을 무릅쓰고 헤라클레스의 강인함으로 꾸준히 노동을 해내고 있습니다."

어제 공장을 방문한 총리는 노동자들의 사기가 "하늘을 찌를 만큼 높다"고 말했다.

"나는 그들의 생기와 힘을 정말로 존경합니다. 그들은 이 어렵고 또 어려운 일에 가진 모든 것을 내어주고 있습니다. 그들은 모

동물원 동물들이 탈출하다

몇 달에 걸쳐 내린 비로 산사태가 발생하자, 사육사들의 관리가 허술해진 틈을 타 동물원 동물들이 어제 프래스토 동물원을 탈출했다.

흙이 젖어 지반이 약해진 바람에 우리와 새장이 모두 무너져 내렸다. 사라진 동물은 판다, 사자, 호랑이, 뱀, 하마, 곰 등 모두 600마리 이상일 것으로 추정된다. 침팬지 세 마리와 얼룩말 한 마리는 '같은 무리의 동물들에게' 죽임을 당했다. 악어종은 프래스토 거리에서 가장 먼저 발견되었다. 동물원장인 미카 포그는 사라진 동물을 모두 "사로잡기는 어려울 것"이라고 했다. 무장한 도시 경비대는 필요한 경우 발포할 것을 지시받았다.

공장 안 안전한 지대에 머물러야 하며, 공장 밖에 있는 이 위험한 상황이 지나갈 때까지 집 안에 머물러야 한다.

지난밤 목숨을 잃은 침팬지 세 마리

제24장

아무도 믿을 수 없다

퍼모스트 저택, 프래스토시

글로리아는 신문을 바닥에 집어 던졌다.

"저런 거짓말이나 갈기다니! 저는 공장 사람들에게 사기가 높다고 말한 적이 없다고요! 신문이란 게 매일매일 거짓말투성이란 말이죠!"

"사기가 무엇인지 '알기는' 아니?"

"아니요, 하지만 습하고 춥고 비참하다는 뜻이 아니라는 것은 알겠어요. 이 신문에 찍힌 말은 도무지, 하나도 믿지 못하겠어요."

"그 편집자는 내가 정말 존경하는 여성이다."

티모르는 경고하는 듯한 표정으로 말했다. 글로리아는 차마 그 얼굴을 쳐다볼 수 없었다.

"지난번에는 이 신문이 개똥이 시력을 마비시킬 수 있다고 했어요. 어떻게 믿으라는 건데요?"

"그러니까 개와 산책한 직후에 내 샌드위치를 만들지 말아라. 신문에 난 것은 완벽한 사실이니까."

하지만 갑자기 치솟았던 글로리아의 분노는 사라지지 않았다.

"음… 저는 광견병에 걸린 개가 거리를 어슬렁거리며 돌아다닌다는 것조차 믿지 못하겠어요. 그 날씨 담당자들의 재판이 열렸다는 것도 믿지 않아요. 그들은 그냥 총에 맞았던 거예요. 반려동물보호센터도 없는 게 분명해요. 모두 그냥 죽여서 고기로 만든 다음 노동자들에게 준 거라고요."

총리의 옷을 입으려고 안에 입었던, 온몸을 감싸 꽉 조이는 코르셋을 벗어 던졌을 때처럼 속이 뻥 뚫리는 느낌이었다. 여러 날이 지나는 사이 글로리아는 많은 것을 믿지 못하게 되었다. 그리고 이제는 믿으려는 노력조차 할 수 없었다. 글로리아는 이제 진실만이 중요했다.

"왜요? 연회에서 공장 관계자가 말하는 것을 제가 못 들은 줄 아세요? 노동자들이 개고기를 먹고 있다고요! '동물원을 탈출한 동물'이라고요? 그 동물들은 어제 탈출한 게 아니에요. 선생님과 저는 알잖아요. 연회에 왔던 상류층 인사들이 그걸 모두 먹어치웠다는 것을요! 저 신문은 전부 다 지어내고 있어요!"

티모르는 위태로울 정도로 창백해졌고 짜증스러워 보였다. 하지만 글로리아 또한 못지않게 화가 나 있었다. 소녀는 꿀꺽 침을 삼켰다.

"저는 왜 선생님이 그 사람들을 방어하는지 모르겠어요!"

티모르가 일어섰다. 글로리아는 티모르가 자신을 번쩍 들어 창밖으로 던져버릴지도 모른다 생각했다.

"〈더 보이스〉 편집자는 원칙을 잘 지키는 훌륭한 분이다. 나는 그분과 거의 평생을 알고 지냈어. 정말 강직한 분이지. 거짓 기사를 내보낼 사람이 아니야."

글로리아의 분노는 가라앉을 기미를 보이지 않았고, 오히려 요란하게 짖어대는 개처럼 마음속에서 계속 커져만 갔다.

"그분이 괴롭힘을 당하고 있다면요?"

"나를 믿어라. 헤쿠바 라이트풋 교수는 괴롭힘을 당할 사람이 아니다."

"그분이라고 다르겠어요? 누구든 괴롭힘당할 수 있어요!"

글로리아가 쏘아붙였다. (사실 두렵기도 했지만, 진실의 말이 갑자기 토하듯 어디선가 터져 나왔다.)

"노동자들도 괴롭힘을 당하고 있어요. 마일드 씨도 코베트 의원님에게 괴롭힘을 당해요. 보즈는 데이지를 괴롭혔고…. 총리님은 모두를 괴롭혔어요. 저도, 요리사도, 총리님 비서인 선생님도….”

티모르는 글로리아가 들고 있던 서류를 빼앗아 모닥불을 향해 내던졌다. 글로리아가 무엇을 말했든 간에 당장은 끔찍한 침묵이 모든 것을 뒤덮어버렸다. 마침내 티모르가 입을 열었다.

“네가 말한 것을 모두 보여다오. 내 소중한 친구가 뉴스를 조작했다는 사실을 네가 증명할 수 있을지 모르겠구나.”

이렇게 말하는 그의 눈은 의심으로 가득했다.

글로리아는 신문을 모두 꺼내려 다락방으로 올라갔는데… 자신과 똑같은 누군가가 이미 그곳을 차지하고 있었다. 그자가 뒤로 돌아서자 누군지 분명해졌다. 글로리아의 옷을 입은 릭시였다. 글로리아의 옷은 바닥에 한 무더기로 널브러져 있었다. 릭시가 그 옷을 모두 입어보고 있던 것이다.

“뭐 하니?”

“입을 만한 게 있는지 찾아보고 있었어. 여기 전기도 없었네? 근데 별로 걱정은 안 든다. 안 그래, ‘산골 아가씨.’”

“내 모직 드레스 준 적 있잖아.”

“그건 가려워. 그런데 따분한 옷들뿐이네.”

글로리아가 들어오자, 릭시는 당황스러워하기보다는 오히려 반기는 기색이었다.

"그건 추수감사절 드레스야. 헛간에서 열린 파티에 입고 갔었어."

글로리아가 말했다.

"그런 것 같네. 언니 '정말' 소박하구나…. 하긴 무슨 상관이야. 언니는 지금 새틴에 레이스로 장식된 옷을 입고 있잖아. 여기 있는 것들이 왜 필요해?"

"그 비싼 옷들은 '내 것'이 아니니까."

"에이, 거짓말하지 마! 언니는 그것들을 훔치고 있는 거야. 하녀가 총리의 옷을 입고 있다는 것을 누가 알게 돼봐. 무슨 일이 일어날까? 그건, 말하자면 반역죄야. 언니를 쏴버릴 수도 있다고. 기둥에 언니를 묶어놓고 눈을 가리고 군인들이 나란히 서서 총을 들 거야. 그때 언니는 너무 무서워서 오줌을 지릴지도 몰라. 그리고 빵!"

릭시는 글로리아의 얼굴에 대고 손뼉을 쳤다.

"그러니까, 언니는 욕심부려서는 절대 안 돼. 언니는 이것도 저것도 입을 수 없어, 알겠어? 그러니까 내가 이것들 다 가져갈 거야. 그리고 총리의 실크 속옷도 내가 한번 입어볼 수 있게 해줘. 난 언니 속바지는 입지 않을 거거든."

릭시는 대담함을 드러내며 눈을 반짝거렸다.

"이 실크 속바지는 이제부터 내 거야. 립스틱도. 난 핑크로 할래."

릭시는 침대에 조그맣게 쌓여 있는 옷더미를 계속 들썩거렸다.

"아, 그 체크 드레스는 안 돼! 엄마가 새해 선물로 보내주신 거야! 아직 입어보지도 못했다고!"

"그런데 왜 이렇게 주름이 생긴 거야?"

(집에 가는 꿈을 꾸고 싶어 베개 밑에 넣어놓고 잠들어서 그렇다는 말은 하지 않았다. 그저 아무 말도 하지 않았다.)

"괜찮아. 언니가 날 위해 다림질을 해주면 되지."

"안 돼! 그 체크 드레스는 안 돼. 제발."

릭시는 두 손을 허리에 올려두었다. 거울 앞에서 여러 번 연습해본 것 같았다.

"뭐 어쩔 건데요, 마님?"

그러고는 양팔 가득 옷을 안고 방을 떠났다. 심지어 글로리아가 집을 떠날 때 선물로 가져온 여동생의 잠옷까지도 몽땅 챙겨갔다.

릭시의 말이 맞았다. 글로리아가 대체 어쩔 수 있단 말인가? 릭시가 원하는 것을 주거나 정체가 드러나 총을 맞거나 하는 것 말고 어떤 선택을 할 수 있단 말인가? 계속 총리로 살며 총리의 장식 넘치는 멋진 옷을 입는 것 말고 어떤 선택을 할 수 있단 말인가? 그 체크 드레스를 과연 다시 입을 수 있기라도 한 것일까?

어쨌든 지금은 티모르가 기다리고 있었다. 글로리아는 지 저분한 방은 다음에 치우기로 하고 침대 밑에서 꺼낸 〈더 보 이스〉 여러 장을 들고 방을 나섰다. 그중 가장 앞에 둔 신문 에는 자신의 사진이 실려 있었다. '최고 통치자 총리님 나이 프 공장을 방문하다.' 검정 베일에 가려진 얼굴은 당연히 흐 릿했다.

둘은 도서관에 있는 커다란 러그 위에 신문을 살펴보기 쉽 게 날짜순으로 펼쳐놓았다. 그건 말하자면 커다랗고 주름 많 은 흰색의 뉴스 지도였다. 그 위를 기어가며, 찾아보는데….

"무엇을 찾아야 해요, 선생님?"

"오류. 처음부터. 그 교수님은 절대 실수나 새빨간 거짓말 을 용납하지 않아, 분명해. '두려워하지 말고 진실을 밝히라', 그분은 늘 그렇게 말씀하셨어. 그 때문에 학교에서는 무서 운 교사였지만 신문 편집자로는 아주 훌륭했지. 내가 학교를 떠난 뒤에도 우리는 종종 함께 저녁을 먹었어. 내 아내는 함 께하지 않았지만. 아내는 똑똑한 여성과 함께 있기를 꺼렸거 든. 내가 자기를 놔두고 어디 가는 것 또한 달가워하지 않았 으니까. 결국, 보안 기관에서 내게 '부적절한 우정'이라고 알 려왔더구나. 총리의 남편으로서 '국가의 기밀을 언론에 전달' 할 수 있다고 말이다. 그래서. 라이트풋 교수와의 저녁 식사는 그때가 끝이었어."

"그분이 선생님을 학교에서 가르쳤다면, 지금 나이가 꽤 많으시겠어요. 나이가 많으면 실수도 하게 마련이잖아요."

"세상에! 너는 내가 몇 살이라고 생각하는 거니? 그분은 아마 오십대… 오십오 세일 거다."

"제가 말씀드린 게 바로 그거예요. 나이 많은 분. 제발요, 선생님…."

글로리아는 입술을 깨물었다.

"전 언제 총리님 행세를 그만둘 수 있을까요?"

"응?"

무릎을 꿇고 자신의 앞에 놓인 기사를 살펴보느라 티모르는 제대로 듣지 못한 듯 보였다.

"저는 언제… 그만둘 수 있을까요?"

"안타깝지만 처음에는 그렇게 멀리까지 생각하지 않았다. 처음에는. 미안하구나. 그때는 좀 충동적이었어. 너도 알겠지만."

"그래서… 그 말씀은… 영원히 해야 한다고요?"

"하느님 맙소사, 아니야!"

글로리아를 아내로 분장시켜, 평생 주변에 둬야 한다고 생각하니 오싹해진 티모르는 화들짝 놀라 뒤로 물러앉았다.

"홍수 사태가 끝날 때까지만이다. 그 이후에는 이 도시를 떠나도 되고…. 아니면 아내가 돌아오겠지, 당연히. 걱정하지 말아라. 난 그 전에 이 모든 게 밝혀져 총살이라도 당했으면 싶다. 농담이야! 농담이다!"

그들은 다시 신문을 살펴보기 시작했는데… 무엇부터 살펴보아야 하는지 알 수가 없었다. 글로리아는 신문 속 거짓에 대해 분노한 것이 미안해졌다. 티모르가 라이트풋 교수를 몹시 존경하는 게 분명했기 때문이었다. 게다가 멍청한 일간신문이 지금 뉴스를 만들어서 지면을 채운다 한들 그게 글로리아와 무슨 상관일까?

지금도 티모르는 이렇게 말하고 있다.

"그분은 지독할 정도로 똑똑한 사람이야. 모든 일을 올바르게 하는 데 매우 엄격하고. 학교에서 우리는 뒤에서 그분흉내를 내곤 했었지. '그래, 얘야. 하지만 그건 진실이 아니야', '네 의견을 듣고 싶은 것이 아니란다, 얘야. 그건 진실이니?' 하지만 돌이켜보니, 그분은… 잊을 수가 없지. 그리고 라틴어와 그리스어에 아주 정통하셨어. 아마 할 수만 있었다면, 〈더 보이스〉를 라틴어로 출간했을지도 몰라. 너는 헤쿠바 라이트풋에 대한 것은 모두 신문사 이름 아래에 있는 언론사 표어로만 볼 수 있었겠지만. 봤지? In atramento est veritas. 즉, '진실은 잉크 속에 있다'는 뜻이지."

"그럼… 'non'은 무슨 뜻이에요?"

"non?"

"네. 여기에요. 'In atratmento non est veritas'에서 여기요, 그리고 여기요."

티모르는 다른 신문들 위를 스치고, 신문지 산맥을 온통 구겨가며 네발로 기어 와서는 글로리아가 들고 있던 신문을 낚아챘다.

"제기랄. 제기랄. 제기랄."

"왜요? 무슨 뜻인데요?"

"'진실은 없다'라는 뜻이다."

바로 그때 도서관 문을 두드리는 소리가 들렸고 (글로리아의 파란 체크무늬 옷을 입은) 릭시가 코베트 의원이 왔으며, 허락을 기다리지 못하고 들여보냈다고 알려왔다. 내무부 상원의원은 문 앞에 서서 온통 신문지가 깔린 방과 두 손 두 발로 땅을 짚고 엎드린 남편의 모습을 샅샅이 살펴보았다. 자기도 모르게 갑자기 포착된 티모르는 재빠르게 일어서지 못했다.

"양탄자 나방이야! 신문지를 놓아서 카펫에 알을 낳지 못하게 해요!"

마호가니 책상 너머에서 목소리가 들렸다. 책상 너머로 총리의 보라색 가운 뒷자락만이 살짝 보였다.

"양탄자 나방은 정말 못 참겠어요, 의원님은 어때요? 알을 낳으면 끔찍하게 생긴 흰 애벌레로 부화한단 말이죠? 하

263

녀가 해야 할 일인데, 정말, 그 애는 정말 쓸모없는 물건이에
요. 뭐라도 제대로 해내는 게 없으니, 영 믿을 수가 있어야지
요. 티미 역시 아주 못마땅하네요. 쥐가 났다는군요. 티미,
코베트 의원님을 어디 다른 곳으로 모셔가요. 그리고 쥐가
멈출 때까지 돌아오지 말아요."

그들이 나간 후, 글로리아는 양수책상 아래 공간으로 들어
가 한참을 쭈그려 앉아 있었다. 두려운 것이 기다리고 있다
는 생각이 들자 이가 덜덜 떨릴 지경이었다. 그리고 어디에
모자를 두었는지 알 수가 없었다. 한 손으로 땅을 짚으니 그
아래에는 죽은 나방 한 마리가 눌려 있었다.

티모르는 자리를 그리 오래 비우지 않았다.

"코베트와 나는 차 한 대를 공유하고 있다. 연료를 아끼려
고 그런 거지. 오늘 저녁 코베트가 그 차를 타길 원했어. 하
지만 길 건너 애피스의 집에 들르니 애피스도, 리무진도 모
두 집에 없더구나. 언제 돌아올지 내가 알 수가 있나? 우리
기사도 어쨌든 개인의 삶이 있으니까."

"저는 말과 마차를 어쨌든 더 좋아해요. 말과 마차를 타는
데는 능숙하거든요."

티모르가 한숨을 내쉬었다.

"아니야. 너는 안 돼. 다시 한번 말해줘야겠니? 이 나라의

우두머리는 꼭 폐품팔이 장수처럼, 말이 끄는 마차를 타고 거리를 다녀서는 안 된다. 제발 기억하도록 노력해라."

그는 신문을 순서에 맞춰 쌓아두기 시작했다.

"헤쿠바 교수님 집으로 전화했다. 그리고 〈더 보이스〉 사무실로도. 두 쪽 모두 불통이더구나. 아마 도시 전화망이 모두 망가져서겠지."

마침 신문 퍼즐이 티모르의 눈에 들어왔다.

"초성 퀴즈를 할 줄 아니?"

"한 번도 해본 적 없어요, 선생님. 그건 뭐예요?"

"퍼즐이란다. 주어진 초성만 보고 무언가 읽을 수 있게 만들면 돼. 헤쿠바 교수님은 이런 종류를 좋아하셨지. 나도 직접 해본 적은 없단다."

티모르는 글로리아에게 신문의 첫 장을 보여주었다. 글로리아의 사진이 실려 있는 부분이었다. 얼굴은 찢겨 있었지만 구석에 있는 퍼즐은 아직 읽을 만했다. ㅊㄱ ㅌㅊㅈ ㅊㄹㄴ.

"이건 '최고 통치자 총리님'이에요. 쉬운걸요."

"그렇지. 그러니까⋯, 시간 있을 때마다 나머지를 좀 풀어봐라, 해볼 수 있겠니?"

"왜요?"

"왜냐하면 내가 시켰으니까? 원래 이렇게 하는 거 아니야? 주인과 하녀 관계? 내가 시키고? 너는 하고?"

다락방 침실에서 글로리아는 좁은 침대 위에서 다리를 꼭 감싸 쥐고 누웠다. 잠을 잘 수 없을 것 같았다. 릭시가 잠옷을 훔쳐 가버려 당장 너무 추웠기 때문이다. 하지만 어딘가에서 도사리던 악몽이 글로리아를 깊은 잠의 암흑 속으로 끌고 가 공포의 바다에 빠뜨렸다. 글로리아는 드레스를 끝까지 입지 못하는 꿈을 꾸었다. 단추가 모두 사라졌기 때문이다. 게다가 모자는 머리와 붙어 있었다. 사람들에게 도와달라고 끊임없이 요청했지만, 그들은 단지 무릎을 굽혀 인사하며 "최고 통치자여 영원하라"고 말할 뿐이었다. 그는 자기 자신이 누구며 어디서 왔는지 끊임없이 설명했지만, 글로리아의 말은 나방으로 변해 베일 속에 갇혀버리고 말았다. 그러고는 글로리아의 머리 위에 알을 낳았다. 최고 통치자여 영원하라.

　소녀는 손톱으로 머리를 긁어대며 잠에서 깨어났지만 두 입술을 뗄 수가 없었다. 머리맡 서랍장에 있던 초를 전부 꺼내 밝혔다. 어둠이 침대 발치까지 물러나고 모든 악몽이 요강 안으로 몸을 웅크렸다. 최고 통치자여 영원하라, 최고 통치자여 영원하라…. 글로리아는 밤마다 총리님의 서명을 연습하던 바로 그 종이를 여러 장 꺼냈다. 그러고는 신문도 꺼내 초성 퀴즈를 풀기 시작했다.

ㅁㄹㄲㅈ ㄷㄴ ㅈㅎ = 무릎까지 덮는 장화

ㅎㅅ ㅇㄴ = 햇살 안녕

ㅊㄱ ㅌㅊㅈ ㅊㄹㄴ = 최고 통치자 총리님

ㄱㅂ ㅅㄹ = 금빛 시럽

ㅁㅊㄴ ㅇㅈㅎㄱ = 마침내 안전하게

ㅎㅇ ㅁㅇ ㄷㄱㅇ = 힘을 모아 당겨요

이제 퀴즈는 점점 더 어려워졌다. 아이들을 위한 농담과 서평 안에 해답이 숨어 있었다. 하지만 오래 앉아 있다 보니 조금 쉽게 느껴졌다.

ㅈㅇ ㄱㄱ ㅇㅇㄹ = 주의 깊게 읽어라

ㄴ ㅇㅇ ㅎㄹ = 내 오일 하다?

더 쉽지만, 또 더 충격적이었던 것은 이거다.

ㅇㅁㄷ ㅁㅈ ㅁㄹ = 아무도 믿지 말라

촛불이 깜빡거렸다. 어두움은 글로리아의 작은 방 안에서 자기의 소임을 다하고 있었다. 마치 검은 표범이 어슬렁거리는 것 같았다.

ㅇㄱㅇ ㅁㄷ ㄱㅈㅇㄷ = 이것은 모두 거짓이다

밖에서는, 천둥이 우르릉거리며 못마땅함을 드러냈다. 번
개는 방 안 전체를 그을리려는 듯했는데….

ㄴ ㅅㅇ ㄷㄹㄷ = 내 삶이 두렵다

그때 비가 억수같이 쏟아지기 시작했고, 천장에 난 창문으
로 물이 스며들었다. 똑, 똑, 똑….

ㄱㄷㅇ ㄴㄹ ㅈㅇ ㄱㅇㄷ = 그들이 나를 죽일 것이다

글로리아는 벌떡 일어나 벽장을 더듬어 셔츠 원피스와 작
아진 코트를 꺼내 입었지만 여전히 덜덜 떨렸다. 침대보로
온몸을 감싼 후, 마지막 초성 퀴즈 'ㄴㄹ ㅇㅅㅎㄹ'를 뚫어지
게 바라보았는데, 이번에는 연필 없이도 풀 수 있었다. 번개
와 함께 머릿속에 해답이 번쩍였다.

ㄴㄹ ㅇㅅㅎㄹ = 나를 용서하라

호화롭기만 한 커다란 침대에서 잠들어 있는 릭시를 혹시

268

라도 깨울까 하는 두려운 마음에 글로리아는 조용히 아래층으로 내려왔다. 티모르의 방으로 살며시 들어가 더듬거렸다. 책상에 부딪히는 아픔을 느껴가며 방을 가로질러 나아갔다. 여러 번 번쩍이는 번개 덕에 티모르가 어디서 자는지는 그나마 쉽게 알 수 있었다.

"죄송합니다, 선생님. 잠깐만⋯."

글로리아는 직접 깨우지는 않고 그저 속삭였다. 지금은 방해할 수밖에 없지만 그래도 가장 공손한 태도를 보이려고 발을 건드리려고 했다. 그런데 침대 끝을 착각하는 바람에 그의 얼굴을 누르고 말았다. 결국, 놀라서 소리치려는 티모르의 입으로 두 손이 옮겨갈 수밖에 없었다.

"죄송해요! 죄송해요! 죄송해요, 선생님! 소리치지 말아주세요. 릭시가 들을지도 몰라요. 제가 초성 퀴즈를 다 풀었거든요."

티모르는 책상에 놓인 등을 켜고는 여러 장의 종이를 쳐다보았다. 지진계 기록 같은 아내의 서명을 보고 또 보고 또 보았다. 그러고는 그 사이사이 연필로 쓰인 단어들로 시선이 옮겨갔다.

"⋯금빛 시럽? 글로리아, 얘야, 설마 이 금빛 시럽 때문에 날 깨웠니?"

글로리아는 자신이 동그라미를 쳐놓은 곳을 가리켰다.

"정말 죄송해요, 티모르 선생님. 선생님의 친구가 지금 엄청난 곤경에 처한 것 같아요."

티모르는 글로리아에게 침대로 돌아가라 말한 후 집을 나섰다. 하지만 글로리아 또한 벽장에서 장화와 요리사의 어두운색 코트를 발견하자마자 그를 뒤쫓았다. 빗물이 언덕 아래로 작은 폭포처럼 흘러가는 와중에 장화를 신고 티모르의 보폭을 따라가는 것은 꽤 어려웠다. 그래도 글로리아는 결국 그를 따라잡았다.

"신문사로 가실 거죠?"

"집에 가라."

"아니면 라이트풋 교수님의 집으로요?"

"집에 가라, 글로리아."

"헤쿠바는 정말 특이한 이름이에요. 헤쿠바라는 이름은 처음 들어봤어요."

"내가 말한 대로 해라."

"광견병에 걸린 개와 탈출한 사자에 대한 거짓말이 왜 뉴스에 실렸을까요?"

"아무도 감히 공장을 떠나지 못하게 하려는 거다. 있을 곳이 그곳밖에 없다면 사람들은 소란을 피울 수가 없으니. 그렇게 해둬야 밤낮 가리지 않고 펌프를 돌릴 수 있으니. 이제 집에 가라."

"그 교수님이 절대 거짓말하지 않았다면 누가 그랬다고 생각하세요? 거짓말을 한 거요, 제 말은."

"오늘 밤 그분이 내게 말해준다면 내일 네게 얘기해주마. 이제 가라."

글로리아는 고집을 부렸다.

"제 생각에는 '내 오일 하다'는 맞지 않아요. '네 오늘 하루'를 잘못 쓴 거 아니에요? 말이 안 되거든요."

"아니야, 그렇지 않다. 이렇게 읽어야 한다고 생각한다. '네 일을 해라'야. 이러면 초성이 정확히 들어맞지. 안 그러니?"

"아! 딱이네요! 죄송해요, 제가 잘못 풀었어요."

글로리아는 열심히 뒤따라가느라 숨이 차올랐다. 장화가 너무 커서 질척거리는 소리를 내며 다리 밖을 겉돌았다. 요리사의 성냥갑이 코트 주머니 안에서 달가닥거렸다. 빗줄기가 글로리아의 눈 위로 떨어졌다.

"아니다. 아니야, 잘해냈어, 글로리아. 고맙다."

그 말에 글로리아는 입을 다물었다. 다른 무엇도 필요치 않았다. 소녀가 저택에 머문 이래 총리님께서는 단 한 번도 고맙다는 말을 해주지 않았다.

그들은 공원길을 걸어 헤쿠바 라이트풋 교수의 집으로 향했다. 나무마다 가지가 없었다. 모두 연료로 쓰이거나 펌프 보를 만들려고 자른 탓이다. 박쥐들은 실오라기 같은 날개를 심장박동처럼 펄럭이며 눈에 띄지 않게 그들의 머리 위를 날았다. 정문에 손을 대자 문이 스르륵 열렸고, 티모르는 날카롭게 숨을 내쉬었다.

"아, 도시 경비대가 집을 모두 부숴버렸어요. 그 사람들이 이러는 것을 전에 본 적이⋯."

글로리아가 설명하다가 순간 멈칫했다. 야밤에 도망친 적 있다고 자백한 셈이기 때문이다.

하지만 헤쿠바 라이트풋의 근사한 집에서 사라진 것은 아무것도 없었다. 벽마다 자리 잡은 책장은 목재로 사용될 수 있었을 텐데도 뜯겨 있지 않았다. 불은 켜지지 않았지만, 연료가 부족한 상황이라는 것을 고려하면 그다지 큰 의미는 없었다. 글로리아는 성냥을 켰다. 순백색의 석고상 네 개가 어두운 복도에 어렴풋이 서 있었다. 아리스토텔레스, 카토(고대 로마 정치인-옮긴이), 플리니우스(고대 로마의 정치가·저술가-옮긴이), 키케로(고대 로마 정치가·철학가-옮긴이)가 불청객을 쳐다보고 있었다. 티모르는 이렇게 큰 집에서 혼자 잠든 사람을 놀라게 하지 않으려고, 작은 목소리로 헤쿠바의 이름을 불렀다.

어느덧 티모르는 낼 수 있는 가장 큰 소리로 옛 은사인 헤쿠바 교수를 부르고 있었다. 그러나 고대 로마군의 부대가 라틴어로 소리를 지르며 칼과 방패를 들고 돌격한다 해도 헤쿠바는 깨울 수 없었으리라.

글로리아는 또다시 성냥을 켰다.

교수는 침대에서 죽어 있었다. 한 손에는 인쇄용 잉크가 담긴 병을 들고 있었고, 입, 혀, 볼, 목,. 머리카락, 침대보까지 새까맣게 물들어 있었다.

"꼭 소크라테스 같군요, 헤쿠바 교수님? 천재성을 알아보지 못한 어리석은 자들과 진실을 알아보지 못하는 삐뚤어진 자들에 의해 독살당하셨군요."

티모르는 성냥불을 불어 껐다.

"고요히 잠드소서, 나의 친구여. 엘리시움(고대 그리스로마 신화에 나오는 낙원-옮긴이)에서 깨어나소서."

침대 뒤로 물러난 티모르는 커다랗고 어두운 옷장에 기대섰다. 티모르의 무게 탓에 옷장 안에 걸린 코트들이 마치 뼈처럼 덜거덕거렸다.

"어떻게 해야 하죠? 누구에게 말해야 하죠?"

글로리아가 속삭였다.

티모르는 한참 후에야 대답했다.

"…아무도. 누구에게도 말하지 마라. 이 도시 안에 믿을 만

한 사람은 아무도 없다고 생각해라. 단 한 명도. 글로리아,
내 말 알겠니?"

"네, 알겠어요, 선생님."

제25장

만나다

강 상류, 빅락 굽이

그들이 빅락 굽이에 다다르자 말은 꼼짝도 하지 않았다. 이곳에서 강은 댐과 정면으로 부딪친 후 남동쪽으로 방향을 틀었다. 수톤의 물이 방향을 바꾸며 내는 어마어마한 소리를 들으며 뭔가를 생각한다는 것은 거의 불가능해 보였다. 길고 경사가 심한 언덕은 댐의 꼭대기까지 닿아 있었다.

하인즈는 단박에 달려 올라갈 수도 있었지만, 동행인 말은 누군가의 격려가 없으면 야생으로 돌아가 길을 잃을 수도 있다. 그 사실을 잘 아는 하인즈는 친구를 내버려둘 수 없었다. 또한 하인즈는 이 길이 안전한 길이라고 확신했다. 사람들이 남쪽으로 난 오솔길을 따라간 이유는 그 언덕 위가 안전하기 때문이다!

하인즈는 말의 고삐에 걸린 밧줄 매듭을 물고는, 갈지자로 난 길과 가파른 경사지를 유심히 살펴보았다. 그리고 말을 이끌고 나아가기 시작했다. 고개 중턱에서 말이 멈춰 섰다. 너무 지쳤나? 너무 무서웠나? 하인즈는 다시 밧줄을 잡아당겨 말을 재촉했다. 하지만 말이 머리를 낮추는 바람에 고삐가 스르르 빠져나갔다. 말은 그저 고삐와 밧줄만 잡아당기는 하인즈를 뒤에 두고 떠나버렸다.

하인즈는 뒤돌아 말을 바라보며 소리가 나는 쪽으로 기어올랐다. 거의 다 왔어! 거의 다 왔어! 지난번에는 피난민들이 하인즈에게 총을 쏘았다. 이번에 만날 자들도 아마 똑같을 것이다. 냄새가 났다. 총 냄새가 뒤섞인 아프고, 불결하고, 절망한 사람들의 냄새였지만, 그 냄새는 그를 화강암 언덕의 산마루까지 온통 잡아끌었다.

피난민들은 모두 자리에 앉아 쉬고 있었다. 보슬비가 내리고, 우박이 떨어지고, 음침하기 짝이 없는 검은 구름이 땅을 뒤덮었던 몇 주 만에, 저녁노을이 지는 진귀한 풍경이 펼쳐졌다. 그들 앞에는 오래전 로즈시를 향해 출렁거리며 흘러갔던 옛 강의 협곡이 보였다. 진홍빛 노을 아래에서 다채로운 색이 어우러진 협곡은 충격적인 아름다움을 자아냈다.

도시 주변의 방대한 땅은 천막과 뒤집힌 마차, 세면장 지붕으로 쓰이는 기름 먹인 방수천, 빗물받이, 짐들로 꽉 차 있었다. 피난민들은 몇 주 동안이나 이곳으로 오는 길을 찾아 헤매며, 자신이 최초로 이곳에 도착했을 것이라는 꿈을 꾸었다. 하지만 현실은 달랐다. 이미 수백 명이 도착해 있었다. 댐의 꼭대기에서는 볼 것이 꽤 많았기 때문에, 그들 뒤에 개 한 마리가 서 있는 것을 알아차리는 데는 한참이나 걸렸다.

하인즈는 가까이 다가가지 않았다. 그 자리에 그대로 섰다가는 이내 뒤돌아서 절벽 끝 너머로 사라졌다. 그리고 입에 밧줄을 물고 다시 나타났다. 이번에는 몇 발짝 더 다가갔다. 그리고 그 자리에 섰다. 그는 노을을 바라보았다. 노을빛을 받은 그들은 모두 형태뿐이었다. 누군가의 손에 총이 들려 있을지도 모른다. 누구도 알 수 없는 일이다.

사람들은 길 잃은 개가 빠르게 되돌아가는 것을 보았다. 개는 고삐를 물고 돌아와서 매듭이 있는 밧줄을 내려놓고는 짖는다.

하인즈는 모두 움찔하는 것을 보았다. '짖지 말았어야 했어'라고 생각했다.

누군가 돌을 던졌다.

"하지 마. 좋은 개야."

한 아이가 말했다.

"개가 피부병에 걸렸네."

그 아이의 엄마가 말했다.

그 돌은 하인즈를 위협했다. 총격이 생각났다. 그때의 고통, 두려움, 숨이 차오를 때 느꼈던 땅이 꺼지는 느낌…. 하지만 도망치지 않았다. 말이 절벽에 갇혀 있다. 도움이 필요했다. 그는 하인즈다. 클렘의 개. 재간둥이로 사랑받던. 어떤 개라도 여기까지 왔을 것이다. 하인즈 역시 그랬다. 그는 뒤돌아, 자신이 지금까지 달려온 그 길을 향해 앉았다. 앉아 있는 표적이 된 셈이었다.

권총으로 무장한 남자가 앞으로 나와 고삐를 집어 들었다. 그는 뒤로 돌았다가 따라오던 아이 위로 순간 넘어졌다. 두툼한 막대기를 들고 있던 아이는 몸을 피해 하인즈 쪽으로 달렸다. 아버지는 더듬거리며 총을 찾아서는 공이치기를 뒤로 당겼다. 하지만 아이는 여전히 개를 향해 달렸다.

"개가 떨고 있어!"

그 아이가 말했다. 모두 "하지 마!"라고 외치는데도 아이는 기어코 길 잃은 개를 쓰다듬기 시작했다.

총알이 스친 자리는 여전히 화끈거렸다. 아이가 만지는 곳
이 아팠다. 하지만 하인즈는 움직이지 않았다. 고통이 지나
면 기분이 나아지기 때문이었다. 게다가, 움직일 수 있으리
란 생각이 들지 않았다. 여러 이유로 하인즈는 떨었다. 얼음
통에 들어간 휘핏(영국 품종의 경주용 개, 짧은 털로 평상시 가끔
몸을 떪―옮긴이) 같았다. 너무 심하게 몸을 떤 나머지 발톱이
바위를 긁는 소리마저 들릴 지경이었다. 하늘에서는 한데 모
인 찌르레기들이 소용돌이치는 구름처럼 날고 있었다. 하인
즈는 머리를 뒤로 젖히고 울부짖었다. 그 울부짖음은 대단히
슬프고 길었기 때문에 떠오르는 달마저, 금으로 만든 징처럼
덜덜 떨었다.

그 아이는 그 막대기로 어딘가를 가리켰다.
"저 아래 말이 있어요."

더 보이스

In atramento non est veritas

노동자들이 상원에 홍수를
멈출 만한 조치를 내리라고 간청

**수위가 낮아지지 않자
모두의 불안이 깊어지다**

강수량이 줄었음에도 퍼르카 강의 수위는 위험할 정도로 여전히 높다.

다섯 공장의 노동자들은 홍수에 대한 대책을 마련해달라고 상원에 간청했다. 그들의 두려움은 충분히 이해할 만하다. 날씨는 맑아졌는데 성벽 밖 수위는 낮아질 기미를 보이지 않기 때문이다. 〈더 보이스〉 사무실로도 비슷한 불안을 호소하는 편지가 매일 도착하고 있다. 편집자도 다음과 같은 질문에 대답하는 데 무력감을 느끼고 있다.

"성벽에 금이 가면 어쩌죠?"

"수인성 전염병, 그러니까 장티푸스나 황열병이 프래스토에 퍼지면 어쩌죠?"

"음식 공급이 중단된 지 얼마나 되었죠?"

"도시 밖 소작농가, 농장, 삼림지, 동물들이 입은 피해는 어느 정도인가요?"

이렇게 하면 우리 도시를 구할 수 있을까?

지리학자들은 빅락댐을 철거하면 범람한 물이 반으로 줄어 틀림없이
일거에 우리 도시를 구할 수 있을 것이라고 제안해오고 있다!
(화가 개인의 의견)

로즈시 사람들에게
살해되는 피난민들

강 상류 로즈시에 피곤한 몸을 이끌고 도착한 배고픈 피난민들이 그 지역을 장악한 사이비 종교집단에 의해 살해되었다고 한다. 확인되지 않은 정보에 따르면 지난달에만 150명이 사망했다고 한다.

제26장

귀신
퍼모스트 저택, 프래스토시

글로리아는 헤쿠바 교수의 귀신이 나오는 꿈을 꾸었다. 귀신은 성벽과 닫힌 성문을 따라 걷고 있었는데, 머리는 잉크로 흠뻑 젖었고 말할 때마다 입에서 잉크가 뿜어져 나왔다. 그리고 릭시의 목소리로 '네 드레스를 내놔. 네 돈을 모두 내놔. 네 머리카락을 내놔. 네 이를 내놔! 너는 이미 죽었으므로 필요치 않은 것들이다…'라고 말하면서 글로리아의 옷을 세게 잡아당겼다. 글로리아는 잠에서 깨어났다. 헝클어진 침구를 쥐어뜯으며 꽥꽥 소리를 쳤다.

"나는 가진 게 없다고! 아무것도 남아 있지 않아. 네가 다 가져갔잖아!"

침실은 꿈속에서 보았던 잉크만큼이나 어두웠다.

한번 깨어난 뒤 글로리아는 다시 잠들지 못했다. 늘 들리던 삐걱거리는 소리와 집 안에 감도는 공기마저 귀신이 계단에 서 있거나 유령 패거리들이 함께 어울리는 것처럼 느껴졌고… 혹은 릭시가 다시 와서 더 위협하고 더 요구하는 것처럼 들렸다. 글로리아는 침대에서 스르르 빠져나와 벽장 안에 숨었다. 소녀는 어둠에 대고 말했다.

"정말이야, 나는 아무것도 갖고 있지 않아! 내겐 아무것도 남아 있지 않아."

그건 사실이었다. 동전도 전부, 공책도 전부, 샤프펜슬도 전부, 머리빗도 전부, 심지어 총리님의 보석류와 향수병마저도, 위협과 모욕을 당하며 릭시에게 압수당했다. 게다가 그 애는 매일같이 돈을 요구했다. "티모르의 지갑에서 돈 좀 훔쳐 와", "금고 비밀번호를 알아 와"라고 하는 릭시는 글로리아의 손이 저택 안 모든 것에 닿는다고 생각하는 듯했다.

누구에게 말하지? 요리사는 딸이 그런 짓을 했다고 믿지 않을 것이다. 티모르는 글로리아가 릭시를 '구해온' 것이 애초에 잘못이었다고 말할 것이다. 하지만 글로리아는 릭시를 꼭 매수해야만 한다! 그 애는 티모르와 글로리아가 총살당할 만한 비밀을 알고 있다.

총리님이 평상시에 입는 갈색 실크 드레스의 치마가 얼굴에 스치자 글로리아는 몸서리쳤다. 벽장으로 찬바람이 새어 들어와 꼭 얼어붙을 것만 같았다. 처마 한 면을 가리고 있는 것은 고작 한 쌍의 문뿐이었다. 벽장 안 자신의 뒤쪽으로 있는 하드보드 한 장이 유일하게 건너편 다락 공간과 이곳을 분리해주는 것이었다. 글로리아는 이러한 공포를 더는 느끼고 싶지 않았다. 뒤판을 떼어낸 뒤 다락방을 들여다보았다. 칠흑같이 어두웠다.

글로리아는 초와 옷걸이와 헝클어진 이불을 모두 모았다. 그리고 몸을 낮춰 다락으로 들어갔다. 그곳을 지나면 아랫방의 천장을 가로질러 가는 셈이었다. 릭시의 방이 어디 있는지 찾아내기는 쉬웠다.

글로리아는 옷걸이로 마룻장, 즉 릭시의 침대 위 천장을 긁기 시작했다. 목이 아플 정도로 목소리를 낮게 깔고 으르렁거렸다.

"그것들은 네 것이 아니다. 네가 도둑질하는 것을 보았다. 모두 보았다."

그 시도에 코를 고는 소리가 화답했다. 글로리아는 좀 더 세게 바닥을 긁고 또 긁었다.

"너를 보고 있다, 릭시. 네가 도둑질하는 것을 보았다. 그들은 내게 왔던 것처럼 어느 밤에 곧 네게 갈 것이다. 나도 역시 도둑이었기에 악마들이 온종일 나를 멍들게 때렸지. 나는 나보다 더 못된 누군가를 밤새 찾아야 했고, 드디어 하나를 찾은 것 같은데? 그들은 이제 나를 놔두고 떠날 것이다. 악마들에게 보여줄 것이다. 네가 훔친 것들을 모두….”

마침 터져 나온 큰 비명에 놀란 글로리아는 벌떡 일어서다가 머리를 들보에 박았다. 그 바람에 커다란 거미가 손으로 떨어졌다. 글로리아는 침착하게 촛불을 먼저 껐다. 그렇지 않았다면 거미를 떼어내려고 거칠게 손을 흔들다 촛대를 떨어뜨려 집을 온통 다 태워버렸을지도 모를 일이었다. 글로리아는 옷걸이로 조금 더 오래 바닥을 긁어댔고 목구멍에서 소리를 끌어 올려 으스스한 소리를 냈다. 그러고는 서까래 위에 놓인 갈라지기 쉬운 바닥재 위를 기어 나와 헝클어진 이불이 있는 벽장 안으로 돌아왔다. 별이 비치는 침실은 다락보다 덜 어두워 보였다.

글로리아는 아래층으로 달려 내려갔다. 릭시는 여전히 비명을 지르며 침대 위에 서서 천장을 보고 사모스섬 따오기를 조각한 나무 장식품을 무기처럼 휘두르고 있었다.

“소리 지른 거 너니?”

글로리아가 물었다. 하마터면 이렇게 말할 뻔했다. 부르셨어요, 총리님?

“저 위에… 무언가 있어!”

“다람쥐?”

글로리아가 아무렇지도 않게 물었다.

"다람쥐가 말을 하겠어?"

릭시가 날카롭게 대답했다.

복수의 유혹은 엄청나게 강렬했다.

"음, 귀신이 있는가 보다. 총리님이 늘 말씀하셨어. 귀신이 나오는 집이라고. 사람들은 꼭 죽기 직전에 귀신 소리를 듣는다더라. 그리고 유독 나쁜 사람들에게만 나타난댔어."

"거짓말!"

릭시가 소리치며 따오기 조각을 글로리아에게 던졌다. 글로리아가 이를 받아 지나칠 정도로 조심스럽게 벽난로 위에 내려놓았다. 그리고 우아하게 잘 자라는 인사를 건넸다.

"거짓말, 거짓말, 거짓말!"

그 말은 복도까지 글로리아를 따라왔다. 글로리아는 서둘러 처마 밑 자기 방으로 되돌아왔다. 혹시라도 티모르나 요리사가 소음의 원인을 찾으러 올지도 모를 일이었다.

아침에 보니 침실 문 앞에 옷이 무더기로 쌓여 있었다. 파란 체크무늬 옷에는 분홍 립스틱이 죽죽 그어져 있었고, 단추는 모두 사라지고 없었다. 하지만 집으로 돌아갈 때 쓰려고 넣어둔 돈은 웬일로 그대로 있었다.

더 보이스

홍수 사태를 해결할
실마리가 보이다!

상원의원 코베트는 총리에게 며칠 안에 강의 수위를 낮출 방안을 제시했다. 전문가들은 성공을 확신했다. 오늘 빅락댐 폭파에 대한 찬성 및 반대 투표가 거행될 예정이다. 댐이 무너지면 거센 강물이 80년 전 로즈시를 지나 아팔리아의 서쪽 국경을 넘어 흐르던 과거의 물길로 향할 것이다. 아래 지도에서 해당 계획의 이점을 확인해볼 수 있으며 〈더 보이스〉 또한 이 계획을 지지한다. 몇 주 전에 감행했어야 했다는 것이 편집자의 의견이다.

**당신의 투표권, 현명하게 사용하자!
프래스토시의 미래는
당신 손에 달려 있다!**

로즈시, 구호 임무 수행 중인 조종사 격추

아팔리아의 가장 훌륭한 젊은 남성들이 이른 나이에 유명을 달리했다. 북부 지역 피난민에게 이불과 음식, 약을 배달하던 그들의 비행기는 다른 시각, 각각 저격당했다. 공군 중대장 레온 스웨일과 공군 대위 '헤이' 스택은, 우박을 동반한 폭풍이 몰아치고 물에 잠기지 않은 착륙점을 발견하기가 어려운 상황임에도 이러한 구조 임무에 자원했다. 그들의 동료 장교들은 큰 슬픔과 분노를 드러

냈다.

두 사람은 모두 빅락댐을 지나 강 상류를 비행할 때 로즈시 민병대의 표적이 된 것으로 추정된다. 그들은 구호물자를 가득 싣고, 도움이 필요한 피난민들을 찾기 위해 낮게 비행하고 있었기에 쉽게 표적이 되었을 것이다. 아팔리아의 상원과 공군 대장은 로즈시의 파렴치한 살해 행위에 혐오감을 표현했다.

그들의 가족, 친구, 동료 장교들에게 심심한 애도의 뜻을 전한다.

제27장

투표일
프래스토시

사망한 조종사에 관한 기사를 읽는 동안 글로리아는 로즈시와 그곳 사람들에 대한 증오가 치밀었다. 돕고자 하는 손길에 총질을? 화염에 휩싸인 비행기가 하늘에서 곤두박질치는 장면이 그려졌다. 이불, 음식, 옷가지, 장난감, 젊은이가 공중으로 솟구치는 장면…. 그런데 마침 티모르가 내뱉은 분노의 말에 글로리아는 생각을 고쳐먹었다.

"봐라! 로즈시가 꼭 프래스토에 있는 마을 같지 않니! 완전히 틀린 자리에 그려놨어! 이 위치에서 댐과 마주 보긴 사실상 어려운 일이다! 여기 있는 모든 내용은 부동표를 공략하려 쓴 것이야. 공장 사람들이 이 쓰레기를 읽고 폭탄 투하 찬성에 투표하기 전에, 총리님은 어서 공장으로 갔으면 좋겠구나! 그들에게… 네가 말해야 할 것을 써주마."

티모르는 바로 손에 잡히는 오페라 대본 뒷면에 무언가를 쓰기 시작했다. 전투에 뛰어드는 것처럼 앞으로 기울어진 크고 성난 글씨였다. 글로리아가 읽기에는 꽤 어려울 것 같다. 또한, 글로리아는 티모르가 자신에게 "총리님"이라고 말한 것을 들었다. 잠시나마 아내로 착각했던 것이리라.

아무튼 글로리아의 관심은 신문 머리기사에 있었다.

"이 조종사들은요? 이 사람들도 꾸민 것일까요, 과연? 자기 남편이나 아들이 죽었는지 살았는지 그 가족들은 알고 있을 텐데요!"

"이 장 전체가 거짓말이다."

"하지만… '이번만은' 혹시 모두 '사실'이라면요!"

"그렇다면 헤쿠바는 죽을 이유가 없었겠지? 분명 '저는 이 말을 못 믿겠다'라고 네가 먼저 말하지 않았니? 그런데 갑자기 이제는 사실이다? 그래, 그래. 내가 그 조종사들은 확인해보지. 하지만 너는 공장으로 가서 댐을 폭파하는 데 투표하지 않도록 설득해라. 가라!"

티모르가 너무 화를 내는 바람에 글로리아는 코트 단추를 제대로 채우지 못하고 달려 나갔다.

데이지는 공장의 소음과 악취에 익숙하고 사람들이 몰려와 호들갑을 떠는 상황조차 즐겼다. 하지만 이번에 글로리아와 함께 숟가락 공장에 도착했을 때는, 문 앞에 딱 버티고 앉아 한 발자국도 들어가지 않았다. 결국 글로리아는 데이지를 애피스에게 맡겨 마차에 태워 집으로 보낼 수밖에 없었다. 마차를 끄는 말 또한 도망가고 싶은 데이지와 똑같은 충동을 느꼈다.

글로리아 역시 같은 마음으로 도망가고 싶었지만 이곳에서 할 일이 있었다.

말과 마차를 끌고 온 상원 인쇄소 직원이 투표용지와 연필 상자를 막 배달해둔 참이었다. 글로리아는 침착하게, 그에게 기다렸다가 다른 공장으로 데려다 달라고 했다. 그러면 다른 공장 사람들도 글로리아가 도착하기 전에는 투표할 수 없을 것이다.

불안해진 감독관은 공을 잡으려는 골키퍼처럼 총리 앞에서 이리저리 몸을 움직였다.

"총리님! 이러지 않으셨… 아닐 수도 있는데….."

감독관 등 뒤에서 들려오는 소리는 축구 경기장 관중의 함성보다도 컸다. 관리자들은 투표용지를 손에 꽉 쥔 채, 격분한 공장 직원들이 투표용지와 연필 상자 주변을 가득 메운 것을 사무실에 연결된 2층 발코니에서 내려다보았다.

"내가 몇 마디 마칠 때까지 투표용지를 지급하지 마세요. 모두가 완전히 집중하길 바랍니다."

글로리아가 말했다. 심한 소음 탓에 고함을 쳐야 했다.

주위에는 온통 〈더 보이스〉 복사본이 깔려 있었다. 바닥에도 흩뿌려져 있었고, 기계의 경첩 사이에도 끼어 있었다. 스피커를 통해 총리가 도착했다는 소식이 전해져 노동자들이 이 방으로 쏟아져 들어오던 순간에도 신문 복사본은 이리저리 흩날리고 있었다. 펌프질을 하는 사람까지 자기 자리를 떠나 그 소란에 가세했다.

분노한 이, 성난 표정을 지은 이, 초췌한 이, 거칠게 헝클어진 머리를 가진 이, 땀에 젖은 이들이 글로리아 쪽으로 모여들었다. 볼은 보랏빛으로 상기되어 있었고 그들이 소리를 칠 때마다 침이 마구 날아다녔다. 뒤에 있던 군중들이 앞으로 밀려 나오는 바람에 앞줄에 있던 사람들은 글로리아의 발을 밟으며 거칠게 밀쳐댔다. 어느 쪽으로 투표할 것이냐고 질문할 필요도 없었다.

"로즈에 있는 그 흉악범들을 멈춰주세요, 총리님!"

"…인간이 아니에요!"

"짐승이에요!"

"활활 타버리도록 폭탄을 떨어뜨려주십쇼, 총리님!"

그들은 돌돌 만 신문지를 곤봉처럼 쥐고 다른 한쪽 손바닥에 내리쳤다. 〈더 보이스〉가 공군 사망 소식을 홍수에 대한 해결책과 뒤섞어 기사를 낸 탓이었다.

"그들을 멈춰야 합니다!"

"용서할 수 없어요."

"그들은 대체 어떤 인간들인가요?"

그들의 분노가 총리에게 향하고 있다는 느낌마저 들 정도였다. 공장의 감독관은 총리의 안전을 확보하려 무리를 헤치며 나아갔다. 노동자들을 거칠게 옆으로 밀쳐내며 일터로 돌아가라고 명령했다. 하지만 일손들은 이미 화가 치솟아 있었기 때문에 거의 알아듣지 못했다. 그 악당들은 값을 치러야 한다! 불쌍하게 목숨을 잃은 조종사들과 살해당한 피난민들을 대신해, 총리는 다시 안전한 하늘을 만들어야 한다! 총리는 홍수의 스위치를 꺼야 한다.

"모두 사실이 아닙니다."

글로리아가 거의 자기만 들릴 정도로 말했다. 그리고 곧이어 큰 소리로 말했다.

"모두 사실이 아니라면요?"

한 번, 또 한 번 더 말했다.

"모두 사실이 아니라면요?"

"신문에 나왔단 말입니다! 왜 신문에서 그걸 지어내려 하겠어요?"

그들은 소리쳤다. 여태껏 폭격기를 로즈시에 보내지 않은데 대해 그들은 총리에게도 매우 화가 나 있었다.

어째서 아무도, 그들 중 누구도 헤쿠바의 초성 퀴즈를 풀지 않았을까. 또한 이 신문이 그들에게 거짓을 주입하고 있다는 사실을 그 누구도 알아내지 못했을까? 글로리아는 사실 댐을 폭파해 수천 명을 죽이고 싶어 하는 사람은 '아무도' 없을 거라 상상하며 이곳에 왔다. 티모르가 이렇게 수려한 글을 써주었는데. 그 손글씨를 처음 읽었을 때 그 글의 아름다움에 눈물이 나올 정도였다. 하지만 연설하려면 벽에 붙일 지도가 필요했고 상식이 필요했으며 모두 앉아서 들을 수 있는 분위기가 조성되어야만 했다. 글로리아는 무력한 기분을 느껴가며 설명하기 시작했다.

"우리가 폭탄을 떨어뜨리면···."

문장 속에 '폭탄'이라는 말이 나오자 폭탄이 터진 듯 충격의 여파가 공장 안으로 퍼져나갔다. 서까래에 앉아 있던 비둘기가 날아오르고 쥐들이 지하실 밖으로 빠져나갔다. 글로리아는 군중 속에서 히기의 얼굴을 찾았다. 나이 들고 앙상했던 얼굴이 더는 창백하지 않았다. 눈에 핏발을 세우고 소리를 치느라 지금은 보랏빛 얼굴로 변해 있었다.

"그들에게 폭탄을! 그들에게 폭탄을!"

구호가 점점 더 커졌다.

"그들에게 폭탄을! 그들에게 폭탄을! 그들에게 폭탄을!"

신문의 첫 페이지는 사람들에게서 로즈시 사람들에 대한

동정심을 깨끗이 앗아갔다. 글로리아는 히기의 손에 메모를
전해줄까도 생각했다.

'사실이 아니야. 그것은 모두 거짓이야.'

하지만 그는 몇 번 되풀이해서 읽고는 전부 찢어버릴 게
분명했다. 글로리아는 이렇게 소리치려 했다. '그것은 사실
이 아닙니다! 상원이 어떻게 이런 사실을 모두 알 수 있었을
까요? 그들이 여러분들에게 거짓말을 하고 있어요! 그들이
헤쿠바를 살해했어요!'

하지만 이러다가 글로리아 자신이 여러 갈래로 찢겨버릴
지도 모를 일이었다. 설사 노동자들이 죽지 않는다고 해
도, 헤쿠바를 살해한 어둠의 힘이 글로리아의 작은 피리 같
은 목소리마저 사라지게 할지도 모른다.

어쨌든, 사람들은 댐을 폭파하라고 이야기했다.

그들은 그것을 원했다. 그들은 그것을 요구했다. 아팔리아
사람들이 원하는 바를 따라주는 것이 총리의 일이다. 그렇지
않은가?

혹은 이 모든 것이 모두 사실이라면? 그리고 조종사들이
정말로 죽은 것이라면? 성벽이 정말 새고 있고 다른 대안은
없는 것이라면? 글로리아는 자신이 발끝으로 서 있다는 것
을 깨달았다. 머릿속은 질문으로 가득 차 있었지만… 해답
주머니는 비어 있었다.

글로리아는 등받이 없는 의자를 밟고 올라섰다. 그러고는 컨베이어 벨트 위로 올라섰다. 그리고 강판 공급 장치 위로, 그러고는 담금질 물탱크 위로 올라섰다.

백만 년 전쯤이나 될 만큼 오래전에 다녔던 학교에서 글로리아의 선생님은 한 손을 번쩍 들고 또 다른 한 손의 손가락을 펼쳐 입술에 댄 채 소란스럽고 흥분한 아이들, 드잡이까지 하며 소리를 지르는 아이들을 조용히 시키곤 했다. 이번에는 글로리아가 한 손을 번쩍 들었다. 다른 한 손의 손가락은 입술에 대었다. 그때의 선생님과 꼭 같은 자세였다.

사람들의 다리 숲 아래에 갇힌 채로, 뒷전에서 잊힌 채로 공포에 질려 칭얼거리던 작은 아이들이 한 손가락을 입술에 대고 또 다른 한 손을 위로 들어 올렸다. 아이들의 언니들과 오빠들이 이를 보고는 몸이 기억하는 습관대로 똑같이 따라했다. 엄마들은 자신이 학교 다니던 때를 기억하며 똑같이 했다. 한 명씩, 열 명씩, 사람들은 모두 손으로 숲을 만들었다. 글로리아는 티모르의 연설문을 코트 소매에 쑤셔 넣고는 오로지 들리는 것이라고는 기침 소리뿐일 때까지 기다렸다. 콜록거리는 공장.

"됐습니다. 잘 들으세요."

글로리아는 은밀하게 보이려고 애썼다. 마치 연극 속 악당 같은 분위기를 자아냈다. 수백의 청중이 있었지만, 목소리를 낮추고 앞줄의 몇몇 무리에게만 이야기했다.

"내가 들은 것이 맞나요? 여러분은 로즈 시민들을 '정말로' 싫어하나요? 여러분이 아이들을 사랑하는 것보다 더 말입니다. 로즈 시민들이 한 행동이 사실 무슨 상관이 있나요? 여러분은 무엇을 신경 쓰고 있나요? 그들은 그저 로즈시에 있는 쥐들과 같을 뿐입니다. 신문에서는 그들이 서로 다투고 몸싸움하고 죽인다고 말하죠. 그렇게 하라고 해요. 가장 중요한 것부터 먼저 합시다. '여러분'이 원하는 것은요? 여러분이 가장 원하는 것은요? 지금은 여러분에게 정말 좋은 기회입니다. 아시겠어요? 저는 여러분 자녀들을 공장 밖으로 내보내겠다고 맹세했습니다. 그러니 저를 도와주세요! 어린이들이 안전하고 따뜻하게 보호받을 때까지 폭탄 투하에 대한 투표를 하지 않을 거라고 상원에 알리세요. 며칠 전에는 우리 아이들 세 명이 사망했습니다! 이런 일이 또 일어나길 바라십니까? 펌프질도 호스를 수리하는 일도 그 어떤 일도 아이들을 잘 돌볼 수 있을 때까지 멈추겠다고 상원에 알리세요! 이 신문에 나온 조종사들, 그들은 아마 낙하산을 타고 내려와 어디선가 안전하게 있을 것입니다. 그들은 그저 '사라진' 것뿐이에요. 지금은 여러분 자신만 생각하세요! 그럴 만한 자격이 있습니다. 휴식을 취하세요. 일을 멈추세요. 그 뜻을 전하세요."

모두 주저하는 얼굴로 총리를 바라보았다. "뭐라고 말했어요?", "뭐라고 하는 중이에요?"라는 외침이 방의 뒤편에서 들려왔다. 앞줄 사람들은 이야기를 뒤로 전했다. 글로리아의 말이 반복되며 서로 겹치는 묘한 속삭임으로 나타났다. 글로리아는 그들에게 진실을 말한 것은 아니었다. 그저 거짓 선동에 전혀 다른 선동으로 대응한 것뿐이었다.

노동자들은 아프고 열이 나는 채로, 다 함께 묘한 집단 광기의 상태에 빠져 있었다. 마음을 바꾸기로 한 이후에도 그들은 여전히 피가 끓었다. 그들은 작은 투표용지를 찢어 하늘에 던지기 시작했다. 눈이 퀭한 아이들은 내리는 종이 눈을 보며 활짝 웃었다. 투표용지를 찢어 위로 던지며 아이들을 즐겁게 해주려는 어른들이 점차 늘어났다.

상원 인쇄소 사람들과 함께 아직 백지인 투표용지를 싣고 제2, 제3, 제4 공장으로 향하며, 글로리아는 노동자들이 투표에 나서기 전에 막을 수 있었다. 각 공장에서 글로리아는 피가 끓는 군중들을 파업하려는 노동자로 바꾸어냈다. 제5 공장(주물 공장)에서는 무슨 일이 일어나고 있는지를 들은 기사 애피스와 마일드가 말과 마차 옆에서 글로리아를 기다리고 있었다.

놀랍게도 그들은 반역죄를 저질렀거나 거짓을 선동했다고

글로리아를 체포하지도, 건물 안에 들어가려는 것을 막지도 않았다. 하지만 글로리아는 다른 기계 위에 올라갈 필요도, 또 다른 군중에게 연설할 필요도 없었다. 공장 노동자들을 안에 가두고 공장 문을 닫아놓았을 때 노동자들은 지붕에 올라가 서로서로 수신호를 주고받았는데, 이번에도 펄럭거리는 깃발을 통해 글로리아의 메시지가 공장에서 공장으로 전달되었다. 가장 중요한 것을 먼저. 어린이들을 생각하자. 연장은 내려놓고 우리가 원하는 것을 얻어내자!

더는 투표용지가 필요하지 않았다. 파업이 시작되었다.

열여섯 살이면 꽤 나이를 먹은 것이었지만, 글로리아는 여전히 무엇인가 잘못했다는 생각이 들면 곧 매를 맞을 것만 같았다. 당연히 매를 맞거나 체포되리라 생각했다. 하지만 마일드는 오로지 손을 내밀어 글로리아가 마차에 오르는 것을 도울 뿐이었다. 그는 글로리아의 손가락을 세게 잡은 채 몸을 가까이 기울여 속삭였다.

"와우! 게임이 어찌나 아름답게 돌아가는지요!"

집으로 돌아오자, 승리에 도취했던 감정이 불안하게 흔들리기 시작했다. 아이스크림을 자랑하듯, 성공 소식을 티모르에게 알리고 싶었다. 하지만 글로리아의 아이스크림은 이미 녹기 시작한 듯했다. 남은 것이라고는 차갑고 끈적끈적한 두 손뿐인, 그런 느낌이었다. 사람들이 펌프질을 멈춰 물이 차오르고, 그러다 모두 물에 빠져버리면 어쩌지? 댐을 폭격하지 않은 탓에 결국 물이 범람하여 성벽이 무너져내리면 어쩌지? 그리고 모두 죽는다면? 아팔리아의 경제가 영원히 침체되면 어쩌지?

티모르는 기분이 이상했다.

"그래? 잘 됐니?"

그가 물었다. 아무것도 기대하지 않는 눈치였다.

"어느 정도는요. 화내지 마세요. 저는 선생님이 써주신 멋진 연설문을 읽지 않았어요…."

티모르가 절망에 차서 끙 하는 소리를 냈다.

"하지만 어린이들을 공장 밖으로 내보내줄 때까지 파업하도록 만들었어요. 그들은 투표용지를 모두 찢었고요."

그는 글로리아를 한참 바라보았다.

"어떻게…. 너는 정말 대단한 아이구나."

"하지만, 모두 물에 빠져 죽지 않았으면 좋겠어요. 그들이 펌프질을 멈추면…. 참, 조종사의 집에 가보셨어요? 그들이 정말 총에 맞은 건 아니라고 생각해요. 그렇죠?"

티모르는 어떤 대답도 하지 않기로 했다.

제28장

배반
프래스토시

사람들이 펌프질을 멈추자, 묘한 침묵이 도시 전체에 드리워졌다. 성 너머에는 여전히 범람한 물이 시끄러운 소리를 내고 있었지만, 끊임없이 계속되었던 펌프의 쿵, 쿵, 쿵 소리는 사라지고 없었다.

그 와중에 두통이 글로리아를 괴롭히고 있었다. 몇 달 만에 처음으로 늦잠을 잤다. 며칠 만에 처음으로 배고픔에 눈을 떠 아침을 찾았다.

하지만 주방은 이미 요리사와 릭시 차지였다. 그들은 소곤거리며 이야기를 나누고 있었고 글로리아는 문밖에 서서 머뭇거렸다. 릭시는 끓기 직전의 주전자 같았다. 그 안에는 이미 물이 찰랑찰랑했다. 그 애의 소곤거림에는 수증기 같은 열기와 울화가 담겨 있었다. 물건을 던지며, 글로리아가 한 번도 들어본 적 없는 심한 욕설을 내뱉었다. 그러다 갑자기 고요해졌다. 혹시나 하는 마음에 글로리아는 무릎을 꿇고 열쇠 구멍 안을 들여다보았다. 릭시가 쓰러져 죽어 있는, 어쩌면 정말 다행스러운 일이 일어났을지도 모를 일이었다. 하지만 그 아이는 두 손을 허리에 올린, 자신이 가장 좋아하는 자세를 하고 있었다. 그러다 갑자기 머리를 번쩍 들더니 선언했다.

"엄마, 우리 떠나는 거야! 여길 나가자. 나 말할 게 있어!"

그 애가 말하고 싶어 하는 것은 귀신의 속삭임도, 천장에서 다람쥐가 말하는 것도, 글로리아에게 협박 편지를 보내려는 것도 아니었다.

"거짓말이나 하는 그 볼품없는 '하녀'의 시중이나 드는 거, 나 이제 그만할래. 우리 떠나자."

"그렇지만…."

"그렇지만! 팔아치우기에 적당한 것이 있긴 해, 엄마. 사람들이 우리 말을 들으려고 돈을 낼걸! 신문사. 정치인들. 그 사람들이 우리한테 큰 보상을 해줄 거야. 아마도 집이나 큰돈 같은 거지…. 사람들은 다 그러잖아. 정보원의 말에 돈을 내. 우린 순금 정도는 받을 수 있다고! 그 사람들한테 말할 거야. 당신들이 존경하는 총리가 누구인 줄 아느냐고, 지금

303

그 사람은 시골에서 올라온 초라한 하녀일 뿐이라고! 그 남자와 그 하녀가 모두를 속이고 있는 거라고! 조금만 기다려! 그 사람들은 나한테 훈장을 줄 거야. 엄청난 돈도 같이."

글로리아는 이제 모든 것이 끝나버렸다는 생각이 들었다. 그 자리에서 꼼짝도 할 수 없었다. 두 볼이 싸늘해졌다. 머릿속의 뇌는 끊임없이 생각하고, 생각하고, 생각했지만, 따분하고 헛된 생각만을 쏟아낼 뿐이었다. 티모르에게 가서 그 애가 했던 용서받을 수 없는 끔찍한 일, 되돌릴 수 없는 멍청한 일들을 모두 알려야겠다.

티모르에게 가자 그는 글로리아가 앉기도 전에 아침 식사를 건넸다. 이야기를 꺼내기가 더 어려웠다. 어쨌든 릭시를 퍼모스트 저택으로 데려온 것은 자신이었다. 치명적인 전염성을 지닌 세균을 달고 온 셈이다.

"제가 정말 형편없는 일을 저질렀어요, 선생님…."

"그들은 그 애를 죽일 거야."

글로리아가 릭시의 배신 계획을 설명하자, 티모르는 침착함을 잃지 않고 말했다.

"그래, 그리고 우리도 쏴 죽이겠지. 하지만 제일 먼저 릭시를 죽일 거다. 그러한 사실을 아는 하녀라? 자신들은 여태 모르던 비밀을 말이다. 그렇다면 자신들의 우둔함이 드러날

테니 달갑지 않겠지. 내가 그 애에게 잘 설명해보마. 들을지
는 모르겠지만 말이다."

"죽여서 입을 막아야 할 수도 있어요. 하지만 그렇게는 못
하겠어요. 요리사 때문에요. 설사 총이 있다 해도 말이에요."

"너는 '누군가'를 죽일 수 있을 것 같니, 글로리아?"

"아니요, 선생님. 아마도 아닐걸요. 하지만 때때로 사람들
이 얼마나 그러기를 원하는지 잘 아시잖….."

글로리아는 말을 멈췄다.

요리사가 느릿느릿 걸어와 상을 치우는데, 그 얼굴에서 유
난히 빨간 눈과 코가 눈에 띄었다. 요리사가 쟁반에 그릇을
담는 사이 유난히 그릇 소리가 쨍그랑거렸다.

"복도 벽장 안에 있어요, 선생님."

요리사가 날카롭게 말했다.

"뭐라고?"

"반역자. 제가 그 반역자를 복도 벽장 안에 가둬뒀어요. 앞
으로 어떻게 해야 할지 오직 신만이 아시겠지만, 지금은 어
쨌든 그렇게 해야 해요."

"자네…?"

쟁반 안의 접시가 심하게 흔들거리며 춤을 췄다.

"저는 딸 릭시를 뼛속까지 사랑하지만, 걔는 아직 정치를
배우지 못했어요. '살아 있는' 정치를 말이죠. 그걸 배우면,

좋은 통치자가 누군지 보자마자 알아볼 겁니다. 지금 당장은, 녀석은 뇌가 없는 것과 마찬가지예요. 그래서 지금은, 다른 방법도 생각해봤지만, 벽장 안에 있는 게 맞습니다."

요리사가 글로리아 쪽을 보며 고개를 격렬히 끄덕였다.

"제가 아는 한, '여기 있는' 이 친구가 총리님이십니다, 선생님. 증서는 없지만 이 친구는 필요한 자질을 갖췄어요. 부모들은 모두 다 동의할 거예요. 그러니 죄송하지만, 선생님. 저는 여기 이 총리를 지지합니다."

까딱하다 사기그릇이 깨질 수도 있겠지만 상관없다는 듯, 요리사는 앞치마 주머니에서 조간신문을 꺼내 식탁 위에 내려놓았다.

"아무도 신경 쓰지 않을 때, 여기 이 친구가 아이들을 공장 밖으로 꺼내주었어요. 한번 읽어보시고 글로리아와 제가 선생님을 위해 일하고 있다는 것을 감사하게 생각해주세요."

헤드라인에는 이렇게 쓰여 있었다.

총리, 아이에게 건강한 환경을 제공하라 명하다

제29장

장밋빛 미래

로즈시

피난민들은 빅락댐 위에 서서 로즈시를 긴장된 마음으로 바라보고 있었다. 햇빛을 받은 도시는 찬란하게 아름다웠다. 집들은 분홍빛 돌로 지어졌고, 나무로 만든 집은 수년에 걸쳐 쌓인 사막 먼지 탓에 금빛으로 변해 있었다. 크고 오래된 공공 기관과 잘 포장된 광장이 보였고, 종탑에는 반짝이는 종이 달려 있었다. 천 개쯤으로 나눠진 듯 보이는 텃밭 정원은 토마토의 붉은색과 옥수수의 노란색이 섞인 다채로운 모자이크 작품 같았다.

오직 도시를 둘러싼 피난민 캠프만이 흉물스러웠다. 쓰레기 더미 사이를 오가는 사람들은 마치 떼지어 날아다니는 파리 같았다. 군중 사이에 보이는 아팔리아의 알록달록한 국기 수백은 하늘을 향해 있었다. 지나가는 새들에게까지 도시에 대한 로즈 사람들의 끝없는 자부심을 보여주는 듯했다.

이런 상황에서는 서두르지 않기가 오히려 어려웠다. 아래로 내려가면 사랑하는 사람들이 기다리고 있을지도 모를 일이었다. 저곳에는 친구들, 이웃들, 가족들이 이미 와 있을지도 모른다. 그게 가능하다면 행복은 절로 찾아올 것이다.

하인즈는 아무것도 보지 못했다. 그는 누군가의 겉옷에 싸인 채 팔에 안겨 있었다. 덜컹거리는 통에 희미하게 잠에서 깬 순간에는 말이 잠깐 보였다. 매듭진 밧줄이 한 사내아이의 손에 들려 있었는데… 클렘은 어디에도 없었다. 하인즈는 충분히 깊이 생각하지도, 충분히 잘 살펴보지도, 제대로 된 방향을 찾아오지도 못했다. 가지고 태어난 모든 운은 어쩐 일인지 유랑하는 사이 모두 사라져버렸다. 마치 소중한 물건이 가방에 난 구멍을 통해 밖으로 빠져나간 것 같았다. 주의깊지 못했다. 덤벙거렸다. 게다가 지금은 너무 지쳐서 더 보기도 힘들었다. 내차야 씨가 그랬던 것처럼 깊은 수면 속으로 까무러지는 것 말고는 아무것도 할 수 없었다.

아팔리아 깃발은 단순한 장식이 아니었다. 길쭉한 콩대 위에 평평하게 펼쳐진 깃발들은 피난처가 되어 있었다. 그 아래에는 집을 잃은 사람들 몇몇이 소지품을 둥그렇게 에워싸

고 앉아 있었다. 불안한 눈으로, 새로 온 이들이 아는 사람인
지 샅샅이 살펴보았다.

"어디서 왔어요?"

"스네이크 랜딩이요. 그쪽은요?"

"불스 크릭이요. 불스 크릭에서 온 사람들 혹시 만나보신
적 있으세요?"

"아니요, 죄송합니다."

도시로 가는 길목에는 밝은색 스카프 장식이 달린 아팔리
아 전통 밀짚모자를 쓴 노인이 등받이 없는 의자에 앉아 있
었다. 그들이 다가오자 그는 한 손을 번쩍 들었다. 환영의 인
사이거나 멈추라는 뜻이었을 것이다. 지나치게 움푹 꺼져 있
는 그의 눈이 무엇을 말하는지 알아내기는 어려웠다.

"몇 명입니까?"

노인의 말투가 이질적이었다.

순간 희망이 두려움으로 바뀌었다. 그들은 환영받지 못했
다! 너무 많은 이들이 찾아오자 로즈시 사람들의 인내심은
바닥을 드러냈다! 만약 그들이 더는 반갑지 않은 이방인이라
면? 끊임없이 받아들이고, 받아들이고, 받아들였지만….

그 노인은 깊은 한숨을 내쉬더니 전에도 백번은 말했을 것
같은 대사를 읊었다.

"로즈시에 오신 것을 환영합니다. 우리는 여러분을 돕고자

최선을 다할 것입니다. 여기 아기나 노인이 계신가요? 집집에 방이 있는지 찾아볼 것입니다. 하지만 집마다 대부분 방이 다 차 있으므로, 노인 중에서도 연장자분들, 그리고 아기와 함께 있는 엄마들만… 와! 말을 데려오셨군요! 말이라니 놀랍군요…. 어디까지 했죠? 아, 그래요…. 사랑으로 할 수 있는 것을 우리가 할 것입니다. 여러분을 만나 기쁩니다. 낯선 분들 모두 우리에게는 선물이에요. 저 또한 전쟁 피난민으로 이 축복의 땅에 왔습니다. 저희가 더 많은 것을 해드릴 수 있기를 바랍니다. 귀리죽을 준비했어요. 앉으세요. 여러분께 가져다드리겠습니다."

하인즈는 먹지 않을 것이다. 다른 사람들도 음식을 먹지 않은 채, 모두 중요한 명단이 있는 곳으로 향했다. 하인즈도 그들을 따랐다.

로즈시에 먼저 도착한 사람들의 이름 목록이 기다란 벽을 채웠다. 이번에 도착한 이들도 그리로 달려갔다. 100의 속도로 걸어왔던 다리로, 200의 속도로 내달렸다. 사랑하는 사람들의 이름이 있을지 모른다는 희망이 그들을 달리게 했다. 피난민들은 필사적으로 목록에 죽 쓰인 이름들을 손가락으로 달렸다. 손가락이 목록 끝까지 갔을 때, 그들은 사랑하는 사람의 이름을 혹시라도 놓쳤을까 봐 처음으로 돌아가 다시 손가락 여행을 시작했다.

하인즈는 발들의 무리 속에서 손가락으로 벽을 쓰다듬는 그 이상한 의식을 쳐다보았다. 하지만 하인즈는 그 목록을 읽을 수 없었다. 읽을 수 있는 것이라고는 냄새뿐이었다. 새로운 장소의 냄새 지도를 만들어야 한다는 것을 알고 있었다. 하지만 너무 지쳤다. 대신 말을 찾아보기로 했다. 그가 잃지 않은 유일한 친구였다.

말은 지친 채로, 자신의 의지와는 상관없이 어린아이들을 태워주고 있었다. 하인즈는 부드러운 바닥에 친구의 말굽이 내는 자국만을 따라, 친구의 몸에서 떨어지는 똥의 향긋한 냄새만을 맡아가며 따라 걸었다. 그는 손가락으로 끊임없이 벽을 훑어보는 그 광적인 사람들처럼 찾고, 또 찾고, 또 찾고, 또 찾지는 못했다.

무언가 재빠른 움직임에 하인즈가 움찔했다. 아팔리아의 깃발 하나가, 박혀 있던 말뚝에서 떨어져 보따리처럼 이리저리 굴러다녔다. 그러다 결국 하인즈는 보자기에 싸이듯 깃발에 감싸이고 말았다. 하인즈는 무서웠다. 무명 씨를 제압했고, 급류를 달려왔고, 쥐와 싸우고 굵은 밧줄 같은 뱀을 죽인 적 있는 이 개가 지금은 정체 모를 두려움에 휩싸여 있었다. 그를 향해 달려오는 발들이 있었다. 소리치는 것이 들렸다. 하인즈는 달리려 했다. 하지만 깃발이 올가미처럼 감쌌다. 개는 온몸을 비틀며 몸부림치고 떨며 신음했다. 더 많은 발이 달려오자 땅이 흔들렸다. 그를 죽이려고 뛰어오는 야생 개들 같았다. 하인즈는 다리를 허우적거리며 깃발의 끝을 찾았지만, 결국 곧 고꾸라지고 말았다. 발톱이 깃발 천의 올에 걸리는 바람에 탈출의 희망조차 품지 못했다. 체온이 치솟았다. 여러 손이 깃발을 잡아당기기 시작했다.

"이렇게, 이렇게, 이렇게 하면 돼!"

포효하는 듯한 목소리가 들렸다. 쇠톱처럼 날카롭고 울퉁불퉁한 목소리였다.

"놔둬, 놔둬!"

햇빛이 비쳐서 뜨거워진 이 면직물에는 냄새가 가득했다. 익숙한 냄새들이 죽처럼 뒤섞여 있었다. 톱밥. 고양이들. 허브. 덤불. 토끼 스튜. 물고기 미끼. 클렘. 매듭진 밧줄. 고무공. 클렘. 부레옥잠. 죽음의 사냥개….

손들은 깃발을 잡고 세게 잡아당겼다. 그 힘이 너무 셌던 탓에 하인즈는 나가떨어져 데굴데굴 구르고 말았다. 네 발로 겨우 일어섰지만, 너무 어지러워 달릴 수가 없었다. 곧 쓰러지고 말았다.

"말 나빠. 돌아와! 어디 가는 거야?"

한 아이가 징징거리며 말했다.

하인즈가 두 눈을 뜨자 말의 거대한 코가 한눈에 보였다.

말의 재채기에서 축축함이 섞여 나왔다. 태어난 지 얼마 되지 않은 망아지가 처음으로 똑바로 서려 안간힘을 쓸 때 하듯, 머리로 하인즈를 쿡쿡 밀어댔다. 등을 대고 누운 하인즈 위로 또 다른 얼굴이 보였지만 햇빛의 동그란 테두리에 눈이 부셔 아무것도 볼 수 없었다. 그때 두 손이 그를 일으켜 세웠다. 온통 냄새를 풍겼다. 땀, 클렘, 밧줄, 클렘, 집, 공, 기쁨, 클렘, 클렘, 클렘…. 하인즈는 혀를 내밀어 핥기 시작했다. 혀는 얼굴을 핥았고 그 얼굴은 바로 개의 목덜미 털을 눌렀는데…. 달걀 껍데기가 갈라지듯 모든 슬픔이 깨져 사라져버렸다.

개를 부드럽게 감싸 안고 있는 사이, 클렘이 흘리는 짭조름한 행복의 눈물이 엉겨 붙은 털 위로 떨어졌다. 말도 입으로 하인즈를 툭툭 치고 있었는데, 꼭 이렇게 말하는 것 같았다. '이제 됐어, 친구. 이제 됐어.'

더 보이스

In atramento non est veritas

수치스러운 노아의 방주
"배부른 자본가"들이 앞다퉈 자신만을 구원하려 한 스캔들

"방주"는 더 나은 용도로 쓰일 예정

부유층과 기득권층이 시민들을 버려두고 배를 이용해 프래스토를 탈출하려 한 충격적인 정황들이 표면으로 드러났다. 이를 주도한 주요 인사들은 모두 체포되었다.

지난밤 도시를 지키던 성벽이 무너질 경우, 은행원, 공장 소유주, 유명 인사, 경영인, 심지어 일부 정치인들까지 호화 여객선을 타고 출항하고자 은밀히 일을 꾸몄음이 밝혀졌다. 내무부 상원의원인 코베트 의원이 말했다.

"이는 매우 부도덕한 사건입니다. 저는 큰 충격을 받았으며 제 안에서는 분노가 일었습니다. 모범을 보여야 할 바로 그 사람들이. 그들의 양심은 이미 저 바닷속에 깊이 침몰했습니다."

보다 값지게 활용할 예정

"문제의 배는 보다 나은 방식으로 활용될 예정입니다. 성벽 가까이에 바짝, 안전하게 정박시킨 후 도시 아이들의 집으로 사용할 생각입니다. 위험한 순간을 맞닥뜨릴 때 맨 처음 고려할 대상은 순수한 어린이들입니다, 어른들이 아니고요."

총리의 염원이 이루어지다

총리는 우리의 영웅 공장 노동자들을 아끼는 마음으로, 그들의 아이들을 주변의 청결하고 건조한 곳으로 옮겨주라는 지시를 여러 차례 내렸다.

지난밤 코베트 상원의원은 그 자신 또한 아이들의 아버지로서 이에 동의했다.

"공장 안은 어린이들에게 더는 안전한 장소가 아닙니다. 그 탐욕스러운 '배부른 자본가(fat cat)'들이 한가하게 야옹거리려 만들었던 이 '노아의 방주'를 그들의 배가 아닌 아이들의 집으로 사용하고자 합니다. 그 안에서 아이들은 놀거나 자면서, 따뜻하고 안전하게 지낼 수 있습니다."

편집자는 '노아의 방주' 방안에 대한 찬사를 보내며 이러한 의견을 덧붙인다. 어린이들은 우리의 미래이므로 (그런 일은 절대로 없어야 하지만) 만약 성벽이 무너지면, 물에 뜬 배는 가장 안전한 장소가 될 것이다.

우리는 또한 지난주 총리에게 기사 작위를 수여받은 코베트 의원에게 축하 인사를 전한다. 그는 "프래스토 시민들과 도시를 위해 시의적절한 정책을 펼친" 공로를 인정받았다.

제30장

피리 부는 사나이

프래스토시

글로리아는 분노했다. 티모르가 신문을 읽으려 들기가 무섭게 글로리아는 이를 팍 내려놓았다.

"〈더 보이스〉에 이런 기사가 실리다니. 읽지 말았어야 했어요. 코베트 의원은 와서 말을 했어야지요! 저는 누구든 체포하라고 말한 적이 없어요! 누가 체포돼요? 몇 명이나요? 게다가, 제가 기사 작위를 주다니요! 심지어 그 사람을 좋아하지도 않았는데요!"

"진실을 기대하니? 내가 보기에는 '편집자는… 이러한 의견을 덧붙인다' 이 부분이 아주 가관이구나. 그분은 늘 이런 문제에 대해 완벽할 정도로… 말을 아끼셨으니까."

티모르의 갈라진 목소리는 글로리아의 마음에 빠르게 와

닿았다. 글로리아가 거실에서 짜증이나 부리는 동안, 선생님의 내면에는 어떤 슬픔과 분노가 격렬히 일고 있는 것일까? 글로리아는 급히 주제를 바꿨다.

"코베트 의원에게 아이들이 있는지 몰랐어요. 아이들을 키우는 사람이라고는 절대 상상하지 못했어요."

"그렇게 보이니?"

"그 사람 아들들은 지금 공장에서 일하진 않을 거예요."

"맞다. 그 애들의 어머니가 집에서 가르치고 있어. 좋은 아이들이야. 생김새는 제 아버지를 닮긴 했지만, 태도가 훨씬 좋더구나. 부유하거나 권력 있는 자들은 늘 면제받지. 안 그랬으면 너와 나도 당장 펌프질을 하는 중이었을 거다. 네가 받은 복을 잘 살펴보아라."

"아, 그럴게요, 선생님. 정말 그렇게 할게요."

글로리아는 모든 상황의 이면을 살펴보려고 애를 썼다. 코베트는 파업 중인 공장 노동자들에게 굴복하여 어린아이들에게 새집을 마련해주는 대신 공군을 보내 빅락댐을 폭파하려 할 것이다.

"어쩌면 보이는 것보다 훨씬 더 좋은 사람일 거예요. 이기적인 상류층과 그들의 탈출 계획에 정말 화가 난 것일 수도 있겠죠."

"아, 그 역시도 노아의 방주를 대단히 잘 알고 있어. 동물원 연회 때도, 그 이후에도 봤잖니.”

“그렇게 생각하세요?”

“네가 다음날 ‘노아의 방주’에 대해 말하자 그가 당황하면
서 네 말을 막았다고, 네가 말했잖아. 그는 네가 무슨 말을
하는지 잘 알았을 거야. 비록 너는 몰랐다 하더라도.”

“맞아요! 맞아요, 그가 그랬어요! 그러니까⋯ 그는 ‘큰 충
격을 받거나 분노한’ 것이 절대 아니었겠네요?”

“상관없다. 이 악전고투의 승자는 아무래도 너인 듯하니
까. 축하한다. 요리사가 말했듯, 네가 어린이들을 공장 밖으
로 데리고 나왔잖니. 무언가 있는 것 같긴 하다만⋯. 여기서
무언가 계속되고 있는 것 같다만.”

티모르는 머리를 헝클어트렸다 바로잡은 뒤 다시 신문을
보기 시작했다.

“보아하니 거대한 음모가 있는 듯해. ⋯그리고 아직 그 바
람은 불지 않았고⋯. 아무도 이 일을 총리에게 말하러 오지
않은 것도 이상하고. 쿠데타 조짐이 보인다. 권력 잡기. 체
포된 자들의 명단을 교도소장에게 받아봐야겠구나. 운이 좋
다면, 모든 것이 거짓이며, 음모 같은 건 원래 없는 것일지
도⋯. 그리고 요즘 누가 자신을 〈더 보이스〉의 ‘편집자’라고
하는지 반드시 찾아내야겠다. 너는 아이들이 들어갈, 물 위
에 뜨는 저택에 가볼 수 있겠니?”

"물론이에요! 기꺼이요."

글로리아가 모자를 쓰고 베일을 가다듬으며 말했다.

"그리고 아무도 집으로 데려오지 않겠다고 약속드릴게요."

복도에서 벨이 울렸다. 문 주변에서 누군가 안을 엿보고 있었다. 여러 색을 입힌 유리문 너머로 마일드가 보였다.

글로리아가 소리를 질렀다

"꺄악! 저 사람 여기서 뭐 하는 거죠? 저 사람을 안으로 들여보내지 말아요!"

마일드의 눈은 열정으로 가득 차 반짝반짝 빛났다.

"…그래서, 총리님의 아름다운 데이지가 행진에 앞장서야 한다고 생각합니다!"

글로리아 역시, 데이지를 앞세우고 자신들의 '물 위에 뜨는 저택'으로 행진할 아이들의 모습을 상상하니 신이 났다. 하지만 마일드가 도착하자 글로리아는 갑자기 겁이 나기 시작했다. 복도까지 들어오도록 허락한 적이 없었음에도, 너무나 깡마른 그는 자물쇠가 열린 틈을 타 문 사이를 옆걸음으로 통과해 들어온 것이다.

"같이 가죠! 코트를 입는 동안만 기다리세요."

밖으로 서둘러 내보낼 요량으로 글로리아가 말했다. 그러자 마일드는 당혹스러워했다.

"오해는 하지 마시고 들어주시기를 간곡히 부탁드립니다, 총리님. 오늘은 코베트 의원이 큰 관심을 받을 만한 날입니다. '노아의 방주 음모'를 밝혀내셨지요. 그리고 그 배를 정말보다 값지게 사용할 방법을 생각해낸 것도 코베트 의원입니다. 그 늙은 분이 때때로 무뚝뚝하게 보이지만, 저는 외려 그분을 돕고 싶습니다. 그러니 간청드립니다, 총리님. 오늘은 댁에 계셔주세요. 코베트 의원이 영광의 순간을 오롯이 느끼도록…. 그리고 행진에서는 '데이지'가 총리님을 대신할 수 있도록 해주십시오! 노동자들의 마스코트로서요!"

"물론! 그래야지요! 코베트 씨에게… 코베트 님에게, 내 말… 코베트 의원께 내 감사의 마음을 전해주세요."

그리고 글로리아는 현관문을 열었다. 데이지를 마일드에게 맡기는 일에 큰 거부감은 없었다. 그는 코베트가 악의적으로 행동할 때 데이지를 한 번 구해준 적이 있는 사람이었다. 마일드라면 데이지를 안전하고 무사하게 데려올 것이라고 믿었다.

개의 목줄이 건네지자마자 마일드는 계단을 밟고 내려갔다. 그런데 마침 벽장 안을 두드리는 소리가 들려왔다. 글로리아가 내심 두려워하던 바로 그 소리였다.

릭시.

"날 좀 꺼내줘요. 가지 마세요! 저 사람들이 절 가뒀어요!

저는 다 알아요!"

우산이 벽장 안 나무 벽에 부딪히면서 죽어가는 듯한 박쥐 소리를 냈다. 글로리아는 자신의 마음이 무너지는 소리 같다는 생각이 들었다.

마일드는 계단을 다시 올라와서 소음이 나는 쪽을 향해 선 채 눈썹을 찌푸렸다. 글로리아는 속이 울렁이는 것 같았다. 베일을 올리지 않고 이를 어떻게 처리해야 하지?

"절 꺼내주신다면, 제가 드릴 말씀이 있어요! 저 사람은 제가 자기에 대해 너무 많이 안다고 절 가둔 사람이에요!"

마일드가 희미한 미소를 지었다.

"직원 문제인가요?"

글로리아는 고개를 세게 끄덕였다. 그 바람에 머리카락이 모자 밖으로 삐져나왔다.

"하녀가 부엌에서 브랜디를 꺼내서 마셨어요. 취해서 그야말로 날뛰었고요! 어딘가에 가둬둬야만 했답니다!"

마일드가 한참을 궁리했다.

"제가… 저 문제를 '처리'해드릴까요?"

"아니요! 아닙니다! 시련을 많이 겪은 아이입니다. 아, 불쌍한 것."

마일드는 재미있다는 듯, 고개를 옆으로 조금 숙였다. 그러고는 아주, 꽤 놀랍게, 주머니에서 꺼낸 콘플레이크로 데이지를 유인하며 떠났다.

마일드가 떠나자마자 글로리아는 티모르, 요리사와 함께 다락방으로 향했다. 번갈아 가며 쌍안경으로 흥미진진한 장면을 보기 위해서였다. 일이 어차피 이렇게 되었으니 행진은 놓치지 말고 꼭 봐야겠다는 생각이 들었다.

"릭시, 나중에 내가 널 가만 안 둘 거야."

글로리아는 벽장문을 발로 차고 지나가면서, 어느 정도는 일부러, 그렇게 말했다.

공장 문이 열렸다. 다섯 개의 공장에서 11세 이하의 아이들이 줄지어 나왔다. 그러고는 발을 높이 들며 항구를 향해 기쁘게 행진했다. 아이들의 부모와 언니 오빠들은 철책 안에서 그들을 바라보았다. 축제 분위기 속에서, 베일에 가린 노아의 방주로 행진하는 작은 아이들을 향해 모두 손을 흔들었다. 이별 앞이었음에도 비통한 슬픔 같은 것은 없었다. (어쨌든 배는 어디에도 '가지' 않을 게 분명했고, 부모들은 하루나 이틀 후, 아이들이 잘 적응해갈 때쯤, 방문할 수 있다고 〈더 보이스〉에서도 말했다.) 사람들 말에 따르면, 여객선은 공주와 왕자가 지낼 수 있을 정도로 개조되었다고 했다. (도시 경비대 막사 뒤에 정박해 있었기 때문에 실제로는 아무도 보지 못했지만 말이다.) 정치인이나 산업계 지도자들이 탈출할 때 탈 계획이었다면, 틀림없이 배 안의 환경은 아늑하고 편안할 것이다. 학교와 게임장과 침대가 있고, 깃털로 속을 채운, 머릿니가 없는 깨끗한 베개가 놓여 있을 것이라는 이야기도 있었다! (노아의 원래 이야기를 아는 누군가는, 방주 안은 이미 동물들로 가득 차 있을지 모른다며 겁을 내기도 했지만. 그들 역시 아이들의 방주가 원조보다 훨씬 편안할 것이라는 데에는 의심의 여지가 없었다. 아이들에게 딱 맞게 말이다.)

데이지는 마일드 씨를 어떻게 생각해야 할지 결론을 내지 못했다. 그에게서는 너무 많은 냄새가 났기 때문이다. 그의 주머니 속에 있는 담배 냄새 때문인지 코베트가 그려졌다. 그가 자신을 무서워한다는 것이 너무 분명해서 코베트를 제압해 이겨봐야겠다고 생각했다. 그러나 마일드의 머리카락은, 달콤한 기름이 발린 채 머리에 딱 붙어 있었다. 겨드랑이에서는 아무 냄새도 나지 않았고 바지에서는 전분 냄새와 콘플레이크 냄새가 뒤섞여 있었다. 그를 핥아야 할지 진흙탕에 넘어뜨려야 할지 판단할 수가 없었다. 글로리아가 아침에 왜 자신을 이 사람의 손에 넘겼는지 이해할 수가 없었다. 하지만 콘플레이크 덕분에 마일드와 함께 가는 것이 꽤 즐겁기도 했다.

행렬은 도시를 가로질렀다. 자원봉사자인 소방관, 공군 장교, 사진기자 2명, 드문드문 서 있는 도시 경비대원 몇몇이 행렬의 관중이었다. 제복을 갖춰 입은 배의 선장은 한참을 앞장서 가더니, "할 일이 많다"며 서둘러 자리를 비웠다. (그렇지만 정박 중인 호텔 배에 무엇 때문에 선장이 필요한지, 그 누구도 알 수 없었다.) 그래서 코베트와 데이지가 아이들이 프래스토 산업의 거대한 심장부를 지나 항구로 갈 때까지 그들을 이끌어야 했다. 피리 부는 사나이와 그의 개였다. 형제자매는 손에 손을 잡고, 나이 많은 아이들이 어린아이를 이끌고… 관악대가 음악을 연주했고 어린이들은 행진하는 척했다. 마일드가 그들 사이로 나아가서는 아이들에게 노래를 시켰다. 그는 거품 가득한 수프를 젓고 있는 얇고 기다란 숟가락 같았다.

"정말 친절한 사람이에요."

글로리아가 쌍안경으로 그를 보며 말했다.

흥분되고 상쾌하며 밝은 아침이었다. 데이지는 덩달아 좋은 기분으로 머리를 꼿꼿이 세우고 꼬리를 여왕처럼 앞뒤로 흔들며 앞으로 나아갔다. 코베트는 눅눅한 콘플레이크를 보좌관에게 받았지만 주머니에 그대로 넣어두었다. 데이지가 자기 손에 코를 대고 킁킁거리도록 내버려두고 싶지 않았다.

도시 경비대 막사의 음침한 문이 열리자 건물로 통하는 기다랗고 뻥 뚫린 복도가 이어졌다. 도시 경비대원들이 성벽 계단에 늘어서서 열심히 계단을 오르는 코베트 의원과 개에게 인사를 했다. 마일드가 한 번에 계단 세 칸씩을 오르며 그들을 따라잡자 데이지 앞에 다시 콘플레이크가 등장했다!

그러나 마일드가 데이지에 채운 장비는, 아주 심상치 않은 것이었다. 자신들이 들어갈 호텔을 처음 보자 겁에 질린 500명의 아이들이 터뜨린 울음도 역시 심상치 않았다.

아이들은 책과 장난감을 잔뜩 실은 호화로운 여객선을 약속받았다. 그러나 노아의 방주는 홍수로 항구가 물에 잠긴 후에도 그대로 남아 있던 유일한, 거대하고 흉측한 광석 운반선일 뿐이었다. 어떻게든 밧줄을 로켓처럼 던져 배를 잡고는, 항구로 바짝 끌어당겨 성벽에 단단히 고정해놓았다. 거대하고 흉측한 막사 뒤에 숨어 있던 터라, 도시 어디에서도 배는 눈에 띄지 않았다. 게다가 축제 분위기가 사라지고 군사 작전처럼 상황이 바뀌는 것 또한 군중의 눈에 띄지 않았다.

흰 캔버스 천들이, 마치 공원에 있는 미끄럼틀처럼 성벽 꼭대기에서 배의 갑판 위로 이어졌고, 도시 경비대원들이 미끄럼틀 아래에서 기다리며 서 있었다. 하지만 아이들 누구도 선뜻 나서지 않았다.

그때 러핑 크레인(크레인의 한 종류로 물건을 들어 올리는 팔 부분이 수평이 아니라 비스듬히 기울어져 있음-옮긴이)이 복슬복슬한 흰 털이 뒤덮인 개를 공중으로 들어 올려 갑판에 부드럽게 내려놓았다. 개가 벽 위에서 날아 내려오는 장면에 아이들의 시선이 고정됐다. 개는 그들을 보며 구해달라는 듯 짖어댔다.

코베트가 확성기를 통해 말했다.

"누가 데이지와 함께 가볼까요? 멋진 미끄럼틀을 타고 내려가볼 사람 있나요?"

부츠를 신고 주먹을 불끈 쥔 우락부락하게 생긴 소녀 하나가 캔버스 천 미끄럼틀로 뛰어들었다. 옆에 있던 친구도 꺅소리를 지르며 소녀를 뒤따랐다. 용기를 내지 못한 채 뒤에서 머뭇거리는 아이들은 아이스크림을 약속받았다. 끝까지 실패한 아이들에게 마일드는 말했다.

"코베트 상원의원님도 미끄럼틀을 타고 내려가고 싶어 하셔, 그렇지요, 의원님?"

"분수를 좀 알게, 마일드. 나는 그런 걸 원하지 않네."

코베트 의원이 말했다.

결국 도시 경비대원들이 한 명씩 한 명씩 다가왔고, 아이들은 니켈 광석이 든 자루처럼, 내리막으로 내던져졌다.

아이들이 내지르는 고함은 공원 놀이터에서 들리는 것과

는 전혀 달랐다. 데이지는 놀이터에서 아이들이 고함치는 것을 종종 즐겁게 쳐다보곤 했었다. 여전히 자신의 배를 둘러싼 보호 장비가 답답한 데이지는 짖으며 앞뒤로 달려보기 시작했다. 멈춰, 멈춰, 멈춰. 무언가 몹시, 지독하게 잘못되었다. 이를 바로잡을 글로리아는 어디에 있을까? 배의 선체를 지나던 물살이 위협적인 소리를 냈다.

"모든 게 끝나면, 개를 배 밖으로 버리도록, 알겠나? 명령이야. 선장은 타고 있나? 보이지 않는군."

코베트가 보좌관에게 말했다.

마일드 역시 선장을 찾아 갑판과 선교(배가 항해할 때 선장이 지휘하는 곳-옮긴이)를 멀리서 살펴보았다.

"엔진실에 있을걸요?"

어린이 화물들이 배의 앞쪽을 채웠다. 그들은 천 미끄럼틀로 더 많이 계속해서 미끄러져 내려왔다. 마치 지하 석탄 저장고로 들어가는 석탄 같았다. 객실도, 2층 침대도, 식당도, 갑판 위의 게임장도 없었다. 아이스크림도 없었다. 오로지 어둡고 텅 빈 금속 동굴뿐이었다. 저절로 울리는 붕붕 소리만이 가득했다. 앞 칸이 모두 채워지자 경비대원은 뒤 칸을 채우기 시작했다. 정교한 군사 작전이었다. 마지막 한 명의 어린이까지 채워지자 도시 경비대는 성벽 둘레에 걸어둔 갈고리 달린 사다리를 타고 재빠르게 배에서 떠나기 시작했다. 정박되어 둥둥 떠 있는 그 호텔은 딱히 정해진 일정이 없는 여행을 시작하려 했다.

"출항!"

배의 엔진이 코를 골다 기침을 하고, 몸을 바르르 떨더니 살아났다.

마일드가 환하게 웃으며 상관에게 말했다.

"의원님, 이제 노동자들은 의원님의 명령을 모두 따를 것입니다. 하라는 대로 해야 할 오백 가지 이유가 있지요. 의원님은 이제 이기는 카드를 손에 쥐셨어요. …아, 잊을 뻔했는데, 의원님, 제가 실례를 무릅쓰고 의원님의 어린 소년들도 일찌감치 데려왔답니다."

"자네 무얼 했다고?"

"의원님 아들들이요. 물론 선실 하나를 내주었지요. 배 앞부분 선원 선실 근처입니다, 의원님. 혹시라도 아이들과 작별 인사를 하시겠습니까?"

코베트는 보좌관을 한참 쳐다보았다. 그를 이렇게 쳐다본 적이 단 한 번도 없었던 것 같다. 윗입술과 코 사이에 난 건강한 금색 수염, 강철 같은 파란 눈, 활 같은 입, 칼처럼 날카로운 코….

그러는 사이 코베트는 무언가 벽의 밧줄 걸이를 내리치는 소리를 들었다. 배를 정박시켰던 밧줄이 풀리고, 배에 생명을 줄 고동 소리도 들려왔다.

"내 아들들은 안 돼, 마일드!"

"승무원 갑판 위, 선실 끝입니다, 의원님. 직접 확인해보세요."

코베트는 한 장 남아 있는 캔버스 천으로 풀쩍 뛰어, 지저분한 어린이 100명이 남긴 먼지를 죄다 모아가며 미끄러져 내려갔다. 두 발로 겨우 균형을 잡고는, 도시 경비대에게 소리쳤다.

"그만! 이 배의 출항을 금지한다! 선장은 어디 있나?"

코베트는 시나브로 그들 역시 자신을 배신했다는 것을 깨달았다. 그들은 마일드의 사람이었다. 의원은 아들들을 찾으려고 뱃머리로 달려 갔다. 갑판 사이를 비틀거리며, 아이들의 이름을 불렀다.

그곳에는 없었다.

마일드의 또 다른 거짓말이었을까? 아니면 자신이 단지 잘못 찾아 헤매고 있는 것일까? 머뭇거리며 얼음처럼 가만서 있는 사이, 거대한 배는 정박지를 벗어나 움직였다. 옆으로 이동한 배는 성벽으로 둘러싸인 피난처에서 점점 멀어져 강 하류로 흘러가기 시작했다. 강물의 강한 힘이 배를 향하자 잠깐 한쪽으로 기울어지더니 다시 제자리를 찾은 다음 계속 나아갔다. 선체 아래에는 라차산에서 흘러나온 해빙수(얼음이 녹은 물—옮긴이)가 바다로 힘차게 흘러가고 있었다. 배에 오른 500명의 작은 아이들, 한 마리의 개, 이제는 그냥 코베트 씨가 된, 내무부의 '상원의원' 코베트가 있었다.

글로리아, 티모르, 요리사는 처마 밑 침실에서 망원경을 통해 도시 경비대 막사 정면을 바라보았다. 그들은 배가 성벽 너머로 불쑥 나타났다가 그곳에서 점점 멀어지는 모습을 보았다.

"배가 움직이기 시작했어요!"

"아이들이 이미 배에 오른 것 같은데."

요리사가 속삭였다.

"그런 말 마세요! 아이들은 거기 없을 거예요! 없어요!"

글로리아가 티모르의 팔을 꽉 잡으며 말했다.

"밧줄이 확실히 풀린 것 같구나."

티모르가 말했다.

퍼모스트 저택 가족 중 그 안에서 무슨 일이 일어났는지 정확히 아는 이는 데이지뿐이었다. 네 발아래에서 갑판이 흔들리는 동안, 녀석은 보호 장비에 메인 채 여전히 러핑 크레인에 대롱대롱 매달려 있었다. 양묘기(배의 닻을 올리고 내리는 데 쓰는 기계-옮긴이)가 데이지를 세게 쳤다. 갑판 위 난간은 녀석을 낚아챈 다음 앞뒤로 마구 흔들어댔다.

부둣가의 크레인 조종석에 앉아 있던 마일드는 보호 장비가 풀려 후갑판 위로 떨어지는 개를 지켜보았다. 사실 물속으로 떨어뜨릴 계획이었으나 마음을 바꿨다. 갑작스럽게 그런 생각이 떠올랐다. 데이지와 함께 있다면 코베트가 얼마나 기뻐할 것인지 말이다.

비상용 소화기가 갑판을 데굴데굴 구르다 데이지를 쳤다. 어찌나 세게 쳤는지 데이지는 사정없이 옆으로 내쳐지고 말았다. 오로지 갑판 위 철책만이 데이지가 배 밖으로 미끄러져 떨어지는 것을 막아주었다. 성벽 위의 마일드는 너무 기쁜 나머지 거의 황홀경에 빠져 있었다.

제31장

용해

퍼르카강 유역

MS 니켈로디언호에는 500명의 어린이, 한 마리의 개, 내무부 상원의원 코베트, …그리고 당연히! 선원이 있었다.

코베트는 명확하게 생각해보려 애썼다. 당연히! 선원 중한 명이 선교 위에서 배의 조타륜(손잡이가 달려 있고 바퀴 모양으로 된 배의 운전키-옮긴이)과 힘겹게 씨름하고 있었다. 그가해야 할 일은 선원이 배를 돌려 항구로 귀환하도록 하는 것이다. 권력을 잡으려는 마일드의 계략을 가만 보고 있을 수는 없었다. 이 배에 오른 것도 참을 수 없었다. 1만5000톤의선박이 어떻게 이렇게 휘청거릴 수 있는지 전에는 전혀 알지못했다. 배는 거꾸러지고, 급선회하고, 통제 불능이었다. 부끄러운 이야기지만 코베트는 완전히 겁에 질렸다.

무서울 것 없어, 무서울 것 없어, 무서울 것 없어, 코베트는 그렇게 속으로 되뇌었다. 배에는 선원들이 있고 선원들은 바다에서 만나는 격렬한 폭풍을 잘 이겨내는 데 이미 도가 터 있었다. 니켈로디언호는 1노트(약 1.8㎞/h) 빠르기로 올라오는 역류를 만났다. 화물 출입구 밑에서 들려오는 비명은 불협화음을 만들었다. 물론 코베트의 입에서도 똑같은 비명이 나왔다. 그는 앞으로 넘어지기도 하고 갑판 위에 손과 무릎만 닿은 채 미끄러지기도 했다. 그러다 조타실로 향하는 사다리에까지 닿았다. 배가 안정을 되찾자 코베트는 간신히 몸을 움직여 계단을 올랐다. 선교의 문이 갑자기 열리며 그의 얼굴을 세게 쳤다.

그 선원은 제복이 아닌 작업용 멜빵바지를 입고 있었다. 그는 생사의 갈림길에 선 사람처럼 보였고, 몸은 좌우로 심하게 뒤틀려 있었다.

"선장은 어디에 있나?"

코베트가 물었지만, 그 남자는 그저 쳐다볼 뿐이었다.

"배를 돌려 항구로 가시오."

"그곳에 그냥 서 있지 말고… 좀 도웁시다, 어!"

이것이 코베트가 들은 유일한 대답이었다.

"나는 내무부 상원 코베트 의원이오. 내가 당신에게 지시하고 있는데…. 여길 봐요, 선장은 어딨소? 선장과 할 얘기가 있소."

그 선원은 즐거운 기색 하나 없이 큰 소리로 웃어 재꼈다.

"내가 바로 그요. 내가 바로 당신이 찾는 그 사람이라고. 선장이고 또 선원이라고. 추잡하게 녹슨 깡통 같으니라고."

혼란의 순간에 코베트는 그것이 선원의 이름이라 여겼다.

"꽉 잡아요. 제발!"

그 '녹슨깡통 씨'가 말했다.

코베트는 선교 안에서 손과 무릎으로 종종거리고 이리저리 휘청거리다 그 선원과 얼굴을 마주하고 말았다. 그리고 어느새 조타륜이 그의 손에 잡혀 있었다. 광란에 빠진 황소의 뿔을 잡은 것만 같았다. 두 남자가 힘을 합쳐야만 마음대로 돌아가는 것을 겨우 막아볼 수 있었다. 코와 코가 닿을 만큼 마주 서자, 코베트는 남자의 얼굴에서 뼛속까지 시리게 할 만큼 차가운 표정을 보았다. 녹슨깡통 씨는 배를 강 하류까지 끌고 가는 계획에 대해서는 아무것도 알지 못했다.

"엔진의 시동을 걸라고 했소. '왜요?' 내가 물었지. '왜 내가 시동을 걸었으면 하는 거요? 이 배는 그냥 떠 있는 호텔 아닌가요! 아무 데도 가지 않잖소!' 하지만 내가 거기 엔진실에 있는데 배 아래에서 사람들이 체인을 푸는 소리가 들려왔소! 갑판으로 다시 달려왔는데… 모두 사라지거나… 달아났고… 배에서들 뛰어내렸소…. 선장도, 다른 이들도. 그렇게 이 배는 표류하기 시작했지. 전혀 예정에 없던 일이었소! 아이들이 타고 있잖소! 어떤 바보가 그 안에 아이들을 가득 태우고 표류하게 한단 말이오?"

"끔찍한 사건이었소! 묶인 밧줄이 저절로 풀렸잖소! 내 눈으로 똑똑히 보았소."

코베트는 야무지게 거짓말을 했다.

"아뇨. 배는 고의로 보내진 것이오. 안 그랬으면 왜 시동을 켜라고 했겠소? 누가 그랬는지 그놈을 내 손에 넣기만 하면…."

겁에 질린 코베트는 좋은 생각이 금방이라도 떠오른 것처럼 보이려 했다.

"좋은 생각이 떠올랐소! 당신은 마음만 먹으면 이요트섬에 정박할 수 있지 않소? 바람이 없는 곳을 은신처로 합시다. 이 배가 그래왔듯, 폭풍을 견디게. 당신은 할 수 있소, 그렇지 않소?"

깡통 씨가 훌쩍거렸다. 그는 정말 훌쩍거렸다.

"거기까지 가면, 배가 혹시라도 좌초될 수도 있어. 어쩌다, 어딘가에서 말이오. 하지만 배만 부서지지만 않는다면야…. 하지만 아래에 니켈 광석이 있소! 갑자기 홍수가 나는 바람에 짐을 다 내리지 못했기 때문이지. 삼 번 화물칸을 절반쯤 차지하고 쌓여 있지."

"그래서? 어떻게 해야 하….."

"그 창구 쪽으로는 물이 들어가지 않게 하는 게 좋겠소, 친구. 그렇지 않으면 우리 모두 다 끝장이오!"

그렇게 말한 뒤 깡통 씨는 마치 광견병에 걸린 개처럼 코베트를 향해 이빨을 드러냈다. 입 주변에는 하필 거품까지 묻어 있었다.

앞뒤로 미끄러지던 데이지는 아주 좁은 책꽂이 사이에 책을 꽂듯, 두 갑판실 사이에 몸을 끼워 넣었다. 화물칸에서 아이들의 비명이 들려왔다. 오르락내리락하던 배는 거세게 흔들리더니 회전하는 듯했다. 물에 떠 있던 것들이 선체의 옆면을 타다닥 스치면서 달가닥달가닥 소리를 냈다. 제5공장(주물 공장)에서 맡아본 적 있는 니켈 광석의 매캐한 냄새도 느낄 수 있었다. 데이지는 이 모든 것이 이해되지 않았다. 게다가 갑자기 속이 울렁거려 놀라고 말았다.

대체로 데이지는 그저 사람들을 사랑하고 (주로) 사랑받는 데 익숙했다. 큰 노력을 하지 않아도 음식은 언제나 입속으로 들어왔다. 스스로 무엇을 결정한 적도 없었다. 위험에 처하면, 똑똑한 개는 사람들에게 이를 알리려고 이리저리 뛰어다닐 것이다. 다음에 무슨 일이 올지 계산하고 어쩌면 있도 않은 해결책을 애써 찾아다니면서 말이다. 하지만 데이지는 지금 여기 구석에 낀 채, 대체 어떤 계획을 세워야 할지 도무지 알지 못했다. 그런데도….

데이지는 1번 화물칸에서 들려오는 울음소리를 따라갔다. 그렇게 많은 아이가 한곳에 모여 울고 있다니 충격적이었다. 데이지는 어떻게든 아이들을 핥아주려고 가까이 다가갔다. 배가 옆으로 기울자 그는 공중제비를 돌고 나가떨어졌다. 그 바람에 아래로 이어진 천에 등을 댄 채 미끄러져 내려갔다.

50명의 아이가 일제히 웃음을 터뜨렸다. 나머지는 놀란 나머지 울음을 멈췄다.

그날 오후 데이지는 셀 수 없는 슬픔과 두려움을 자신의 환한 등에 짊어졌다. 데이지 안에 있는 위로의 샘은 절대 마르지 않았다. 어린아이 하나가 짐칸 안 흥건하게 고인 빨간 녹물 위에 앉아 있었다. 창백한 얼굴로 미동도 없이 앉은 것이 마치 젖은 소금 같아 보였다. 두 눈은 초점을 잃었고 피부는 차가웠으며 두 손은 쪼글쪼글한 거미 같았다. 데이지는 그의 허벅지 위에 발을 올려보았다. 얼굴을 아이의 볼에 가까이 대어보기도 하고 팔을 톡 쳐보기도 했다. 보이지 않는 고통이 아이에게서 폭포처럼 흘러내렸다. 데이지는 그 고통을 핥아 꿀꺽 삼켰다. 그리고 이마를 아이의 가슴에 댔다. 깡마른 두 팔이 번쩍 위로 올라와 데이지를 안고 또 안고 또 안았다.

'좋은 털을 가지고, 입으로는 부드럽게 하며, 사랑하는 데에는 지치지 말아라.' 개 훈련사가 세계 최초의 골든리트리버에게 말한 적이 있었다. 그 후로 데이지는 자신의 의무를 절대 저버리지 않았다.

코베트는 다시 아들들 생각을 하기 시작했다. 선실에 없다면 아마 마일드가 다른 아이들과 함께 짐칸 중 하나에 밀어넣었을 것이다. 그는 배의 뒷부분으로 가서 아이들의 이름을 불렀다. 두 명의 얼굴을 찾기 위해 200명의 얼굴을 살펴봐야 했다. 무릎 깊이의 빗물 속에서 아이들은 그저 아무 말 없이 그를 올려다보았다. 코베트는 뒤돌아서서 배 전체를 가로질러 1번 화물칸으로 달렸다. 이름을 부르고 또 불렀다.

"샬토! 아우구스토!"

하지만 만나는 얼굴이라고는 모두 다른 사람의 아이들과… 자신을 알아채고 꼬리를 흔드는 개 한 마리뿐이었다.

따라서! 그의 아들들은 육지에서 여전히 안전하게 지내고 있었다. 이는 오로지 그를 승선시키려는 마일드의 계략이었던 것이다. 마음이 놓이자 갑자기 웃음이 터져 나왔다.

코베트는 웅크리고 앉아 아래에 있는 얼굴들을 하나하나, 이번에는 아버지의 눈으로 살펴보았다. 이 아이들 모두에게도 아버지가 있을 게 분명했다.

"정말로 여기에서 너희를 꺼내줘야겠다, 그렇겠지?"

그는 빗물이 차오르고 있는 앞뒤 화물칸에서 두 시간 동안이나 아이들을 끌어올렸다. 그러고는 선실과 탈의실과 갑판실과 구명보트에 들여보냈다. 복도란 복도는 절망적인 표정의 작은 얼굴들로 꽉 차 있었다. 이가 서로 맞부딪치는 소리는 배에 있는 내내 코베트를 졸졸 따라다녔다. 아이들을 먹여야 한다! 음식이 그들을 따뜻하게 해줄 것이다. 이요트섬에서 지낼 때를 대비해 아이와 선원들의 음식을 주문해둔 것이 기억났다. 하지만 어디에 보관해두었을까? 왜 좀 더 주의 깊게 보지 않았을까?

골든리트리버 역시 수색을 도왔다. 배가 휘청하는 사이 균형을 잃은 코베트는 한 손으로 데이지의 등을 짚었다. 따뜻했다. 이 배에서 유일하게 따뜻한 것이었다.

"잘했어, 개야. 음식."

코베트가 중얼거렸다. 데이지는 기울어지는 갑판을 가로질러 휘청거리며 구명보트까지 나아갔다. 그곳에서 캔버스 천 아래로 머리를 찔러 넣었다. 꼬리가 흔들렸다. 데이지는 머리를 빼낸 다음 코베트를 다시 쳐다보았다. 코베트는 자기도 모르게 데이지를 믿고 있었다. 캔버스 천을 걷은 다음 코베트는 딸깍거리는 잠금장치가 달린 금속 상자를 잡아당겼다. 상자는 데이지의 침으로 뒤덮여 있었다. 상자 안에는 초콜릿, 건포도, 비스킷이 들어 있었다.

보트 안에 있는 어린이들에게 음식을 조금 나눠주자마자, 그에게는 평생 사귀었던 친구들보다 더 많은 친구가 생겼다. 하지만 막대 초콜릿 두 개와 비스킷 다섯 상자로 500명을 먹일 수는 없었다. 그 자신은 아무것도 먹지 않았다. 상류로 헤엄칠 때는 위장의 문이 닫힌다는 연어처럼 말이다.

개는 코베트를 3번 화물칸으로 이끌었다. 유일하게 창구(해치)가 닫혀 있는 곳이었다. 코베트는 개와 창구를, 창구와 개를 번갈아 쳐다보았다.

"아니야, 네가 틀렸다, 녀석아. 녹슨깡통 씨가 이곳에는 광석뿐이고, 음식은 없다고…."

녹초가 된 코베트는 금속으로 된 창구 덮개 위에 앉았다. 덮개는 그의 무게를 이기지 못하고 무너졌다. 그 바람에 부식된 조각이 아래 있는 물건 위로 쨍그랑거리며 떨어졌다. 막힌 구멍을 열자 음식 통조림과 봉지가 니켈 광물 위에 쌓여 있는 것이 보였다. 아마도 섬에서 머물 일주일 동안의 음식일 것이다. 창구를 열어보려 애썼지만, 문이 너무 무거워 열리지 않았다. 코베트는 구멍 안으로 팔을 넣어 최대한 뻗어보았지만, 어느 봉지에도 닿을 수가 없었다. 하지만 구멍 안으로 팔을 집어넣은 채 볼로 창구 문을 누르고 있자니, 녹이 창구 문에 얼키설키하게 뒤덮여 있는 것을 알게 되었다.

"삼 번 화물칸에 음식이 있소. 어떻게 열 수 있소?"

코베트가 선교 쪽을 향해 외쳤다.

조타륜과 씨름하는 깡통 씨는 숨이 차서 대답했다.

"한번 열어보시구려. 내가 댁 머리를 쳐 넣어줄 테니."

어린 선원이 상원의원을 이기는 순간 코베트는 자신의 사회적 지위가 급격히 떨어졌음을 느꼈다. 코베트는 까딱하면 손가락을 베일 정도로 금속 계단을 꽉 잡은 채 기다시피 올라갔다. 문턱 위로 얼굴을 내밀고 그가 물었다.

"왜요?"

"말했잖소! 거긴 거의 쓰레기 같은 니켈 광석이 있다고, 그게 이유요. 멍청한 놈!"

깡통 씨는 어린아이에게 말하듯, 천천히 노래하듯 이어 말했다.

"그 쓰레기들을 배 밖으로 내리지 못했소. 그러니 포크나 숟가락도 만들 수도 없었을 것이고. 아아아아. 그게 젖으면, 우리가 얻을 수 있는 것이라고는 용해(원서에는 니켈 광석으로 되어 있지만, 정황상 물에 녹는 염화니켈로 추정됨-옮긴이)된 것뿐이오. 그거라도 원하오?"

용해. 코베트는 무슨 소리인지 알 길이 없었다. 하지만 한

가지는 알 수 있었는데, 아마도 무엇을 강조하기 위해 사람들이 쓰는 과장된 말, 그러니까 재앙! 대재앙! 전멸! 같은 말 중 하나라는 것이었다. 아팔리아에 일어난 일을 이보다 잘 설명하는 말은 없을 것이다. 액체로 변한 세상. 코베트는 나중에 연설에라도 써먹으려고 이 단어를 마음에 새겨두었다. 용해.

"이요트섬에 도착하려면 얼마나 걸립니까?"

"뭐라고? 이미 멀리 지나왔어, 멍청아! 물 밑에. 사라져버렸다고. 뭐 하나 보이지 않아."

실망감이 코베트를 덮쳤다. 지금까지는 적어도 어디로 가는지는 알고 있었다. 니켈로디언호는 이요트섬으로 향하고 있었다. 하지만 목적지는 물살 아래로 가라앉았다. 더는 존재하지 않는다! 돌아갈 곳도, 갈 곳도 없다. 저기 저 멀리 보이는 바다 외에는.

코베트는 창구 구멍으로 녹슨 조각이 떨어졌다는 말은 꺼내지 않았다. 깡통 씨가 정말 그의 머리를 그 안으로 때려 넣을 수도 있다고 생각하니 두려웠다.

데이지는 배 안에서 이렇게 넘어지고 저렇게 넘어지면서도, 안쓰러운 작은 얼굴들을 보며 자기 일을 해나갔다. 사실 데이지는 그 누구보다 글로리아를 찾고 있었지만 찾을 수 없었다. 그의 꼬리는 바닥에 무겁게 드리워졌다. 지금까지 찾은 것이라고는 핥아서 위로해줘야 할 짭조름한 슬픔의 바다뿐이었다. 데이지는 공을 되찾아오는 일은 잘 해낸 적이 없었지만 웃음을 되찾아 원래 주인에게 가져다주는 방법은 선천적으로 잘 알고 있었다.

바다에서 멀리 떨어진 내륙의 하류로 향하는 길, 퍼르카 강물은 바닷물과 충돌했다. 바다의 밀물이 밀려 내려오는 해류와 부딪히며 되돌아 나갔다. 일반적이라면, 이곳에서 강물은 거의 멈출 정도로 천천히 흘러야 했다. 퍼르카강이 한꺼번에 많이 흐르는 바람에 물의 두 흐름은 기사들의 전투 장면처럼 충돌했다. 하얀 덩어리들을 토해내고, 갈색과 검은색 표류물들을 주고받으며, 해양 폐기물과 죽은 것들을 하늘로 던져 올렸다. 물의 만남.

어두워지고 나서야 배는 이곳에 다다랐다. 달이 막 떠올랐다. 두 물길이 서로 부딪는 소리는 천둥 같았다. 두 남자는 니켈로디언호을 앞으로 나아가게 하려고 몸의 구석구석 티끌까지 전부 끌어모아 힘을 낼 수밖에 없었다. 커다란 파도가 뱃머리를 감쌌다. 물은 배 울타리를 세차게 넘어 계단에 까지 쏟아졌다. 배 안은 물벼락을 맞은 아이들이 잠에서 깨어나는 소리로 가득했다. 문이 열려 있던 화물칸은 갓 들어온 소금물을 집어삼켰다. 물 밖으로 들어 올려진 배의 프로펠러는 물보라를 토해냈다. 녹슨깡통 씨가 소리치며 욕을 해대는 소리마저 그 날카로운 소리에 잠겨버릴 정도였다. 어마어마한 쓰레기가 선체에 부딪혔는데, 마치 거인이 발로 차며 앞으로 나아가려는 것만 같았다. 크으윽 쾅. 배는 걷잡을 수 없이 날뛰기 시작했다. 뱃머리가 아래로, 뱃머리가 위로, 뱃머리가 아래로, 뱃머리가 위로. 1만5000톤짜리 말이 날뛰는 것 같았다. 달은 회색 구름으로 제 눈을 가렸다.

"이런 식으로 우리를 내동댕이치면 안 되지! 제발 삼 번 화물칸은 열지 않았기를!"

깡통 씨가 소리쳤다.

"아니, 안 열었소. 하지만 뚜껑에 녹이 좀 슬어 있던데. 분명 물로 뒤덮였을 거요."

이번에 깡통 씨는 욕 대신에 코베트를 향해 발길질했는데 마침 비껴갔다. 그 바람에 밧줄 소재로 바닥을 댄 그의 신발 한 짝이 조타실을 지나서는 난간 너머로 날아가버렸다.

"내가 녹슬게 한 건 아니잖소! 당신이 왜 이러는지 알 수가…."

"너는 아무것도 몰라, 이 쓸모없는 물건…. 우린 이제 끝장이야. 죽었다고. 잘 들어, 니켈 광석이 물에 젖잖아, 그럼 액체가 돼. 이게 여기저기 출렁거리면…."

깡통 씨의 과학 설명은 마치 기도처럼 변해 있었다. 그는 조타륜을 그대로 두고 달려 나갔다. 계단의 난간 사이로 미끄러져 내려가서는 갑판 위에서 도망가려는데…. 그 마음속에는 어떤 목표도 없고, 그저 달리고만 있었다. 그 와중에 흐르는 물은 깡통 씨의 발목까지 차올랐다. 유리 같은 파도가 배 앞에서 일었고 뾰족한 뱃머리는 이를 은빛 조각으로 산산이 조각냈다. 물보라가 잠잠해지자 녹슨깡통 씨도 잠잠해졌다. 그는 배의 난간에 등을 댔다가 순간 아래로 미끄러졌고 이곳에 원래 없었던 사람처럼 사라졌다.

3번 화물칸 아래에서는 300톤의 니켈 광물이 천천히 용해되어 걸쭉해져갔다. 배가 거대한 파도를 넘을 때마다 이 물체 또한 앞으로 뒤로 출렁거렸다. 선체가 한쪽으로 심하게 기울면 거대한 검정 구정물은 그쪽으로 출렁거릴 것이고, …배는 더 기울 것이고, …그 찐득한 것은 배 안의 더 먼 곳까지 출렁거릴 것이고, …배가 더 많이 구르면 그 진창은 더 높이 출렁거릴 것이고, 마침내 니켈로디언호가 옆으로 기울어질 때까지 그 출렁거림은 계속될 것이다.

수많은 배가 겪었던 죽음의 고통: 용해.

더 보이스

In atramento non est veritas

500명의 아이들 이요트섬으로 향하다
생명이 위태로운 순간이 오면
상원은 단호한 조치를 취할 것이다

**부총리 코베트 상원의원의
기별**

어제 나는 500명의 아이를 보다 안전한 이요트섬으로 보내는 다소 급진적인 조치를 취했다. 프래스토의 성벽은 매 순간 점차 약해지고 있으므로 아이들은 그곳에서 더욱 안전할 것이다. 하지만 그들의 안전을 확실히 보장하려면 우리는 꼭 빅락댐을 무너뜨려야 한다. 강의 흐름이 지나치게 빨라 노아의 방주는 다시 상류로 돌아오기 매우 힘들다. 댐을 파괴해 강의 흐름이 안정을 되찾은 이후에야 아이들은 프래스토로 돌아올 수 있을 것이다.

그런데 혹시 여러분은 공장이 물에 잠기고 공장 기계들이 파괴되기를 바라는가? 혹시 미래에 일자리가 사라지길 바라는가? 여러분의 가족을 먹여 살릴 수단이 사라지기를 바라는가? 범람한 물이 성벽을 무너뜨려도 상관없다는 것인가?

총리와 나는 그럴 수가 없다. 우리에게는 홍수를 끝내야 하는 것뿐 아니라 이 도시를 안전하게 지켜야 할 엄숙한 의무가 지워져 있다. 이러한 이유로 우리는 여러분이 '펌프로 돌아갈 때까지' 비행기를 보내 빅락댐을 파괴하지

346

않을 것이다.

다시 한번 강조한다.

'여러분이 다시 일을 시작해야 빅락댐이 폭파될 것이다. 빅락댐이 폭파되어야만 노아의 방주가 집으로 돌아올 수 있을 것이다.'

이요트섬의 아이들은 떨리는 마음으로 여러분의 답을 기다리고 있다.

1875~1928

〈더 보이스〉의 편집자로서 여러분에게 큰 사랑을 받았던 헤쿠바 라이트풋 교수가 짧은 투병 생활 뒤 사망했다는 사실을 침통한 마음으로 알린다. 그분의 학문적인 우수함과 진실을 향한 헌신은 동료들과 독자들 모두에게 길이길이 남을 것이다.

제32장

협박 편지

프래스토시

쿵, 쿵, 쿵. 익숙한 펌프질 소리와 성벽 너머의 거무칙칙한 분수를 향해 호스가 물을 밀어내는 작은 속삭임에 퍼모스트 저택은 일찌감치 잠에서 깨어났다. 들려오는 소리는 죽기 직전 겨우 살아난 사람의 곧 꺼질 것 같은 심장박동 같았다. 30분이 지나자 펌프질 속도는 올라가고 소리는 더욱 커졌다. 다섯 개 공장에 모인 모두는 차오른 물을 기계실 밖으로 정신없이 퍼내고 있었다. 파업은 잠깐 성공했고 이제 완전히 끝났다.

바깥 거리가 소란스러웠다. 다섯 개 공장의 교대 시간이 되어 공장주들이 일을 마친 노동자들을 내보냈기 때문이다. '애국심을 표현하라'는 이유에서였다. 군중은 저택 앞으로 모여들었다. 얼굴들이 철책 주변에서 서로 밀치며 서 있었다. 마치 먹이를 바라며 으르렁거리는 동물원의 동물 같았다. 심하게 낡은 옷을 보니 수백 년 전의 과거에서 온 것 같기도 했다. 너무 지쳐 있던 이들은 오로지 될 대로 되라는 극단적인 마음만으로 퍼모스트 언덕까지 올랐다.

"댐을 폭파하라! 댐을 폭파하라! 우리는 펌프로 돌아왔다, 들으라! 우리는 펌프로 돌아왔다! 아이들을 다시 데려오라!"

티모르는 도시 경비대에 전화했다. 전화는 먹통이었다. 기다란 가죽 코트를 입고 말을 탄 자 하나가 군중 사이로 길을 내며 오고 있었다. 말발굽은 아스팔트 언덕에서 미끄러졌다. 그는 밀려드는 사람과 그들이 내는 소음에 그다지 겁먹지 않은 듯 보였다. 그의 말이 오히려 겁에 질려 있었다.

"마일드야!"

티모르가 위층에 알렸다.

"이리 와서… 도와주시겠어요?"

숱이 많은 머리에 모자를 쓰느라 애쓰며 글로리아가 부탁했다.

기사 애피스가 자기 집에서 길을 건너와 이미 문을 열어 놓았기 때문에 마일드는 언제고 저택 안으로 들어올 수 있었다. 군중 몇몇이 앞뜰로 밀고 들어와 말의 뒤를 따랐다.

글로리아는 벗어둔 하녀복을 총리의 침대 쪽으로 차서 밀어버리고는 초록색 새틴 재킷의 끝없는 단추를 채웠다. 입에 바른 립스틱이 거울에 보이자 호화로운 드레스를 입고 변장한 열여섯 살의 자신이 마치 조롱당하는 것 같았다. 자신을 흐릿하게 감추고자 베일을 내렸다.

글로리아와 티모르가 접견실에 들어왔을 때 마일드는 이미 그곳에 있었다. 호화로운 서류도 역시 책상 위에 자리를 잡고 있었다. 지난번에 들고 온 것과 똑같은 다듬어지지 않은 금빛 종이, 똑같은 공작새 깃펜. 빅락댐 폭파를 명하는 꼬불꼬불한 손글씨도 역시 지난번과 같았다.

"코베트 의원은 어디에 있습니까?"

글로리아가 묻자 마일드가 대답했다.

"아. 의원님께서 죄송하다는 말씀 전하셨습니다. 의원님을… 지금은 만나실 수가 없습니다. 그분은 이런 상황에서 모습을 드러내는 것을 두려워하고 있습니다. 그분의 아이들이 유괴되었고, 지금 몸값을 요구받고 있기 때문이죠. 무참하지요. 맞습니다. 어쨌든 그분은 마음이 시키는 대로 하고 있습니다. 보시는 바와 같이 공장 노동자들 일부가 휴가를 내고 이리로 왔습니다. 그리고 자신들이 원하는 것을 총리님께 강력히 말하고 있군요."

얼굴들이 창유리를 세게 누르고 있었다. 밖에서 외치는 소리에 샹들리에마저 흔들리며 딸랑거렸다.

"댐을 폭파하라!"

"그러니까, 총리님? 저 사람들이 원하는 것을 해주시겠습니까?"

글로리아가 펜을 들었다. 펜의 깃털이 글로리아의 손이 얼마나 떨리는지 과장해 알려주었다. 글로리아는 펜을 다시 내려놓았다.

"나는 로즈시 사람들이 모두 미쳤고 또 나쁜 사람들이라는 것을 도저히 믿을 수 없습니다. 설사 그런 사람들이라 하더라도, 생명을 수장시키는 것은 잘못된 일입니다. 어린이도. 아기들도."

떨리는 손을 진정시키고자 목덜미로 가져갔더니 등까지 떨려왔다.

"서명하세요."

티모르가 글로리아의 머리를 서류 쪽으로 밀며 말했다.

"뭐라고요?"

"서명해, 이 멍청한 여자야. 내가 얼마나 더 말해야 하지? 서명해. 멍청하고 생각 없이 사는 이 짧은 인생에 단 한 번이라도 내가 말하는 대로 좀 해봐. 그렇지 않으면 신 앞에서 용서를 구해야 할 거야."

티모르가 귀 가까이에서 큰 소리로 말하는 바람에 글로리

351

아는 몸이 잔뜩 움츠러들 정도였다.

바닥이 쓱 사라지고 어두운 지하 저장고 안으로 빨려 들어가 버린 것만 같았다. 티모르는 글로리아의 편이 아니었다.

상황이 조금 정리가 되는 것 같았다. 아내의 옷을 입히면서 그는 이미 글로리아에게 반역죄를 짓게 한 것이다. 티모르는 이제 글로리아에게 더 좋지 않은 일, 로즈시의 무고한 사람들을 죽이는 일을 종용하고 있다.

"그럴 수 없습니다. 사람들이 그곳을 나오는 게 먼저입니다. 그들이… 죽지 않는 것이요."

글로리아는 마일드에게 말했다.

마일드는 작고 우아한 두 손을 펼치고는 활짝 웃었다.

"공감합니다. 인도주의적인 말씀이시죠. 로즈시 상공에 전단을 뿌리겠습니다. 그리고 그곳이 비워지면 댐을 폭파하겠습니다."

"약속합니까?"

"네 약속합니다."

"보좌관의 명예를 걸고 맹세합니까?"

"네, 제 명예를 걸겠습니다."

글로리아가 활짝 웃었다. 그렇다면! 마지막 결론을 내는 것은 티모르가 아닐 것이다! 요리사가 했던 말이 옳다! 지금 총리는 '바로' 글로리아다! 티모르는 후에 이번 사건을 핑계로 글로리아를 힘들게 할지도 모른다. 하지만 지금 당장은 자신이 좋은 일을 해낼 수 있다! 그 생각을 하니 글로리아는 생각이 매우 분명해졌다.

"그들이 안전하다는 증거를 얻게 되면, '그때' 서명하겠습니다."

글로리아가 말했다. 그리고 투창 경기를 하듯 책상 너머로 펜을 던져버렸다.

마일드는 자신의 가죽 코트에 묻은 잉크 얼룩을 내려다보았다. 그는 눈에 보일 듯 말 듯 눈살을 찌푸렸다. 그의 콧구멍이 커졌다. 기다란 속눈썹을 내리깔고 그는 깊은 한숨을 쉬었다.

"저는 이것이 필요하지 않습니다."

마일드는 마치 글로리아를 때리기라도 하려는 듯 책상 너머까지 몸을 기울였지만, 오직 서류만 다시 챙겨 자기 앞으로 가지고 갔다. 그리고 서류 아래에 마구 갈긴 지진계 같은 매듭을 그렸는데, 총리의 서명과 훌륭할 정도로 닮아 있다. 마일드가 말했다.

"이렇게 하찮은 종이 한 장은 그저 역사학사들에게나 필요한 것이죠. 피를 감추려고 반창고를 바르듯이. 저는 이 주 전에 이미 전투기 두 대를 로즈시에 보내놓았습니다. 불행하게도 둘 다 댐을 날려버리는 데 성공하지는 못했습니다. 하지만 그 일을 완수할 때까지 계속해서 더 많은 조종사를 보낼 것입니다. 너만큼이나 내게 유용한 놈들이지. 꼭 해야 하는 일인데 '하녀' 따위가 방해하는 것을 그냥 내버려둘 수는 없거든."

티모르는 허공에 대고 주먹을 날리며 기쁨으로 가득한, 어찌 보면 포악하기도 한 고함을 질렀다.

"이제야!"

티모르는 마음을 가라앉히려는 듯 말을 이었다.

"용서하시오, 마일드 씨. 나는 아내가 돌아올 때까지 '대역'을 세워두라는 아내의 명령을 받았소. 총리는 자신이 없는 사이 권력을 빼앗길까 봐 두려웠던 모양이오. 이해해주시오! 당신은 이 형편없는 어린애를 회의 때만 견디면 됐겠지만 나는 그렇지 않았소. 이 여자애를 두고 아내인 척을 해야 한다고 상상해보시오!"

티모르는 글로리아의 모자를 신나게 벗겼다. 그러자 글로리아의 머리가 얼굴로 쏟아져 내렸다.

마일드는 허공에 손을 내둘렀다.

"오 제발, 티모르, 서두르지 마세요! 마스크는 지금 당장 벗기지 맙시다. 총리가 실제로 이곳, '도시 안에 있다'고 생각해야 사람들은 더 안전하다 느낍니다. 노동자들이 멍청하다는 사실은 별로 놀랍지도 않습니다만, 상원의원은 대체 왜 그랬을까 그게 의문입니다. 어수룩한 사람이죠. 코베트까지 속아 넘어가다니요. 그를 올바르게 이끌어주지 않았기에 지금 저는 더 즐겁습니다. 비밀은 우리 셋만 공유했으니까요."

티모르는 어깨를 한 번 으쓱거리더니 글로리아의 머리에 모자를 던지듯 씌웠다. 그러고는 낮은 목소리로 거칠게 중얼거렸다.

"이번 폭파 임무, 내가 꼭 해낼 것이오."

그는 재빨리 복도 계단으로 이동했다. 그러고는 고개를 돌려 말했다.

"나는 전쟁에서 폭탄도 던져봤소. 그러니 잘할 수 있소. 내가 당신을 위해 그 일을 한번 해보겠소."

티모르는 계단을 달려 올라가 대연회장을 지나 양쪽으로 열리는 프랑스풍의 여닫이문을 열고 발코니로 나간 뒤 거리를 내다보았다. 문이 꽤 오래 열리지 않아 그는 손잡이 하나를 비틀어 뺀 후 겨우 발코니로 나왔다. 숨을 멎게 할 정도의 침묵이 정원과 담장 너머에 있는 군중을 덮쳤다.

"내 아내인 최고 통치자 총리가 여러분의 바람대로 빅락댐 폭파를 승인하는 법령에 서명했습니다. 조종사로서, 총리의 남편으로서, 그 일을 제가 직접 하는 것이 제 의무라고 생각합니다! 마음에 드십니까?"

어마어마한 환호성에 마일드의 말은 겁을 먹고 과수원 쪽으로 달아나버렸다.

글로리아와 마일드는 대연회장 뒤쪽에 서서, 발코니에서 군중에게 손을 흔드는 티모르의 윤곽을 지켜보았다.

"데이지는 어디 있어요?"

글로리아가 조용히 물었다.

"당연히, 다른 인질들과 같이 있지."

마일드가 말했다. 그리고 시계를 쳐다보았다.

"지금쯤 그들은 이요트섬에서 철저하게 비참한 시간을 보내고 있을 거다. 개를 데려오고 싶어? 그렇게 해줄 수 있다. 아이들도 마찬가지야. 댐이 무너지고, 다시 말해, 펌프를 밤낮으로 계속 돌린 이후에나 가능한 일이야. 그 전에 네가 해줘야 할 일이 몇 가지가 있다. 내가 이미 체포한, 아니 정정하지! 코베트가 '도시를 버리고 노아의 방주에 오르려 한' 죄로 상원, 공장 소유주, 법률가, 은행가들을 체포했지. 너는 국가 비상사태를 선언해라. '최고 통치자 총리'가 모든 것에 대한 '절대적인 통제권'을 갖게 된다는 것인데. 음, 총리와 총리의 믿음직한 부총리 코베트 상원의원도 그 권한을 함께 갖게 된다는 뜻이지."

"코베트? 아저씨가 아니고요?"

"당연히 아니지! 적절한 때가 되면 시 전역에서 사람들이 코베트를 따라다니며 괴롭힐 거다. 자기 아이들을 데려가서 몸값을 요구한 데 대한 분노로 군중들은 그의 집 문을 발로 차고 그를 갈가리 찢어버릴지도 모르겠다. 그들은 코베트를 폭군, 불한당이라 부르며 그의 집을 불태워버릴 거다. 이 모든 것이 마무리되고 범람했던 물이 다 빠지고 나면 누군가는 책임을 져야 할 거야. 그것을 다 아니까 원조가 도망간 거겠지. 누군가는 '언제나' 책임을 져야 해. 하지만 그건 '정말 좋은 사람, 마일드 씨'는 아닐 테고. '우리의' 총리도 역시 아니야, 그러니 떨지 말아라. 너는 아직 쓸모가 있으니까. 아이고, 이런. 그 적임자는 코베트가 될 거다, 짜증스러운 위선자. 그를 위해 쓸데없이 울지는 마라, 알겠니? 내가 그 어린이 납치 계획을 이야기했을 때 코베트도 찬성했으니까. 그저 자신이 직접 그 여행을 하게 되리라 생각하지 못했을 뿐…. 내가 너무 많은 말을 했나? 그렇군. 어쨌든 바로 지금 코베트는 이요트섬에 있고…, 마지못해 오백 명의 어린이와 개 한 마리를 돌보고 있겠지."

자신의 영특함에 한껏 자랑스러워하던 마일드는 두 뺨이 상기되었다.

"그래서, 그는 언제 돌아와 군중에게 죽임을 당하나요. 그땐 '총리 마일드'가 되겠네요, 맞죠?"

"누구, 나? 온화한 마음을 지닌 마일드? 나는 아니야, 나는. 드러나지 않아."

갑작스럽고 다소 폭력적인 태도로, 마일드는 초록 실크 재킷을 입은 글로리아 등 쪽으로 거칠게 손을 올린 다음 머리채를 움켜쥐었다.

"나는 펀치와 주디 인형극(늘 싸우는 부부인 펀치와 주디가 주인공으로 나오는 영국 전통 줄 인형극─옮긴이)에서, 말하자면 인형을 부리는 사람이야."

마일드는 글로리아의 머리를 오른쪽과 왼쪽으로, 앞과 뒤로 세게 흔들었다.

"아무도 나를 보지 않고, 아무도 나에 대해 두 번 생각하지 않지. 앞으로는 내가 뒤에서 '모든 것'을 조종할 거다."

마일드는 아래층으로 달려 내려가서 복도를 가로질렀다.

익숙지 않은 발자국이 자신의 감옥 밖에서 들려오자 릭시는 비밀 정보를 줄 테니 도와달라며 또다시 울기 시작했다. 마일드는 글로리아를 다시 불렀다.

"아, 내가 쥐 잡는 사람을 보내 벽장 안에 해로운 것들이 있나 살펴보라 해야겠군. 내가 너를 얼마나 살펴주는지 봤지? 하지만 기억해라, 알겠니? 나의 천재성을 따라올 자는 없고 총리를 닮은 사람은 밖에 널렸다는 것. 하라는 대로 '정확히' 하지 않으면 너는 언제든 교체될 수 있다는 뜻이야."

더 보이스

In atramento non est veritas

사람들이 말한 것을 우리는 듣는다

"펌프질하며 프래스토의 심장을 지키느라 피와 땀과 눈물을 쏟은 바로 그 사람들이 어제 빅락댐을 파괴하고 우리의 적으로 증명된 로즈시를 '수장하자'고 요구했다.

이제 우리는 기쁘고 감사한 마음으로 아팔리아의 공군에 의지할 것이다. 총리의 남편인 티모르 필로타판타솔 대위는 환호성을 지르는 수많은 노동자에게 자신이 자원하여 '그 일을 꼭 해낼 것'이라고 말했다.

여러분의 기도가 위험한 임무를 수행하는 그의 곁에 있기를."

— 부총리 코베트 의원, 상원 의사당

어제 있었던 국민투표에서, 프래스토 시민들은 만장일치로 빅락댐 폭파에 찬성했다. 이 작전이 성공하면 퍼르카강으로 흐르는 물 유동량이 지금의 절반으로 떨어질 것이다. AAF(Afalian Air Force)의 장교들 사이에서 이번 비행 임무에 참여하는 영광을 차지하려는 경쟁이 치열하다는 후문이다.

어느 독자의 편지

총리님,

저는 지금 야만인, 난동꾼이나 보려고 지난 전쟁에 참전했던 것은 아니었습니다. 그들이 우리의 고통을 비웃고 아팔리아를 차지할 기회만 엿보고 있다는 사실을 생각하면 피가 끓습니다. 그 짐승들에게 차가운 물을 퍼부어, 혼란과 부정함을 이기는 법과 질서를 똑똑히 보게 해주십시오! 저는 나라를 사랑하는, 충실한 당신의 종으로 남겠습니다.

트리거 거리에서
버니 워렌 병장 드림

제33장

빅락에서의 진퇴양난

프래스토시

글로리아는 마일드가 시키는 일을 하느니, 차라리 성벽 위에서 범람한 물속으로 뛰어내리거나, …아니면 티모르에게 다시 한번 말해봐야겠다는 생각이 들었다. 그 또한 글로리아를 이용했다. 단 한 번도 글로리아의 편이었던 적이 없었던 것이다.

하지만 그때 한 가지 생각이 스쳤다. 글로리아가 당장 성벽에서 뛰어내리면 데이지가 어디에 있는지 아는 사람은 아무도 없을 것이다. 그래서 지금 글로리아는 다트판에 화살을 던지듯 티모르에게 정보를 하나 던지고자 그의 집무실 문 앞에 섰다.

"데이지가 배에 있어요. 그 애는 지금 이요트섬에 아이들과 함께 있어요."

"충격적이구나. 사랑스러운 녀석인데."

티모르는 전투복을 입고 있었다. 가죽 코트, 짧은 부츠, 통이 넓은 바지….

"그리고 마일드가 누군가를 이곳으로 보내 릭시를 죽인댔어요."

티모르의 손은 더듬거리며 부츠 끈을 찾고 있었다.

"네 걱정이 이제 해결됐구나."

"아, 저는 단 한 번도…."

아니다. 글로리아는 티모르와 논쟁하지 않기로 했다.

그럴 만한 가치가 없었다. 티모르는 글로리아에게 사람을 죽이는 법령에 서명하라고 했다, 아니 소리쳤다. 내내 글로리아에게 반대했다. 이 사람은 두 얼굴을 가진 거짓말쟁이 티모르다.

그때 티모르가 조용히 입을 열었다.

"전에 내가 무서울 정도로 과격하게 행동한 것을 용서해라. 나는 비행기를 사용해야 했다. 그리고 네게 총리 행세를 시킨 것이 내가 아니라는 것을 마일드가 믿도록 해야 했고…. 내 의지와 상관없이 너를 짊어진 것으로 여기게 해야 했으니까. 그리고 우리가 서로 싫어한다고 생각하게 해야 했다. 그자 생각에 우리가 한통속이었으면, 나를 바로 죽였을 거다. 그렇게 되면 내가 네게 무슨 도움이 되겠니? 더 중요한 것은, 내가 폭탄을 던진다고 제안하지 않았다면 분명 다른 조종사가 그곳에 보내졌겠지…. 그리고 그 조종사는 명령에 복종했을 거다."

글로리아는 놀란 토끼처럼 꼿꼿이 섰다.

"그러니까, 선생님은 안 하실 거죠? 폭탄 떨어뜨리는 거, 그렇죠?"

"세상에 맙소사, 안 한다."

"선생님, 거짓말하신 거예요?"

정체를 알 수 없는 두려움이 전기처럼 글로리아의 온몸을 관통했다.

"조종사라는 건 거짓말이 아니죠! 비행기를 조종하실 수는 있으신 거죠? 정말 조종사 맞으시죠?"

티모르는 증명이라도 하듯 가죽 헬멧을 들어 올렸다.

"난 여전히 조종사란다. 하지만 한 나라 우두머리의 남편으로는 '어울리지 않는 직업'이라고 여겨졌지. 총리께서는 내가 일하는 것을 전혀 원치 않았으니까. 걱정하지 말아라. 내가 너를 이곳에서 꺼내줄 테니."

"꺼내주신다고요?"

"꺼내줄 거다. 프래스토 밖으로. 마일드의 손이 닿지 않는 곳으로. 내가 너를 끌어들였으니까. 이젠 너무 위험해졌구

나. 그러니 너를 꺼내주는 것은 이제 내 몫이야."

"아! 하지만 전 떠날 수 없어요!"

글로리아는 설명하려 애를 썼다. 머릿속에 이유는 넘쳐났다. 생각해보니, 성벽 밖으로 몸을 던지려던 계획은 완전히 정신 나간 짓이었다.

먼저 릭시를 숨길 어딘가가 필요했다.

"공장 뒤쪽이 어떨까요? 공장 밖으로 전혀 나오지 않았던 것처럼요. 마일드가 찾아내지 못할 곳으로 가야 해요."

이요트섬에서 구해내야 할 아이들도 있었다.

"그리고 데이지도요! 아, 불쌍한 데이지! 바구니 침대도 없고 공도, 아무것도 없어요. 그리고 알기로는 그곳에 있는 유일한 개래요. 하지만⋯."

마일드 역시 있다. 그를 (연회에서 자칼을 다 먹어치우지 않았다면) 자칼 같은 맹수의 먹이로 던져줘야 하는데⋯.

그리고 도시 경비대가 있다. 마일드를 도와 그 아이들을 모두 납치한 죄를 물어 총살에 처해야 한다.

상원의원들, 공장 소유주들, 은행가들을 감옥에서 구해내야 한다. 마일드가 악의로 그들을 가둬놓았다면 말이다.

헤쿠바 라이트풋을 기리는 동상도 필요하며 더는 거짓을 말하지 못하도록 신문사 문도 닫아야 한다.

연회장 지하 저장소에 매달려 있는 동물원 동물들은 배고픈 자들에게 나눠줘야 하는데….

"파이! 파이를 나눠주는 것이 덜 역겨울 거예요. 사실은 동물들을 적당한 무덤에 묻어주는 것이 옳을 거예요. …동물들도 무덤이 필요하니까요, 사람처럼요! 하지만 저는 실용적으로 생각해야 해요."

글로리아는 강에서 물고기를 잡아 올릴 방법을 생각해냈다. 도시의 식량이 모두 떨어져가고 있다.

"이미 죽어서 둥둥 떠 있는 것은 많이 봤지만, 이미 죽은 물고기를, 잡히기 전에 죽은 물고기를 먹어서는 안 돼요. 또… 최악의 경우에는, 도서관에 있는 책장들로 구명보트를 만들면 돼요!"

해야 할 일을 나열할 때마다 티모르의 웃음소리가 점점 더 높아졌다. 너무 많이 웃는 바람에 아팔리아 공군 넥타이가 풀렸다. 꽤 오래된 분노가, 무거운 갑옷 같던 한 분노가 무너져 가루가 될 때까지 티모르는 웃고 또 웃었다. 그리고 글로리아에게 다가가 울음을 멈출 때까지 꼭 안아주었다.

"자, 우리 여성분. 포부가 끝도 없군요?"

"저는 떠날 수 없어요."

글로리아는 그의 코트 안에서 속삭였다.

"너는 떠날 수 있고 또 그래야만 한다. 나는 이리로 다시 돌아와야 하지만, 너는 아니야…. 모든 것이 제자리로 돌아올 때까지 절대 돌아오면 안 된다. 알겠니?"

"하지만 저는 모두에게 책임이 있어요!"

"아니다. 총리에게 있지, 그럼. 아마 총리의 남편에게도. 하지만 하녀에게는 아니다. 하녀는 그럴 만한 자격이 없어. 소중한 하녀를 마일드 같은 놈에게 잃어서도 안 되고. 게다가 도망간 총리가 돌아온다면 언젠가는 성가신 일을 만들어 낼 거야. 이제 제발 안전한 데 가 있으면 안 될까?"

새벽 5시였다. 뜨겁게 달궈진 빨간 부지깽이가 수평선에 놓여 있는 것 같았다. 이륙은 정오로 예정되어 있었고, 여기에 마일드, 10인조로 구성된 아팔리아 공군 군악대, 사진기자가 참석하게 될 것이다. 하지만 티모르는 그 전에 출발하려 했다.

공군 이착륙장을 습지로 만들어버릴 만큼의 위협적인 비가 내렸기 때문에 모든 공군 함대는 더 높은 지대로 이미 자리를 옮겼다. 언덕 위 어마어마한 크기의 땅에, 아치 모양 기둥에 주름진 철판을 얹은 격납고를 새로 지었다. 이제 장갑차, 폭탄, 정찰기가 제5공장(주물 공장)의 평평한 콘크리트 지붕 건너의 동쪽을 바라보며 그 안에 줄지어 서 있었다.

티모르가 격납고 벽을 가리키며 말했다.

"음, 이것 좀 볼래? 이곳은 페인트 창고였어. 노아 핑크니라고 불리던 녀석이 소유하던 곳이었지. 몇 년 동안 이곳에 그대로 있었어."

녹슨 철제 지붕 위에는 노아 핑크니가 페인트로 칠해놓은 '노아의 방주'라는 말이 굵은 글씨로 쓰여 있었다. 티모르는 '노아의 방주 음모'와 관련해 무엇이 자신을 찝찝하게 했는지 갑자기 깨달았다.

"배가 아니었어! 연회장에서 거물들이 저마다 이야기했던 것은 바로 저것이었어. 그들은 이곳에서 공군이 날아오르길 바랐던 거야! 아내는 아마 그들에게 자리를 약속해주고 답례로 뇌물을 받았을지도 모르겠다. 스캔들의 요지는, 그래. 스무 명가량의 비열한 인간들이 가라앉는 배를 버리고 달아날 계획을 세웠다는 것인데…. 하지만 마일드가 이를 심각한 가짜 음모로 확대해버린 것이지. 그는 이를 이용해 힘이 있는 사람이라면 누구든… 체포했어. 그러고는 자신의 주인님을 종용했지. 아이들을 진짜 '노아의 방주'에 태우고 그들을 인질로 잡아 강 하류로 보내버리는 것이 어떨까요, 그렇게 되면 노동자들은 하라는 대로 반드시 하지 않겠습니까? 그는 도시 전체를 자신의 손안에 쥘 생각이었던 거야."

글로리아는 숨을 제대로 쉴 수 없었다. 마일드의 손이 자신의 머리채를 잡아당긴 것을 떠올리니 혐오감으로 등골이 오싹했다.

"굉장한 거짓말쟁이네요, 그 인간! 제 생각에는요, 그 사람은 로즈시를 폭파할 사람을 아무도 보내지 않았을 거예요. 그건 그저 또 다른 거짓말일 뿐이에요. '이불을 전달하려 했다'는 조종사들은 단지 신문에서 만들어낸 이야기일 뿐일 거예요, 그렇지 않아요? 가셔서 확인해보시니까, 그 사람들 사라진 게 전혀 아니죠? 그저 신문 속 거짓말인 거죠?"

티모르는 한 손을 금속 건물에 갖다 댔다. 대답할 생각이 없어 보였다. 하지만 그는 입을 열었다.

"그래, 확인해봤다. 내가 알아낸 것을 네게 말하지 않으려 했었다. 그 가족들은 상복을 입고 있더구나. 현관문은 검게 칠해져 있었고. 그게 전부다. 아들이 강 상류 지역 사람들을 위문하고 도우려 사망했다는 소식을 들었다는구나. 당신 아들들은 폭탄 투하 임무 중에 죽었다고 말하려다 참았다. 하지만 그들이 사망한 것은 사실 같더구나. 공군에 있는 내 친구에게도 확인했다. 전투기 두 대가 사라졌다고."

그렇다면 두 비행기는 정말로 폭발물을 가득 싣고, 프래스토시를 떠나 비행한 것이다. 둘 다 돌아오지 않았다. 이제 두 개의 거대한 폭탄이 AAF66기의 날개 아래 자리 잡았다.

글로리아는 조종석에 오르는 동안 그 폭탄을 애써 보지 않으려 했다. 그 옆으로 티모르가 자리를 잡았다. 가죽옷을 입고 비행 절차를 하나하나 따르고 있는 티모르의 윗입술에는 땀이 맺혀 있었다. 그는 신중하게 자신의 침착함을 보여주려는 듯 말했다.

"필요한 것은 다 챙겼니? 릭시는 조용히 떠났니?"

"아, 네. 마일드가 자기한테 쥐 잡는 사람을 보낸다는 말을 들은 뒤로, 그 애는 아무 말도 하지 않았어요."

"좋다, 좋아. 이제. 우리는 바다로 날아가 깊은 바다에 폭탄을 떨어뜨릴 거다. 그런 다음 홍수가 잠잠해질 때까지 네가 지낼 만한 안전한 곳에 내려줄 계획이다."

"저를 내려주신다고요? 저만요? 선생님은요? 선생님도 돌아가면 안 돼요! 마일드가 선생님을 죽일 거라고요!"

티모르는 그저 연료 계기판을 톡톡 두드릴 뿐이었다. 바늘은 FULL(가득)에 가 있었지만, 바늘이 떨릴 정도로 가득 찬 것은 아니었다. 티모르는 손가락 끝을 계기판 테두리에 올린 뒤 가장 위에 있는, 계기판에 달린 작은 유리 원판을 열었다. 바늘은 반 정도 휙 돌며 아래로 내려갔다. …유리 원판이 바늘을 고정하고 있던 것이었다.

"댐까지 가는 덴 괜찮지만 돌아오기엔 충분하지 않군. 마일드가 점점 더 싫어지는구나."

티모르는 조종석의 문을 다시 열었다.

"지금 어디 가세요?"

글로리아가 겁에 질려 물었다.

"연료 탱크를 가득 채우러. 그리고 프로펠러를 돌려야겠지. 내가 다 마치면 네가 속도를 높여주면 된단다. 너를 데려오길 잘했구나."

"연료가 더 없으면 어쩌죠? 이미 바닥이면요?"

"비행기 연료는 자동차나 발전기와는 어울리지 않아. 그러니 만약 정말 없다면 도시 경비대가 훔쳐서 암시장에 내다 판 게 분명해. …아. 그 혐오스러운 모자와는 이제 작별해도 된다. 이제 다시는 필요하지 않을 거야."

티모르는 뿔이 세 개 달린 것 같은 모자를 글로리아 손에서 빼내려고 했지만, 글로리아가 막았다. 이제는 베일을 쓰지 않는 것이 오히려 이상하게 느껴질 정도였다. 이 베일이 없는 자신은 아무것도 아니라는 것을 증명하는 것 같아 두려웠다. 티모르가 잠시 사라진 사이 글로리아는 눈을 감았다. 프래스토시를 영원히 떠날 생각은 하지 않으려 했다.

비행기가 앞마당을 가로질러 덜컹거리며 나아가는 동안 그가 덧붙였다.

"너도 이제 모든 사실을 알 만한 것 같은데. 내가 비행한 지 벌써 십일 년째구나. 난 그 당시 정찰기에 타고 있었어, 폭격기가 아니라."

"감사합니다, 선생님. 하지만 똑같은 이야기라면, 그만요. 활주로는 어디예요?"

"지금 네가 보고 있는 게 활주로야."

격납고 앞 콘크리트로 만든 앞마당에서는 제5공장의 평평한 콘크리트 지붕이 보였다.

"앞마당을 지나 충분히 속도를 내면 주물 공장 지붕 위로 건널 수 있고, 그럼 그 지붕을 활주로로 사용할 수 있어. 운이 좋으면 지붕을 달리는 동안에라도 공중에 뜰 수 있을 거야."

여전히 글로리아의 마음은 진정되지 못했다.

비행기는 쿵 소리를 내며 공장 지붕으로 내려갔고 곧이어 속도를 올렸다. 지붕의 타르 표면에서 소음이 울렸다. 티모르의 어깨에서 비행기를 반드시 띄우겠다는 의지가 보였다. 글로리아는 내장에 폭탄이 들어 있는 것 같았다. 폭탄의 무게가 느껴지는 듯했다. 무겁고 고통스러웠다. 광활한 주물 공장의 지붕이 갑자기 다이빙 도약대처럼 짧게 느껴졌다. 그들은 끝을 향해 내달리고 있었다…. 어서, 어서, 어서.

그들은 비행기를 들어 올리지 못한 채 지붕의 끝까지 달렸지만…. 다행히 앞에 있는 버려진 대학에 코부터 곤두박질치는 일은 없었다. AAF66기가 날아오르자 기둥 위에 세워진 학자들의 동상이 머리를 숙여 피하는 것 같기도 했다. 충분한 고도를 유지하자 그들은 뒤로 돌아 도시 위를 날았다. 태양의 둥그런 테두리가 산마루를 붉게 물들이며 지평선 위로 떠올랐다. 글로리아는 도시 전체를 한눈에 볼 수 있었다.

퍼르카강은 프래스토시를 광활한 바다에 떠 있는 섬으로 만들었다. 쓰러진 전봇대는 하류로 떠내려가고 있었다. 전선은 여전히 서로서로 얽히고설켜 성벽을 쳐댔다. 떠내려가던 수천 조각의 쓰레기 역시 성벽을 치고 긁으며 앞으로 쓸려갔다. 너무 많은 전봇대가 한꺼번에 성벽을 쳤다.

성벽을 쌓았던 벽돌 일부가 아래로 무너져 내렸다. 무너진 틈으로 간헐천이 만들어지더니 강물을 빨아들이며 보글거렸다. 시장 가판대를 보관하던 창고는 쏟아지는 물에 쓸려 내려갔고 밝은 줄무늬의 흰 천은 레일웨이 거리까지 쓸려갔다. 전봇대 여섯 개는 이리 치이고 저리 치이면서 성벽 꼭대기 벽돌이 떨어지며 만들어진 V자 틈까지 올라가려 했다.

"천벌이 내렸어! 이런 일이 정말 일어날 수 있구나."

티모르가 가슴에 놓여 있던 산소마스크를 재빨리 들어 얼굴에 썼다. 그러고는 목이 홀쭉해질 정도로 깊이 마스크의 산소를 들이마셨다. 마스크를 쓴 티모르의 얼굴은 개처럼 보였다. 글로리아는 문득 무섭게 느껴졌다.

"무슨 말씀이세요?"

그는 마스크를 벗긴 했지만, 그저 혼잣말을 할 뿐이었다.

"이런 일이 정말 일어나다니…. 이건 아마 시작일 거야. 성벽이 천년이나 무너지지 않고 그대로 있었기 때문에 우리는 '그런 일은 일어날 수 없어. 절대 일어나지 않아' 하고 생각했지. 그런데 이제 자연이 등장한 거야. 이 훌륭한 댐이 도움을 조금 주긴 하겠지만, 우리는 이제 끝났어. 프래스토는 침몰할 거야! 도시 전체가… 모래와 쓰레기가 되어 바다로 쓸려 갈 일만 남았어!"

"하지만 전체 벽 중에 아주 조금 무너졌을 뿐이잖아요, 안 그래요?"

글로리아가 마치 성벽을 변호하듯 말했다.

티모르는 조종석 의자에서 자세를 바로잡았다.

"맞다. 어느 정도 맞는 말이야. 벽 일부만 무너졌지."

그들은 고요하게 날았다.

글로리아는 총리의 모자를 매만진 후 여전히 꽉 붙들고 있었다. 글로리아는 (나이프 공장에서 받은 도금 식탁 용품 세트와 〈더 보이스〉에서 오려낸 자신의 기사와 함께) 이 모자를 기념품으로 간직할 생각이다.

"그런데 왜 항상 베일을 쓰신 거예요?"

글로리아는 티모르가 자기의 무례함을 그저 무시했다고 생각했다. 하지만 그가 마침내 입을 열었다.

"아내가 이야기했어. 베일 뒤에 있으면 '모든 사람을 만족

시킬 수 있다'고. 젊은 사람들은 총리가 너무 늙어 자신들을 이해하지 못한다고 말하지 않을 것이고, 나이 든 사람들은 총리가 자신들만큼 나이 들었으니 현명할 거라 여긴다는 것이지. 사람들이 원하는 바로 그 나이가 될 수 있으니까."

"정말 좋은 생각이에요!"

총리가 단순히 허영심이 많아서라고 생각했던 글로리아가 말했다.

"좋지, 하지만 진실하지는 않아. 아주 오래전에… 아내가 베일을 쓰지 않은 적이 있었어. 미소는 정치인에게 중요한 것이지. 누구에게나 항상 미소를 지어야 한다. 방문자, 유권자, 지지자, 아기들, 카메라, 심한 농담을 들었을 때조차…. 아내는 엄청난 야심이 있는 사람이었어. 신만이 아시겠지만, 아내는 총리가 되는 일이라면 뭐든지 해냈어. 하지만 총리가 되는 데 성공하자, 항상 웃어야만 하는 자신의 상황을 원망하며 미소를 잃어버렸어. 입은 웃었지만, 눈은 아니었지. 눈이 웃지 않으면 사람들은 금방 알아차리거든. 내가 한 번 그 얘기를 했어. 실수였지. 아내는 절대 그 말을 용서하지 않았지만, 나를 신뢰하긴 한 모양이야. 그 자리에서 바로 '베일을 썼어.' 그래서 누구도 절대 웃지 않는 그 눈을 볼 수 없었지. 그리고 얼마나 사람들을 경멸하는지도."

글로리아는 모자에서 베일을 잡아 뜯기 시작했다. 한땀 한

땀, 우두둑. 햇빛이 글로리아의 오른쪽 어깨에 강하게 내리쬐며 열심히 작업하는 모습을 밝게 비춰주었다. 그렇게… 그들은 계속 북쪽으로 날았다.

"우리 어디로 가는 거예요? 바다로 가서 폭탄을 터뜨릴 줄 알았는데요!"

티모르는 아무 말도 하지 않았다.

신화 속 괴물처럼 생긴 갈색과 초록색 퍼르카강은 그 투명한 배 안으로 자신이 먹어치운 모든 것, 마을, 나무 무더기, 길, 기찻길을 보여주며, 그들 아래에서 꿈틀거렸다.

글로리아는 그들이 지금 빅락과 그 댐으로 향하고 있다는 사실을 문득 깨달았다.

"만육천 명이 거기 있다고, 말씀하셨잖아요!"

"그리고 사만 명이 프래스토에 있어. 오백 명은 이요트섬에 있고. 계산을 해봐, 애야. 계산이라는 것을 해본 적은 있니? 한 번이라도? '성벽이 무너지기 시작했어!' 강을 진정시키는 유일한 방법은 빅락댐에서 물줄기를 둘로 나눠 반으로 줄이는 것뿐이야. 마일드는 잊어라. 코베트도 잊어. 나도. 젠장 내가 뭘 하든. 할 말이 있으면 해봐라. 댐을 폭파하는 것 말고 내가 무엇을 더 할 수 있지?"

제34장

검소한 생활

로즈시

　새로 도착한 사람들의 이름이 붙은 게시판 외에도 클렘이 매일 방문하던 곳이 있다. 지금은 다리가 부러진 조종사가 차지한 해먹이었다. 털털거리는 엔진을 달고 댐 바로 위로 낮게 날다가 한쪽 날개 쪽으로 기울어지기 직전 몇몇 텐트를 아슬아슬하게 피하며, 그는 착륙했다.

　어디 가는 중이었느냐는 물음에 그 조종사는 홍수에 씻겨 모든 것을 잃은 사람들에게 이불과 약품을 가져다주고 고향으로 돌아가는 중이었다고 말했다. 도시 사람들은 정말 훌륭하다며 그를 영웅으로 대접해주었고 선인장으로 담근 술 한 잔을 자꾸만 권했다. 이들은 조종사가 회복했을 때 깜짝 선물을 선사하고자 심지어 비행기를 고쳐주기까지 했다.

클렘은 비행기를 열정적으로 좋아했다. 집에 살 적에는 비행기가 한 대라도 날아가는 소리가 들리면 엄마와 함께 밖으로 달려 나오곤 했다. 비행기 한 대가 불시착하자 클렘과 다른 소년들은 너도나도 비행기를 보러 달려왔다. 그리고 조종석에 앉아보려고 줄을 서기도 했다. 실제 조종사를 만나보고 싶었던 클렘은 개를 데리고 성지를 순례하듯 종종 그 해먹을 찾아왔다.

"이 녀석은 하인즈예요."

그는 마치 제물처럼 자신의 개를 내밀며 말했다.

이제 클렘은 매일 이곳에 왔고 조종사는 여러 이야기를 들려주어 클렘을 기쁘게 해주었다. 그동안 하인즈는 불안에 몸을 떨며 조종사의 가슴에 안겨 있었다.

하인즈의 기억에 불안하고 두렵지 않은 날이 한 번은 있긴 있었다. 하지만 그것은 자신이 아니라 무리 속에 있던 다른 개를 떠올린 것일지도 모른다. 무리가 있긴 있었던 것인지, 있었을까? 꼬리를 뒷다리 사이로 숨기지 않은, 두렵지 않은 날들도 있었는데, 정말 있었던 것일까? 어쨌든 상관없다. 물은 클렘을 삼키거나 쓸어버리지 않았다. 하인즈는 클렘의 품에서 잠들었을 때 오두막, 나무, 별이 빛나는 밤, 낚싯대 꿈을 꿨다. 책도. 어느 평안한 밤에, 물의 장벽이 꿈을 모두 쓸어가 여러 조각으로 쪼개버리거나 그를 악몽의 바다로 떠내려가게 하는 일은 없었다.

클렘은 그를 데리고 산책하려 했지만, 하인즈는 받아들이지 않았다. 개는 꼼짝도 하지 않고 앉아 있으려고만 했다. 강으로, 뱀이 있는 곳으로, 모닥불로, 우박, 진흙, 대량 학살의 장소로, 총이 있는 곳으로⋯ 되돌아갈까 두려웠다. 히아신스와 뛰어다니는 쥐를 또 게걸스레 먹어야 할까 봐 두려웠다. 하지만 이제는 클렘이 있었다. 하인즈는 클렘과 함께였다. (이제 그는 클렘을 이렇게 생각했다.) 내 사람. '내 사람'이었다.

제35장

비행 중의 난기류

AAF66 폭격기 위에서

하늘을 날면서 티모르가 말했다.

"내 아내가 왜 도망갔는지 이제 이해가 되니? 때때로 손을 댈 수 없는 일들이 일어나지. 그럴 때는 어떤 노력을 기울여도 바로 잡히지 않아. 모두가 총리에게 책임을 물으려 했을 거야. 꽤 많은 계획을 세워뒀었지. 홍수에 망가진 공장을 계속 건조시키고, 노동자들을 계속 일하게 하고…. 하지만 이모든 일은 비가 그쳐야 가능한 것이었어. 그런데 아내가 일기예보를 읽고, 그 모든 것이 무너져버릴 것을 직감했던 거야. 그 모든 원망과 비난을 결국 총리가 뒤집어쓰게 될 것이고. 그러니 기가 죽었던 거지. 내게도 알려줬다면 좋았겠지만…. 아마 기차 안에서 설명해주려고 아껴둔 것일지도…."

글로리아는 안전띠를 맨 상태에서 돌릴 수 있는 가장 멀리까지 티모르를 피해 고개를 돌렸다. 부루퉁해진 채 창밖을 내다보았다. 열여섯 살 하녀가 가진 무기가 조용히 토라지는 것 말고 무엇이 있을까? 티모르는 댐에 폭탄을 떨어뜨릴 것이다. 글로리아는 그와 다시는 말을 섞지 않을 것이다. 막혀 있는 하수구에 쌓여가는 쓰레기처럼, 그 생각이 글로리아 머릿속에 계속 쌓여간다는 것이 문제라면 문제였다.

"그들에게 조심하라고 '미리' 알릴 수도 있잖아요! 로즈시에 착륙해서 그들에게 무슨 일이 일어날지 경고해줄 수 있잖아요!"

글로리아가 무심결에 불쑥 내뱉었다.

"우리는 여기에 커다란 폭탄 두 개를 싣고 있어. 그게 떨어질 때까지 나는 아무 데도 착륙할 수 없단다. 게다가 누군가 고성능 폭탄을 싣고 네 뒤뜰에 착륙해서는 우리는 이 도시를 파괴할 거라 말해준다면 '너는' 어떻게 반응하겠니?"

글로리아는 창밖을 쏘아보았다. 글로리아는 그저 아직 열여섯 살일 뿐이었고, 그러니, 그 사람들이 어떻게 해야 하는지 알 길이 없었다. 하지만 어른들은 분명히 글로리아보다 더 현명할 것이다.

하늘에서 내려다보이는 것들은 말할 수 없이 아름다웠다. 아래 세상의 일들이 이렇게 잘 되어가고 있음에도, 천사들은 틀림없이 삐딱하게 보고 있다는 생각이 들었다. 침수된 기찻길은 깔끔한 은색의 바느질 자국… 같았다.

글로리아 옆에 있던 티모르가 갑자기 한숨을 와락 들이쉬었다.

"안 돼!"

강에서 기차의 잔해를 본 것이다. 기차는 산산이 조각나 있었지만, 여전히 흐르는 물 아래로 그 존재를 쉽게 알아볼 수 있었다. 프래스토시를 출발한 마지막 열차였다.

"아! 어떡해요! 선생님 아내분이요!"

"내가 저 기차에 함께 있었어야 했는데! 내가 지금 이곳에서 이러고 있으면 안 되는데. 나는 그저 아내가 도망간 줄로만 알았어. 내가 이렇게 만든 거야. 그 사람은 정말, …강한 사람이거든. 어쨌든 이런 말이 무슨 소용이 있겠니…. 봐라, 글로리아, 네가 정말 알아야 하는 것이 있다."

티모르는 고통스럽게 웃었다. 그는 상대를 쳐다보지도 않았다. 글로리아는 나쁜 예감이 들었다.

"원래 계획은 폭탄을 떨어뜨리고 그다음 너를 안전한 어딘가에 데려다주는 것이었어, 그런데 이제 나는 이 폭탄을…."

"그럴 필요까지는 없어요."

"…그리고 너도 알다시피, 이 일을 처음 한 것이 나만은 아니잖니. 다른 두 비행기도 우리보다 앞서 이리 보내졌고 두

대 모두 돌아오지 않았어. 우리는 그들이 성공하지 못했다는 것을 알고 있지. 왜냐하면 프래스토 근처의 강 하류 수위가 줄지 않았으니까. 좋아, 우박과 함께 폭우가 내려 그들을 추락시켰을지도 모르지. 아니면 폭탄을 떨어뜨렸지만 댐이 무너지지 않은 것일지도. 아마 그들의 폭탄이 폭발하지 않았을지도. 하지만 로즈시 사람들이 그들을 쏘아 추락시켰을 가능성도 크다. 그러니 로즈시는 또 다른 공격을 예상하고 있겠지? 그래? 그들이 우리를 쏠 가능성은 그 어느 때보다 커. 나는 상관없다. 하지만 내가 '너를' 데려왔잖니. 그러니 네가 범람한 물 때문에 죽어서는 안 되고, 마일드 때문에도, 있지도 않은 광견병 걸린 개들 때문에도…. 죽어야 하는 사람이 있다면 '나'여야 할 거야, 내가 한 짓이니까. 미안하다, '미안하다'는 말로는 충분하지 않겠지만 말이다, 그렇지?"

티모르가 너무 불같이 말하는 통에, 글로리아는 마치 자신이 꾸지람이라도 듣는 것 같았다. 소리칠 때의 티모르는 너무 시끄럽고 무서웠다.

"응? 뭐라도 말해보지 않을래?"

그가 왕왕거렸다.

글로리아는 사형선고를 받은 자신에게 마지막 소원을 말할 기회가 주어질지 궁금했다.

"혹시… 괜찮다면, …소우밀즈로 먼저 날아가 범람하지 않

았는지 살펴봐도 될까요? 제가 사는 곳이에요. 살았죠. 살았
었죠."

"소우밀즈까지 갔다가, 다시 돌아오려면… 연료가 충분치
않다."

"아. 물론 그렇죠. 알겠어요."

강물에 비친 폭탄은 강물 상류로 헤엄쳐갔다. 거대한 연어
가 알을 낳기 위해 자신의 길을 가는 것만 같았다.

"코베트의 지도에 있던 가장 가까운 피난민 캠프를 한 번
살펴보자. 그곳이 정말 존재하는지 말이야."

티모르가 제안했다.

"정말 좋아요."

글로리아는 그저 뒷마당에서 열리는 크로켓 경기에 초대
받은 사람처럼 예의 바르게 말했다.

호그 언덕에 있는 피난민 캠프라는 데에는 텐트는 물론이
고 명랑한 아이들에게 음식을 차려줄 야외 취사장 또한 없었
다. 물이 범람한 헐벗은 진흙 언덕만이 남아 있을 뿐이었다.
생명의 흔적은 없었다. 단 한 명의 영혼도 보이지 않았다. 피
난민 캠프라는 것은 또 다른 거짓말에 불과했다. 날개 아래
의 폭탄은 누군가 손가락으로 책상을 두드리는 듯 툭툭거리
는 소음을 만들었다.

"그 사람들, 아무도 보내지 않았네요. 이 지역을 살펴보지도 않았어요. 음식이나 이불 같은 것을 보내지 않은 것은 물론이고요. 보낸 건 미리 말하지 않은 폭격기 두 대뿐이네요. 그들을 절대 용서할 수가 없어요."

"그들은 그저 어린애처럼 행동한 것 같구나. …모든 것이 금방 지나가버리기를 바라며 눈을 감고, 손가락으로 귀를 막으며 라, 라, 라. 더 그럴듯한 가설이 있다면, 코베트나 누군가 정말 비행기를 보냈는데 비행기가 돌아오지 않았거나 혹은 돌아왔더라도 상황이 너무 심각해 회복될 가능성이 없다고 보고했겠지. 이런 식으로 말하면 사람들은 속기 쉬웠을 테고. 희망을 잃은 이들로 가득한 도시를 통제하기는 더 쉬웠을 테고…."

티모르는 초조한 듯 말을 줄였다.

"이제. 나를 비난할 생각 없니, 글로리아? 내게 화가 났지?"

글로리아는 어깨를 으쓱였다.

"그건 말대꾸 같을 거예요. 총리님이 절대 말대꾸하지 말라 하셨거든요…. 그러지 마세요."

"무엇을?"

"지금처럼 씩씩대시는 거요. 분노한 사람 같잖아요. 총리님이 항상 그런 모습이었어요. 저는 화나지 않았어요."

글로리아는 무릎 위에 두 손을 모으고 있었다. 1분이 지난

후 티모르가 말했다.

"너도 그러지 말아라."

"저는 안 그랬어요."

"너도 그랬어."

"저는 안 그랬어요."

티격태격하거나 울다가 갑자기 터져 나오는 그런 방식으로, 그들은 함께 웃었다.

바로 그때 그곳에서 아주 멀리, 빅락댐이 보였다.

"마을 위를 먼저 날아봐요. 한번 보게요."

"무엇을 보게? 여기 위에서 무엇을 볼 수 있겠니?"

"신이 돌보신다는 거요."

"신의 일이라는 것. 그것은 이런 방식은 아닐 거다. 내 말은, 저 위에 계신 분이, 정찰기처럼 순찰하시는, …그런 지리학적인 방식은 아니라는 거야. 댐이 보호받고 있다면, 그러니까 그들이 우리가 올 것이라 예상하고 기다린다면, 난 몇초 안에 폭탄을 떨어뜨릴 거다. 혹시라도 우리가 공격당하면, 나는 비행기 머리를 댐 쪽으로 향해 날 것이고, 부디 폭탄이 터지기를 바라야지. 이해되니?"

"선생님 이번에는 저를 겁주려고 하시네요."

그는 이번에도 성공했다. 1분 후 글로리아는 다른 이야기를 시작했다.

"다른 방향으로 도착하면 돼요. 그들이 전혀 예상하지 않을 만한 곳이요. 강에서 바로 들어가지 마세요. 도시 위에서 날면 되죠."

"고집이 세네요, 작은 총리님!"

그렇게 말하긴 했어도 그는 날개를 낮추고 강에서부터 비행기를 재빨리 몰았다. 가파른 언덕을 지나 낮은 지대의 초록과 금색 풍경을 지났다. 평소와는 달리 몇 주 동안이나 내린 비로 젖은 사막은 못 견디게 아름다웠다. 그들은 도시 주위를 에둘러 날았다. 구름에서 구름 사이로 빠르게 날아 (그들이 원하는 만큼) 잘 보이도록 아주 높은 곳에 도달할 때까지 계속 위로 올라갔다. 티모르는 산소마스크를 썼다. 공포가 글로리아의 뱃속에서 마치 생리통처럼 일었다. 두려움 때문에 죽을 수도 있는지 궁금해졌다. 검은 얼룩이 시야에 나타났다. 커다랗고 어두운 회색 얼룩이었다.

그리고 그때 아래에 무엇이 있는지 보았다.

피난민들이었다.

"세상에! 다른 세상이 여기에 있었어!"

티모르가 숨을 내쉬었다. 그는 앞으로 몸을 기울여 장갑 낀 손으로 앞 유리를 닦았다. 그리고 북쪽으로 비스듬히 날아서는 아내를 집어삼켰던 넓고 음산한 강으로 되돌아왔다.

20분 후, 과한 용기 탓에 무모할 정도로 비행기를 거칠게 조종하던 티모르는 두 사람 좌석 사이에 있는 폭탄 투하 장치 하나를 잡아당겼다. 잠깐 사이, 양쪽의 서로 다른 무게 때문에 균형을 잃은 비행기가 옆으로 기울었다. 그때 글로리아가 큰 소리로 외쳤다.

"명중!"

더러운 늪에 있던 부들(높이가 1~1.5미터 정도 되는 여러해살이풀−옮긴이)이 충격에 흔들렸다. 검은 진흙과 습지의 가스가 비행기를 향해 솟아올랐다. 글로리아는 티모르의 자리 쪽으로 몸을 기울여 다른 한 개의 폭탄 투하 장치도 잡아당겼다.

"우리가 해냈어요! …이번 것은 어디로 갔어요? 보셨어요? …아무도 죽이지 않았다고요! '죽이지 않았어요, 않았어요, 않았어요!'"

소녀는 큰 행복감에 젖었다.

티모르는 그다지 같은 생각이 아니었다.

"뭐가 해결된 건데? 아무것도 해결된 게 없다고!"

비행기마저도 마음이 무거워 보였다. 두 날개 사이 균형을 맞추느라 애를 먹고 있었다.

"돌아가요! 로즈시로 돌아가요, 선생님! 그 피난민들이 모두 어디서 왔는지 찾아내야 해요!"

티모르는 앞 유리를 다시 닦으며(바보 아닌가, 아직도 밖에는 먼지가 자욱한데) 얼굴을 찌푸렸다. 하지만 그는 로즈시를 목적지로 삼았다.

"이건 젊은이에게나 어울려. 내 시력이 나빠진 것 같아."

비행기는 낮게, 천천히 나아갔다. 댐을 표적으로 하는 세 번째 AAF 폭격기를 기다리던 기관총 사수나 유도탄을 쏘는 사람, 감시원들은 티모르의 전투기에서 폭탄의 자리가 비어 있는 것을 보게 될 것이다. 댐은 말도 못 하게 장대했다. 강은 평시 대비 다섯 배나 깊었고, 댐의 꼭대기까지 물이 거의 닿을 정도였다. 댐은 여전히 거센 물결의 공격을 버텨내고 있었다.

기관총 사수, 감시원, 유도탄 쏘는 사람의 자리 역시 비어 있었다. 티모르는 고글을 올리고 눈을 비볐다. 믿기지 않아서라기보다 잘 보려고 그랬다.

글로리아 역시 눈을 비볐다.

"음, '이게' 뭐죠? 제 머리에서 떨어진 줄 알았는데…."

"재야!"

"아이고, 이런."

"화산재야! 날씨 담당자들의 보고서 기억하니? '산 아래에서 일어나는 화산활동….' 기억하니? 무언가 분출하고 있어. 재야! 라차산에서 배출된 것!"

비행기도 역시 같은 생각인 듯했다. 하늘을 떠가던 회색과 검은색의 가루들이 프로펠러와 만나 광풍을 만들어냈다. 엔진은 마치 목을 가다듬듯 큰 기침을 해댔다. 공기 흡입구는 여전히 많은 가루를 삼켰다. 그리고 숨이 막혔다.

엔진이 사망했다.

비행기 아래로 협곡이 나타났다. 장밋빛의 붉은 강을 평야로 흘려보내던 바로 그 협곡이었다. 이제는 모두 말라버려 비어 있는, 빗물만 살금살금 흘러가는 경사가 가파른 협곡이었다. 뾰족한 돌과 쐐기풀 같은 키 큰 잡초가 전부였다. 이는 비행기가 댐의 뒤편으로 하강하기 직전까지 그들이 본 것들이었다. 이제는 이 풍경이 하늘에 있는 비행기를 잡아당기고 있었다.

기관총 사수, 감시원, 유도탄 사수는 물론 주변의 누구 하나 그들이 추락하는 것을 보지 못했다.

제36장

새의 추락

로즈시

로즈시에 추락한 지 일주일이 지났을 무렵, 다리가 부러진 AAF 조종사는 높고, 높고, 너무 높아 보이지도 않는 곳에서 울리는 비행기의 엔진 소리를 들었다. 그는 그것이 AAF 폭격기 소리라고 금방 알아챘다. 언제나처럼 조종사를 만나러 온 클렘은 조종사가 해먹에서 어떻게 해서든 일어나려 하는 모습을 보았다.

"도와줘! 비행기 소리를 들었어. 나는 가야 해."

몸이 매우 멀쩡하다 해도 해먹 밖으로 빠져나오기는 어려운 법이다. 그러니 슬개골이 부러진 조종사는 해먹 위에서 허우적거릴 수밖에 없었다. 허우적거리는 그의 모습은, 팔과 다리는 물론 욕까지 더해, 해변으로 쓸려온 문어처럼 보이기도 했다.

"왜 제게는 들리지 않았을까요?"

클렘이 비행기를 보지 못한 것을 아까워하며 말했다.

"입 닥치고, 그냥 그 말을 좀 줘. 그리고 날 좀 일으켜다오!"

뽐내던 영웅은 사라졌다. 대신, 해먹과 자기 무릎과 클렘에게 욕을 하는, 그저 두려움에 사로잡혀 분노하는 나약한 자가 있을 뿐이었다.

"저 말! 저 말 달라고. 그리고 '이 빌어먹을 개 좀 내게서 데려가,' 알겠니?"

위험한 상황인 게 분명했다. 하인즈는 위험과 해먹 위 남자가 느끼는 두려움을 감지했다. 뒷덜미 털이 곤두섰다. 개는 클렘 역시 이 냄새를 맡을 수 있기를 바랐다.

"사람들에게 뭐라고 말할까요?"

클렘이 물었다.

"아무것도 말하지 마! 너는 내가 간 것도, 어디로 갔는지도, 절대 보지 못한 거야."

"어디 가시는데요?"

"빌어먹을, 신경 쓰지 마!"

마크12 전투기 소리가 의미하는 것은 프래스토에서 또 다른 조종사를 보내 자신이 하려다 실패한 바로 그 일을 완수하려 한다는 뜻이다. 댐을 폭파하는 것. 지금도 물론이거니와, 달려올 전투기들이 줄을 서 있을 것이다. 댐을 파괴하는데 성공하면, 수백만 톤의 물이 폭포처럼 그가 있는 곳으로 흘러내릴 것이다. 그는 달릴 만한 몸 상태가 아니었다. 물론이런 말을 클렘에게 하지는 않았다. 다들 각자 알아서 살아가야 하니까.

클렘이 말을 내주자 조종사는 힘겹게 말에 올랐다. 그는 매듭이 진 밧줄로 말의 엉덩이를 철썩 때렸다. 말은 귀를 홱돌리더니 느릿느릿 걷기 시작했다. 클렘과 하인즈는 당황한채, 그들이 가는 모습을 바라볼 뿐이었다. 그때 클렘의 시선이 비어 있는 해먹에 꽂혔다. 최근 그는 바닥에서 잠을 잤다. 삼베 주머니 위에서, 그리고 누군가의 벽난로 깔개 아래에서. 고작 한 시간뿐이겠지만, 그 사이 그는 기분이 아주 좋을 것이다. 한 시간뿐이겠지만, 그사이 해먹은 공중에서 부드럽게 흔들거릴 것이다. 그냥 한 시간….

하인즈는 지름길로 내달리기 시작했고, 클렘이 빨리 따라오길 바라며 뒤를 돌아보았다.

"네 말 친구를 아저씨가 훔쳤어, 그치?"

클렘이 함께 속상해했다.

하인즈가 클렘을 향해 되돌아왔다. 그리고 소매를 잡아끌었다.

"알았어. 갈게. 갈게. 네가 좋아하던 말…?"

하지만 놀랍게도, 하인즈는 말을 쫓아 출발한 것이 아니었다. 그는 앞으로 뒤로 그저 이리저리 달릴 뿐이었고, 킁킁거리며 공기의 냄새를 맡고는 낑낑거렸다.

하인즈의 뇌를 잡아끄는 것은 더 이상 그를 질질 짜는 겁쟁이로 전락시키는 그런 불안이 아니었다. 나쁜 소식과 위급한 임무를 맞닥뜨리자 훈련을 받은 듯이 내면이 깨어났다. 저 위의 댐 옆 어딘가에서 하인즈의 주의를 끌 만한 일이 일어나고 있었다.

"산책? 산책하고 싶어?"

클렘이 물었다. 하지만 하인즈는 그저 달리려고만 했다.

AAF66은 협곡 위 경사가 급한 돌 위에 비스듬히 내려앉았다. 앞코보다 꼬리가 높이 들려 있었다. 그들이 도착한 사실은 아래 도시에 전혀 알려지지 않았다. 재가 눈처럼 흩날리고 있었다. 땅과 땅으로. 먼지와 먼지로. 협곡의 측면으로 똑똑 떨어지는 빗줄기는 거대한 물줄기를 만들어 비행기 구석

구석을 씻어내고, 발밑 공간을 채우고, 조종사의 가죽 부츠에 스며들었다. 티모르의 온몸이 은빛 조각으로 반짝거렸는데, 물이 아니라, 산산이 부서진 앞 유리의 잔해들이었다. 글로리아는 얼굴과 목에 붙은 조각들을 하나씩 하나씩 떼어내며, 계속해서 중얼거렸다.

"죽지 마세요. 선생님, 죽지 말아요. 선생님은 아직 죽을 때가 아녜요."

티모르의 셔츠 앞으로 피가 보였지만 어디서 난 건지 글로리아는 알 수가 없었다. 헬멧을 벗겼다. 티모르의 목에서는 씩씩 소리가 들렸는데 산소마스크가 가슴뼈를 누르고 있었기 때문이다. 글로리아는 산소마스크를 티모르의 입에다 대주며 조종사가 숨을 편하게 쉴 수 있기를 바랐다.

사실 글로리아는 땅에 곤두박질친 것 말고는 아무것도 기억나지 않았다. 마지막 5분의 일들은 하나같이 충격적이었을 것이다. 소녀는 희미한 고통을 느꼈는데, 까마귀가 어디서부터 먹기 시작할까 고민하며 여기저기 콕콕 찔러대는 것처럼, 몸 여기저기를 돌아다니는 고통이었다. 다만 코만큼은 계속 아팠다. 조종석 자리 덮개 밖으로, 회색으로 부드럽게 솟아오른 것이 눈에 띄었다. 꼭 비행기의 잔해 사이를 헤엄치는 상어 같기도 했다.

"깨어나시면 그리스어를 배울게요. 깨어나시면 라틴어와

그리스어와 긴 나눗셈도 배울게요. 그리고 다시는 골칫거리가 되지 않을게요."

하지만 이런 꾐임에도 티모르는 넘어오지 않았다. 그의 귓바퀴 속 역시 온통 피로 범벅이었다.

"귀가 정말 멋지네요, 선생님. 선생님과 함께 지낼 수 있었던 총리님은 정말 운이 좋으셨던 거예요. 그분은, 정말, 평범한 외모인데. 말하자면, 저처럼요. 그랬었죠, 제 말은. 죄송해요."

비행기 연료 냄새가 강하게 풍겼다. 그 때문에 머리가 빙빙 돌았다. 티모르는 괜찮을 것이다. 키가 훨씬 크니까 신선한 공기에 더 가까이 있을 테니…. 다만 티모르가 처한 상황은 절대 괜찮지 않았다.

"선생님, 지금 나갈까요? 그렇게 해야 해요. 지금 정말로 밖으로 나가야 해요. 그래야 하지 않을까요?"

글로리아의 코에서 나온 꽤 많은 양의 피가 티모르의 셔츠 위로 떨어졌다. 글로리아는 사과했다.

"모그다!"

티모르가 날카롭게 숨을 들이쉬며 말했다.

그 소리에 글로리아도 순간 잠에서 깨어났다. 글로리아는 자욱한 매연 위로 꿈틀거리며 일어섰다. 그리고 깨진 앞 유리 사이로 머리를 밀어 넣어 신선한 공기를 들이마셨다.

"모그다가 누구예요? 선생님이 전에도, 찬장에 있는 동상 같은 것을 치며 한 번 말씀하셨거든요."

글로리아는 아직 죽지 않았다는 충격에서 벗어나는 데 이 질문이 도움이 되었으면 했다. 갑자기 긴 나눗셈을 배우겠다고 한 약속을 지키려면 정말 귀찮아지지 않을까 걱정이 되기도 했다.

티모르가 눈을 떴다.

"물론, 내 아내 이름이지. 그 사람이 태어날 때부터 최고 통치자였겠니? 아내 이름은 모그다 검보야."

"어떻게 제가 그걸 몰랐을까요?"

"오, 그건 금기어였다. 절대 입 밖으로 내어서는 안 되는 말이지. 나는 때로 그런 생각을 한다. 국가 원수가 되려는 아내의 야망은 이 '모그다 검보'를 지우는 데서 출발했다고. 그나저나 담배 있니?"

"당연히 없지요! 하녀는 그런 깃을⋯. 그건 해고감이에요, 선생님."

"맞아 그렇구나. 나도 담배는 안 피운다."

이제 티모르가 의식을 회복했으므로, 글로리아는 제발 비행기에서 나가자고 했다. 그는 날씨가 괜찮은지 알아보려고 머리를 조금 돌려보았다.

"안될 것 같은데. 아래쪽에 뭔가가 말끔하지 않구나. 다리를 움직일 수가 없어. 허리가 부러진 것 같아."

글로리아는 두 손으로 입을 꽉 막았다. 나오려던 비명이 안에서 가라앉았다.

"창문으로 튀어나온 회색 물체, 폭탄인지, 저거 때문인 것 같아요, 선생님. 두 번째 것이요. 제가 핸들을 당겼을 때 떨어지지 않은 것 같아요."

"아, 그러게, 조작이 어려웠을 거라 생각은 했다."

티모르는 고개를 멀리 돌렸다.

"빨리 나가, 어서 가, 이제. 잘 가라."

하지만 어떻게 그럴 수 있을까? 그가 무섭지 않은 척이라도 했다면, 글로리아는 가버렸을 것이다.

글로리아는 그대로 자리에 앉았다.

"아직까진 폭발하지 않았어요. 괜찮을 거 같아요. 뒤쪽 금속 상자 같은 데 조명탄이 있어요."

"담배를 대신할 만한 건 없는 모양이구나."

"사용법을 읽은 다음 하나를 꺼내 불을 붙일 수 있을 것 같다는 뜻이었어요. 조명탄으로는 무엇이든 할 수 있잖아요. 우리를 도우러 사람들이 올지도 모르고요."

애써 뒤를 돌아보느라 티모르의 눈에는 흰자만 보였다.

"안 돼! 안 돼, 제발! 시장 한가운데 내 머리가 장대에 달리는 것은 원치 않아. 그래, 죽을 때 죽더라도 현지인들에게 짐승 취급받는 건 감당할 수가 없다. 폭탄의 의미는 정확히 말하면 '나는 평화를 원해, 친구' 이런 뜻은 아니야, 알겠니? 오, 그리고, 네가 조명탄을 켜거나, 그러고 보니, 담배에도 불을 붙이면, 우리는 불꽃놀이의 불꽃처럼 하늘로 치솟아버릴 수도 있어. 연료 새는 냄새가 나지? 그러니까 가라, 응? 아무리 좋은 제안도 이제는 그만, 제발….."

그를 겁주었다는 사실에 글로리아는 자신이 싫어졌다. 이제 하라는 대로 가야 할지도 모르겠다. 하지만 티모르는 자기도 모르게 글로리아의 손목을 꼭 잡고 있었다. 글로리아는 다시 그 자리에 앉았다.

"이분되었다. 기상학자. 'In atramento est veritas'. 초성 퀴즈. 실랑이적인."

글로리아는 티모르가 가르쳐준 것을 전부 기억하고 있다며 그에게 이를 확인했다.

"실용적인."

티모르가 웃으며 말했다.

"'실랑이'라는 말은 서로 자기가 옳다며 티격태격할 때 쓰는 말이지. 우리가 늘 하던 것처럼."

하인즈는 로즈시로 올 때 맡았던 협곡 냄새를 여전히 기억해낼 수 있었다. 모든 냄새에는 기억의 조각들이 담겨 있다. 그곳의 정상 윤곽선 너머로 보이는 절벽 위에는 말이 절망적으로 서 있었다. 우박이 마치 후추처럼 뿌려진, 돌기둥이 있는 풍경…. 늙은 남자의 손. 여러 가지 기억들이 관심을 가져 달라는 듯, 그의 뇌리를 파고들었다. 하지만 하인즈는 그 기억들에 시간을 내어줄 수 없었다. 산에 오르느라 고군분투하느라 하인즈의 심장 또한 아팠다. 시간이 흐르는 사이 개의 몸에 있던 젊음은 다 뽑혀 사라지고 없었다. 산을 오르다 보니 유난히 와닿았다. 하인즈는 갑자기 늙은 개가 되어 있었다. 그는 늘 늙은이들을 참아내지 못했었다….

"하인즈, 천천히!"

클렘이 불렀다.

죽음의 사냥개가 옆으로 성큼성큼 따라왔다.

"안 돼. 나는 하인즈야, 큰 운을 타고 난 개라고. 나는 아직 끝나지 않았어."

'나도 알아. 내가 온 것은 너 때문이 아니야.'

죽음의 사냥개가 말했다. 그리고 앞서 달려 나갔다.

"무슨 일을 하시나요, 티모르 씨, 선생님?"

글로리아가 물었다. 왜냐하면, 누군가 말을 하느라 바쁠 때는 확실히 죽음에 이르기가 어렵기 때문이었다.

"집무실이 있잖아요. 사람들은 집무실에서 무언가를 하지요. 거기서 무슨 일을 하세요?"

"글을 쓴단다. 연극도. 이야기도. 지금까지는 바다 한가운데 있는 도시에 관한 오페라를 쓰고 있었어. 그곳에서는 사람들이 타조를 타고 돌아다녀. 타조가 그럴 만한 기분일 때만이지만, 무슨 말인지 알지? 남자들은 달까지 닿는 사다리를 짓고 있어. 여자들은 지저귀는 새소리로 천을 짜서는 아주 멋진 드레스를 만들었어. 이는 마음을 다친 자들을 위로하기 위한 것이야. 여자들은 모두 자기 남편이 가장 먼저 달에 닿아 왕이 될 거라 믿어. 여자들은 자기에게 어울리는 여왕의 드레스를 갖고 싶어 하지. 남자들은 모두 서로 옥신각신하며 한 번에 사다리를 올라가려고 해. 모두 꼭대기에 가장 먼저 닿길 바라지. 그들은 그곳에 공장을 지으려 하고 연료로 쓰려고 나무를 베려 해. 물론, 달에도 나무가 있어."

글로리아는 흥미를 느꼈다.

"그들, 그러니까 선생님의 사람들은 무엇을 먹어요?"

"만나. 섬의 암초 위에 설탕 결정체처럼 자라나서, 손으로 먹을 수밖에 없어."

"숟가락이나 나이프는 안 쓰고요?"

"식탁 용품은 절대 안 써."

"언젠가, 사람들에게 보여주실 수 있으세요? 쓰고 계신 오페라요."

"실없는 소리 하지 마라. 프래스토에는 오페라극장이 없단다."

"어머, 그거는 극장도 필요해요? 저는 오페라가 무엇인지 몰라요. 들어본 적도 없어요. 분명 소우밀즈에는 그런 게 없을 거예요."

"노래와 함께하는 연극 같은 거야."

의식을 겨우 붙들고 티모르가 대답했다.

"노래하는 타조는 어디서 데려오실 거예요?"

티모르가 한숨을 쉬었다.

"세부 사항들. 세부 사항들. 광고도 할 거야."

그렇게 대답하고는 스르르 잠에, 혹은 그와 비슷한 것에 빠져들었다.

티모르는 죽은 듯 차가웠다. 글로리아는 도움을 요청하러 가겠다고 했지만, 가지 않았다. 왜냐하면, 그렇게 되면 티모르가 혼자 있어야 하는데, 그 생각을 하니 견딜 수 없었다. 글로리아는 뒤로 손을 뻗어서는 자신의 여행 가방을 비웠다. 금색 식탁 용품이 달가닥 소리를 내며 바닥에 떨어졌다. 총리로서 받은 기념품이었다. 글로리아는 자신의 체크 드레스와 여동생의 잠옷과 〈더 보이스〉 신문의 잘라낸 조각을 티모르에게 덮어 따뜻하게 해주려 했다.

깨진 창문으로 들어오는 찬바람에 신문지가 펄럭였다. 마치 죽은 갈매기의 깃털 같았다.

'…In atramento est veritas…프래스토의 적들…지방 사람들은 모두 안전해…광견병에 걸린 개….' 찢어진 신문은 거짓으로 글로리아를 조롱했다. 티모르를 다 덮어주자마자 비가 내리기 시작했다. 갈라진 유리 사이로 차고 날카로운 빗방울이 떨어져, 신문지를 적셨다. 조종석 지붕에 쌓여 있던 재들이 다 씻겨 내려갔다.

마침 글로리아의 위, 비행기 지붕 꼭대기에, 소녀를 바라보고 있는 개 한 마리가 있었다. 혀에는 침이 고인 채 이빨에는 거품이 가득했다.

하인즈가 도착했을 때, 죽음의 사냥개는 소유권을 표시하려는 듯 비행기의 한쪽 바퀴에 대고 오줌을 누고 있었다. 그 때문에 비행기 몸통 아래가 패였는데, 죽음의 사냥개의 거대한 발은 협곡으로 조약돌을 파헤치고 땅을 팠다. 비행기가 비탈 아래로 미끄러졌다. 프로펠러는 권총을 쏘는 듯한 소음을 내며 부러지고 말았다.

"멈춰."

하인즈가 말했다.

'왜? 이 사람들이 네게는 뭐라도 되나 보지?'

"아니야. 하지만 더는 안 돼. 너는 이미 많이 가져갔잖아."

'이 자들을 위해 나와 싸울 거지?'

"필요하다면."

사냥개는 기운이 빠져서는, 온갖 지하의 냄새, 그러니까 땅, 식물의 뿌리, 썩은 냄새를 풍기며 쉰 목소리로 웃어댔다.

'이건 내 일이야. 나도 어쩔 수 없다고.'

하인즈는 고개를 갸웃했다.

"이 두 사람은 운명에 맡기는 게 어때, 괜찮잖아?"

하인즈가 제안했다.

'하지만 내가 곧 **운명**이야!'

넘쳐나는 일감에 지친 죽음의 사냥개는 둥글게 세 바퀴를 돌고 이내 앉으려다 결국 앉지 않았다. 사냥개는 기진맥진했다. 홍수 때문에 밤이고 낮이고 바쁘게 달렸다. 라차산에서부터 바다까지, 수천만의 사람과 생명을…. 죽음의 사냥개는 어지러운 비행기 연료의 악취에서 떨어져서 그 문제를 숙고해보기 위해 성큼성큼 물러섰다. 하인즈는 비행기 동체로 다시 뛰어가서 자랑스럽게 섰다.

개는 클렘을 비행기 쪽으로 불러내려고 계속 짖어댔다. 기침이 나올 정도였다. 하인즈는 그 자리에 앉아 울부짖었다. 자신의 울부짖음이 협곡의 벽 사이에서 어떻게 울릴지 궁금했다. 클렘이 와서 볼 때까지, 하인즈는 비행기 안에 있는 소녀에게 그렇게 노래를 불렀다. 하마터면 하인즈는 소녀의 가슴에 누울 뻔했다. 그는 전에 즐기던 수영만큼이나 사람의 몸통 위로 올라갔다 내려갔다 하는 것이 좋았다. 하지만 이 소녀는 하인즈를 잘 모른다, 그리고 초대받지 않은 채 낯선 사람 위로 올라가 앉는 것보다는 지금처럼 그대로 앉아 있는 것이 낫다는 것 또한 잘 알고 있다. 하인즈는 소녀가 클렘을 훨씬 반가워했다는 것도 알았다. 클렘을 본 소녀가 안도의 눈물을 흘렸기 때문이다. (사람들이 다른 여러 이유로 울 수 있다는 것을 하인즈가 안 것은 세 살 때였다.)

"만약 허리에 부상을 입은 거라면, 함부로 움직여서는 안 돼."

글로리아가 사정을 설명하자, 클렘이 말했다.

"포레스트 굽이에도, 쌓여 있던 문짝이 쏟아지는 바람에 그 밑에 깔린 남자가 한 명 있었는데, 사람들이 몇 시간 동안이나 그 사람을 들어 올리려 하지 않더라고. 혹시 허리 부상일 수도 있으니까."

"포레스트 굽이? 소우밀즈를 말하니?"

마음에 희망이 차오른 글로리아가 물었다.

"물론. 거의 옆집이나 다름없지."

"너도 떠내려왔니?"

"상류의 거의 모든 지역이 물에 휩쓸렸어."

글로리아는 목 놓아 울다 비행기가 꿈틀하자 갑자기 울음을 멈췄다. 둘 다 비명을 질렀다. 동체 꼬리 때문에 빗겨 놓여 있던 돌이 굴러떨어져서는 쨍그랑하고 폭탄을 쳤다. 클렘은 최대한 빨리, 최대한 멀리, 자기 개를 간절히 부르며, 허둥지둥 뛰어갔다. 글로리아는 웅크리려 했지만, 몸이 뻣뻣해 잘되지 않았다. 다행히 폭발이 일어나 날아가지 않게 되자, 클렘이 과감히 돌아왔다.

"안에 있는 남자, 그 사람이 여기 폭파하러 온 거야?"

클렘이 돌을 손에 쥐고 물었다.

"아니야! 우리는 폭탄을 습지에 버리려 했어. 하지만 내가 지렛대를 잘못 당겼는지 폭탄은 떨어지지 않았고, 무슨 일인가 일어났는데 그건 기억이 잘 나지 않아."

클렘은 가까이 다가와 개에게 오라고 손짓했다. 하지만 하인즈는 여전히 그대로 서 있었다.

"이 남자, 네 아빠야?"

"아니. 이분은 티모르야. 그게 이름인지 성인지는 모르겠어. 그냥 티모르야. 어서 밖으로 꺼내야 해. 티모르는 없어서는 안 되는 사람이야. 그럴 수는 없어."

그리고 글로리아는 비어 있는 여행 가방을 들고 발밑 공간의 물을 퍼내기 시작했다.

그런 글로리아에게 클렘이 말했다.

"난 가족이 있어. 우리는 서로 헤어지고 말았지. 배가 뒤집혔거든. 하지만 모두 로즈시로 향하고 있었으니까. 곧 다른 가족들도 따라올 거야. 우리는 헤어지고 말았지만 '다들 곧 따라올 거야.' 너도 이런 거 맞지?'"

그 소년의 말하는 방식이 어찌나 살벌한지 글로리아는 흠 칫 놀랐다. 하지만 불현듯 그를 완전히 이해할 수 있게 되었다. 그들은 오히려 협력자였다. 같은 어려움과 두려움이 그들을 결속시켰다. 사정을 모두 말할 수는 없겠지만, 홍수 때문에 둘 다 고아가 될지도 모를 일이었다.

"발이 방향타 막대 아래에 끼어 있어."

비행기 옆으로 올라와 조종석을 측면에서 대충 살펴본 클렘이 말했다.

글로리아가 조종장치 아래로 기어 들어갔다. 그러자 비행기를 타고 흐르던 물줄기가 글로리아를 따라 흘러내렸다. 얼음장처럼 차가웠다. 티모르의 부츠를 누르고 있는 것은 말 그대로 금속 막대였다. 글로리아는 막대 한쪽을 온 힘을 다해 간신히 움직였지만 결국 막대의 다른 쪽 끝이 오른쪽 부츠를 더 깊이 누르고 말았다. 여러 개의 기둥과 장치들이, 글로리아를 방해하고 찔러대며 둘러쌌다. 우산과 코트 걸이와 끈적거리는 진흙 묻은 장화가 찔러대는 벽장 안이나 이곳이나 다를 게 없다며 스스로를 달랬다. 글로리아는 티모르의 비행 부츠 끈을 더듬거리며 잡아당겼다. 하지만 눈으로는 전혀 확인할 수 없었다. 아마 불을 밝히면 볼 수 있을지도⋯. 매연 때문에 더 어지러웠고 숨 쉴 때마다 정신이 아득해졌다. 성냥! 조명탄 상자에 성냥이 있었다. 그것이라면 더 잘 보일 것이다. 글로리아는 좌석 사이를 더듬거렸다. ⋯그리고는 무언가에 손을 베었다.

금속이 사암 위를 긁어대는 무시무시한 소리 때문에 겁에 질린 하인즈는, 안절부절못하며 이리저리 오갔다. 그리고 그때 죽음의 사냥개의 커다란 형상이 시멘트 댐 가장자리에 서 있는 것이 눈에 들어왔다. 사냥개는 이쪽을 보고 있었다.

글로리아가 금색 식탁용 나이프를 휘두르며 자리에서 일어서자, 머리와 어깨가 조종석의 박살 난 앞 유리 밖으로 삐져나왔다.

"멋진 무기다. 이제 나올래?"

클렘이 감탄하며 말하고는 손짓했다.

"아니! 부츠 끈을 잘라 발을 빼낼 거야! 어서 와서 나 좀 도와줘!"

급히 부는 바람이 분홍 쐐기풀꽃을 흔들었다. 바람은 비행기의 망가진 한쪽 날개도 공격했다. 그 탓에 날개가 휙 당겨지며 아래쪽으로 꺼졌다. 그리고 힘줄과 핏줄 같은 전선에 걸려서는 동체에 대롱대롱 매달렸다. 덕분에 비행기가 움직였다. 하인즈는 비행기와 언덕 사이 점차 벌어지는 틈 사이로 폴짝 뛰어넘었다. 암석에서 떨어져나온 조각들이 협곡의 벽을 타고 아래로 굴러떨어졌다.

"그 사람 놔두고 와, 제발! 누가 봐도 죽었어."

클렘이 소리쳤다.

글로리아는 클렘을 말없이 쳐다봤지만, 눈빛은 고함치고 있었다. 그때 손 하나가 글로리아의 발목을 움켜쥐었다.

"나 안 죽었다. 다리 감각이 돌아왔어."

티모르가 작게 말했다.

"돌아가실지도 몰라요. 지금 당장 나오지 않으면요."

글로리아는 말했다.

제37장

변호를 간청함

로즈시

"여기서 숨어 계셔요, 선생님. 무엇을 해도 좋지만, 들키지만 마세요."

글로리아가 당부했지만, 바위 뒤에 웅크린 티모르는 이미 심하게 난타당한 상태라 누구라도 그를 일으켜 세울 수 없을 것이다.

글로리아와 클렘은 로즈시로 향하는 급경사지를 따라 내려갔다. 티모르는 아직 터지지 않은 폭탄 가까이에 숨어 있었다. 안전 때문이라고 했다. 그가 눈에 띄어서 (티모르가 말한 대로) '지역 사람들에게 짐승 취급받는 것'에 대한 두려움 때문에, 글로리아는 티모르를 더 아래로 데려올 엄두를 내지 못했다. 글로리아는 먼저 로즈 시민들에게 설명해야 했다.

설명할 것이다. 설명할 수 있을 것이다. 글로리아는 총리이고 어떻게든, 자신들이 적대감 없이 왔다는 것을 누군가에게 설득해야 했다.

그러나 결국 그것은 중요하지 않게 되었다.

글로리아와 클렘이 겨우 평지에 다다랐을 때 건물이 무너지는 듯한 소리가 났다. 비행기는 통제를 잃고 얽히고설킨 분홍 쐐기풀꽃과 자갈들이 우수수 떨어지는 비탈 위로 굴러, 암석 표면을 따라 계속 미끄러져 내려갔다. 미처 터지지 않은, 뚱뚱한 회색 번데기 같은 폭탄을 뒤에 남기고, 비행기는 협곡을 따라 내려왔고, 완전히 두 동강이 난 날개를 매단 채 내동댕이쳐졌다. 돌 위에 금속이 부딪치면서 불꽃이 일어나 연료 탱크에 불이 붙었고 불기둥은 곧 그 연료를 먹어치우기 시작했다.

시민평의회 의원들은 의사당의 내리닫이창 밖으로 몸을 내밀어 무슨 소란인지, 왜 사람들이 그렇게 흥분한 채 길에 모여들었는지를 물었다.

협곡에서 일어난 폭발 때문이었다. 일부는 그들의 영웅이자 부상자인 그 조종사가 수리된 비행기를 시험 조종해보다 다시 추락시킨 것이라 했다. 또 다른 이들은 말 그대로 하늘에서 비행기가 떨어졌다고 했다. 남자, 여자, 어린이 들이 협곡에 모여들었다. 잔해는 여전히 불타고 있었다.

하지만 한 조종사가 비틀거리며 언덕을 내려와 손을 흔들고 폭탄에 대해 말하며 다가오자, 그들은 확실히 그를 적이라 생각하기 시작했다. 그리고, 개떼처럼 달려들어 그를 쓰러뜨렸다.

얼마 후, 민병대가 그를 밧줄로 묶어 비탈 아래로 끌고 갔고, 소년, 소녀, 개가 커다란 소리로 항의하며 뒤를 따랐다.

글로리아가 티모르를 탓했다.

"왜 그냥 숨지 않으셨던 거예요? 왜 그냥 몸을 낮춰 숨지 않으셨냐고요? 제가 설명할 수 있으니 그때까지 숨어 계시라고 말씀드렸잖아요! 하지만 그러지 않으셨어요. 선생님은 공군 마크가 새겨진 양말과 양가죽 재킷을 입은 채 나타나 손을 막 흔드셨다고요. …이제 좀 보세요! 저 사람들이 선생님에게 어떻게 하는지 좀 보시라고요!"

"너 지금 꼭 내 아내 같구나. 억양을 완벽히 익혔는걸. 소리 지르는 것을 보니 아주 정확하다."

티모르는 손에 들고 있는 불이 붙지 않은 담배를 쳐다보았다. 그는 어떻게 이게 거기에 있는지 기억하지 못했다.

"네가 말한 대로, 내가 나타났어. 왜냐하면 그곳에 아이들이 있었기 때문이야. 군중들 가운데. 내가 무엇을 더 할 수

있었겠니? 미처 터지지 않은 폭탄 근처에서 아이들이 뛰어
놀도록 둘까? 그래서는 안 되잖아. 그래서 내가 나타나 아이
들에게 조심하라고 알린 거야."

그들은 문이 잠긴 법정의 피고인석에 앉아 있었다. 아무리
피고인석이라 해도 프래스토시 고등법원에 있는 철창과는
사뭇 달랐다. 티모르가 말했다.

"정말, 여기 것은 아기 울타리와 더 비슷하구나, 그렇지 않
니?"

법정의 벽은 온통 벽화로 가득했다. 신화 속 법 집행관과
정의에 대한 강렬한 그림들이었다. 네메시스, 솔로몬 왕, 함
무라비…….

"여기 오는 길에 봤니? 모든 집에 그림을 그려놨더구나!
헤나 염료 같은, 빨간색으로. 그들은 사암에서 그 색소를 얻
는 것 같아. 그리고 지붕마다 온통 깃대가 있고. 분명 애국심
투철한 아팔리아 사람이 많은 것 같아. 〈더 보이스〉에서 우
리가 읽은 것들과는 전혀 다르지. 로즈시에 관한 말들이 과
연 진실이었을까 의심스러워. 그 신문은 숟가락 공장에서 숟
가락을 찍어대듯 그저 거짓말을 마구 찍어댄 거야. 이곳은
댐을 짓기 전에는 더 아름다웠을 것 같아. 그리고 또 피난민
들이 오기 전에도. 정말 지저분한 무리인 피난민들이 오기
전에 말이야."

"선생님, 어떻게 될까요?"

"조바심 내지 마라. 넌 군인도 아니고 미성년자니까. 너는 괜찮을 거다."

"저 말고요. 선생님이요."

"아, 묻지 마라."

"묻고 있잖아요."

"음…. 이건 사형선고를 받은 남자의 마지막 담배가 될 거야. 사형수가 과연 언제 성냥을 켤 기회를 얻을 수 있을까? 개가 나를 변호하기 위해 뛰어올랐다는 사실에 나는 그저 감사할 따름이다. 개는 정말 일류 동물이야. 사람의 가장 친한 친구, 그 녀석 이름이 무엇이었는지 말해주렴."

"그 개의 이름은 하인즈예요."

"음, 하인즈와 모든 강아지에게 하늘의 은총이 있기를. 성난 민심을 서둘러 달래기에 가장 좋은 방법은 범죄자를 쏴버리는 것이지. …고개를 들어라, 글로리아. 결심한 내 마음을 흔들지 마라. 그건 친절하지 못한 행동이야. 오, 그리고 거기에 있지 마라. 사형선고를 받은 자가 마지막으로 변론하는 자리야. 알겠니? 거기에 있지 마라."

신경이 날카로워질 만큼 어딘가를 마구 긁어대는 소리가 들렸고, 노란색의 가는 물줄기가 문 아래로 흘러들었다.

"하인즈일 거예요."

그리고 문 두드리는 소리가….

"저 소리는 클렘일 거다. 저 둘은 절대 떨어질 수 없지. 너와 데이…. 미안하구나. 생각하지 말자."

정말 그랬다. 클렘이었다. 소년은 '잠긴' 법정 안으로 머리를 끼워 넣었다.

"너 어떻게 한 거야?"

"문 바로 옆 고리에 열쇠가 있어. 글로리아! 내가 지금까지 계속 목록을 살펴봤어! 벽에 이름 목록 있지? 거기에 '위노우 가족'이라고 있던데. 네가 아는 사람들인 것 같아! 빨리 와서 봐봐!"

글로리아의 심장은 폭탄처럼 터질 것 같았다. 법정 벽에 그려진 사람들이 휘청거리며 다가와서 이 말을 반복하는 것 같았다. '네가 아는 사람들인 것 같아!' 하지만 종이에 쓰인 것들을… 믿을 수가 없었다. 거짓말이나 속임수 같았고, 자신을 놀리는 것만 같았고, 실수 같기도 했다. 글로리아는 용기를 낼 수가 없었다. 게다가….

"지금 당장은 못 가겠어, 클렘."

"당연히 가야지. 문이 열렸어. 봐봐. 가라. 행운을 빈다."

티모르가 부추겼다.

"아니요."

클렘은 놀랐다. 자신에게 그 목록은 그야말로 전부였다.

그 목록에서 이름을 찾는 것은 악몽을 끝내는 열쇠를 찾는 것이나 마찬가지였다. 찾던 이름을 발견하는 것은 행복한 결말을 찾아가는 행위였다.

"선생님이 더 중요해. 내가… 마지막까지 옆에 있어드려야 해."

그때 로즈시의 시민평의회는 제시간에 도착해, 위엄 있게 줄을 지어, 법정 안으로 들어왔다. 모두가 노란 물웅덩이를 지나와서는, 클렘을 한 번 쳐다보고 그다음으로는 법정 안을 미친 듯이 돌아다니는 개를 쳐다보았다. 그러고는 다시 클렘을 쳐다보았고, 클렘은 하인즈를 안아 올려 티모르의 팔에 안겨주었다.

"행운을 가져다줄 거예요. 하인즈는 행운 그 자체예요."

그리고 클렘은 떠났다. 소년은 이후 도착하는 사람들을 위해 문을 열어두었다.

신문기자가 허둥지둥 급히 들어와 구석에 앉았고 속기사가 속기록 작성 준비를 했다. 재판이 공정한지 살펴볼 배심원은 없었다. 폭력적인 군중도 역시 없었다.

"재판을 시작합니다."

의자에 앉은 의장이 중얼거렸다. 의장은 얼굴과의 경계선을 따라 회색 곱슬머리가 바짝 나 있었다. 그는 진홍색 판사용 모자를 집어 들었다가 내려놓았다. 모자의 금색 자수가 자기에게 어울리지 않는다고 생각한 듯했다.

"피고는 일어나세요."

의장은 티모르의 옷에 묻은 핏자국 수를 살펴보고는 신체의 고통과 그 개가 얼마나 거추장스러울지 가늠한 뒤 다시 앉으라고 말했다.

"이름?"

"프래스토시, 퍼모스트 저택의 티모르 필로타판타솔 대위입니다."

속기사가 한숨을 쉬었다.

"피고는 이름을 또박또박 다시 한번 말씀해주시겠습니까?"

"네, 알겠습니다. 티모르 필로타판타솔 대위입니다."

"말할 것이 있습니까, 티모르⋯ 대위?"

의장이 물었다.

"재판정이 아름답습니다, 의장님."

의장은 주변을 둘러본 후 다시 물었다.

"네, 그렇죠? 다만 이용 횟수가 적어서 유감이지요. 자, 당신은 아팔리아 공군의 대위입니까?"

"아닙니다. 그분은 오페라를 쓰는 사람입니다."

글로리아가 날카롭게 말했다. 의장은 안경 너머로 글로리아를 바라보았다.

"여성분, 이름이 무엇이죠?"

글로리아는 이미 일어서 있었다.

"저는, 의장님, 최고 통치자 총리입니다. 모든 아팔리아 국가의 최고 우두머리죠."

의장석에서 웃음이 터져 나왔다. 비행기 충돌로 아이가 정신을 놓았나 싶었는지 의장의 아내가 웃음을 억누르며 부드럽게 말했다.

"애야, 그건 아닌 거 같구나. 어디 좀 앉아라. 좀 더…."

"네, 저는 아니에요. 맞는 말씀이에요. 하지만 어제까지는 맞았어요."

그 어린 인물은 피고인석에서 내려갔다. 글로리아는 고개를 돌려 한 의원에서 다른 의원으로 한 명씩 찬찬히 살펴보았다. 부러진 코가 커다랗게 부어올라 좀 더 인상적으로 보일 정도였다.

"진짜 총리님은 성벽이 닫힐 때쯤 도망갔어요. 그래서 제가 그 역할을 대신했고요. 홍수 이후 진짜 총리님이 돌아오실 때까지요. 아직 돌아오고 계시지 않는데, 아마 불행히도 돌아가신 것 같아요. 그래서 저는 보통 사람들이 알지 못하는 것까지 알게 되었어요. 보통 사람들은 지금 공장에 있고 그들이 아는 것은 신문에서 읽은 것들뿐이죠. 그런데 신문에 나온 것들은 주로 거짓말이었어요. 누군가 한 번 제게 이런 말을 했어요. 재난이 일어난 것 자체는 누구의 잘못도 아니다. 맞는 말이에요. 재난이 일어났을 때 '무엇을 했느냐'가 사실 제일 중요한 거예요. 저 아래 프래스토에서는 해야 하는 기본적인 일조차 하지 않았어요. 제 말은, 상원이요. 그들은 그저 심각하지 않다고만 했거든요. 사람들에게 정확히 말해줬어야 해요. '무엇을 해야 할지 모르겠어요. 우리는 아무것도 몰라요. 어떻게 해야 하죠?' 하지만 그렇게 진실을 말하는 대신 거짓말을 했어요. 상황이 악화되니 그들의 거짓말은 점점 더 걷잡을 수 없게 되었습니다. 그리고 마침내 정말 못된 계획을 세우고야 말았어요⋯."

티모르는 두 손에 머리를 파묻었다. 하지만 판사들은 말을 멈춘 글로리아의 다음 말을 그다지 기다리는 것 같지 않았다. 오히려 그 말이 모두를 불안하게 하기 때문이었다. 그들의 마음은 점점 어수선해졌고 표정은 점점 심각해졌다. 그들은 글로리아가 자기 나이의 세 배나 되는 정치가 행세를 했을지도 모른다는 사실을, 어느 정도는 믿는 눈치였다.

준비한 것을 다 쏟아내자, 글로리아는 갑자기 이야기에 빠져들었다. 목소리는 높아졌다. 그의 이야기는 점점 더 험악해지고 비현실적으로 변했다. 도시 전체가 신문 기사에 속는다고? 살해된 여성? 광견병 걸린 개? 학살된 동물들? 납치된 어린이들? 재판관들은 질문을 던지려고 아니면 마구 쏟아지는 말을 저지하려고 여러 차례 글로리아의 말을 중단시켰다. 기자는 공책을 다 쓴 나머지 속기사의 새 공책을 발가락으로 몰래 가져왔다.

"저는 이런 상황을 설명하려면 여러분을 만나야 했어요. 그래서 티모르 대위님에게 데려가 달라고 부탁했습니다."

갑작스럽게 사실과 다른 이야기가 나오자 티모르는 고개를 들었다.

"티모르 대위님은 댐을 폭파하러 와야 하는 유일한 사람이었어요. 이렇게 말씀드리는 이유는, '대위님'이 파견되지 않았다면, '다른 누군가' 파견되어 정말 폭탄을 떨어뜨렸을 것이기 때문이에요. 반면 티모르 대위님은 전쟁에서도 폭격기가 아닌 정찰기를 조종했던 분이고, 폭탄은 절대 떨어뜨리지 않을 생각이었어요. 어린이들도 있고, 사실은, 누구든 사람이 있는 곳에는 절대요. 폭탄을 달고 충돌한 것은 제 잘못이에요. 제가 스위치 위로 몸을 기대는 바람에 폭탄 투하 스위치가 조금 움직였고, 그걸 또 충분히 세게 당기지 않았던 거예요. 또 다른 폭탄이 진흙에 떨어진 것처럼 이번 것도 그럴 줄 알았죠. '철퍼덕!' 하지만 그것은 떨어지지 않고 여전히 그 자리에 있었어요. 그러므로 누군가를 쏴야 한다면, 저를 쏘세요. 왜냐하면 저야말로 골칫덩어리이기 때문입니다. 저는 여러분 모두를 미워하지 않아요. 전혀요. 절대요. 여러분들은 참 좋은 사람들이에요."

속기사의 연필이 부러졌다. 기자는 자기 것 하나를 속기사에게 던져주었다.

"이제 우리는 돌아갈 수 없어요. 프래스토시의 성벽은 무너지고 있고 오백 명의 어린이는 강 하류의 이요트섬에 기 있고요, 홍수가 끝날 때까지 마일드는 그들을 데려오지 않을 거예요. 왜냐고요? 그 쓰레기 같은 공장들이 '계속 돌아가야' 하거든요. 모든 건 다 돈과 공장 기계와 찻숟가락과 포크와 니켈 도금한 물건들과 관련이 있기 때문이에요. 마일드는 자기 자신이 권력을 갖고 싶어 하거든요. …그리고 티모르 선생님은 이제 공군이 아니에요. 이분은 오페라를 쓰고 있어요."

(글로리아는 이를 다시 한번 말했는데, 처음에 말한 것을 그들이 잊고 있을까 싶어서였다.)

로즈시 시민평의회 의원들은 책상에 팔꿈치를 대고 빨간 가죽 의자에 앉아 몸을 앞으로 내밀었다. 그들은 벽에 그려진 사람들만큼 평온하고 지혜로운 상태로 보이지 않았다. 오히려 혼란스러워했고 어쩌면 조금은 귀찮아했다. 어린아이의 증언을 듣느니 차라리 치과에 가는 게 낫다고 여기는 듯했다. 피고인석에 있던 개마저 재판정에서 느껴지는 괴로움을 느꼈는지 낑낑거렸다. 조종사가 너무 세게 안고 있기 때문이기도 했다.

글로리아는 계속했다.

"저희 엄마는 제가 집을 떠날 때 이렇게 말씀하셨어요. '천사의 편에 서도록 노력해라. 그렇지 않으면 잘못된 길을 가게 될 거야.' 하지만 그건 그렇게 쉬운 일이 아니었어요. 프래스토에서는 누가 천사인지 분간해낼 수가 없어요. 정치와 돈이 있고, 다른 이보다 더 똑똑한 사람들로 넘쳐나는 데다, 제가 들었던 그 천사 이야기를 엄마에게 듣지 못한 사람들로 가득한 큰 도시에서는 특히 더 어렵지요. 하지만 티모르 선생님과 함께 있으면서 저는 적어도 이분이 현명한 사람이며 천사 중 하나라는 것을 알게 되었어요. 그래서 제가 지금 이분 편에 서 있는 것이고요."

의장석에 앉은 얼굴들을 살펴보자, 글로리아는 안심이 되기 시작했다. 의장은 아랫입술을 쭉 내밀고는 양손에 쥔 빨간 판사 모자를 바라보며 안감을 바깥으로, 겉감을 안으로 계속해서 뒤집었다. 빨강/검정, 검정/빨강.

"땅에 구멍을 파야겠어. 아주 깊은 구멍."

그가 중얼거렸다.

피고인석에 있던 티모르는 사형선고를 받은 자를 산 채로 땅에 묻는 독특한 종교의식이 떠올라 몸서리를 쳤다.

의장의 부인이 다가와 의장의 손을 토닥거렸다.

"의장님이 조금 놀란 것 같군요. 홍수가 더 심해지고 계속되자, 우린 프래스토시를 걱정하기 시작했어요. 애초에 전보망을 다 잃었기 때문에 당신들이 이 모든 상황에서 어떻게 꾸려왔는지 정보가 전혀 없어요. 무언가 얻을 정보가 있는지 알아보라고 정찰병들을 보냈지요. 하지만 그들은 _1_야말로 가까이 가보지도 못했어요. 그 도시로 가는 길이 완전히 차단되었거든요. 안 그렇습니까? 게다가 보다시피 여기에는 비행기도 없어요. 제 남편은 댐이 결국 상황을 악화시키리라는 것을 깨달았죠."

"댐 '아래'를 파기 시작했습니다. 정말로! 깊게. 댐 기반 바로 아래. 물의 일부가 방향을 바꿀 수 있도록요."

의장의 목소리가 다시 원래대로 돌아왔다. 뒤를 이어 부의장이 말했다.

"하지만 그때 피난민들이 도착하기 시작했습니다, 아시잖아요. 매주 수십, 그리고 수백이 들어오고 있어요!"

"매 순간 늘어나고 있어요! 위생 시설도 그렇고, 질병, 식품 조달도…. 그러니 땅 파는 데 쓸 만한 시간이 없어요!"

네 번째 의원이 불평하듯 말했다.

"그렇지만 해야죠! 할 거예요! 지금 노동력이 없는 것 같지는 않군요. 미리 충분히 돕지 못한 것을 충분히 사과해야 할 것 같고요. 성벽이 무너지고 있다고요, 그렇게 말했나요?"

다섯 번째 의원이 불쑥 끼어들자 티모르가 대답했다.

"네, 의원님, 우리가 이륙할 때 보니 북쪽 벽이 조금씩 허물어지고 있었습니다."

"제가 이해가 안 되는 것이 하나… (의장은 기록을 참고했다) …있는데, 상원과 마…, 내가 쓴 건데도 읽기가 어렵군요. 당신들은 왜 '우리에게' 도움을 청하지 않았습니까? 어쨌든, 당신들은 비행기도 있잖아요! 비행기 한 대가 엔진 이상으로 이곳에 추락했어요. 하지만 조종사는 강 상류 사람들을 원조하려 했다는군요. 그는 당신들이 속한 그 땅과 연관된 것 어느 하나도 말하지 않았어요. 그래서 우리는 당신들이 잘 운영해나가고 있다고 생각했죠."

다른 의원들 또한 황당하다는 듯 웅얼거렸다.

티모르는 어렵게 일어섰다. 그 바람에 하인즈는 바닥으로 미끄러지듯 내려갔다.

"왜 도움을 구하지 않았느냐고요?"

티모르가 외쳤다. 목소리는 컸지만 불안해 보였다.

"왜냐하면 그 망할 댐을 우리가 만들었기 때문입니다, 그렇지 않나요? 우리가 당신들에게 가는 물길을 칠십 년 동안이나 막아버렸어요. 그래서 로즈 후손들은 끝내주는 바깥 환경을 충분히 즐기지도 못하고 공장에 틀어박혀 일하게 되었어요! 신문은 로즈 사람들에 대한 이미지를 만들어냈어요.

비어 있는 도시의 폐허 위에 진을 친, 일하기 싫어하는 외지 이민자들의 모임이라고요. 여러분이 언급했던 그 조종사는 원조하러 온 것이 아닙니다. 그는 댐을 폭파하러 왔어요. 노골적인 전쟁 행위였죠! 그의 비행기 또한 우리 것과 같이 곤경에 처했을 거라 생각됩니다. 그래서 폭탄을 바다에 버리고 착륙한 것이죠. 결백한 척 웃으면서 말이죠. 그리고 우리가 왜 당신들의 도움을 요청하지 않았느냐 물으셨죠? 말씀드리죠. 왜냐하면 우리는 당신들처럼 예의 바르고, 품위 있는 사람들이 세상에 남아 있다는 것을 상상하지 못했어요! 우리 신문에서 지어낸 거짓말 속 당신들은 인간 이하의, 비정상적인 야만인이었거든요! 우리의 지도자들은 연민이라는 것을 포기한 지 오래예요! 연민만 갖고는 공장을 돌아가게 할 수 없으니까요, 그렇죠? 너그러움에는 돈이 듭니다. 당신들이 우리를 '용서'할 줄은 몰랐습니다. 우리를 걱정하다니요! 그런 생각을 할 줄 몰랐던 나 자신이 진심으로 부끄럽습니다! 우리 도시가 부끄럽고, …물론, 보통 사람들 말고요. 그들은 진실이… 무엇인지 알지도 못한 채 거짓이나 위협에 시달려 왔습니다. 한 가지 말씀드리겠습니다!"

티모르가 두 손바닥을 너무 세게 마주치는 바람에 속기사가 악 하고 소리를 질렀다.

"여러분이 저처럼 부끄러운 한 사람을 신뢰해주신다면, 제가 그 폭탄, '제가 가져온' 터지지 않은 폭탄 말이죠. 그것을 옮겨보겠습니다. 댐 아래에 여러분이 구멍을 내려는 그곳에 폭탄을 떨어뜨려보죠. 바로 아래, 땅 밑으로 폭탄을 바로 겨냥하면 댐을 전부 무너뜨리지 않고도 댐의 기초 부분에 구멍을 뚫을 수 있을 것 같습니다. 당연히, 저 혼자요. 다른 사람 없이. 도르래 장치를 좀 빌려주십시오. 할 수 있을 것 같습니다. 아니면 시도하다 죽을 수도 있겠지만…. 망할, 제가 무슨 말을 하는 거죠?"

티모르가 잠시 말을 멈췄다. 티모르가 만든 계획은 세워지는 동시에 다 깨어져 허공으로 사라졌다.

"아니에요! 아니, 아니, 아니요! '시간'이 없어요! 며칠, 아니, 몇 주가 걸릴지 몰라요. 그리고 우리는 시간이 없어요!"

티모르는 두 손으로 머리칼을 빗어 넘겼다.

법정의 벽에 있는 네메시스, 솔로몬 왕, 함무라비가 무표정하게 진술을 듣고 있었다. 티모르는 창문을 향해 돌아섰기 때문에 벽의 그림을 마주할 수 없었다. 그렇게, 행복해 보이지 않는 사람들 다섯이 그저 그를 심리하도록 두었다.

"보세요. 프래스토에서는 제가 댐을 폭파하러 이곳에 온 것으로 알고 있어요. 그들은 아마 이 일이 마무리되길 희망하고 있을 겁니다. 그들은 퍼르카강의 유동량이 바로 절반으로 줄기를 기대하고 있을 겁니다. 아무 일도 일어나지 않는다면, 다시 말해 범람한 물이 줄어들지 않는다면, 그들은 제가 실패했다고 생각하겠죠. 그러면 그들은 또 '다른 비행기'를, 그리고 또 다른 비행기, 또 다른 비행기를, 이 일이 완료될 때까지 보낼 것입니다. 다음 폭격기가 지금 오고 있을지도 모릅니다. 댐 밑 굴을 지금 당장 파야 합니다. 시간이 없어요. 도시의 사람들 모두 집을 떠나 사막으로 가 있도록 해야 합니다. 피난민들도 역시요. 오늘 중으로. '로즈시를 버리고 떠나야 합니다.'"

끔찍할 정도로 모두를 압도하는 침묵이 티모르의 말을 집어삼켰다. 마치 메뚜기 떼가 나뭇잎을 먹어치우는 것만 같았다. 의원들은 피고의 증언을 심사숙고했다. 폭탄이 떨어지는 것, 평화의 비둘기, 도르래 장치, 비행기를 그리고 있는 두 손이 떨렸다. 쪽지 여러 장이 재판관들을 거쳐 의장에게 건네졌다. 그는 간신히 그 메모를 들여다보았다.

"대위, 그건 안 됩니다. 폭탄에 대해서는 걱정하지 마세요. 당신이 돌아가서 프래스토 사람들에게 이곳이 지금 어떤 상황인지 전하는 것이 훨씬 중요합니다. 그들에게 말하세요. 제발 우리에게 폭탄을 터뜨리지 말아 달라고. 물론, 우리가 도울 의향이 있다는 것도 알려주세요."

의장이 말했다. 양손에 들려 있던 판사 모자는 세게 비틀려 있었다.

티모르는 입을 벌린 채 넋을 잃고 그를 쳐다보았다.

"저희가 이렇게 말했는데도 그들이 제 말을 들을 거라고 생각하세요? 게다가 시간이 없어요. 어쨌든, 그렇다고 해도 제가 어떻게 가겠습니까? 제게는 비행기가 없습니다! 대피시키세요, 부탁입니다, 제발요! '대피시키세요!' 제발 제 말을 들으십시오. 저한테는 비행기도 없고 시간도 없습니다!"

클렘의 머리가 법정 문에서 튀어나왔다.

"그 조종사에게 비행기가 있어요. 아저씨가 오기 전 도망간 그 조종사요. 도망간 이유는 모르겠어요. 어쨌든 비행기는 다 고쳐놓았어요."

제38장

온데간데없이

로즈시

　로즈시 사람들은 젊은 조종사가 폭탄을 싣고 오다 망가뜨린 비행기를 헌신을 다해 모두 고쳐놓았다. 선물을 준비하는 어린이들처럼, 그들은 이 비행기가 깜짝 선물이 되길 바랐다. 그래서 '해먹 남자'는 비행기를 타고 집으로 돌아갈 수 있다는 사실을 깨닫지 못한 채 말에 올라 사막으로 가버렸다. 수리된 비행기는 로즈시의 다른 모든 것들과 마찬가지로 사진으로 장식돼 있었다. 아팔리아의 국기, 인어, 태양과 달…. 날개 끝에는 심지어 리본도 묶여 있었다. 이글거리는 태양 아래 반짝거리는 모습이, 축제가 열리는 장소에 놓인 놀이기구 같았다.

　무엇보다도, 연료가 될 기름도 충분히 들어 있었다.

"이곳에 연료가 있습니까?"

시민평의회 사람은 불안해 보였고 대답을 꺼렸다.

"연료로 쓰일 기름을 조금 찾았어요. 기름과 농업은 서로 같이 갈 수 없습니다, 대위님. 기름에 대한 언급을 피해주시면 감사하겠습니다. 프래스토와 같이 큰 도시에서는 수요가 많겠지요."

의장의 아내가 말했다. 뻔한 거짓말이었다.

"의원님! 그럼 로즈시 한복판에는 악취를 풍기며 검은 매연을 내뿜는 끔찍한 정유 공장이 없다는 말씀이신가요? 충격적이네요!"

의장의 아내는 티모르의 볼에 행운의 키스를 건넸다.

"이해해주셔서 고맙습니다. 우리는 오페라극장을 '훨씬' 선호합니다."

"하지만 시민들을 대피시키기는 해야 합니다. 제발요. '지금'요. 간청합니다. 긴급 상황입니다."

"곧 알게 되겠죠."

의장의 아내가 쾌활하게 대답하자 티모르는 갑자기 슬퍼졌다. 그들의 쾌활함, 그러니까 절대 절망하지 않는 그 낙관주의를 보고 있자니, 마음이 뒤틀려 누구라도 한 대 때려눕힐 것 같은 기분이 들어 어서 떠나고 싶다는 생각이 간절해졌다. 또한, 글로리아가 자신의 가족을 찾고 (혹은 찾지 못하고) 돌아오기 전에, 어서 떠나고 싶었다.

"용감하신 분이 계시면 제 프로펠러를 돌려주시겠습니까? 댐이 날아가는 순간에 저는 이곳에 있고 싶지 않습니다. 아, 협곡에 있는 폭탄에 사람들이 다가오지 못하게 하세요. 울타리를 치고. 경비병을 배치하세요. 필요한 것은 뭐든지 하세요. 제가 떠나 있는 사이, '누구든' 그 근처에 가지 '마세요.' 이해하셨습니까? 저 때문에 누구든 죽지 않았으면 합니다."

클렘은 피난민 이름 목록이 있는 곳으로 글로리아를 데려 갔다. 기쁜 마음에 글로리아가 자신을 마지못해 따라가고 있다는 것도 눈치채지 못했다. 거기엔 이렇게 쓰여 있었다.

위노우 가족, 8월 27일 도착. 지도상의 13/78 참조.

"캠프는 사각형으로 나뉘어 있어. 보이지? 여기 너희 가족들이야. 위노우 가족. 이리로 와봐. '클레멘트(클렘) 윌른(남자아이).' 그러니까 우리 가족이 오면, '그들'은 '나'를 어디에서 찾을 수 있는지 알게 될 거야. 너는 특정 구역으로 보내질 건데, 그곳이 네가 있을 장소야. 가족들이 너를 찾을 때까지. 알겠지? 보물 지도 속 보물 같은 거지."

클렘이 설명했다.

"나도 보고 싶어. 하지만 분명히 그들은 우리 가족이 아닐 거고, 설사 우리 가족이라 하더라도, 난 그들과 이야기할 수 없어."

글로리아의 말에 클렘은 당황했다.

"가족들이 너를 내쫓은 거니? 아니면 네가 가족에게 나쁜 딸인 거야?"

"우리 가족은 정말 좋아, 정말 멋진 사람들이고. 그리고 나는 그들을 사랑해. 하지만 나는 비행기를 잡아타야 해."

클렘은 점점 화가 치밀어 오르기 시작했다.

"이런 식으로 내 가족들을 찾겠다고 내가 어떤 노력을 했는지는 알아?"

"많이 노력했다는 거 알아. 혹시 네 가족을 못 찾으면, 우리 가족 좀 찾아서 내가 너를 보냈다고 말해. 우리 가족들은 너를 영원히 사랑할 거야. 그들은 그런 사람이야."

바로 순간 글로리아는 할 말을 완전히 잃었다. 콩나무 지지대에 매달린 아팔리아 국기 아래, 글로리아의 엄마, 아빠, 여동생과 남동생이 앉아 있던 것이다. 글로리아의 다리가 후들거렸다.

팔에 안겨 있던 하인즈가 뛰어내려 햇빛 가리개 밑의 사람들을 위협하듯 달려 나갔다. 두 손으로 눈 위에 차양을 친 채, 그들은 개가 다가오는 쪽을 쳐다보았다. 글로리아의 엄마가 일어서기 시작했다. 하지만 글로리아는 이미 등을 돌린 뒤였다.

글로리아가 클렘에게 말했다.

"갈 시간이야. 여기 머물 수 없어. 그리고 너는 내가 여기 왔다고 절대 말하면 안 돼, 알겠지? 나는 티모르 선생님과 함께 돌아갈 거야. 아직 끝내지 못한 일이 있어. 우리는 착륙하자마자 총살당할지도 몰라. 하지만 선생님은 내가 필요해. 우리는 한 팀이거든."

"아하, 너는 너 자신으로 사는 것보다 총리님으로 사는 것이 더 좋은가 보구나."

글로리아가 소리가 날 정도로 철썩 그를 때렸다. 그 바람에 뒷걸음질 친 개는 짖고 또 짖었다.

텐트에서 수군수군 목소리가 들려왔다.

"맞아. 맞는 것 같아…. 지금쯤 좀 더 컸을지도… 몰라."

"얘야, 세상에 그렇게 생긴 체크 드레스가 얼마나 많은데…."

"우리 글로리아는 아무도 때리지 않아."

글로리아는 클렘을 데리고 서둘러 떠났다.

"뭘 말하고 싶은 거야, 클렘? 나에 대해 말한 거, 요점이 뭐야? '야호! 저 여기 있어요. 그리고 돌아가서 총살당하라고?' 그보다 더 안 좋을 수 있어? 가족을 위하라고? 그들은 지금 내가 프래스토시에서 안전하게 지내고 있다고 생각할 거야. 정말 쉽지 않아. 나도 당장 가서 내 가족을 안고 또 안고 또 안고 싶어. …하지만 그들은 절대 나를 보내주지 않을 거야. 하지만 나는 가야 하고…. 네가 꼭 우리 가족을 대피시켜줘. '약속해.' 꼭 그래야만 해! 그리고 너도 꼭 대피하고. 모두 왜들 그러는 걸까? 어서 대피해야 할 텐데. 다들 나쁜 일도 우연히 일어날 수 있다는 것을 충분히 보지 못한 것일까…. '나쁜 일도 일어난다는 것' 정도는 이제 모두 알았을 텐데. 마일드는 폭탄을 포기하지 않을 거야! 그는 정말 그럴 거라고!"

글로리아는 전속력으로 달려 나갔다.

마음은 뒤에 있는 5에이커에 달하는 사막에 남겨놓았지만 말이다. 클렘은 글로리아를 뒤따랐다.

비행기 옆에서 글로리아는 클렘을 세게 안았다. 이는 자기 가족을 위해 아껴두었던 마음이었다. 글로리아는 비행기 엔진 소음보다 더 크게 소리쳤다.

"가족을 찾아줘서 고마워! 이제 적어도 죽지 말아야 하는 이유가 생겼어! 그런데 하인즈는 어디로 갔어? 잘 있으라고 말하고 싶었는데…."

"나는 네가 돌아오지 않기를 바랐다."

비행기가 길쭉하게 생긴 땅 위에서 날아오르자 티모르가 말했다. 피난민과 도시 주민들을 위해 부드럽게 다져 놓은 땅이었다.

"저도요."

글로리아가 말했다.

"아니지. 아니지. 솔직하게. 가슴에 손을 얹고. 나는 어린이들을 무척 좋아한다고 생각했었다. 너를 짊어지기 전까지는 말이야."

그들은 사람들의 응원 소리와 함께 날아올랐고 도시와 피난민들의 행렬이 그저 패턴으로 보일 때까지 계속 위로 올랐다. 비행기가 속력을 높이자 날개 끝의 리본이 순식간에 떨어져 나갔다. 아무것도 떨어뜨릴 것이 없는 폭탄 투하 손잡이에서 옷이 찢어지는 듯한 소음이 났다. 그것들을 가운데 두고 앉은 티모르와 글로리아는 프래스토에 도착했을 때 무슨 일이 생길지, 무엇을 해야 할지 아무것도 예상할 수 없었다. 그저 고요하게 날면서, 혹시라도 AAF 폭격기가 새 폭탄을 아래에 매달고 이쪽으로 날아오지는 않을까 하고 어느 정도 예상할 뿐이었다.

"그렇다면 왜 안 가지셨어요? 아이들이요?"

한 시간이 지나 글로리아가 물었다.

"아이는 필요하지 않다고, 총리가 애초에 자기 뜻을 밝혔어. …어쨌든, 나는 어린이들을 잘 모른다. 아이들에 대해 아는 것보다는 타자기에 대해 더 많이 알고 있지."

"선생님도 한 번은 어린이였어요."

"아? 아마도. 그랬겠지. 기억은 나지 않는다. 기억나는 것이라고는 남자가 되는 것을 매우 중요하게 여기며 자랐다는 것이지. '고향이 그립니, 티모르? 남자가 돼라', '악몽을 꿨니, 티모르? 남자가 돼', '높은 곳이 무섭니, 티모르? 남자가….' 그 덕에 내가 조종사가 된 것 같구나. 누군가에게 도움을 베풀고 싶었던 것도 있고. 여전히 나는 공군의 일원이지만. 모그다가 말했지, 결혼식 날에, 공군을 그만두라고. 너도 알다시피, 우리 둘은 완벽하게 어울렸다. 나는 봉사하는 것을 좋아하고 모그다는 봉사를 받는 것을 좋아하고, 아니 좋아했지. 그 사람은 좋아했어. 과거지사이긴 하구나."

"모그다와 티모르."

글로리아가 반사적으로 말했다.

"음. 모기와 티미. 꼭 고양이와 쥐같이 들린다, 그렇지 않니? 고요한 삶과는 거리가 먼…. '네' 가족 일은? 그들과 함께 있는 게 더 낫지 않았겠니?"

"우리 가족이 아니었어요."

글로리아가 짧게 말했다.

"다른 위노우 씨였거든요. 우리 조금 더 빨리 갈 수는 없을까요, 선생님?"

"안 된다. 바람의 방향이 바뀌었어. 남풍이 불고 있구나.
우리는 바람을 맞서면서 날고 있거든. 그곳에 가는 게 그렇
게 급하니?"

"우리 어디에 착륙해요?"

"주물 공장 지붕 위가 되겠지. 그리로 가면 그들이 놀라겠
구나. 마일드는 내가 댐을 날려버리지 못했다는 계산을 이미
했을 거다. 하지만 연료가 없으니 어딘가에 충돌했겠거니 생
각하겠지…. 이건 다른 말인데, 로즈시에서 떠돌거나 길 잃
은 자를 데려오지는 않았겠지?"

바로 그때. 티모르는 비행기 뒤쪽에서 나는 소음을 향해
고개를 돌렸다.

"저는 아니에요. 선생님이 데려오신 거 아녜요?"

둘은 이유를 알 수 없는 소음의 원인을 찾고자 비행기의
어두운 내부를 살펴보았다. 괴상한 노랫소리에 머리끝이 쭈
뼛했다. 바람의 장난일까? 비행기 동체에 구멍이 났을까? 티
모르는 비행기의 코를 급하게 떨어뜨려보았다. 미끄러지고
긁히는 소리가 났다. 살아 있는 짐이 고정되지 않은 채 비행
기의 경사를 따라 앞으로 쏠려 내려오는 모양이었다.

고정되지 않은 바로 그 짐이 그들이 있는 조종석에 합류하
자 티모르가 소리쳤다.

"아, 역시, 또 기념물이구나! 정말 고맙구나, 글로리아."

"저 아니에요! 보지 못한 사이 녀석이 그냥 올라탄 거예요. 안녕, 하인즈!"

그곳에 개가 있어서는 안 되는 것이었지만, 글로리아는 힘이 났다. 따뜻한 털을 만질 수 있어서라기보다 살아서 로즈시로 돌아가야 할 절대적인 이유가 생겼기 때문이었다. 글로리아가 진지하게 말했다.

"우리는 다시 '돌아가야' 해요. 사고였다고는 해도, 다른 사람의 개를 훔쳐서는 안 되거든요."

남은 비행시간 동안 글로리아의 무릎 위에 앉은 하인즈는 마음이 든든했다. 그날 하인즈는 자기도 모르게 하늘로 날아올랐고, 고막이 아팠다. 이 모든 일이 끔찍하긴 했지만, 그는 비행기에 올라탔어야만 했다. 의무를 다하려는 사람 옆에 머무는 것이 하인즈의 일이었다. 숱한 개들 사이에서, 왜 그가 이 둘을 돌볼 개로 선택되었는지, 그것은 그들의 영역 너머의 일이었다. 하지만 내면의 훈련사는 보통 실수하지 않는다. 하인즈는 그저, 의무가 끝나면 클렘을 다시 만나려고 로즈시까지 또 걷지는 않기를 희망했다.

조종사와 승객은 프래스토시에 도착하기 한참 전, 좌석에서 몸이 앞으로 쏠리는 것을 느꼈다. 그 도시는 아직 그대로 있을까? 범람한 물이 벽을 무너뜨리고, 죽은 자들을 쓸어버리고, 물에 잠긴 거리를 온통 망가뜨렸을까?

도시가 눈에 들어왔다. 도시를 둘러싼 거대한 벽돌의 원은 북쪽부터 정말 무너지고 있었다. V자 모양의 깊은 틈은, 끈질기게 벽을 쳐대는 홍수 때문에 좀 더 깊이 파여 있었고 물은 길을 따라 미친 듯이 이동했다. 가게 입구의 가판대를 허물어뜨리고, 차를 물에 둥둥 띄우고, 가로등에는 쓰레기와 죽은 동물 등의 잔해가 매달려 있었다.

강물은 무너진 성벽 안으로 파고들었고 먼저 비탈 아래 낮은 지대에 쏟아졌다. 도시의 산업 중심지는 깊은 수로로 이루어진 미로가 되어 있었다. 홍수로 불어난 물은 공장 안에서 허리 깊이까지 차올랐으며 펌프의 호스는 이제 더는 씰룩거리거나 맥이 뛰지 않았고 거대한 오징어 다리처럼 바닥에 놓여 있었다. 성벽이 무너지자 기계를 지키려는 모든 노력은 결국 물거품이 되고 말았다. 크고 육중한 공장들은 이제 수심 깊은 물 위에 있었다. 하지만 적어도 공장 자체는 그대로서 있었다. 굴뚝은 여전히 하늘에 닿을 것 같았다.

"마일드가 우리를 보낸 것이 어느 정도는 고맙군. 그는 내가 죽었다고 생각할 거야. 그가 내게 원한 것은 죽음의 길이었어, 그렇지? 공군에 있는 나의 좋은 친구들이 마일드의 지시에 따라 나를 쏴서 떨어뜨릴지 의문이군. 우정이 여전히 쓸 만하길 정말 바란다."

"그래도 비행기를 쏘지는 않을 거예요, 그렇지 않을까요? 도시 위로는 안 쏠 거예요! 대신 땅에 있는 사람들을 쏠지는 모르겠어요."

글로리아가 희망을 품고 말했다.

"그러니까. 먹일 입을 줄이려고?"

"서둘러요, 선생님! 저희 엄마가 늘 이렇게 말씀하셨었어요. '나약한 마음, 차가운 손….' 아니에요, …나약한 마음이 아니고…. 나약한 마음이랑 비슷한 거요."

"나약한 마음은 아무 소용 없다?"

"'나약한 마음으로는 미인을 얻을 수 없다' 그거예요!"

"아쉽지만 미인은 지금 당장 내 마음의 일순위가 아니구나. 그저 착륙할 만한 다른 곳을 좀 찾아다오!"

제5공장(주물 공장) 지붕은 사람들로 꽉 차 있었다.

그들은 지붕 위에 달린 창문으로 나가 평평한 콘크리트 지붕까지 올라갔다. 검댕이 묻은 작은 콘크리트의 조각들은 모두 노동자들이 앉고 서고 쭈그려 누워 자거나 안절부절못하고 이리저리 오갈 때 사용하고 있었다. 펌프질을 그만하기로 한 후, 범람한 물은 마침내 기계를 집어삼키고 사람들을 높이, 이곳까지 올라오도록 만들었다.

비행기가 빠르게 다가오자, 그들은 소리를 지르며 피할 길을 찾아 헤맸다. 번개를 두려워하는 소 떼처럼, 비행기 격납고 쪽으로 다들 우르르 몰려가서 지붕 끝으로 몸을 던지려고 했다.

티모르는 온 힘을 다해 비행기 코를 들어 올리려했고 AAF64는 고도를 다시 올리고자 고군분투했다. 하인즈는 글로리아의 무릎 위에 서서는 불안한 마음과 비행기 멀미 때문에 낑낑거렸다.

"공원! 공원을 이용하세요!"

글로리아는 엔진이 내지르는 비명을 넘어설 정도로 크게 소리쳤다.

"너무 습하다!"

"다른 공장은요?"

하지만 다른 공장 지붕 역시, 사방의 길이 모두 물에 잠겨 갇혀버린 노동자들로 가득 차 있었다.

"이요트섬! 비행을 배울 때 거기서 활주-충돌 연습한 적이 있어. 단단한 모래톱이었어. 적어도 그때는…."

하지만 이젠 아니었다.

30분이 지났다. 아래를 내려다보니 이요트섬에 있어야 할 단단한 모래톱도, 해안을 따라 정박하고 있어야 할 벌크 화물선도 없었다. 글로리아는 충격을 받아 속이 울렁거렸다.

"배는 어디에 있죠? 아이들은요? 섬은요?"

티모르는 아직 지도를 보지 않았다. 하지만 이곳을 찾는 데 실수는 없었다. 홍수는 그야말로 이요트섬까지 삼켜버렸던 것이다.

제39장

종탑

로즈시

개를 찾지 못하자, 클렘은 왔던 길을 다시 되짚어 지도상의 13/78 구역으로 돌아갔다. 가는 동안, 클렘은 거기 있는 모두에게 물어보았다.

"제 개를 보셨나요? 하인즈를 보셨나요?"

처음 온 피난민들을 사막으로 보내는 것보다 이것이 더 급해 보였다.

"제 개를 보셨나요? 세 가지 색이 섞인 잡종견이에요."

클렘이 물어본 사람들은 대부분 하인즈를 알았다. 하지만 모두 지난 몇 시간 동안 녀석을 본 적이 없었다.

어느새 글로리아의 가족 앞에 와 있다는 것을 알게 된 클렘은 글로리아의 말을 그들에게 전해줄 보다 재치 있는 방법까지는 생각해내지 못했다. 그는 개 때문에 조바심에 차 있었고 마음이 너무 분주했다.

"글로리아가 이 말을 전해달라 했어요. 사막으로 어서 피하세요. 왜냐하면 그 사람들이 댐을 폭파하러 올 거거든요. 그리고 여기 모든 사람에게 어서 떠나라고 말해줄 수 있으세요? 최대한 서둘러서요."

한 번에 받아들이기엔 너무 많은 정보였다. 그들은 소년 앞에서 멈칫했다. 이 깡마른 소년이 나쁜 소식을 그들에게 흘리고는 자기 딸의 이름을 말했다.

"글로리아가 여기 있니? 우리 글로리아를 본 적 있니?"

"넵. 그 애는 지금 떠났어요. 놀랄 만한 일을 하고 있거든요, 그 애가요. 제 생각에 비행기가 충돌했을 때 걔 코가 부러진 것 같아요. 그래서 아마 알아보지 못하셨을 수도 있어요. 그 애는 총리 행세를 하고 있어요. 알고 계셨어요? 어쨌든, 그 애가 여러분들은 빨리 피하시고, 이 말을 퍼뜨려달라고 했어요. 그래서 지금 말씀드려요."

그리고 개를 찾으려고 돌아갔다.

글로리아의 엄마가 뒤쫓아 와서 밀어 넘어뜨리고는 땅바닥에서 양팔을 꽉 잡자 클렘은 깜짝 놀랐다. 글로리아의 엄마는 밀가루 반죽용 밀대로 두들기듯 "내 딸 어디 있어!"라고 거세게 물었다. 글로리아가 가족을 화나게 하긴 했나 싶었다. 클렘이 마침내 그 자리를 모면했을 때쯤 가족들은 이미 제정신이 아니었다. 하인즈를 찾는 데 쓸 수 있었던 소중한 시간이 낭비되었다.

조종사의 해먹에도 가보았지만, 한 나이 많은 사람이 차지한 채 잠들어 있었다. 혹시나 하인즈가 쥐를 잡고 있을까 싶어 쥐들이 모여드는 쓰레기통에도 가보았다. 도착자들의 목록이 있는 곳에도 가보았다. 하인즈와 매일 가던 곳이었기 때문이다. 하인즈의 'ㅎ'까지 찾아 내려가자, 클렘은 자신이 몹시 화나 있다는 것을 깨달았다.

그도, 역시, 글로리아의 비행기에 올라타고 가버렸다면, 공중에서 하인즈를 찾을 수 있을 것이다. 클렘은 하던 일을 멈추고 도시에서 가장 높은 곳, 즉 중앙 시장 광장에 있는 분홍 종탑에 올랐다.

종이 울리고 있었다. 계속, 계속, 계속. 소리 자체도 너무 시끄러웠고, 음조끼리는 지나치게 겹쳐 소란스러웠기에, 모든 생각을 까맣게 잊게 되었다. 탑의 계단을 반쯤 오르다가 클렘은 그 자리에 멈춰 섰다.

순간 자기 자신을 밖에서 보고 있는 느낌이 들었다. 나선 계단 위에서 폭탄을 맞고 산산조각이 날 수도 있었다. 사슴 사체와 나란히 물에 잠겨, 강물이 둑을 넘을 때 휩쓸려오거나, 강에 사는 악어에게 잡아 먹히거나, 검은 진흙탕에 빨려 들어가거나, 장어에 반쯤 잡아먹힌 상태로 얼굴을 땅에 박은 채 발견되거나…. 머릿속에 떠오른 장면들은 시간이 얼마나 지났는지, 밖에는 무슨 일이 일어나고 있는지를 잊게 했다.

그는, 멍하게, 계단에서, 몇 분이나 서 있었다.

혹은 몇 시간을.

혹은 며칠을.

제40장

애피스
프래스토시

운전기사 애피스는, 비행기 격납고 밖, 폭격기 AAF67 옆에, 부루퉁하게 앉아 있었다. 그는 빅락댐을 폭파하는 임무에 파견되는 것이 너무나 분했다. 그는 정보부에서 10년이나 일했다. 만약 비행하기를 원했다면, 처음부터 공군에 합류했을 터였다. 사실, 프래스토에서 이 일을 해낼 사람이 애피스가 유일하기는 했다. '애피스에게 맡기면 그는 해낼 것이다.'

이륙은 무서웠다. 하지만 기분은 곧 나아졌다. 극도로 위험한 일이나 폭력적인 것을 앞두었을 때 명치에서 아드레날린이 뜨겁게 솟구치는 그 느낌을 애피스는 즐겼다. 프래스토시는 그의 시야에서 점점 더 작아졌고 결국 망가진 장난감성에 지나지 않아 보였다. 애피스는 전 생애를 이 벽 안에 있는 작은 도시와 이 도시를 운영하는 사람들에게 헌신했다.

'자동차를 가져와, 애피스.'

'날씨 담당자들을 죽여, 애피스.'

'동물원 동물들을 모두 죽여버려, 애피스.'

'그 신문사 여자를 죽여, 애피스.'

'댐을 날려버려….'

애피스는 북쪽으로 날았다. 폭파하는 장면, 댐이 무너지고, 물이 천둥소리를 내며 분홍빛 도시로 쏟아지는 장면으로 머릿속이 가득했다. 그 분홍빛은 마치 신체 조직 같았다. 프로펠러 하나가 잠깐 사라졌다. 아마 착시였을 것이다.

그는 아래를 내려다보았고 아래로 AAF33의 잔해가 보였다. 처음에 파견된 폭격기였다. 날개는 나무에 매달려 있었다. 우박, 번개, 혹은 엔진 결함이 아래로 추락시켰을 것이다. 아드레날린이 애피스를 다시 뜨겁게 달구었다. 두려움이 찾아오면 오히려 패기가 생겼다. 애피스는 두려움을 즐겼다.

하지만 혹시 티모르가 격추당했다면, 그도 분명히 그렇게 될 텐데, 애피스는 왜 자원한 것일까? 아니다.

아니다. 애피스는 그저 명령을 따랐을 뿐이다. 그가 평생 해온 일이라고는 다른 사람들의 더러운 뒤치다꺼리였다. 단한 번이라도, 그가 명령을 따르지 '않았다면' 어땠을까?

그때 애피스의 눈에 빅락댐이 보였다. 이를 보자 깔끔한 브랜디 한 잔이 온몸에 퍼지는 것보다 더 강하게 아드레날린을 뿜어져 나왔다! 프로펠러는 이어지는 한 바퀴를 돌지 못했다. 애피스는 얼굴을 찌푸렸다. 그는 연료의 계기판을 확인했다. 바늘은 여전히 FULL(가득)에 가 있었다. 그는 눈금판을 두드렸다. 바늘이 휙 거꾸로 돌더니 EMPTY(비어 있음)로 향했다. 비행기에는 연료의 반만 채워져 있었다.

일을 해내기에는 충분했지만, 집으로 돌아가기에는 충분치 않은 양이었다.

'그제야' 아드레날린의 효과가 나타나기 시작했다. 마치 홍수 때 흐르는 강처럼 아드레날린은 애피스의 온몸을 관통해 흘렀다. 마음은 허공에 둥둥 떠 있었다. 시야는 무지개처럼 갖가지 색으로 밝아졌고 폐는 부풀어 올랐으며, 내장까지 황홀감에 물들었고, 아드레날린이 두 손바닥에 흘러나왔다. 결심해야 하는 순간이었다. 그의 반사 신경은 번개처럼 빨랐다. 멍청하긴. 내려야 할 결심이 어디에 있나. 그의 생은 늘 명령을 따랐다. 다른 무엇을 알고 있단 말인가? 다른 무엇이 있을까? 아무것도. 아무것도. 아무것도 없었다.

엔진이 모두 멈췄다. 그래도 애피스는 이 일을 끝낼 수 있다! 애피스는 늘 자신의 이런 점이 자랑스러웠다. '애피스에게 맡기면 그는 해낼 것이다.' 이는 그의 좌우명이기도 했다. 아드레날린은 애피스의 심장에서 출발해 뇌까지 솟구쳤다.

마치 화산에서 용암이 터져 나오는 것 같았다. 애피스는 수면과 댐의 가장자리 사이에 보이는 댐 벽의 특정 부분을 선택한 뒤, 아팔리아 국가를 외치며, 그곳을 향해 곧장 날아들었다.

제41장

청산

로즈시

    종탑 계단에 서 있던 클렘은 어느새 종의 울림이 멈췄다는 것을 깨달았다. 주변을 둘러보았다. 계단 옆 벽돌에는 모두 섬세한 붉은 점이 찍혀 있었다. 문득 어느 거인의 내장 속에 들어와 소화되고 있는 듯 느껴졌다. 계단 위의 소년은 여전히 완전한 혼자였다. 가족도 소유물도 개도 없었다. 하인즈마저 그를 버렸다. 클렘은 계단을 뛰어 올라갔다. 세상 모든 사람이 부러워 마음이 불끈불끈했다. 글로리아, 티모르, 그 말…. 탑 꼭대기에는 심한 바람이 불어와 벨을 울려대고 있었다. 멀리에서는 비행기의 윙윙거리는 소리가….

    댐 근방에서의 폭발 장면은 잘 보이지 않았다. 검은 연기 기둥이 피어올랐고 그 사이로 폭격기의 꼬리날개가 보였다.

비행기는 댐의 가장자리를 지나 빙글빙글 돌며 협곡 안으로 떨어졌다. 곧바로 두 번째 폭발이 일었다. 애피스의 비행기에서 떨어져 나온 꼬리날개가 티모르의 불타버린 비행기에 남아 있던 폭탄을 내리친 것이었다. 비행기 밖으로 티모르를 꺼낼 때 클렘이 올라서 있던 바로 그 폭탄이었다.

애피스 비행기의 한 방은 (그리고 아래에서 폭탄 두 개가 부딪힌 것은) 아마 일을 끝내기에 충분했을 것이다. 티모르의 폭탄이 터진 그 두 번째 폭발 직후, 포크처럼 두 갈래로 갈라진 번개 모양의 검은 무늬가 댐의 석조 장식 위에 그려졌다. 댐 전체가 도시 쪽으로 한 걸음 걸어 나오는 것처럼 보였다. 기반을 잃고 휘청거리며 앞으로 나온 후 천천히 천천히 얼굴을 아래로 하여 쓰러지고 있었다. 그 뒤로는 매끄럽고 축축한 갈색 괴물이 모든 힘줄을 불끈거리며 입에는 거품을 물고 나타났다. 그의 손아귀에 있는 비행기 두 대는 깨알만큼이나 작았다.

빅락댐이 무너져내리자 퍼르카강은 두 야생마의 힘에 둘로 찢어진 사람 같았다. 절반은 로즈시로 향하는 협곡으로 흘러내렸다. 흐르는 물은 천 개쯤이나 되는 아팔리아 국기로 옷을 입었다. 강물은 손수레, 꽃병, 텐트를 약탈해갔다. 창틀에서 창문을 빼냈고 나무들 사이사이를 비집으며 지났다. 기둥의 발목 부분은 부러졌고 탑은 넘어지고 5월 축제를 위해 세워두었던 기둥은 뿌리째 뽑혔다. 벽은 분홍 가루 설탕처럼 녹아버렸다.

라차산의 빙허가 녹아 흘러내리며 만들어낸 물결은 재판정의 나무 벤치와 책상에 흩뿌려진 다음 벽화 속 인물들의 아름다운 눈썹까지 차올랐다. 벽에 그려진 프레스코화 인물들은 이를 그저 지켜볼 뿐이었다.

먼지로 가득했던 거리는 온통 물에 잠겼다. 백만 톤의 물과 또 백만 톤의 물이, 정성스레 보살펴두었던 정원과 포도밭, 양철 헛간에 쏟아졌고 한때 비옥했던 농장의 갈아놓은 들판에 쓰레기를 가져다 놓았다. 물은 로즈시를 지나며 길 위에서 부서졌다. 주변을 온통 파괴했고 오래된 강바닥을 세 배나 넓게 파헤쳤다. 그 안은 회관이나 마을에서 훔친 전리품들로 가득했다.

제42장

해변에서

이요트섬 상공

티모르와 글로리아는 이요트섬을 지나 남쪽으로 날며 니켈로디언호를 찾아 강을 샅샅이 뒤졌다. 설사 이요트섬이 사라졌다 해도 배까지 사라지는 법은 없을 것이다.

지쳤다. 강 위에서 밝게 빛나는 태양에 눈이 부셔 찌르는 듯한 두통이 찾아왔다. 500명의 어린이가 들어 있는 짐칸과 배는 어떻게 되었을까? 한번은, 글로리아는 침몰했을 법한 커다란 물체에 물이 부딪혀 부서지는 것을 봤다고 여겼다. 하지만 티모르는 바다의 밀물과 강이 충돌했을 뿐이라고 했다. 바다는 멀리서도 눈에 들어왔지만 '물에 뜬 호텔'은 물론 어린이들이 들어 있는 짐칸도 보이지 않았다. 티모르는 연료 계기판을 확인했다.

"더 멀리까지 가면 프래스토로 돌아가지 못할 수도 있어."

하지만 티모르도 역시 수색을 멈추고 싶지는 않았다.

바로 그때 무엇인가 눈에 띄었다.

하늘에서 볼 때는 마치 뒤집힌 범선 같았다. 하지만 가까이 다가가니 광석 화물선의 실제 규모가 눈에 들어왔다. 광석 화물선은 거의 뒤집혀 있었다. 생명의 흔적은 없었다.

티모르와 글로리아는 침묵 속에서 생존자를 찾으며 계속 날았다. 혹은 사체라도 나타나기를 바랐다.

퍼르카강의 가운데 물길은 바다에 다다를 때까지 천둥 같은 소리를 내며 흘렀고, 커다란 화물선이 오가기에 충분할 만큼 깊었다. 양쪽 강가로 갈수록 얕아지는 강줄기는 거대한 나무의 뿌리처럼 손을 뻗었고, 노란 모래언덕은 서쪽과 동쪽으로 뻗어 있었다. 황금빛 해안선을 따라 수백의 어린이들이 달리기 시합을 하고 땅을 파고 쓰레기를 뒤지고 싸우고⋯ 손을 흔들었다.

'도 와 주 세 요'라는 글씨가 모래밭에 새겨져 있었다. 거의 잃을 뻔했던 셀 수 없는 이름들, 존, 렘, 마리, 디즈⋯도 역시 마찬가지였다. 커다란 흰색 개 역시 이 무리에서 저 무리로, 이 놀이에서 저 놀이로 뛰어다니며 어찌 보면 귀찮은 일을 애써 하고 있었다.

그들은 아르메리아(해안에서 자라는 야생화―옮긴이)를 비롯한 해안 야생화들 사이에 착륙했다.

글로리아는 처음에 코베트를 알아보지 못했다. 익숙했던 부은 얼굴은 사라지고 꼭 피부가 두개골에 달라붙은 것처럼 수척하고 초췌한 것이 30년이나 더 나이 들어 보였다. 맵시 좋았던 세련된 정장은 물 얼룩으로 가득했고 마른 모래가 덕지덕지 붙어 있었다. 코베트는 넥타이로 바지의 허리춤을 붙들어 매두었다. 코베트는 '그들을' 알아보지도 못했다. 그의 눈에 그들은 오로지 구원자였다.

코베트는 급히 손가락을 들어 아이들의 잠자리인 모래언덕과 여자아이들, 남자아이들이 씻는 곳을 가리켰다. 손가락이 공중에서 나풀거렸다. 그는 자신이 꾸려놓은 운동회와 심판이 되기로 한 아이들을 가리켰다. 또 바다 관목 덤불을 보여주었다. 그 잔가지로 아주 멋진 낚싯대를 만들었다. 쌓여 있는 덤불도 가리켰다. 낮 동안 이를 모아놓고 밤에 불을 밝히며 생선을 요리하고 아이들을 따뜻하게 지켜줄 수 있다고 했다. 정원에 만들어놓은 비밀 놀이터를 보여줄 때는 자랑스러워하는 어린아이 같았다. 그들의 손목을 잡고 굳이 해안으로 가서는 아이들의 놀이를 방해하면서까지 지나가는 아이의 이름을 부르기도 했다.

"블레인? 모리? 레이셜?"

틀리게 부를 때가 더 많았지만, 아이들은 그저 쾌활하게 웃었고 근처에 있는 아이들은 그에게 자기 이름도 한번 맞혀 보라고 소리쳤다.

"아주 훌륭한 아이들입니다. 정말 특출나지요! 몇몇은 요리도 할 줄 알아요. 매듭도 만들고 낚시도 하고, 못 하는 것이 없다니까요. 물론 데이지가 없었다면 나는 아무것도 꾸려 갈 수 없었을 거요. 경이로운 녀석입니다. 병간호, 양치기에, 엄마 역할까지…. 이 녀석과 함께라면 화성에서라도 식량을 찾을 수 있겠어요! 음식을 찾아내는 데 절대적인 코를 가졌다니까요! 깡통 씨가 배를 떠난 후부터 저는 이 녀석만 붙들고 있었어요. 정말 그랬다니까요! 우리가 내려 모래톱을 만지고, 아니 그저 스치기만 했을 뿐인데 오 초 후에 완전히 사라졌어요. 그것 말이죠. 그것이 완전히 사라졌어요. 아, '그것'이란 바로 배예요. 녹슨깡통 씨, 맞다. 그의 진짜 이름을 알아내야 합니다."

아이들을 잃기도 했던 모양이었다. 아이들의 시신은 강이 바다로 흘러가는 어귀 어딘가의 바닥에 용해된 니켈 광물 아래 누워 있을 것이다. 하지만 코베트는 그들에 대해 입도 뻥긋하지 않았다. 티모르 역시 묻지 않았다. 해안에서 일어나는 상상도 할 수 없는 끔찍한 일은 그저 조용히 묻는 게 좋을 것 같았기 때문이다. 나중에도, 나중에도, 아마도… 그럴 것이다.

배가 뒤집힌 이후에는 다행히 단 한 명의 아이도 죽지 않았다. 우리의 내무부 상원의원은 허리까지 닿는 물을 헤치고 바다 어귀 아웃폴 해변까지 그들을 데려다 놓았다. 아이들은 놀며 낚시하고 모래밭에 자신의 이름을 써보고 코베트에게 전쟁 노래를 배우고는 보답으로 그에게 캠프파이어 노래를 가르쳐주며 지내고 있었다. 매일 아침 다 같이 아팔리아 국가를 불렀다. 다행히 날씨는 점점 온화해졌고 그 덕에 모두 햇볕에 꽤 그을렸다. (어쩌면 씻지 못해 그렇게 보였을지도 모른다.)

코베트는 그의 보좌관 마일드에게 고통을 줄 끔찍한 방법들을 생각해내는 데 뇌 일부를 쓰고 있었다.

"우리가 돌아가거든… 우리가 돌아가거든…. 그리고 그 총리라는 미친 여자도! (글로리아는 항변이라도 해보려 입을 열었지만, 이제 더는 총리가 아니었다.) 모두 한통속입니다. 틀림없어요! 두 마리 독사가 같은 둥지에 있었다니! 저는 그들을 쏴버릴 겁니다! 아시겠어요."

그러다가 코베트가 갑자기 말했다.

"그러고 보니 당신 묘하게 그 남자를 닮았군요. 총리의 충견. 그 남편 말이오. 당신 누구요?"

"아, 저는 그냥 공군입니다, 의원님. 의원님을 찾아다녔어요. 여기 모스부호에 대해 아는 사람 있을까요?"

티모르는 남자의 주의를 아이들에게 다시 돌렸다.

스카우트 단복을 입은 소녀가 즉각 그의 바로 앞으로 나와 섰다. 자신감 넘치게 오른 주먹으로 자기 가슴을 툭 쳤다.

"저요!"

"에스오에스(SOS) 아니?"

"그런 거라면 간단합니다!"

"조난 거울도 사용할 줄 알고?"

소녀는 순간 주저하듯 눈을 깜빡거리더니 이렇게 말했다.

"어떻게 하는지 알려주신다면요."

티모르는 비행기 안에 있던 구호 장비를 꺼내 거울의 사용법을 시연하기 시작했다. 그의 수업은 3명으로 시작했으나 점점 아이들이 몰려들면서 83명까지 늘어났다. 글로리아는 완벽주의자 티모르의 가혹한 수업에 자신이 얼마나 분개했었는지 떠올리며 그 아이들을 애정 어린 눈으로 쳐다보았다. 티모르가 모음 발음과 글씨 쓰기를 연습시킬 때마다 글로리아는 시간이 가지 않아 그 공부를 평생해야 할 것만 같았다.

티모르가 아이들에게 말했다.

"나는 돌아가야 해. 가서 너희 부모님께 너희가 어디 있는지 알려야 한다. 하지만 수평선에 배가 보일 때마다, 너는 꼭 신호를 보내야 해. 배는 조난신호를 무시할 수 없거든. 고기잡이배나 우편배달용 배라도. 알겠니? 너희들을 모두 집으로 보내려면 배가 네다섯 척 필요할 거야. …집이 아니라면 어쨌든 좀 더 편안한 곳으로 가야지. 코베트 상원의원님, 홍수가 잦아들면 배는 다시 강 상류로 항해할 수 있을 겁니다. 프래스토까지 태워준다면 선장에게 두둑한 돈을 주겠다고 약속하세요….."

글로리아는 개를 찾으려고 몰래 빠져나왔다.

데이지는 체크무늬 드레스를 입은 글로리아를 곧장 알아보지는 못했다. 개는 이미 서투른 어린이들에게 길들어 있었다. 아이들은 거침없이 안으려 하거나 날카로운 목소리로 말하며 달려들었다. 절대 한 번에 한 명씩은 아니었다. 글로리아도 그런 아이 중 하나인 줄 알았던 데이지는 안기자마자 탈출하듯 서둘러 빠져나와 해변으로 내달렸다. 그제야 구름처럼 햇빛을 가리던 글로리아의 머리가 걷히고 한 줄기 햇빛이 심장과 폐와 간을 강렬히 파고들었다. 꼬리가 뻣뻣해졌다. 녀석은 뒤를 한 번 돌아보더니 돌아와 킁킁거렸다. 녀석의 커다란 눈이 촉촉해졌다. '어디 갔었어?' 하고 묻듯이. 그러고는 모래밭에 누워 네 발을 길게 쭉 펼쳤다.

하인즈는 솔방울 찾아오기 놀이를 멈추고 티모르와 글로리아에게 달려가 데이지 옆에 등을 대고 누웠다. 데이지는 머리를 들고 새로 온 그 개를 쳐다보았다. 하인즈가 목을 공격할 마음이 없어 보이자 데이지는 머리를 모래밭에 다시 내려놓고 눈을 반쯤 감았다.

등을 대고 구른 다음 행복하게 배를 내밀어 쓰다듬어달라고 하는 기분 좋은 개처럼, 세상이 온통 행복해 보였다.

얼마 후 데이지는 하인즈를 데리고 그가 모르는 노란 모래밭을 구경시켜주었다. 모래언덕에는 자고새가 물대(바닷가에서 자라는 볏과의 여러해살이풀─옮긴이)에 숨어 있었다. 마침 자고새 한 쌍이 둘의 코앞에서 날아올랐는데, 그중 하나가 데이지의 턱에 부딪혔다. 데이지는 깜짝 놀랐다. 하인즈는 데이지가 그 새를 덮치길 기다렸다. 하지만 데이지는 남을 해치지 않는 그 입으로 총총거리기만 할 뿐이었다. 대신 하인즈가 다른 자고새 한 마리를 잡고는, 그 새를 꺾어 몸 아래놓고 굴려 죽였다. 데이지는 그 모습을 지켜보았다. 데이지 역시 따라 해보려 했다. 하지만 결국 달걀을 품는 닭처럼 그 위에 올라앉았을 뿐이었다. 데이지가 일어서자 자고새는 그대로 날아가버렸다. 자고새마저도 데이지를 쳐다보며 '멍청이'라고 말하는 것 같았다.

그다음 데이지가 하인즈에게 바다를 보여주었다. 바다는 반은 풍경이고, 반은 돌진하는 짐승이었다. 차가운 파도가 달려들었지만 데이지는 곧장 걸어 들어갔다. 신선한 파도가 몸 위에서 부서져도 아무렇지도 않게 그저 서 있었다. 하인즈는 그대로 따라 하려 했지만, 너무 두려워서 그대로 종종걸음 치며 해변으로 물러났다. 그러고는 그 리트리버가 몸을 말리려 털을 흔드는 모습을 보면서 생각했다. 클렘이 회전 폭죽을 현관에 고정시키고 불을 붙였을 때 이후로 이렇듯 경외감을 불러일으키는 장엄한 장면을 본 적이 없노라고.

곧 해가 질 기세였다. 티모르는 해변에서 이륙을 준비하며 서둘렀다. 하지만 사라진 개를 찾느라 시간이 걸렸다. 그 둘을 찾자 글로리아는 데이지와 함께 비행기에 오르기를 간절히 바랐다.

코베트 상원의원이 기겁을 했다. 당혹스러워하고 애통해하며 애걸했다.

"안 돼! 데이지를 그 끔찍한 여자에게 도로 데려가지 마십시오! 안 돼요! 이곳은 녀석이 필요합니다! 정말 도움이 되거든요! 데이지 없이는 그저… 나는 아무것도 아니란 말이오."

글로리아는 온몸에 전율을 느꼈다. 글로리아는 개줄(코베트의 바지 벨트)을 데이지의 목줄에 건 다음 코베트의 손에 건넸다.

"녀석을 잘 돌봐주세요. 배가 올 때 꼭 같이 와주세요. 되도록 빨리 오셨으면 좋겠어요."

스무 명의 작은 아이들도 역시 하인즈에 대한 소유권을 가져간 듯했다.

비행기 문 앞에서 코베트는 글로리아의 손목을 잡았다. 그의 머리카락은 머리 위로 꼿꼿이 서 있었다. 마치 전선을 밟아 감진된 것 같았다. 코베트가 하소연하듯 말했다.

"우린 아무것도 할 수 없었어요! 무슨 말인지 아시겠어요? 그건 감당이 안 되는 일이었지요, 아시죠! 그러니까, 뭐라고 말해야 했을까요? '젠장 무슨 일이 일어나고 있는 거야? 우리 전부 곧 죽겠어!' 그렇게? 아니요! 우리는 꼭 가야만 하는 길로 사람들을 인도한 것뿐이에요. 그게 맞다 생각한 거죠. 바쁘게 펌프질하게 하라! 그러니까 우리 모두 같은 생각한 것 아니었나요? '여기서 내보내주세요. 굶어 죽지 않게 해주세요! 물이 나를 삼키지 않게 해주세요!' 하지만 말만 하면 무슨 소용이에요? 그래서 기를 쓰고 모든 것을 제대로 굴러가게 한 거예요. 우리는 모든 것을 꿰고 있었단 말이오. 아니, 그런 척했죠. 그러니 공장을 계속 열어둘 수밖에 없었어요, 그렇지 않나요? 공장 없이 우리는 과연 무엇일 수 있나요? 당신은 아세요? 누구라도? 세계 속의 식탁 용품, 그게 바로 우리예요! 돈을 벌어오는 것. 그 여자가… 아니, 총리가 말했어요. '결국 모든 것이 돈과 연결되어 있다.' 그런데 강이…. 아무도 예상하지 못했죠. 그런데 결국 이렇게 됐잖아요. 아시겠어요?"

티모르는 글로리아의 팔에서 코베트의 손가락을 잡아떼었다. 왠지 떠나기 전 코베트와 악수라도 하고 싶은 사람 같았다. 티모르가 말했다.

"그런데 말이죠. 당신이 그 배를 끌어들였으니 앞으로도 계속해서 잘해주셔야 합니다. 그럼 프래스토에서 다시 뵙겠습니다."

"돌아갈 충분한 연료는 있어요?"

글로리아가 비행기에 올라타며 묻자, 티모르가 답했다.

"없으면, 내가 내려서 밀지."

하인즈는 그를 맡아 돌보았던 아이들에게서 도망치듯 빠져나왔다. 그리고 비행기 날개 위로 훌쩍 뛰어올라서는 굴을 파는 테리어처럼 조종석 안으로 꿈틀거리며 들어갔다. 그러고는 자기를 다시 내쫓으려는 모든 노력을 모두 물거품으로 만들었다. 아르메리아를 비롯한 해안의 야생화가 바퀴에 걸렸다. 모래밭에 단단한 이랑이 형성되어 있었기 때문에 비행기는 조종석에 그들을 태운 채 덜컹거렸다. 하지만 연료가 줄어들어 좀 더 가벼워진 덕분에 태양의 테두리 아랫부분이 수평선에 닿기 전에 이륙할 수 있었다.

비행기가 이륙하자 티모르가 말했다.

"그곳에서 한 일은 잘한 것 같구나, 글로리아. 데이지를 코베트 옆에 두고 온 것 말이야."

"음, 데이지는 제 개가 아니에요, 그렇잖아요?"

글로리아가 무심하게 답했다.

"그래. 그렇지, 네 개는 아니지. 이 터무니없는 신파극이 대단원의 막을 내리면, 녀석은 이제 네 차지가 될 거다. 약속하마."

하늘로 오르니 강이 바뀐 것을 단박에 알아볼 수 있었다. 강의 흐름이 약해졌기 때문에 소금기 어린 바닷물이 상류로 더 깊숙이 밀려왔다. 경관의 일부가 여전히 물 밑에 있긴 했지만, 퍼르카강의 흐름은 눈에 띄게 느려졌다. 눈이 따라갈 수 없을 정도로 빠르게 흐르는 모습을 몇 달이나 봐서인지, 천천히 흐르는 것을 확연하게 느낄 수 있을 정도였다.

"그럼 더는 범람할 일이 없겠죠?"

글로리아는 이렇게 된 진짜 이유를 알지만 물었다. 빅락댐이 무너진 것이다. 그렇게 강은 퍼르카와 로즈 두 갈래로 나뉜 것이다.

"모두 죽었을까요? 그 좋은 사람들이요?"

티모르는 대답하지 않았다. 이 말 하나만 했을 뿐이었다.

"프래스토에 도착할 때까지만이라도 연료가 우리를 지켜

주기를 기도해라. 그다음은 내가 착륙할 곳을 찾을 수 있도록. 나는 한 번에 하나씩밖에 생각하지 못하니까 말이다."

"그 사람들 그래도, 대피는 했겠죠? 로즈시 사람들과 피난민들이요. 그랬을 거예요, 그렇겠죠? 대피했을 거예요. 선생님이 말했으니까요. 클렘이 말하고 다녔으니까요. 그러니 물에 빠지지는 않았을 거예요! 도망갔을 거예요. 엄마도 할아버지도, 그리고…. 그랬을 거예요. 가족들이 거기 있었어요. 그런데 저는 말도 못 붙였어요! 구하려 했단 말이에요! 제발 우리 가족들이 죽지 않았을 거라고 말해주세요."

글로리아가 간절히 말했다.

티모르는 계기판을 세심하게 살펴보고는 피로를 떨쳐버리려는 듯 엄지와 다른 손가락으로 두 눈을 꾹 눌렀다.

"반드시 그랬을 거다."

티모르가 거의 들리지 않는 소리로 중얼거렸다.

"네?"

"반드시 그랬을 거다. 반드시."

글로리아는 안도감에 휩싸여 자기 자리에 털썩 쓰러지듯 앉았다. 찡했던 코끝과 마음이 점차 진정되었다.

더 보이스

In atramento non est veritas

최고 통치자의 남편
'빅락댐' 공격 중 용맹하게 죽음을 맞다

최고 통치자 총리의 남편, 티모르 필로타판타솔 대위는 범람한 퍼르카강 우회 작전을 수행하다 저항 세력에 의해 사살당한 것으로 추정된다. 그는 남부 아팔리아 전역 시민들의 고통을 끝내려다 이러한 변을 당했다.

수려한 외모에 헌신적이었던 이 부부는 15년간 결혼 생활을 이어갔다. 그리스 출신의 필로타판타솔 대위(40)는 어린 시절 프래스토로 이주했다. 참전 중에는 두드러지는 용기로 적의 영토에서 정찰 임무를 수행하여 아팔리아 십자 훈장을 받았다.

우리는 가장 슬픈 시간을 보내고 있을 총리에게 진심을 전한다.

긴급조치법이 통과되다

상원의원과 산업 지도자 37명이 부패, 부당이득취득, 반역죄로 체포 및 구금된 데 이어, 긴급조치법이 시행되었다. 그 결과 불필요한 논쟁으로 의사 결정이 지연되는 것을 방지할 수 있게 되었다. 총리와 부총리 코베트 의원은 꼭 필요한 민감한 결정을 직접 할 수 있게 되었다.

제43장

필요한 거짓말

프래스토시

낮의 빛이 저물고 황혼이 되었다. 드디어 프래스토시가 눈에 띄었다. 어두운 언덕 세 개가 어렴풋이 눈에 띄었다. 퍼모스트 언덕, AAF의 비행기 격납고가 자리한 언덕, 연방 은행 전용 골프장이 놓인 언덕이다. 공장 지붕은 여전히 사람들로 가득했다. 그러므로 골프장이 아니면 착륙할 곳이 없었다. 페어웨이(골프 용어, 티와 그린 사이 잘 깎아 다듬어놓은 잔디 구역—옮긴이)는 좁았지만 물이 잘 빠져 말끔했다. 그 덕에 매우 훌륭한 착륙장이 생긴 셈이었지만…. 8번 홀에 있는 벙커에 비행기 바퀴가 빠지는 바람에 바퀴의 버팀목이 부러지고 말았다.

연료 바늘은 0에 놓여 있었다.

그들은 망가진 비행기 밖으로 나와 힘겹게 도시로 들어가려 했다. 무기는 오로지 글로리아의 도금 식탁 용품, 전쟁용 권총, 그리고 삼색 개 한 마리였다.

멀리서 총성이 들렸다. 그들에게 직접 쏜 것은 아니었다. 도시 경비대의 노란 승합차가 코너를 돌다 인도를 밟고 올라서기도 하며 전속력으로 달렸다. 하지만 경비대는 그들을 잡으려 하지 않았다.

"여기 오지 말았어야 했어, 하인즈."

글로리아가 개에게 말했다.

"자기를 그대로 로즈시에 데려다주리라 생각했던 모양이야…. 네 말이 옳다. 누구든 다른 사람의 개를 훔쳐서는 안 돼…. 공군 격납고로 바로 가자, 알겠니? 작은 비행기를 고르자. 대신 연료는 있고 폭탄은 없는 것으로. 그리고 로즈시로 날아가는 거야. 우리는 여기 있으면 안 돼, 이해하지? 마일드는 내가 죽기를 바랄 테고 나는 그를 돕기 싫구나. 댐이 무너졌으니, 이곳 상황은 저절로 좋아질 거야. 혹시라도 마일드가 이미 로즈시 사람을 모두 몰살했다면, 로즈시에서 도와줄 것이라는 말은 해봐야 소용이 없을 테고."

"그런 말 하지 마세요, 제발요!"

"바로 다시 돌아가 알아내자꾸나."

"하지만 선생님은 그 섬에 있던 아이들에게 말씀하셨잖아요! '우리가 너희 부모님께 말씀드리마.' 그렇게요. 부모들은 자기 아이에게 무슨 일이 생겼는지 반드시 알아야 해요!"

"아니. 그것은 가장 마지막에 할 일이야…."

〈더 보이스〉 신문사 창문에 비친 불빛이 보이자 티모르는 하던 말을 멈추었다. 그 장면은 그렇게 그를 멈춰 세웠다. 이곳은 마일드의 은신처일 것이다. 〈더 보이스〉를 이용해 그토록 나쁜 짓을 해온 자가 그가 맞다면 틀림없다.

"이해가 안 돼요! 부모들에게 말하면 왜 안 되는 거죠? 그런 게 어디 있어요! 적어도 숟가락 공장에 있는 사람들에게는 말하고 싶어요! 거기 가요."

하지만 티모르는 듣지 않았다.

"놈이 여기 있어. 나는 이제 놈의 냄새까지 맡을 수 있을 것 같다."

티모르는 말하면서 권총집을 풀었다.

신기하게도 신문사에는 지키는 사람이 없었다. 마일드는 아마 이제 안전하다고 여겼을 것이다. 적들은 죄다 죽거나 감옥에 갇혀 있으므로. 그들은 아무도 없는 로비를 지나 양쪽으로 열리는 여닫이문을 밀었다. 편집장실에서 들려오는 목소리에 발걸음이 그리로 향했다.

"하인즈를 잘 돌봐라, 글로리아. 그리고 여기 그대로 있어라."

티모르는 등을 복도 벽에 댄 채 미끄러지듯 방으로 다가 갔다. 사무실 문이 반투명 유리라 안에서 자기 모습을 보지 못하도록 신중해야 했다.

사무실 안에서 마일드는 소녀들을 면접하고 있었다. 연극을 준비하는 듯했다. 의상을 보니 문제의 배역은 '최고 통치자 총리'였다. 소녀들의 키와 피부색은 실제 총리와 같았다. 모두의 입술은 책상에 놓인 바로 그 립스틱의 밝은 빨강이었다. 책상 위 전등갓을 머리에 쓴 한 소녀가 자기가 할 수 있는 최고의 우아함을 드러내며 이리저리 걸었다. 마치 껌을 씹는 것처럼, 입 모양으로만 말하고 있었다. 티모르가 들어서자, 소녀는 계속해야 할지 멈춰야 할지 결정하지 못한 채 주저했다.

마일드의 얼굴에는 아무것도 드러나지 않았다. 그는 손을 흔들어 전등갓을 쓴 소녀를 내보냈다.

"아팔리아를 배경으로 하고 모두가 좋아하는 총리 이야기를 하는 애국적인 연극이 열릴 거야. 여기 숙녀분들은 모두 그 연극에서 연기하기를 갈망하지. 그렇지 않니, 얘들아? 그러기로 했다면, 밖에서 기다려라."

하지만 소녀들은 핏자국이 난 낡은 가죽 코트를 입고 들어온 낯선 사람을 쳐다보기만 할 뿐 움직이지 않았다.

"밖에서 기다리라고 내가 말했을 텐데."

(마일드가 친절함을 넘어 목소리를 높이는 것을 들어본 적이 없는) 소녀들은 서둘러 문밖으로 도망치듯 나가 서로서로 무리지어 복도로 향했다.

"그 옛날의 티모르가 나타나셨군! 죽은 줄 알았는데. 불쌍한 사람. 사실 내가 신문에 당신을 기리는 아주 훌륭한 사망 기사를 내주었는데 말이야. 그리고 내가 말해도 된다면 한마디 하겠는데, 꼴을 보니 누가 당신을 계단에서 여러 번 내던지기라도 한 모양이야?"

티모르는 무시했다.

"모든 게 수포가 되었어, 그렇지, 마일드? 그 음모. 지어낸 뉴스, 살인, 납치, 기계에 물이 들어차지 않도록 애쓴 모든 것. 모두 다 수포가 되고 말았지. 기계들은 모두 물에 잠겼단 말이지."

마일드는 머리를 뒤로 젖히고 웃었다.

"당신 참으로 어린아이 같군, 티모르. 수포가 되었다고?"

마일드는 손가락을 펼쳐 자신의 성취를 세어 보였다.

"내가 비상사태를 선언했어. 변호사와 판사를 잡아넣어 법률 체계를 완전히 무너뜨렸지. 은행의 자산을 몰수하고 은행가들을 다 잡아넣기도 했고. 아직은 평화로웠을 때 이웃 시민을 습격해 폭탄을 투하하는 투표까지 하도록 했지. 그리고 그 모든 것들을 통해 도시를 구할 가능성은 훨씬 커졌어. 자, 당신 같은 얼간이도 이해할 수 있게 자세히 말해줄게. 나는, 모든 것과 모든 이를 지배해왔고, 법을 지배하고 다시 썼고, 돈을 전부 내 주머니에 넣었고, 내 손에 더러운 거 하나 안 묻히고 이 모든 것을 해냈어. 프래스토는 전부 내 거야. 이 행복한 나라는 말이야. 물론 모그다는 나를 매우 실망시켰어. 좀 더 침착해도 됐을 텐데. 한 달간 비가 내려 성문을 닫아야 했을 때 우리는 이 모든 것을 함께 생각해냈지. '살아남기 위한 계획: 재난으로 어떻게 이윤을 얻을 것인가.' 하지만 그때 모그다가 침착함을 잃고 도망갔어, 그렇지? 그래서 나 혼자 해내야 했고. 우리는 정말 '가까웠거든,' 당신 아내와 나. 밤낮으로. 아주 '재밌게' 지냈었지."

고문관이 고문을 잠시 멈추고 칼을 갈 듯, 마일드는 잠시 멈춰서 자신이 티모르에게 어떤 고통을 가해왔는지 가늠해 보았다. 하지만 오직 증오 어린 눈빛만 마주했을 뿐이다. 마일드는 어깨를 으쓱했다.

"기계? 기계는 고칠 수 있지. 머지않아 다시 공장을 열어 기계를 돌릴 거야. '기계를 고치지 않으면 당신과 당신 가족이 굶어 죽는다.' 기술자들을 종용할 슬로건이지, 어때? 나는 폭풍우를 무사히 견뎌냈어, 티모르! 코베트를 다시 데려오잖아? 그가 바로 모든 비난을 받게 될 거야. 그는 내 희생양이

473

거든. 그는 군중들에게 폭행당할 거야. 이요트섬에서 애새끼들을 구해낼 사람은 바로 '나'야. 이 도시의 감사와 존경과 사랑을 한 몸에 받을 사람도 바로 '나'일 거고. 그런데 이 모든 것이 수포가 된 거라고?"

티모르는 고개를 돌려가며 뻣뻣해진 어깨를 풀어주었다.

"그거 들어본 적 있나?"

"뭘 들어?"

"이요트섬은 없어. 홍수가 그 섬을 쓸어갔거든."

"뭐라고?"

"배는 강 하류로 쓸려갔어. 배는 결국 뒤집혔고 코베트와 어린이들을 태운 채 가라앉았어. 내가 그 난파선을 직접 봤거든."

스스로 만족해왔던 보좌관의 자부심이 바닥에 떨어졌다. 그는 더듬거리며 책상 서랍을 열었다.

티모르가 계속 말했다.

"네가 댐을 폭파한 건 역시 실수였어. 로즈시 주변에는 우리 시민들의 일가친척 사만 명이 임시로 지내고 있거든. 북부 지역에서 온 피난민들 말이지. 이봐, 너는 비행기를 보내서라도 한 번 봤어야 했어. 수많은 사람이 물에 잠겼어, 마일드. 로즈 사람들은 말할 것도 없고."

마일드는 이내 정신을 차리고 대꾸했다.

"그게 나는 아니잖아, 티모르! 그렇게 된 것은 코베트와 다른 사람들 탓이야, 그들 스스로가 원한 거라고. 폭파하는 데 투표한 건 '그들'이야. 물론, 나는 코베트에게 투표하지 말자고 애원하다시피 했어. 하지만 그가 들었을까? 내 손은 깨끗해…. 죽었다, 그가, 그 늙은 얼간이가? 내가 만든 진실에 질문해댈 사람이 사라졌군, 안 그래? 자기 자신을 변호할 수도 없다니. 죽은 사람은 법정에서 증언할 수 없으니까. 장담하는데, 티모르, 너는 나를 건들 수 없을 거야."

"헤쿠바의 퀴즈가 없었다면요!"

글로리아가 문밖에서 소리쳤다. 티모르가 격노한 것을 보고 글로리아는 호기롭게 방 안으로 들어와 등 뒤로 문을 쾅 닫고 잘라 말했다.

"헤쿠바의 퀴즈가 있어요!"

붕대를 붙인 부러진 코 때문에 상황이 반전되었다. 마일드는 이 사람이 누구인지, 왜 여전히 도시 안에 있는지 생각하면서 멍하니 눈을 깜빡였다.

"아! 너였구나. 난 네가 티모르와 함께 갔다고 짐작은 했어. 너를 찾을 수 없었거든. 내가 너더러 가도 좋다고 했니? 미안하지만 너는 해고야, 위노우 양. 너도 봤다시피, 내가… 말 잘 듣는 배우를 뽑으려고 오디션을 보고 있거든. 너 그 끔찍한 옷은 아직 갖고 있지? 내가 좀 필요하게 되었다."

"그분은 퀴즈를 남기고 죽었어요!"

글로리아가 다시 말했다.

"정말 그랬어? 아마 광견병에 걸렸겠지. 저년을 묵사발로 만들면 더 유익할 거야."

마일드는 손을 들어서는 티모르를 향해 과장될 정도로 씩씩거렸다. 책상 서랍에서 권총을 꺼내 책상에 놓인 압지 위에 올려놓았다. 그러더니 심하게 지루하다는 듯 다리를 복숭아뼈에서 교차시켜 책상 위에 올려놓았다.

글로리아는 의기양양했다.

"당신이 헤쿠바를 죽이기 전 그분은 신문에 퀴즈를 실었어. 그분의 퀴즈는 일종의 '암호'였던 거지!"

"누가 헤쿠바를 죽였다는 거지?"

마일드가 놀란 마음을 과하게 표현했다.

"아니, 아니. 총리의 개인 운전기사가 헤쿠바 교수를 죽였어. 내가 기억하기로는, 국가 연회가 열린 바로 그 밤이었어. 물론 언젠가 신문에는 총리의 명령으로 살인이 이루어졌다고 실릴 거야. 총리는 질투에 눈이 멀어 그런 명령을 내린 거지. 남편과 라이트풋 교수 사이의 부적절한 만남이 신경 쓰였던 거지. 대중은 그런 흥미진진한 스캔들을 정말 좋아하거든. 머지않아 내가 적당하다고 여길 때, 그러니까 총리를 버려야 할 때가 오면 말이야. 총리를 연극에 나오는 완벽한 악당으로 칠해놓고 나는 그저 즐길 거야."

마일드는 길고 창백한 손가락 하나를 공중에 대고 과장되게 붓질해가며 연기를 해댔다.

"너무 늦었어! 당신도 봤다시피, 신문에 퀴즈가 있어. 그리고 아마 모두 그걸 읽었을걸! 그렇게 사람들도 당신에 대해 다 알게 되었어, 마일드. 그리고 이 모든 것을 꾸민 것이 당신이라는 것도 다들 알아!"

글로리아는 하도 기가 차 딸꾹질을 해가며 말했다. 글로리아는 책상 위에서 립스틱을 낚아채서 벽에다 썼다.

ㅁㄷ ㅁㅇㄷㄱ ㅎㄷ.

그 아래에는 또 이렇게 썼다.

모두 마일드가 했….

립스틱이 부러져 바닥에 떨어지려 했다.

"그들은 다 '알아.' 모두 다 퀴즈를 풀었거든. 물이 빠지고 나면 모두 즉시 당신을 잡아들일 거야. 기다란 막대에 당신 머리를 꽂아 시장 광장에 전시해둘걸! 코베트의 것도, 내 것도 아닐 거라고. 왜냐하면 마일드 씨가 이 모든 것을 저질렀으니까!"

마일드의 눈동자가 안에서 흔들렸다. 그의 망할 머리카락이 흔들렸다. 그는 총으로 손을 가져갔다. 다리를 접어 자세를 가다듬고는, 책상에서 총을 집어 들었다. 바로 그즈음, 티모르는 이미 자신의 총을 꺼내 방아쇠를 당겼다. 복도에 있던 소녀들이 그 소리에 비명을 질렀다. 글로리아는 도망가려 했으나 문손잡이를 다른 방향으로 돌리는 바람에 문이 열리지 않았다. 소중한 몇 초가 지나갔다. 마일드는 자신이 다치지 않았다는 것을 확인하더니 몸을 숙여 자신의 총을 집어들었다….

마침 그때 검정, 흰색, 갈색으로 된 무언가가 마일드의 머리에 부딪혔다. 그는 무엇이 자기 머리를 들이받았는지 미처 깨닫기도 전에 회전의자에서 미끄러져 무릎을 꿇고 말았다. 그의 손바닥은 총의 손잡이 같은 것에 닿았지만…. 알고 보니 사실 그것은 총의 손잡이가 아니었다.

하인즈는 매끄럽지만 뼈가 다 드러난 데다 발톱을 가진 자신의 앞발을 마일드의 손아귀에서 슬쩍 빼냈다. 그러고는 이빨을 드러낸 채 마일드의 얼굴에 대고 숨을 내쉬었다. 티모르의 총에서 다른 한 방이 발사되었다.

두 번째 총성이 있고 난 뒤 티모르는 글로리아가 있는 복도로 나왔다. 권총 두 개를 모두 들고나오려다 발목 근처에서 도망가는 중이던 하인즈의 몸에 걸려 넘어질 뻔했다. 티모르는 사무실 문을 밖에서 걸어 잠갔다.

"죽었어요?"

"머리 위로 쐈어."

"왜요? 똑바로 쏠 수는 없었어요?"

"왜? 나는 사람 죽이는 일은 하지 않아! 그리고 아까 나는 네게 밖에서 개를 돌보고 있으라 했을 텐데. 하여튼 좀 도와주겠니?"

그들은 마일드를 사무실에 가두려고 함께 무거운 강철 선반을 들어 사무실 문 앞에 가져다 놓았다. 그러는 사이 둘은 서로가 한 일에 대해 티격태격했다. 마치 마일드가 방어벽을 뚫고 나와 복도에서 그들과 합류하기를 어느 정도 기다리는 것 같기도 했다.

"평화주의자면서 어떻게 공군에 들어갔대요?"

"위선자가 되려고. 네 변명도 좀 들어볼까? 너는 노동자들을 구하겠다고 하면서 요리사의 딸을 죽이고 싶어 했어."

"선생님은 물에 빠져 죽은 로즈시 사람들 누구라도 입에 올리실 수 없어요. 왜냐하면 그들은….'

티모르가 순간 멈춰 섰다.

"그 애들은 어디에 있지?"

"뭐라고요?"

"오디션 봤던 아이들 어디에 있냐고?"

복도는 텅 비어 있었다.

"제가 도와드리려고 안에 들어갈 때만 해도 그 애들은 여기 있었어요. 총소리에 겁에 질린 것 같은데요."

"그들이 들었을 가능성은?"

"총소리요?"

"아니! 배가 침몰했다고 한 것!"

"저는 벽 사이로 들었어요. 저도 들었으니, 하지만… 잘 모르겠어요. 들었을 수도 있어요. 모두 울기 시작했거든요, 총소리가 들리기 바로 전에요."

티모르가 소리를 크게 질러대는 통에 글로리아는 뒤로 뛰다시피 한 걸음 물러났다. 하인즈는 꼬리를 다리 사이에 넣은 채 그 자리에서 그대로 얼어버렸다.

"젠장! 모두 바로 잡아놔야 해! 이 소식을 집으로 가져가게 해서는 안 돼…."

티모르는 짜증과 좌절감이 뒤섞인 비명을 다시 한번 내질렀다.

"어떤 공장인지도 모르잖아! 다들 서로 다른 방향으로 흩어졌을 거라고!"

"숟가락 공장이에요. 모두 숟가락 공장에서 왔어요. 제가 물어봤어요."

"빌어먹을, 글로리아! 네 소원이 이루어졌구나."

"소원이요?"

"이제 숟가락 공장으로 가자. 그 애들이 도착하기 전에 우

리가 먼저 갈 거야. 그 소식이 조금이라도 전해지면 공장 안
은 난리가 날 거다!"

두 사람은 전속력으로 달렸다. 두 사람이 내는 발소리의
울림 외에 사방은 고요했다. 물이 흥건한 길 표면은 은색으
로 반짝거렸고 또 미끄러웠다. 도시에서 가장 낮은 지대에
도달했음에도 수위는 눈에 띄게 낮아져 있었다. 비행기 충돌
과 분노한 군중의 발길질로 티모르는 글로리아를 놔두고 먼
저 달려갈 몸 상태가 아니었다. 하지만 글로리아는 여전히
티모르를 따라가려 애썼다.

"급한 것 없어요, 선생님! 도착하는 대로 좋은 소식을 전하
면 되잖아요!"

"아니. 아무것도 말하지 않을 거야."

티모르는 말하는 데 쓸 호흡이 남아 있지 않았고, 글로리
아 또한 말을 들을 의지가 없었지만 설명하려 애썼다.

"당장은 모두 공장에 그대로 있어야…."

"…물 때문이죠, 맞아요."

"아니."

"총에 맞을 수 있어서요?"

"아니."

"날조된 사자와 호랑이에게 잡아먹힐 수도 있으니까!"

"아니. 그들의 아이들이… 이요트섬에… 인질로 잡혀 있으

481

니… 만약… 그들이 하려는 것은….”

티모르는 숨을 고르려 잠시 멈춰 섰다.

“비밀… 중요한… 필요한 거짓말이야.”

글로리아는 멍하니 한 손을 티모르의 등에 올려 마치 말에게 하듯 토닥거렸다. 하인즈는 그들 옆에서 요란하게 짖어대며 팔짝팔짝 뛰었다. 생각하기가 더 어려워졌다.

“글로리아… 며칠만… 그 모든 것을 비밀로 하자. 꼭 그래야 해.”

글로리아는 숨 돌리는 티모르를 뒤로 남겨두고 서둘러 달렸다.

다섯 소녀는 갈 수 있는 가장 먼 곳까지 달렸다. 물이 범람하면서 광활한 호수가 되어버린 시내 중심, 바로 그곳 물의 경계선에 도달했다. 공장은 마치 도랑못에 둘러싸인 다섯 개의 성처럼 서 있었다. 댐이 무너졌을지도 모르겠지만, 성벽이 더 먼저 무너지며 프래스토의 중심지로 많은 물이 폭포처럼 쏟아졌다.

그 소녀들을 태우고 마른 땅까지 왔다가 다시 제1공장으로 데려갈 배는 강물에 떠내려가지 않을 만큼 언덕 높은 곳까지 끌어 올려져 있었다. 그곳에서 소녀들은 슬픔을 나누고 어수선한 마음으로 흐느끼며 서로서로 껴안았다.

달려온 글로리아가 그들에게 재빨리 말했다.

"좋은 소식 듣고 싶다면, 이제 그만 울어. 너희를 태운 다음 노를 누가 저어줬니? 너희들이 스스로 했니?"

소녀 한 명이 대답하려고 애써 울음을 참았다. 한참이 지나 그 소녀가 말했다.

"아니. 문지기가. 그 사람이 우리를 신문사 사무실까지 데려다줬어. 그리고 사무실마다 돌아다니며 음식이 있는지 살펴봤고. 우리를 찾지 못하자 여기 와서 기다렸을 거야. 우리는 그를 기다렸고."

창고에서 희미한 총성이 들려왔다.

"아까도 저 소리를 들었어. 무슨 일이야? 무서워해야 할 일이야?"

글로리아가 묻자 두 번째 소녀가 코를 풀고 답했다.

"아니, 저건 도시 경비대야. 서로 전쟁 중이거든. 자녀가 있는 경비대원과 그렇지 않은 경비대원이 있는데, 둘 사이에 싸움이 난 거야. 자녀가 없는 이들이 다른 경비대원의 아이들을 배에 태웠거든. 그리고 돌아오지 못하도록 어떤 섬에 데려다 놓았대."

"그래서 지금… 그런데 지금 그 아이들이 모두…."

소녀들이 다시 흐느끼기 시작했다. 글로리아는 티모르가 적절한 설명을 찾아오길 바라며 뒤돌아 길을 살펴보았다. 그의 흔적은 없었다. 글로리아는 뭐든 말을 하며 시간을 끌어야 했다.

"있잖아, 아까 거기 신문사 사무실에 있던 그 남자한테 우리가 거짓말을 했어. 그 사람 이름은 마일드고, 그가 그 어린 애들을 납치해서 인질로 잡고 있어. 우리는 마일드가 자신의 교활한 음모가 잘못되었다고 믿게 하고 싶었거든. 그래서 우리가 어린이들은 다 죽었다고 말한 거야."

안쓰러운 마음에 소녀들은 다시 통곡하기 시작했다.

"그건 모두 사실이 아니야. 모두 살아 있고 갇혀 있지도 않아. 해변 모래사장에서 즐겁게 지내고 있어."

이야기를 계속하고 있자니 글로리아의 영혼 일부가 떨어져나와 몸 위를 떠돌며 거짓말하는 자신을 쳐다보는 듯했다. 필요한 거짓말이다. 친절한 거짓말이다. 자신이 알고 있는 진실보다 이 거짓말이 훨씬 더 마음에 들었다. 니켈 광석으로 도배된 강바닥에서 자는 아이들은 없다. 그들을 애석해하는 엄마도 없다. 그들을 그리워하는 형제자매도 없다. 필요한 거짓말이다. 밤마다 전처럼 편안히 잠들고 싶어 글로리아가 마음속으로 되뇌는 꼭 필요한 거짓말. 글로리아가 설명을 끝냈을 때, 그 영혼 조각은 유리 칼처럼 몸속으로 다시 들어갔다. 너무 아파 울 수밖에 없었다. 하지만 소녀들은 말할 수 없이 기뻐하고 있었다.

티모르가 길 끝에 모습을 드러냈다. 갈비뼈를 부여잡고 다리를 절뚝이고 있었다. 그는 일단의 소녀들을 보자 안도하는 듯 보였다. 글로리아는 달려가서 자기가 했던 말을 전했다.

그때 티모르의 표정은 다시 한번 '골칫덩어리'라고 말하고 있었다!

"아, 글로리아. 왜 몰랐다고 말하지 않았니? 우린 남쪽으로 날아간 적이 없다고 해야지? 이요트섬은 우리가 아는 대로 그 자리에 그대로 있다고 했어야지?"

글로리아 내면에서 움텄던 자부심이 다시 한번 사그라들더니 아예 사라졌다.

"그들을 행복하게 해주고 싶었어요, 선생님."

티모르는 글로리아를 슬프게 쳐다보고는 손으로 글로리아의 뺨을 감쌌다.

"그래, 애야. 그랬다는 것 알아, 안다."

제44장

좋은 사람들

프래스토시

티모르는 소녀들에게 이리 오라고 손짓했다. 그는 무척이나 큰 키 탓에 쭈그리고 앉아 음모라도 꾸미려는 듯한 목소리로 속삭였다.

"해변에 있는 아이들은 배를 타고 다시 상류로 올라올 건데 사실 모두를 놀라게 하고 싶어 해. 철없는 생각이라는 것은 알지만 아직 어린아이들이라 그런 것은 중요하잖아. 어렸을 때를 생각해보렴. 몰래 일을 꾸미고 있다는 느낌이 얼마나 특별한지? 우리는 아이들에게 약속했어, 그렇지, 글로리아? 그러니 너희들이 가능한 한 비밀을 지켜줄 수 있겠니? 아이들이 정말 이곳에 오기까지만?"

소녀들은 고분고분하게 고개를 끄덕이고는 아무 말도 하

지 않았다.

티모르는 글로리아를 슬쩍 쳐다보며 물었다.

"다들 내 말을 믿는 것 같니?"

글로리아는 고개를 저었다. 소녀들이 글로리아를 째려보았다.

"애들은 여덟 살이 아니고 열여섯 정도예요. 릭시를 생각해보세요. 릭시가 친절한 마음으로 비밀을 지켜줬을까요?"

글로리아는 티모르를 겨우 부축해 그 자리에서 끌어냈다.

"잘 들어, 애들아. 티모르 대위님은 지금은 조종사지만 다른 때는 언론인이야. 그래서 항상 특종을 터뜨리고 싶어 하셔. '대특종: 기쁜 소식! 아이들이 집에 돌아온다!' 비밀을 지켜주면, 너희 모두에게 각각 백 아팔을 주실 거야. 신께 맹세해. 또 연극도 쓰셔. 그렇죠, 선생님?"

"그래."

"이분은 홍수에 대한 연극도 쓰고 계셔. 아이들이 집에 도착할 때까지 조용히 해주면, 이분이 연극의 배역을 주실 거야."

소녀들은 서로를 쳐다보며 친구들이 무슨 생각을 하나 알아보려 했다.

"신께 맹세해?"

그중 한 명이 물었다.

"신께 맹세해."

글로리아가 겁을 주려고 일부러 덧붙였다.

"아, 그리고 너희들 의견이 달라져서 싸우면, 저분이 너희들을 그냥 쏴버릴지도 몰라."

그들은 거래가 성사되었다는 뜻으로 악수했다.

확실히 해두고 싶은 게 있는지 소녀 한 명이 남아 있었다.

"저 사람은 왜 오디션 보던 그 남자를 쏜 거야?"

"안 그러면 그가 나를 쏘지 않았겠니? 그리고 직접 쏘지는 않았단다. 머리 위를 쏘았지."

피로와 부상으로 예민해진 티모르가 쏘아붙였다.

그 소녀는 불만이 가득해 보였다.

"난 총리 역할을 정말 하고 싶었어."

"아니, 안 하는 게 나아. 나를 믿어. 너는 더 좋은 걸 찾게 될 거야."

글로리아가 말했다.

배 너머, 광활한 도랑못 저편, 지저분하긴 해도 달이 비친 깊은 못의 수면에는 무서울 정도로 거대한 숟가락 공장이 비쳤다.

소녀들이 약속을 지켰을 때 약속한 돈을 잊지 않고 주려고 티모르는 공군 지도 뒷면에 아이들의 이름을 적었다. "노 저을 줄 아니?"라고 그가 모두에게 물었다. 당황스럽게 누구도 할 줄 몰랐다.

"내가 배를 저어 공장으로 데려다주마."

이어서 글로리아에게 말했다.

"얘네 부모들이 꽤나 염려하고 있을 거야. 당연히 그렇겠지. 전쟁 중인 도시 경비대가 밤마다 거리를 활보하고 있으니 말이야. 그 정도는 신문에 나올 만한 일도 아니긴 해. 심할 때 술 취한 마부처럼 마차를 미친 듯이 몰고 다니고 있어. 내가 아기 때부터 배운 바로는 열여섯 살 청소년은 이런 야밤에 혼자 다니면 안 돼."

"맞아요, 선생님. 이제 그만하세요. 제가 저을게요."

"노 저을 수 있니?"

"노 저을 수 있냐고요? 못하겠죠! 그래도 당장은 선생님보다 나아요. 여자아이라도 분명 도움이 되고 배를 나가게 할수 있어요. 오히려 선생님이 어울리지 않지요. 이제 우리 힘을 좀 보호해야겠어요."

"아낀다, 힘을 '아낀다'지."

"지금은 딴지 걸지 마세요. 방해되잖아요."

배를 물에 띄우려면 한참을 밀어야 했다. 숟가락 공장에 도착할 때까지 더 한참 노를 저어야 했다. 배 아래로는 셀 수없이 많은 고무호스가 살찐 흰 뱀처럼 떠다녔다. 물은 정말 깊었다. 일곱 명이나 배 안에 구겨져 있었지만 그래도 공장에서 가장 높은 연철 담에 크게 긁히는 일 없이 둥둥 떠서 건너갈 수 있을 정도였다. 마침 눈에 띈 화재용 비상계단을 통해 그들은 숟가락 공장 2층에 닿을 수 있었다. 그들은 철제 계단을 올라 가장 높은 층의 철제 창문까지 다다를 수 있었다. 그곳에서 사다리를 요구했다.

겁먹은 얼굴들이 아래를 내려보았다.

"우리는 파업한 게 아니에요!"

그들의 입에서 처음 나온 말이었다.

"물이 너무 높이까지 차올랐어요. 파업한 게 아니에요! 정말 우린 파업하지 않았어요!"

사다리가 내려오자 티모르는 자신은 그저 오디션을 보았던 소녀들을 집으로 데려다주려고 온 것뿐이라고 설명하고 돌아가려 했다.

글로리아가 그런 티모르의 코트를 잡아끌며 간곡히 부탁했다.

"배는 처음 발견했던 곳에 놓을게요. 문지기가 써야 하니까. 아시겠죠? 그리고 저, 친구에게 인사만 할게요."

"안녕, 히기."

글로리아가 인사했다. 혹시라도 또 다른 허수아비를 친구로 착각하지 않았기를 바랐다. 달빛 아래라 더욱 알아보기가 어려웠다. 두 눈은 움푹 꺼져 있었고 어떻게 웃는지조차 잊은 듯 보였다.

혹은 그들이 서로 친구라는 사실마저도.

"여기에서 뭐 하는 거야? 나는 네가 여왕님 놀이하러 간 줄 알았는데. '총리되기' 말이야."

글로리아는 손가락 하나를 히기의 입술에 갖다 댔다.

"쉬쉬쉿. 릭시가 말해줬니? 그러지 않겠다고 약속했으면서." (물론 그 애는 그래도 다 말했겠지만.)

히기는 어깨를 으쓱거렸다.

"총리가 되는 것이 펌프질하며 하루 열 시간씩 생고생하는 것보다 나은 것 같아."

글로리아는 멈칫했다. 물론 자기에게 무슨 일이 일어났든 히기가 견뎌야 했던 것에 비하면 아무것도 아니었다.

"보고 싶었어, 히기. 내가 릭시를 이리로 데려오면서 그 애에게 쪽지를 줬어. 너에게 주라고. 신문 기사가 다 거짓이라는 내용 기억나?"

"그래. '아무것도 믿지 마. 다 만든 이야기야.' 설득력 있었어. 모두에게 퍼뜨렸지. 옥상으로 올라가서 다른 공장들에 수신호로 알렸어."

"수신호? 와 너 정말 똑똑하다! 수신호를 할 줄 알다니, 몰랐어! 그리고?"

"그리고 아무 일도. 우리가 속고 있다는 걸 아는 게 그다지 쓸모 있는 것은 아니었어. 그들은 여전히 우리 약점을 쥐고 있었으니까. 이곳에 있는 사람은 누구든 자기 아이들이 돌아오길 바라잖아, 안 그래? 우리가 펌프질을 멈추면 데려오지 않는다잖아. 이제 우리는 모두 겁쟁이 바보가 됐어. 물이 이렇게 높이 차오르는데 우리가 펌프질을 할 수 있을 리가 없지. 기계는 모두 물에 잠겼고 이제는 펌프질할 이유가 없어졌어. 하지만 놈들은 이 또한 모두 우리 잘못이라고 생각하는 모양이야. 우리가 파업하거나 일을 무작정 피한다고 생각하거든. 그러니 아이들을 절대 데려오지 못할 수도 있어."

히기는 고개를 돌려 물 건너를 본 후 떨떠름하게 말했다.

"데이지는 잘 지내? 녀석이 보고 싶었어."

글로리아는 이 일들을 어서 바로잡아서 히기에게 좋은 것만을 주고, 그의 목소리에 묻어나는 쓰디쓴 경멸의 감정을 없애고 싶다고 간절히 생각했다. 그래서 글로리아는 손을 내밀어 히기의 손을 잡았다. 그러고는 옆으로 슬며시 끌어당겨 속삭였다.

"너 절대, 절대, 절대 누구에게도 말해서는 안 돼. 너만 간직한다고 약속해… 아이들은 잘 지내."

"뭐라고?"

"아이들. 아이들은 이요트섬에 있지 않아. 그 섬은 이제 그곳에 있지 않거든. 아이들은 더 아래 바닷가에 있어. 너무 행복하게. 티모르와 내가 그곳까지 날아가 보았거든. 선생님이 지나가는 배에 어떻게 에스오에스를 보내는지 아이들에게 알려줬어. 이제 강물이 점점 낮아지고 있으니, 지나가는 배가 구조 신호를 발견하게 되면, 아이들은 곧장 배를 타고 집으로 돌아올 수 있을 거야."

히기는 글로리아의 얼굴을 하나하나 자세히 뜯어보는 듯했다. 턱에 묻은 먼지, 코에 붙인 반창고, 이마 주변에 난 군데군데 끊어진 머리카락. 소녀는 친구를 보며 좋은 소식임을 인정한다는 듯 고개를 끄덕이며 활짝 웃었다.

히기가 말한 것은 오로지 "좋아"였다.

그 사이 티모르는 공군 코트 덕분에 질문 세례를 받고 있었다. 댐은 날아갔나? 강은 낮아지고 있는가? 그들의 목소리는 쉽게 흥분했지만, 피로에 전 얼굴은 무표정했다. 마치 턱에 달린 경첩이 습기에 녹슬어버린 듯했다. 티모르 역시 그들의 질문 공세에 조금은 움츠러든 것 같았다. 마침내 티모르가 먼저 말했다.

"저한테 로즈시에 대해 물어보시겠어요? 거기 있는 사람들에 대해서요."

그때 히기가 어른만큼 큰 목소리로 끼어들었다.

"이 여자애가 말해줬는데, 아이들은 모두 안전하다던데요. 모두 대피했다고요. 강어귀에요. 그곳에 가서 아이들을 보기도 했다는데요."

"히기!"

"아마 사실이 아닐 거예요. 얘는 타고난 거짓말쟁이거든요. 하녀 릭시가 말해줬는데 얘가 '총리' 흉내를 내왔다고 하더라고요. 진짜는 죽거나 사라지거나 했다고요. 옷을 입고. 그런 척을 하고. 큰 집에 살면서요. 혼자 충분히 먹으면서요. 훌륭한 사람들과 친해지고요. 잘난 체하면서 우리를 찾아오고요. 우리를 속이고…."

"히기, 그만!"

"얘가 정말 그랬나요, 티모르 아저씨? 얘가 지금 어린아이들에 대해서도 거짓말하는 걸까요?"

히기가 조롱하듯 물었다.

티모르는 웅성웅성하는 소리가 잦아들기를 기다렸다 대답했다.

"그 애는 그러지 않았다. 아이들은 안전하고."

"아아아! 너 진짜 멍청하다, 히기! 네 덕에 우리는 백 아팔을 잃었잖아!"

오디션을 보았던 소녀 하나가 개탄했다.

그렇게 지쳐 있던 얼굴들이 깨어나 시선을 한곳으로 보냈다. 자신을 향해 맹렬히 다가오는 그들의 발에 글로리아는 혹시라도 깔릴지 모르겠다는 생각이 들었다.

"왜 바로 말하지 않았어?"

"그게 정말이야?"

"거짓말한 거야?"

글로리아가 말했다.

"솔직히 말씀드릴게요. 하늘에 맹세해요. 아이들은 모두 잘 지내요."

사람들의 입에서 이름들이 터져 나왔다. 토마스를 봤어요? 갈리아를 봤어요? 피리 부는 사나이가 앗아간 자녀들이 집에 가는 길에 깡충깡충 뛰며 노래하고 통조림 캔을 발로 차고 있다는 듯 말이다. 티모르는 아이들이 그렇게 즐겁게 지낸다는 것을 어째서 알리려 하지 않았을까?

옆에 있던 히기가 무미건조하게 말했다.

"그럼 이제 상황은 동점이야."

나이 많은 남자들이 생각에 잠겨 고개를 끄덕였다. 재킷 주머니에서 손을 꺼내 굳은살 박인 손가락을 꺾었다.

"그럼, 대가를 치르게 해야지."

히기는 글로리아의 팔뚝을 아플 정도로 세게 잡았다.

"보세요, 감옥에 가지 않았군요. 여전히 돌아다니고 있어요. 그들은 아직도 얘가 총리라고 생각하는 모양입니다. 하지만 이제 우리가 잡았어요. 우리도 인질을 잡은 거죠."

"히기, 그들도 알아, 내가….”

히기는 글로리아를 거세게 흔들어 조용히 시켰다. 얼굴을
글로리아의 귀에 가까이 대고는 씩씩거리며 속삭였다.

"너는 손가락 하나만 까딱해도 나를 이 지옥 구덩이에서
꺼내줄 수 있었어! 하지만 그러지 않았지. 릭시는 꺼내주었
으면서도, 나는 아니었어."

티모르는 옆으로 조금씩 조금씩 발을 좌우로 비틀어가며
지붕의 열린 창구 가장자리까지 슬며시 다가왔다. 그는 단
한 번도 글로리아에게서 시선을 뗀 적이 없었다. 글로리아와
눈을 마주쳤을 때 글로리아는 대답의 의미로 눈꺼풀을 깜빡
였다.

히기가 군중에게 말했다.

"우리가 무엇을 해야 하는지 알아요? 애를 인질로 잡고 몸
값으로 밀린 임금을 요구해야….”

동의한다는 뜻의 함성이 밤하늘에 피어올랐다.

"…그리고 우리가 원하는 모든 것, 즉, 새 옷, 보상금, 주
식 같은 것을 줄 때까지….”

"미친 소리야!"

글로리아가 으르렁거리며 군중 속 아무 곳이나 가리켰다.

"저 사람에게 물어봐. 저기 있는 여자… 저 여자가 말해줄

거야! 저 여잔 다 알거든! 사람들에게 말해, 모그다!"

군중들이 뒤를 돌아보는 사이 글로리아는 히기에게서 벗어났다. 티모르를 따라 열린 지붕 창구를 빠져나온 뒤 사다리에 올랐다. 그가 먼저 바닥으로 내려와 "뛰어!"라고 말한 뒤 글로리아가 뛰어내리는 것을 받아주었다. 그들은 철제 계단에서 한 번에 한 명씩 뛰어내린 다음 소방용 대피 계단으로 다시 향했다. 머리 위에서 쿵쿵거리는 소리가 들려왔다. 그들을 추격하는 발소리였다. 하지만 아무리 빠르게 달려도, 히기가 뱉은 말을 따돌릴 수 없었다. 말은 말벌 떼처럼 글로리아의 머릿속에서 윙윙거렸다. 벌침을 맞은 것처럼 두 눈에서는 눈물이 흘러내렸다. 분노인지 슬픔인지 모를, 글로리아 자신도 말하기 힘든 종류의 눈물이었다. 그들 뒤로는 널빤지 바닥 위를 구르는 발소리가 여전히 쿵쿵거렸다.

티모르와 글로리아가 거룻배에 뛰어오르자 배는 공장 벽에서 멀어지며 앞으로 나아가 도랑못을 건넜다. 무슨 말인지 알 수 없는 외침이 창구와 2층 창문에 있는 야윈 얼굴들에서 흘러나왔다. 갑자기 모여드는 새들을 흩뜨리려는 개들처럼, 그곳의 군중은 무엇을 왜 쫓는지 알지 못했다.

어깨를 나란히 하고 앉은 둘은 각자 노를 저었다. 티모르가 속을 끓이며 말했다.

"사람들이 그저 며칠만 모르고 있으면 됐어. 그게 내가 부탁한 전부였잖아! 아이들이 집에 돌아오면 사람들은 금방 기운이 날 거야. 가족들이 함께 행복한 시간을 보내고 그러다 보면…."

티모르는 달려와 바로 노를 젓느라 힘들었는지, 기침하며 중간에 말을 잠깐 멈췄다.

"아이들은 그들의 마을을… 녹여줬을 텐데. 사람들을 더 온화하게 해주었을 테고. 더 다정하게 만들어줬을 테고. '더 바쁘게' 해줬을 텐데. 이렇게 화난 군중은 아니었을 거라고."

"죄송해요! 죄송해요!"

"생각해봐라, 글로리아! 며칠 동안 너는 아이들을 몰래 데려간 사람들을 증오하는 것 말고는 아무 생각도 할 수 없었어. 원수를 갚아주려 했지만, 감히 하지 못했지. 그런데 갑자기 위협이 사라졌어! 아이들은 인질로 잡혀 있는 것이 아니었어. 아이들은 지금 집에 오고 있고, 너를 붙잡던 명분이 사라졌지! 범람했던 물은 점점 낮아지고 있고, 이제 무슨 일이라도 일으킬 수 있을 만큼 자유로워진 거지. 아까 봤던 것처럼 분노와 공포가 한곳에 들어차 있었지. 한 통의 폭탄처럼, 알겠니? 그게 터져버리면, 많은 사람이 다쳐. 우리가 방금 도화선에 불을 붙인 거야."

"저에요, 제가 그랬어요! 제가 불을 붙였어요. 정말, 정말 죄송해요!"

순간, 놀랍게도 담장보다 높은 공장 문에서 튀어나온 연철에 배가 부딪쳐 틈에 끼이고 말았다. 시간이 지날수록 수위가 점차 낮아지고 있었던 것이다. 둘은 일어서서 노를 잡은 채 배를 빼려 했다. 배는 심하게 흔들렸다. 창문가의 사람들은 사냥개처럼 으르렁거렸다.

"젠장. 홍수가 끝나기를 몇 달이나 기도했는데 지금은 물이 더 깊어져 저들을 며칠만 좀 더 잡아주길 바라다니."

"선생님이 말씀하신 것처럼 '좋은' '사람'이라는 두 단어는 어우러질 수 없나 봐요."

글로리아가 말했다. 글로리아의 노에서 부서진 조각이 떨어져 나왔다. 마치 악한 마음처럼 날카로웠다.

"감히 그들을 비난하지 말아라!"

티모르가 톡 쏘며 말했다. 글로리아가 티모르의 노를 대신 잡았기 때문에 그는 상체를 배 옆으로 구부려 걸려 있던 곳에서 배를 밀어낼 수 있었다. 그 때문에 티모르에게는 소리칠 만큼의 호흡도 충분히 남아 있지 않았다.

"마일드 패거리들은 거짓말을 하고 사람들을 가두고, 밤낮으로 일하게 하고, 개고기와 잡초를 먹이고…. 노동자들은 원한을 갚을 권리가 있어. 그런데 결국에는 누가 패자가 될까? 노동자들이 될 거야."

티모르는 손을 번갈아 쓰며 좀 더 낮은 담장 옆으로 배를 움직였다.

"왜냐면 프래스토는 그들의 집이야, 글로리아! 자기 집을 불태우고 나면 누구라도 나중에 후회하게 되겠지. 하지만 지금 당장은 아닌 것 같다. 무리가 마른 땅으로 나올 수 있게 되면, 그들은 책임을 물을 대상을 찾으려 할 거야. 그들이 싫어하는 누구든 말이야. 이 일을 일으키는 것을 소수겠지만… 많은 이들이 다치게 될 거야."

배가 공장 담장을 넘어 다시 떠가자 노동자들은 창문을 깼다. 그러고는 좋은 소식을 가져다준 사람들에게 유리 조각을 던지기 시작했다. 마치 물수제비뜨는 것만 같았다. 바야흐로 폭동과 파괴와 복수의 시간이었다.

믿을 수 없을 만큼 놀랍게도 하인즈는 범람한 물 가장자리에서 티모르와 글로리아를 끈기 있게 기다리고 있었다. 배가 오는 것을 본 개는 짖으며 물로 달려들었다 물러서기를 반복했다. 해안에 다다르자 티모르가 위로의 상징이라도 들어 올리듯 하인즈를 안아 올렸다.

"이 동물은, 이 무례한 세상 속에서 보기 드물게 선한 행동을 하지."

하지만 글로리아에게 위로가 되는 것은 아무것도 없었다.

두려운 마음이 진정되자 글로리아의 마음속은 텅 비어버렸고 그 자리에 죄책감과 비참함이 찾아왔다. 티모르에게 글로리아는 골칫덩이였다. 히기에게는 비열한 적 중 하나였다. 게다가 방금 프래스토를 완전히 태워버릴 수도 있는 도화선에 불을 붙인 장본인이기도 했다.

제45장

마일드
프래스토시

마일드에게는 봉쇄된 편집장실을 빠져나와야 할 이유가 수없이 많았다.

티모르와 글로리아를 죽여야만 한다.

코베트는 난파 사고와 아이들이 죽은 일에 대해 손가락질 받아야 한다.

남아 있는 상원, 판사, 은행가들의 사형을 빠르게 집행해야 하며 코베트는 그에 대해서도 역시 지탄받아야 한다.

댐을 성공적으로 폭파했다는 것은 곧 성문을 열어야 한다는 뜻이며, 이때 맞닥뜨릴 새로운 도전을 이끌 자는 자신이었다.

마일드는 탈출할 방법을 찾으려고 방을 살펴보았다.

조판공의 선반과 쟁반이 눈에 들어왔다. 쟁반 위에는 금속

활자와 숫자판이 들어 있었지만 몇 가지는 사라지고 없었다. 그가 이미 내일 자 〈더 보이스〉 첫 페이지에 실릴 선언문을 편집해두었기 때문이다.

홍수는 끝났다
이제 눈물을 닦을 시간

우리의 시련은 끝났다.
강물은 둘로 나뉘었다.
이제 희망으로 향하는 모든 길을 보게 될 것이다!

헤쿠바의 죽음 이후 마일드는 조판의 달인이 되었다. 자기가 쓴 기사를 다른 사람이 조판하는 것은 믿을 수가 없었다. 어떤 면에서 그 높은 책상은 그의 전투 마차인 셈이다. 보자, 마차에 걸맞은 바퀴까지 달려 있었다! 책상을 움직이려면 보통 성인 남자 네 명 정도가 필요했는데, 마일드는 자신이 충분히 작은 남자 네 명과 동등하다고 믿었다. 두피에 힘을 잔뜩 집어넣었기 때문 아니었을까?

마일드는 어깨를 책상에 대고 온 힘을 다해 밀었다. 그의 발이 신발 뒤축으로 밀려 나왔다. 다시 등을 대고 밀어보았지만, 무릎 인대에서 뚝 소리가 났다. 마일드는 다시 달려와 책상 옆면을 향해 몸을 날렸다. 성공! 커다란 철제 바퀴가 굴러갔다. 선반이 흔들렸다. 인쇄용 금속활자판 쟁반이 흔들렸다. 책상은 판유리로 만든 문 쪽으로 굴러갔다. 책상이 문기둥을 치자 나무가 으드득 갈라지고 창문이 깨지며 티모르가 문을 막아두려고 사용했던 철제 찬장이 쓰러졌다. 불협화음이었다.

밖으로 나왔다! 강한 충격을 받은 탓에 책상에 있던 쟁반은 그 안에 든 모든 것을 흔들며 혀처럼 밖으로 밀려 나왔다. 마일드가 그것들을 다시 제자리에 밀어두려는데….

책상이 다시 앞뒤로 흔들리더니 넘어지고 말았다. 책상 앞에 있던 마일드는 얼굴에 쏟아지는 금속활자판으로 샤워했다. 글자, 숫자, 기호, 구두점의 섬세한 양각들이 쏟아지며 점점 더 속도를 냈다. 이 특별한 서체와 상징은 모두 바로 〈더 보이스〉의 특별한 로고 'In atramento non est veritas'[*]를 이루고 있었다.

폭도들이 그를 찾았을 때, 그의 입과 눈알, 두 손과 목구멍은 이해할 수 없는 금속 글자들로 꽉 차 있었으며 책상 아래에 보관돼 있던 인쇄용 잉크병은 굴러서 흘러내리고 있었다. 그렇게 그의 몸은 암흑의 호수에 둘러싸여 있었다. 그의 금발조차 이제 밤의 색으로 변해 있었다.

* 잉크에는 진실이 없다

제46장

폐허가 된 로즈시

그림자를 따라 도시 경비대 사이에 일어나는 작은 충돌들을 피하며 글로리아와 티모르는 AAF 격납고 방향으로 서둘러 올라갔다. 그곳에 도착해 도시를 바라보니, 숟가락 공장은 여전히 불타고 있었다. 티모르가 입을 열었다.

"음, 저것 봐라. 물에 잠긴 공장의 허리 부분까지 불을 지르다니 상당한 재주야. 인류가 지닌 독창성, 안 그래? 폭동이 일어났을 때 가장 곤욕스러운 것이 무언지 아니? 그들이 꼭 깨야 할 창문만 깨지 않았다는 거다. …항상 엉뚱한 사람들이 해를 입곤 하지."

다섯 공장의 노동자들은 그날 밤 정말 기발한 생각을 해냈다. 범람한 물이 빠질 때까지 기다리기보다 마루판을 뜯어낸 다음 뗏목과 부교를 만들어 못으로 둘러싸인 공장을 탈출한 뒤, 거리를 활보하고 다녔다. 그들은 상원의원들과 공장 소유주들을, 그리고 몇 달 동안이나 그들을 굶주리게 하고 일을 시켜먹은 데 대한 책임을 물을 누군가를 찾아다녔다. 하지만 다행스럽게도 그들은 감옥을 들여다볼 생각을 하지 못했다. 그곳에는 마일드의 절대 권력에 도전한 자들이 갇혀 있었다. 폭도들은 살육할 기회를 놓치고 말았다. (재소자들은 폭도들이 스스로 지쳐 나가떨어지고 흥분을 가라앉힐 때까지 감옥 문은 물론 감방문도 열지 말아 달라고 교도관에게 애원했다.)

아이들이 납치되는 장면을 가려주었던 막사뿐 아니라 의원회관 역시 불에 탔다. 그들은 식량을 찾아 상점 문을 부쉈지만, 식량은 그곳에 없었다. 그들은 또한 헤쿠바가 아주 소중히 여기던 신문사의 창문에 돌을 던졌다. 시간이 흐를수록 낮아지던 강물은 폭도들보다도 더 먼저 순해졌다.

아팔리아 공군은 (마일드가 내린) "상원에서 내린 분명한 명령에만 복종하라"는 명을 받았다. 군사령관은 폭탄 공습을 승인하라는 명령을 거부한 이유로 수감되었다. 지도자가 없는 상황에서 도시가 혼란에 빠져 있는 동안 군인들은 애를 태우거나 공포에 질린 채 앉아서 명령을 기다렸다.

그런 상황에서 총리의 남편이 언덕 꼭대기의 비행장에 도착하자 병사들은 크게 반겼다.

"대위님은 '상원'이나 다름없으십니다, 그렇죠? 무엇을 해야 하는지 말씀해주십시오."

게다가 티모르 필로타판타솔 대위는 명령을 내리며 극도의 분노를 불꽃처럼 내뿜었고 넘치는 활력으로 이글거렸다.

"며칠 안에 신의 뜻에 따라 아이들을 가득 태운 배가 상류로 올 것이다. 그곳에서 아이들을 맞이하라. 코베트 의원도 함께 있을 것이다. 그를 적절히 사용해야 한다. 코베트 의원은 지금 제정신이 아니지만, 아이들이 그를 좋아하므로 코베트 의원의 말을 잘 따를 것이다. 아, 그곳에는 커다란 흰 개도 있을 것이다. 그 개는 노동자들의 마스코트이므로 국가 안보에 매우 중요하다. 그 개를 퍼모스트 저택으로 데려다 놓고 누군가 먹이를 주도록 하라. 동시에 무장하라. 소방대원이 아직 남아 있다면 그들도 소집하라. 도시 경비대를 모두 무장해제시키고 두 파벌을 동물원 우리에 나눠 가둬라. 음, '동물원 우리는 이미 비어 있다.' 동물들은 모두 누군가의 입속에 들어갔으니까. 코베트의 보좌관이었던 마일드를 〈더 보이스〉 사무실에서 찾아서 가둬두어라. 고를 수 있다면 지옥의 지하 감옥 작은 칸 하나 정도가 좋겠지만. 그가 달아나지 못할 만한 곳이라면 어디든 괜찮다. 항공 연료는 확보했나? 내 비행기에 연료를 채우게. 제군들, 이제, 가라. 위노우 양과 나는 북쪽으로 날아갈 것이다. 그리고 곧 돌아올 것이다. 질문 있나?"

찢어진 가죽 코트를 입은 채 긴급한 분위기를 풍기는 티모르의 모습은 꽤 위협적이었다. 이에 압도된 공군 병사들은 하나같이 고개를 끄덕였다. 질문은 없었다.

글로리아 역시 주눅이 들었다. 글로리아는 속삭였다.

"화가 나신 거예요, 선생님?"

"조용히 있어라, 글로리아."

"죄송해요, 선생님."

불 냄새가 두려워진 하인즈가 안으로 들어와 얼굴을 티모르의 정강이에 들이밀었다. 그제야 경계를 풀고 개를 안아 올린 티모르는 녀석에게만 조용히 이야기했다.

"이제 가자, 응, 친구? 소식이 궁금해 죽을 지경이다."

글로리아만이 그 말을 우연히 들었다.

뜨는 해에 앞이 희미하게나마 보이기 시작하자 그들은 바로 이륙했다. 그때까지도 대형 공장 다섯 개는 병원과 미술관과 종점에 있던 바퀴 없는 버스들과 함께 불타고 있었다.

강에는 또 다른 장면이 펼쳐졌다. 몇 달 동안 그 누구도 보지 못했던 익숙지 않은 장면이었다. 항구의 제방이 수면 위로 다시 올라오기 시작했고, 저인망 어선(바다 깊은 곳에 어망을 놓고 물고기를 잡는 어선—옮긴이) 한 대, 아니 저인망 어선 두 대가 강 상류로 올라오고 있었다. 작은 모형 같은 인물들이 배 안에 꽉 차 있었다. 돛대 꼭대기에는 깃발이 매달려 있었는데 흰 바탕 위에 붉은 엑스자가 그려져 있었다. 배는 그렇게 '도움이 필요해요(국제 신호기에서 쓰이는 의미—옮긴이)'라는 신호를 보내고 있었다.

티모르는 비행기를 한쪽으로 기울여 회전하며 배 위에 작은 원을 그렸다. 갑판의 인물들은 손으로 햇빛을 가린 채 손을 흔들었다. 그는 답례 인사로 날개를 흔들었다. 납치됐던 아이 중 첫 번째 무리가 집으로 돌아가고 있었다.

"아, 정말 감사합니다. 아이들은 이렇게 어른들에게 경각심을 불러일으켜. 아이들이 지닌 대단한 점이야."

"이제 모든 것이 제자리를 찾을 거예요."

글로리아는 그렇게 말했지만, 과연 그렇게 될지 믿을 수 없었다.

1~2분쯤 지나 티모르가 말했다.

"복잡하다, 그렇지? 살아가는 일 자체가 말이야."

글로리아는 비행에 꽤 적응한 데다 지금까지 단 한 번도 비행기 멀미를 겪어본 적이 없었다. 하지만 강 상류로 날면 날수록 심하게 울렁거렸다. 이는 나중에 고통으로 바뀌었는데 배를 콕콕 찌르기도 하고 끔찍한 메스꺼움까지 찾아왔다. 혹시라도 하인즈에게 대고 토할까 걱정이 되어 개를 바닥에 내려놓았다.

"글로리아, 무슨 문제 있어?"

"아니요. 저 엄청 괜찮아요, 선생님."

하지만 거짓말이었다.

모든 것은 결국 거짓이 된다. 티모르는 마일드에게 아이들과 코베트가 배와 함께 모두 사라져버렸다고 했다. 꽤 믿을 만했다. 글로리아는 공장 지붕에서 사람들에게 장담했다. "솔직히, 하늘에 맹세코" 그들의 아이들은 모두 안전하다고. 몇몇은… 그렇지 않다는 것을 감히 말하지 못했다. 티모르는 글로리아에게 로즈시 사람들은 모두 댐이 무너지기 전 대피했을 거라고 장담했다. 그리고 글로리아도 티모르의 말을 믿었다. 다른 이유는 없었다. 그저 그렇게 믿고 싶었기 때문이다. 이제 글로리아는 입속에 남은 쓸쓸한 담즙을 삼키며 생각한다. 티모르가 한 그 장담은 사실 별로 의미가 없었다. 그또한 어떻게 알 수 있었겠는가.

글로리아는 몰다비아 황녀를 위해 제작된 결혼 기념 케이크를 한 번 본 적이 있다. 아팔리아를 방문한 황녀를 위해 퍼모스트 저택에서 만찬이 열렸을 때다. 분홍 설탕 가루가 뿌려진 데다 나선형의 설탕 과자와 소용돌이 모양의 솜사탕으로 장식된 3단 케이크였다. 웅장한 만찬이 끝난 후 그 케이크는 부스러기 더미, 새똥처럼 되어버린 설탕 과자 덩어리, 날카롭게 부서진 설탕 조각으로 변해 있었다.

이는 바로 로즈시의 현재 모습이다. 물은 로즈시의 아케이드와 색을 칠한 집을 모두 집어삼켰다. 하루 만에 부풀어 오른 강은 로즈시의 기반을 전부 휘감고 있었다. 댐을 통해 쏟아진 급류는 붉은색의 부드러운 사암을 게걸스레 먹어치우며 할퀴고 상처를 냈다. 피난민 캠프는 완전히 씻겨 내려갔고 남은 것이라고는 도시의 폐허뿐이었다. 생명과 사랑스러움은 물론 쓰레기마저 깔끔히 사라져버렸다.

둘은 말이 없었다. 글로리아는 아무 생각 없이 땅 위를 달리는 비행기 그림자에 시선을 고정했다. 그저 그림자가 잰걸음으로 나아가는 모습만 바라볼 뿐이었다. 곧 그들은 폐허 위를 날았다. 비행기 그림자는 돌무더기 위에서 펄쩍 뛰거나 조심스럽게 나아가다 꿈틀거렸다.

그때 갑자기 사람들이 보이기 시작했다. 두 명, 아니 열두 명, 그리고 셀 수 없을 만큼 많은 사람이 폐허 속에서 조심조심 나아가며 온전하게 남아 있는 것을 모두 구하고 있었다.

도시를 침략했던 강물은 마른 땅을 남겨두고 도시 너머로 떠났고, 사람들은 여러 무리를 지어 되돌아오고 있었다. 마치 박살이 난 벌집 주변에서 이를 다시 세우려는 벌 떼 같았다. 그들 뒤로도 수만의 사람이 계속 이어졌다.

"감사합니다. 감사합니다."

티모르는 작은 목소리로 연거푸 말했다.

"감사합니다, 감사합니다, 정말 감사합니다."

백만 톤의 물에 백만 톤이 더해졌다. 메말랐던 나무와 바싹 마른 흙은 물론 지하수가 있던 지층 또한 이 물을 꿀꺽꿀꺽 마셔댔다. 들판 역시 이 물을 삼켰고 그 모습을 본 선인장이 감탄했다. 물이 제자리를 잡았다. 2만5000명의 사람들이 다시 흐르는 강 건너 제방에 남겨졌다. 그들은 서로 손을 흔들었다. 그들은 기겁하다 감사하고 두려워하다 아연했다. 발 아래를 지나는 분홍색의 급물살에 매료되기도 했다. 피난민들은 털썩 주저앉아 아이들과 짐을 꼭 잡았다. 가장 얕았던 물이 단단한 땅으로 스며들자, 수십 마리의 물고기들은 뛰어오르고 씰룩거리며 오도 가도 못 했다. 저녁거리다!

하지만 현지인들은 즉각 그들이 왔던 곳을 향해 다시 길을 나섰다. 그들의 도시, 그들의 집에 무엇이 남아 있는지 알고 싶었다.

멀리멀리 북쪽에는 우르릉하던 라차산맥의 끓어오름이 멈췄다. 마치 남풍이 가져온 좋은 소식을 듣기라도 한 것처럼 말이다. 퍼르카강은 둘로 나뉘었고, 로즈 사막은 생명이 움트는 소리를 내고 있었다.

"계속 그렇게 생각하셨어요? 저 사람들이 모두 죽었을 거라고요? 사실대로 말씀해주시지 그랬어요."

"왜? 그래서 우리 둘 다 비참해지라고?"

"네, 맞아요! 만약 그 비참함을 열두 명이 나누면 한 사람이 느끼는 '비참함'은 훨씬 적을 거예요. 하지만 혼자 감당하려고 하면 그 감정에 짓눌려 납작해지고 말 거예요. 그런 것은 나눠야 해요, 정말요."

티모르는 깊이 생각해보았다.

"내가 들어본 추론 중 논리가 가장 약하구나. 약속해라. 절대 논리학 같은 것은 배우지 않겠다고."

"약속할게요."

"글로리아 양, 내 생각에는 너도 이 사람들이 살아 있다는 것을 쭉 알았던 것 같은데."

"물론 그랬죠! 어떤 거짓말쟁이 조종사가 제게 장담했거든요. 그러니 그건 제게는 진실일 수밖에 없었어요."

"여러분의 도시가! 이렇게 아름다운 도시가…."

로즈시 시민평의회 사람들을 다시 만난 글로리아가 끊임

없이 말했다. 티모르를 법정에 세우려 했던 바로 그 다섯 명이었다. 의장은 도시가 파괴된 모습에 충격을 받아서 아무 말도 하지 못하고 그저 고개를 끄덕이기만 할 뿐이었다. 의장의 아내는 장미와 허브로 띠를 두른 모자를 벗어 뜨거운 태양광에 뜨거워지고 있는 남편의 머리에 씌워주었다.

"제 남편이 조금 충격을 받았어요. 그런데 재미있지 않아요? 이 도시는 육백 년 동안 이 자리에 서 있었어요. 반면 사람들은 더 짧은 시간을 살아요. 그래서 이 도시가 사람보다 훨씬 더 중요하게 보일 수도 있지요. 하지만 사람이 더 중요하다 한다면 우리가 어리석은 것일까요?"

티모르는 그의 비행 헬멧을 벗어 지나가는 어린이의 머리에 씌워주었다.

"전혀요. 필요하면 제가 나서서 벽돌로 차곡차곡 도시를 다시 건설할 겁니다. 하지만 사람들을 잃는다면…. 음, 그들을 대신할 것은 없어요, 그렇죠? 게다가 로즈 사람들은 특별히 진귀하고 훌륭한 분들이에요, 잘 '보호'할 만한 가치가 있습니다."

"우리를 잘 보호해주셨어요, 대위님! 대위님이 우리에게 대피하라고 말씀해주셨고, 그래서 우리는 재난을 피할 수 있었던 겁니다!"

하인즈는 비행기가 데려다준 이 장소에 강한 흥미를 느꼈다. 그는 이곳을 분명 알고는 있지만, 이곳의 냄새는 이미 공중에 던져져 마치 다른 장소에 내려버린 것만 같았다. 썩어가는 쓰레기에서 나던 악취는 거의 사라졌다. 건조한 냄새는 물에 자리를 내주었다. 물에서는 벽돌 가루 냄새가 났다. 두려움의 잔해가 여전히 하늘에서 떨어져 내렸다.

"클렘을 찾아, 하인즈!"

글로리아가 권했다.

클렘, 그렇지…. 하지만 긴 비행 후 하인즈의 다리는 아직 땅에 적응하지 못했다. 클렘, 그렇지. 클렘을 찾긴 찾아야 한다. 글로리아도 역시 클렘을 찾는 듯 보였다. 글로리아는 밀려드는 사람들 사이에서 확실히 누군가를 찾고 있었다.

"혹시… 보셨어요? …를 아세요?"

하인즈는 글로리아 뒤를 졸졸 따라다녔다. 점차 발을 자유자재로 쓸 수 있게 되었다.

글로리아는 자신의 '누군가'를 찾았다. …하지만 클렘은 아니었다. 글로리아는 어떤 여자에게 우악스럽게 달려들었고, 하인즈는 방방 뛰고 짖으며 그 둘을 덮쳤다. 하지만 둘, 그리고 셋, 그리고 네 명이 더 다가와 함께 포옹했고, 글로리아는 하인즈를 안아 올릴 팔을 내어줄 수 없었다. 글로리아는 울고 있었다. 모두가 울고 있었다. 말하자면 기쁨의 눈물이었다. "엄마! 할아버지! 동생아!" 하는 말과 외침이 하늘로 솟

구쳤는데, 마치 모래언덕에서 하인즈와 데이지를 놀라게 했
던 그 자고새 같았다. 그 생각을 하니 하인즈는 데이지가 그
리웠다. 그는 문득 자신의 일부를 해변에 두고 온 것 같았다.
그 일부는 지금 데이지의 부드러운 입안에서 나풀대고 있을
것이다.

히인즈는 하늘을 나는 남자와 소녀를 따라다니는 자신의
업무가 끝난 것은 아닐까 궁금했다. 그 남자 티모르는 공격
당해 멍이 들고 불안한 상태에서도 최근에는 키가 조금 컸
다. 그건 사람은 할 수 있지만 개는 할 수 없는 일이다. 아마
어떤 싸움에서 이겼거나 강아지의 아빠가 되었거나 혹은 어
떤 경쟁에서 최고상을 받았을 것이다. 그것이 무엇이었든,
티모르는 자기 무리에서 명성을 쌓은 것이 확실했다. 사람들
은 그가 말하는 그대로 따랐다. 그들은 하인즈가 클렘을 바
라보았을 때처럼 명령을 기다리며 남자를 바라보았다.

클렘. 그렇지. 하인즈는 클렘을 찾아야 한다. 다른 것들로
주의가 산만해진 탓에 하인즈는 클렘을 돌봐야 하는 의무를
저버리고 있었던 것이다.

한 시간 후에도 하인즈는 여전히 친구를 찾지 못하고 있었
지만 그래도 폐허가 된 도시를 샅샅이 뒤지며 사랑하는 이들
을 찾는 데 동참했다.

로즈 사람들 중에서 너무 노쇠해 움직일 수 없었거나 고

집이 세거나 불신이 깊었던 이들은, 종탑이 떠들썩하게 울리고 다른 사람들이 달아나는 순간에도 그저 뒤에 남아 있었다. 하인즈는 돌무더기 아래 혹은 아직 물로 가득한 지하 저장고에 뜬 시신의 냄새를 맡아가며 사람들에게 도움을 주었다. 여전히 붉은 먼지는 공중에 머물러 있었으며 그 냄새는 하인즈 주변에서 빙그르르 돌고 있었다. 냄새는 절망적이었고 알아채기 힘들 정도로 헝클어져 있었다. 하인즈가 확실히 알아챌 수 있는 냄새는 죽음의 사냥개 냄새뿐이었다. 그래서 하인즈는 무너진 벽돌 더미, 식탁보, 양동이, 개들, 신발들… 사이를 이리저리 다니며 그 냄새를 따라가기 시작했다.

죽음의 사냥개는 갑자기 들이닥친 급류에 휩쓸린 것처럼 발자국이 축축했다. 사냥개의 발자국은 하인즈를 폐허가 된 종탑까지 이끌었다. 종탑은 이제 그 옆의, 껍질이 다 벗겨진 나무의 높이보다도 낮았다. 탑에 있던 거대한 종들은 바닥에 누워 있었는데, 고대 거인의 황금 투구처럼 보이기도 했다. 종을 치던 밧줄은 종 밖으로 뱀처럼 꿈틀거리며 나와 있었다. 하인즈는 수백 년 넘게 종 치는 사람들의 발이 닿아 닳아 빠진 계단을 올랐다.

그곳에서 마침내 하인즈는 클렘을 찾았다. 소년의 옷은 이미 햇빛에 말라 있었지만, 머리에는 강에서 올라온 듯한 갈대가 놓여 있었다.

하인즈는 소년의 얼굴을 핥고는 앞발로 셔츠를 잡아당긴 후 그의 가슴 위에 누웠다. 가슴은 오르락내리락하지 않았지만, 모든 주름 사이에 깃든 추억이 있어서 익숙했다.

죽음의 사냥개는 계단의 가장 높은 칸에 누워 있었는데, 한줄기 햇빛 아래 놓여 있는 어두운 신기루 같았다.

"그를 위해 너와 싸울 거야."

하인즈가 말했다.

'전쟁은 끝났어. 그 애가 마지막이야. 나는 지금 피곤해. 녹초가 되었다고.'

죽음의 사냥개가 대꾸했다.

"너는 선택의 여지가 있어. 네가 잘못 안 거야! 네 선택은 틀렸어!"

'선택? 나는 선택이란 것을 하지 않아. 그저 할 일을 할 뿐이야.'

사냥개의 모습을 한, 죽음의 핏발 선 눈에서 흘러나온 눈물이 주둥이로 흘러내렸다.

신기루가 사라졌다. 하인즈는 자세를 고쳐 앉아 울부짖었다. 그의 울부짖음은 계단의 원래 모습인 나선형을 그대로 타고 올라가 폐허가 된 도시 위로 울려 퍼졌다.

제47장

할 일이 너무 많다
퍼모스트 저택, 프래스토시

상원과 산업 대표들은 퍼모스트 저택의 거실 바닥과 소파 여기저기에 의자와 발받침을 함께 쓰며 앉아 있었다. 최근에 은신처에서 나온 언론인들은 세 곳의 구석에 마치 원래부터 있었던 램프처럼 서 있었다. 남자들은 면도도 하지 못했고 오랫동안 똑같은 양복을 입고 있었다. 여자들 역시 마찬가지였다. 손가락으로 기름진 머리를 빗어넘기고 옷에 묻은 얼룩을 비벼 털었다. 이른 아침까지만 해도 그들은 재판소 뒤 감옥에, 생명의 위험을 느끼며 갇혀 있었다.

소파를 빼앗긴 데이지와 하인즈는 그 방 안에서 방문객들을 밟기도 하고 씻지 못한 몸에서 풍기는 강한 땀 냄새에 들떠서는 이리저리 왔다 갔다 하고 있었다. 꿀이 든 작은 빵이

들어오자 방 안에 있던 모두가 침을 삼켰다.

"어디서 이걸 얻었지?"

재정부 상원의원이 하녀에게 물었다. 글로리아가 무릎을
굽혀 인사하며 말했다.

"로즈시의 친절한 사람들한테서요. 화덕에 구웠다고 해요.
물고기는 막대기에 꽂아 말리고요. 옥수수 속대는 뜨거운 재
에 올려 구워요. 그들은 정말 수단이 좋더라고요. 쾌활한데
다 상황을 항상 깊이 고려해요. 그들은 또 아보카도로 놀라
운 일을 해요. 필로타판타솔 대위님을 위해 어마어마하게 큰
음식 꾸러미도 만들어주었고요."

"누구?"

글로리아는 데이지를 데리고 떠났고 그때 하인즈는 티모
르의 무릎에 올라앉았다.

방문객들은 총리가 온몸에 개를 두르고 있는 모습을 그리
달가워하지 않았었다. 하지만 이 부스스한 잡종견은 어쩐지
거친 야생의 활력을 더해주는 것 같았다. 감옥에서 이들은
스스로 활력을 내는 방법을 잃어버렸다.

"배를 만드는 데 우선순위를 둬야 합니다. 바다와 산 사
이의 모든 정착지마다 도달할 수 있을 만큼 얇고 크기는 중
간 정도의 배를 말이죠. 목수나 소목장이들은 현재 로즈시에
서 피난민으로 지내고 있어요. 그들을 가능한 한 빨리 다시

불러 삼림지로 데려가 홍수로 무너진 집들을 재건해야 하고 요. 제가 저인망 어선 세 척을 고용했습니다. 아이들을 상류로 데려온 그 배죠…. 선원들은 석 달 동안 우리 프래스토 시민들이 먹을 수 있도록 고기를 잡아주겠다고 했어요. 저인망 어선을 우리가 직접 사거나 만들 때까지 어느 정도 굶주림을 피할 수 있을 것입니다. 빵을 만들 밀을 심고, 꿀을 얻거나 식물의 수분을 도울 벌집을 만들 필요가 있습니다. 이곳과 큰 마을 사이에 전보로 의사소통하면 많은 것들을 빠르게 처리할 수 있을 겁니다. 상원의원 중 이웃 나라에 가서 도움을 청하는 데 자원하실 분 계신가요? 식량, 의료, 건설, 공학… 어떤 것이든요. 강에서 죽은 동물들을 제거해야 합니다. 그렇지 않으면 물은 또 다른 방법으로 우리를 죽일 수 있어요. 티푸스, 콜레라… 같은 것들로요. 로즈시에서도 피난민들 사이에 콜레라가 퍼질 위험이 도사리고 있으며…."

배고픔과 수면 부족으로 정신이 혼미한 상원의원, 법률가, 경영가들은 티모르의 말에 우물쭈물하며, 그들이 도착했을 때 받은 〈의제〉의 장수를 세어보았다. 빽빽한 글씨가 쓰인 종이가 무려 열일곱 장이었다. 이는 다음 사항을 담고 있었다.

- 피해 규모 평가
- 피해 비용 산출

- 도시 경비대 신규 채용

- 나무 다시 심기

- 강에 어획용 그물 설치하기

- 식량/의약품 수입

- 통신망 복원

- 로즈시 복구와 보상

- 고아 돌봄/입양

- 목장 재건

- 경작 가능 농지 재조성

- 지급 불이행 시 아팔리아 보험 회사에 대한 법적 절차

- 최고 통치자 총리 선출

"우리가 왜 남편분과 이야기를 하고 있죠? 총리님는 어디 계시나?"

보건부 상원의원이 쟁반에 선인장 술 한 잔을 가져온 하녀에게 물었다.

"익사하신 것 같습니다, 의원님."

글로리아가 속삭였다. 그 상원의원은 술을 한 번에 입으로 털어 넣었다.

세 시간 후 열일곱 장의 서류마다 휘갈겨 쓴 글씨와 체크 표시와 물음표로 가득해질 즈음, 총리의 사망 소식은 귓속말

을 통해 방에 있는 모두에게 퍼져 있었다.

"아내를 잃으신 데 대한 심심한 조의를 표합니다, 대위님. 그리고 대위님을 총리로 선출하는 데 동의하고 싶습니다."

가족부 상원의원이 치마의 찢어진 데를 잡으며 말했다. 방 안에 있던 이들 모두 이를 승인했다. 이 사람은 틀림없이 이 일에 적임자다. 그들이 원하는 것은 사실 아이들과 침대가 기다리는 집으로 돌아가는 것뿐이었다.

글로리아는 바깥 복도에서 손에 묻은 꿀과 양념을 혀로 닦아내며 듣고 있었다. 이제 마흔 살이 아니었다. 다시 열여섯 살로 돌아오고 보니 꽤 좋았다. 글로리아는 티모르가 총리가 되면 기쁘리라고 생각했다…. 하지만 큰 기쁨 뒤에 끌려오는 다른 마음이 있음을 발견했다. 왜지? 모르는 사람을 총리로 모시고 싶은 것일까? 아니다. 티모르가 프래스토를 다스리면 적어도 매일 볼 수 있을 것이다. 무엇을 하시는지, 충분히 드시는지, 오페라 집필은 끝났는지(아마 끝날 것 같지는 않다) 같은 것을 계속 알 수 있을 것이다. 그러나 글로리아는 열여섯 살로 다시 돌아왔을 뿐만 아니라, 다시 하녀가 되기도 했다. 하녀는 무릎을 구부려 인사한다. 그들은 요청받을 때만 말한다. 의견은 마음속에만 간직하고 사람들이 논쟁하거나/졸거나/입맞춤하거나/상원의원과 진지한 대화를 나눌 때 방에 절대 들어가서는 안 된다. 티모르와 자신이 티격태격하거나 죽은 사람을 찾아 나서거나 화산재를 뚫고 비행하거나 서로 짜증스러워하던 때와는 전혀 같지 않을 것이다.

회의는 곧 끝날 것이다. 글로리아는 사람들의 코트를 꺼내 두어야 했다. 감옥에서 애착 이불처럼 혹은 잠자리 깔개로 코트를 사용했던 탓에 그것을 꼭 안고 있는 사람들의 것은 찾아둘 필요가 없긴 했다. 데이지는 청갈색의 눈으로 글로리아를 바라보았다. 그 눈빛은 시간처럼 지혜로웠다. 누군가 데이지의 눈을 바라본다면 그가 모든 비밀을 알고 있다는 것을 확실히 느낄 것이다. 글로리아의 미래에 무엇이 펼쳐질지는 물론이고 세상의 모든 비밀이 그 눈에 담겨 있었다.

정원 쪽에서 창문을 두드리는 소리가 들려왔다. 애피스가 사라진 이후 보안이 약화된 탓에. 당연히 누구든 퍼모스트 저택의 문을 드나들며 정원을 구경할 수 있었다. 사람들도 마침내 공장에서 풀려났다. 그러나 문을 두드린 사람은 히기였다. 야생 카우파슬리(전호) 꽃다발을 들고 있었다. 히기를 보자 큰 슬픔이 젖은 개처럼 다가와 글로리아를 차갑게 밀고 지나갔다.

둘은 서로의 눈을 쳐다보는 대신 도시 너머의 풍경을 바라보았다.

히기가 말했다.

"이제 일상으로 돌아왔네."

"이제 막."

불타버린 건물들에서는 여전히 연기가 피어오르고 있었다. 공장 굴뚝에서는 아무것도 올라오지 않았다. 긴 줄이 언덕 위의 격납고까지 이어진 것이 보였다. AAF 비행기가 식량을 가지고 국경을 넘어온다는 소문이 있었다. 그 소문이 사실인지 아닌지 말해줄 신문은 이제 없었다.

글로리아는 서둘러 입을 열었다.

"네 말이 맞아. 너를 꺼내줄 수도 있었어. 내가 릭시를 집으로 데려오던 날 말하는 거야. 너는 릭시에 비해 아무래도 말썽을 덜 부렸겠지. 하지만 티모르 선생님이 더는 안 된다고…. 그리고 내가 벽장에 가둬둔 것은 네 엄마가 아니었잖아. 내가 요리사를 가두는 바람에, 말하자면 요리사에게 빚을 지고 있었거든. 게다가 애피스가 너를 조사했다면 어떻게 해야 했을까? 내가 뭐라고 말할 수 있었을까?"

당황스럽게 폭발하려는 감정과 씨름하기보다 히기는 차라리 이렇게 말했다.

"숟가락 공장으로 돌아가지 않을 거야."

"안 돌아가? 음. 왜 그런지는 알겠다. 정말 돌아가고 싶은 곳은 그곳이 아닌 거야, 그렇지?"

둘은 지붕도 사라진 채 폐허가 된 제1공장으로 눈을 돌렸다. 금방이라도 허물어질 듯한 중세의 성 같기도 했다. 지붕

도 없고, 바다도 없고, 심지어 값어치도 없고, 아무것도 남아
있지 않았다.

"고무관이 탈 때 나온 검은 연기 봤어? 지옥, 흉기였어!"

히기가 불현듯 흥분하며 말했다.

"나도 들었어. 릭시가 거의 죽을 뻔했지. 천식 때문에….
그런데. 그러면 복워 사업에 참여할 거니?"

"아니. 강 상류로 갈 거야. 소우밀즈나 그런 곳. 가서 기술
을 익힐까 해. 급료를 받는 일을 하고."

그의 두 손이 심하게 떨리는 바람에 그 흰 카우파슬리의
꽃잎이 떨어졌다. 마치 화산재 같았다.

히기는 혹시 글로리아가 감동이라도 받았는지 살펴보았
다. (글로리아 또한 히기의 시선을 느끼기는 했다.)

"너는 그 남편분과 친하게 지내느라 바쁘지? 지금은 총리
예정자."

글로리아가 강렬히 쏘아보자 히기는 재빨리 말을 바꿨다.

"나는 수기 신호만큼이나 모르스를 잘 알아. 천재 아니니,
나? 내 기술로 어디서든 일을 구할 수 있어."

그러고는 꽃다발을 데이지가 있는 쪽으로 흔들며 말했다.

"이 개는 지금 새끼를 가졌어."

"너는 항상 그렇게 말하더라. 얘는 그냥 좀 살이 찐 거야."

"운 좋은 녀석."

글로리아에게 꽃을 주는 것을 깜빡한 채 히기는 뒤돌아 신발을 끌며 집으로 돌아갔다. 아무것도 개선되어 있지 않았다. 글로리아와 히기 사이에 갑자기 생긴 벽을 부수려면 폭탄이라도 가져와야 할 것 같았다. 아니면 자연스럽게 닳아 허물어지도록 시간에 맡기는 수밖에 없다.

거실에서 반복적인 구호가 들려왔다. 티모르가 총리로 선출되는 것을 지지하듯 모두 학생처럼 힘차게 연호하고 있었다. 하인즈까지도 따라 짖고 있었다. 아마도 그 소란에 조금 전 잠에서 깼을지도 모를 일이었다. 그러다 순간 소리가 사라졌다. 글로리아는 무슨 일인지 엿들으러 갔다.

티모르가 말하고 있었다.

"신뢰에 감사드립니다. 하지만, 저는 제 아내와는 다른 야망이 있습니다. 저보다는 코베트에게 어울리는 역할입니다."

반대하는 격앙된 고함 소리가 여기저기에서 들렸다.

"안 될까요? 그가 그다지 명예롭게 살아오지 않았다는 것을 압니다. 하지만 니켈로디언호 참사를 겪은 후, 그는 아이들을 정말 좋아하게 되었지요. 자기 아이들만을 의미하는 것이 아닙니다. 그는 모든 유형의 사람들에게 어떤 일이 벌어질지 훨씬 더 크고 넓게 신경 쓰게 되었습니다. 악에 대해서도 역시 잘 이해하게 되었고요. 저는 악이라는 것을 지금은 물론 앞으로도 제대로 이해하지 못할 거예요. 안 될까요? 코베트는 안될까요? 어쩌면 안 되겠죠. 하지만 그에게 복수하거나 죽이면서까지 그를 침몰시키지 맙시다, 예? 마일드가 배후 조종자입니다. 마일드와 내 아…, 그의 친구가 말이죠."

마지막 방문객 뒤에서 문이 닫히자 글로리아는 거실로 돌아가 쿠션을 털썩 땅에 떨어트린 다음 가구를 옮겼다. 데이지도 따라 들어왔다. (전에 한 번 구겨진 편지를 티모르의 아침상 옆에 두었던 것처럼) 용기를 낸 글로리아가 말했다.

"저는 선생님이 헤쿠바를 기리는 마음으로 〈더 보이스〉를 운영하시리라 생각했어요. 진짜로 어떤 생각이신지 말해주세요."

티모르는 하인즈를 내려보내고 데이지의 털가죽과 꼬리에 달라붙어 있는 부스러기를 떼어내어 구겨진 〈의제〉 복사본 위에 모아놓았다.

"아니. 나는 로즈시에 가야 해. 건물을 세울 거다. 그 도시를 무너뜨리는 데 내가 일조했으니. 나도 가서 함께 일으켜 세울 생각이야."

"하지만 오페라는 어떡해요!"

이런 말을 할 생각은 없었는데 목소리가 너무 크게 튀어나왔다.

해변에서의 사건 이후 처음으로 티모르가 웃었다.

"이런, 우선순위를 말하는 거야. 우선순위. 먼저 해야 할 일을 먼저…. 너는?"

"저요? 평상시로 돌아가야죠, 그렇겠죠."

"정말? 여기 머물면서 다음 총리, 그다음 총리, 그다음까지, 아침 식사나 만들어줄 거라고? 몇 년 정도 학교생활을 하면 어떻겠니. 어쩌면 네가 어느 날 총리가 될 수도 있을 거야. 다다음, 아마도. 이 일은 정말 단순해. 네가 해야 하는 것이라고는, 똑똑한 전문가에 둘러싸여 그들이 이야기를 짜내면 그것을 실행만 하면 돼. 음모를 꾸미면 쏘고…. 아, 내 기억으로는, 이제 돈이 가치를 되찾았으니, 네 밀린 임금을 줘야겠구나."

그는 꽤 많은 양의 종이를 커피 탁자 위로 한 장씩 한 장씩 세어 올려놓았다.

"여기 있다. 이천 아팔."

글로리아는 킥킥대며 웃었다.

"선생님, 저는 한 달에 십 아팔만 받아요."

"그래, 어쩌면, 내가 너를 놀라게 했을지도 모르겠다, 글로리아. 총리들은 하녀들보다 '조금' 더 번단다…. 자, 내 목숨을 구해준 데 대한 보너스 오천 아팔. 그런 것에 값을 붙이기가 어렵긴 하지만 어쨌든. 이래도 네게는 충분히 지급하지 못한 것 같구나. 이것으로 계획을 세워볼 수 있겠니? 자, 이제

들어보자꾸나. 글로리아 위노우는 어떤 삶을 살고 싶을까?"

글로리아는 우스꽝스러운 그림을 상상하며 웃었다. 쑥스러운 나머지 몸을 움츠렸다. 함께 공원을 산책하던 데이지 외에 그 누구에게든 단 한 번도 털어놓지 못한 것이었다. 손에 든 돈에서 백일몽 냄새가 나는 듯했다.

"저는 항상 물소로 요거트를 만들고 싶었어요."

티모르는 역겨워하는 척했다.

"우웩. 요거트 그릇에 넣으려면 고기를 아주 작게 갈아야겠구나."

"아니요! 물소를 넣은 요거트가 아니고요, 그건 말도 안 돼요! 물소 우유에서 얻은 요거트요! 세상에서 가장 맛있을 거예요!"

한 번 웃기 시작하니 멈출 수가 없었다. 그래서인지 코피도 흘렀다. 눈물 역시 참을 수가 없었다. 왜냐하면 칠천 아팔을 갖고서라면 제대로 된 물소와 농장을 사서, 소들을 농장에 풀어놓을 수 있을 것이다. 날씨가 좋지 않을 때 물소들이 대피할 만한 피난처도 가족들을 위한 집도 제대로 살 수 있다. …하지만 그 돈은 가질 수가 없었다. 글로리아는 그 돈을 모두 도로 내놓았다.

"저는 그저 데이지만 있으면 돼요, 정말로요."

티모르는 글로리아의 두 손을 밀었다.

"그 돈은 이미 네 거야. 말했듯이."

"네, 그런데 사람들은 거짓말을 해요. 늘 그래요. 특히 개처럼, 중요한 일들 앞에서 말이죠."

"그럼 이렇게 하기로 하자."

티모르는 〈의제〉의 마지막에 추가했다.

"법 제정. 프라스토에서도, 아팔리아에서도 거짓말은 안 됨. 위반하면 죽…."

마침 데이지가 고개를 돌려 그의 얼굴을 핥는 바람에 티모르는 말을 멈출 수밖에 없었다. 마치 개가 입에서 나오는 말을 먹어버린 것만 같았다. 비록 소매로 입을 닦아내긴 했지만, 티모르는 데이지가 핥게 둔 것이 후회되지는 않았다. '죽음'이라는 말과는 더는 관계를 맺고 싶지 않았다.

"하지만 그러면 저는 엄마도 할아버지도 데이지도 남동생과 여동생도 물소 떼도 다 갖게 될 텐데… 선생님은 무얼 갖게 되나요?"

글로리아는 자신의 무례함에 움찔 놀랐다.

"모르겠다. 일, 음악, 글, 죄책감, 새 친구들. 아마도."

"하지만 아이들은 없네요."

그는 눈에 띌 정도로 움찔했지만 금세 진정하고 말했다.

"오, 아니다. 아이들이 날 얼마나 피곤하게 할지 안 뒤로는 전혀."

"제가 늘 생각했지만… 선생님은 아이들에 관한 연극을 쓰실 수 있을 것 같아요. 그것들은 일종의 진짜 선생님의 아이죠. 선생님이 그들을 '창조'했으니까요."

티모르는 씁쓸하게 웃으며 답했다.

"어린이가 무대 의상을 입고 다른 누구인 척하는 것을 누가 가서 보겠니? 너무 멀리 갔구나."

글로리아는 입술을 깨물었다.

"음, 그렇다면, 저는… 성가시지 않게 아주 멀리 떨어져 있을 테니까, 그리고 맞춤법이 다 틀린 편지를 보내지만 않는다면, …그리고 라틴어를 배운다면, 혹시 제가 선생님의…."

"그러자꾸나."

티모르가 말했다. 그가 갑자기 일어서는 바람에 그 두 마리의 개가 어수선하게 움직였다.

"Filia cara et amica semper."*

"그리스어예요?"

"아니야, 피로 얼룩진 그리스어는 아니야! 라틴어란다! 이제는 네 차례다. 내가 모르는 뭔가를 가르쳐줘야 하지. 물소 사는 것은 어떻게 시작하니?"

* 사랑하는 딸이자 친구

제48장

행복과 글로리아

스위트워터강, 내륙 지방

개를 싫어하긴 했지만 물소는 그래도 데이지를 잘 견뎠다. 개들은 너무 늑대 같기도 했고 또 너무 애를 태울 때가 있었다. 하지만 데이지가 입에 나뭇가지를 물고 뾰족뾰족한 울타리를 빠져나가려 애쓰는 것을 볼 때마다 그들은 데이지에게 늑대가 될 만한 기지는 없다는 결론을 내렸다.

그렇기는 했지만, 그날은 데이지가 유난히 이상하게 행동했기 때문에 모두 긴장할 수밖에 없었다. 아무 때나 짖어대는 소리에 그들은 모두 놀랐다. 게다가 그는 청갈색 눈으로 그들을 지긋이 바라보며 대답할 수 없는 질문을 던지기도 했다. 데이지는 세 번이나 울타리 사이를 비집고 들어가려 했으나 너무 뚱뚱했다. 결국 울타리 조각 하나가 떨어지며 벌어진 틈을 통해 녀석은 들판 안으로 들어갈 수 있었다. 데이지는 구석에 있는 커다란 외양간으로 종종거리며 나아갔다.

데이지는 외양간 안에 깊이 쌓인 따끔거리는 밀짚에 흥미를 느끼며 왜 저 안에 숨고 싶을까 생각했다. 무엇인가 잘못했다면 그것이 무엇인지 기억하고 있을까? 위험한 일이 벌어진 것이라면, 데이지는 그 냄새를 분명히 맡을 수 있을까? 위험은 냄새를 지니고 있다. 기억하려 했던 것보다 훨씬 더 많이 맡아온 냄새였다. 이곳 작은 스위트워터강 옆에는 커다란 참나무가 농가 주변에서 보초를 서고 있었다. 그런데 이 위협적인 위험의 냄새는 무엇일까? 데이지는 글로리아의 모습을 한 신의 도움이 필요했지만, 도움을 찾아 나서는 대신 본능에 이끌려 축사에 숨어들었다. 눈에 보이지 않는 쇠스랑이 배를 찌르는 것만 같은 지독한 고통이 이어졌다.

물소 중 하나가 축사 벽을 시끄럽게 긁고 있었다. 트럭 한 대가 덜커덩대며 지나갔다. 그 트럭은 하루에 두 번, 큰 통에 담은 우유를 수거해 도로를 달려 내려가 낙농 회사에 가져다 준다. 데이지는 낙농장 안에 들어가지 못하게 되어 있었음에도 보통은 트럭 뒷자리에 올라탔다. 귓가를 스치는 바람이 좋았기 때문이었다. 하지만 오늘은 아니었다. 무엇인가 오고 있었다. 무시해버리기에는 꽤나 중요하고 위험한 것이었다. 마치 강에 있는 갈색 송어처럼 기묘한 느낌이 데이지의 핏줄을 따라 헤엄치고 있었다. 받아들이지도 무시하지도 못할 그런 느낌이었다.

뜻밖에도 강아지들이었다. 강아지들은 마치 복숭아가 껍질 밖으로 나오듯 데이지에게서 미끄러져 나왔다. 강아지들을 깨끗하게 핥아주고 있자니 맛있었다. 아니, 맛있다는 느낌이 들었다. 공포 대신, 엄마가 전해준 오랜 지혜가 데이지를 도왔다. 그리고 어쩐 일인지 무엇을 해야 할지 잘 알고 있었다. 잠시 후에 고요함이 찾아왔다. 그 안에는 막연함 같은 것도 있었다. 하지만 좀 더 포근하고 좀 더 기쁘고 좀 더 어른이 된 듯한 느낌이었다.

한 시간이 지나 글로리아는 그곳에 있던 데이지를 발견했다. 화가 난 것 같지는 않았다.

"네가 이곳을 선택했구나, 그렇지? 물소들이 정말 겁을 먹긴 했어. 지금 비가 오는데도 안으로 안 들어오잖아. 걱정하지 마. 물소들은 방수가 꽤 잘될 거야. 그렇지 않았다면 물소가 될 수 없었을걸, 그렇지 않니?"

그렇게 글로리아는 앉아서 자기 개를 쓰다듬으며 세 가지 색깔의 강아지들이 젖을 빠는 것을 지켜보았다.

더 보이스

In atramento est veritas

프래스토 10년의 이정표를 세우다

프래스토 성문을 다시 연 이후 10년 동안 우리는 험난하고 어려운 길을 걸어왔다. 홍수 재해는 크나큰 어려움과 고통을 야기했다. 재난으로 완전히 파괴된 국가를 다시 세우는 데에는 분명 큰 노력이 필요하다. 우리 마음속에서는 그때의 기억이 여전히 그대로 살아 있고 사랑하는 사람을 잃은 것은 절대 잊을 수 있는 일이 아니다. 그런데도 아팔리아인들이 보여준 인내와 순수한 용기를 기념하고 오늘날까지 우리를 이끌어준 영웅들을 기릴 이유는 충분하다.

전보/전화 설비
예정한 때에 완료

전국적인 전보 및 전화망 건설이 마무리되었다. 망은 북부 라차산에서 남부 오션빌까지, 서부 로즈시에서부터 북부 페타까지 가로질러 뻗어 있다. 그중 몇몇 지역에서는 지형의 영향으로 건설을 힘들게 진행한 바 있다. 사업을 총괄한 힉슨 '히기' 플라임은 말했다.

"오래된 망을 고치기보다 새로운 장비를 다시 놓고 있습니다. 이 시스템은 21세기까지 계속 사용될 것입니다. 이 어려운 일에 참여한 모두에게 축하의 인사를 전하고 싶습니다. 쉽지 않았습니다. 10년 전에는 강에 전봇대를 설치했습니다. 하지만 이제는 새로운 전봇대가 지평선을 따라 자랑스럽게 우뚝 서 있습니다."

대학, 세계의 전문가를 모으다

프래스토대학은 유능한 학자를 교수진으로 모시고자 한다.

리트니오프의 아타카마 교수는 자연과학 분야를 이끄는 세계적인 인물로, 9월에 취임할 예정이다. 대학 총장인 네드 에르제 박사는 말했다.

"우리 대학은 매년 전문성을 인정받아 더 많은 명성을 얻어왔습니다. 10년 전 우리 대학이 문을 닫았을 때를 생각해보십시오.

그 당시에는 그 누구라도 14세 이후에 공부를 지속할 수 있을 거라 확신하지 못했습니다! 하지만 이제는 다릅니다. 부유하거나 가난하거나, 도시 출신이거나 아주 작은 마을 출신이거나, 명석한 학생들은 마음만 있으면 언제나 이곳에서 공부할 수 있게 되었습니다."

로즈시 오페라극장 개관

로즈시의 클렘월른 오페라극장이 지난주 문을 열었으며 화려한 개관 공연으로 새로운 오페라를 선보일 예정이다. 지금까지는 로즈시 무용단과 음악 단체는 야외 공연장에서 공연해야 했다. 극장은 로즈 강변의 아름다운 제방 부지 위에 자리 잡고 있다. 초연될 공연은 프래스토에서 사랑받는 우리 티모르의 〈꿀나무〉다. 호평받았던 작품인 〈당밀 사다리〉와 마찬가지로 초연 티켓은 극장이 완성되기도 전에 이미 매진되었다.

새로운 시대가 여기서 시작된다
새 시대 선포식과 부대 행사
도시 전체에서 열리다

"다섯 개 분야의 대형 워크숍"이 열릴 것이다. 구 도시 경비대 막사와 신문사도 개방할 예정이며 전시를 통해 당신의 노고를 기념할 예정이다!

워크숍 1	4월 1일	물고기, 과일, 채소류
워크숍 2	4월 2일	도구, 농장 기계
워크숍 3	4월 3일	의류, 신발
워크숍 4	4월 4일	유제품, 곡물
워크숍 5	4월 5일	가구, 기타 목재 제품
구 막사	4월 6일	꿀, 허브, 힐링 제품
신문사	4월 8일	신문, 도서

선포식 후원사

데 이 지

요거트

"아팔리아에서 가장 우수한"

오늘의 초성 퀴즈: ㅊㅎㅎㄴㄷ*

제럴딘에게서 온 편지

이전 작품에서 저는 국가를 만든 적이 단 한 번도 없습니다. 저는 무척 재미있는 이 책을 강력히 추천합니다. 물론 인물들에게는 즐겁지 못한 상황이 펼쳐졌지요. 언제나처럼 주인공에게 엄청난 시련을 주었거든요. 하지만 여러분에게는 멋진 모험담이 될 것입니다.

1928년 미국에서 일어난 홍수(원문은 1928년으로 되어 있지만 정황상 1927년의 미시시피 대홍수로 추정됨-옮긴이)는 이 책에서보다 훨씬 심각했습니다. 당시 정치인들은 비열하게 행동했지요. 그때의 홍수로 많은 이들은 최악의 모습을 보였습니다. 사람들은 서로 도울 수 있었음에도 돕지 않았지요. 당시 사건은 이 이야기의 불씨가 되었지만, 일단 불이 붙은 뒤에는 선과 악을 막론하고 인물들에게 어떤 행동을 취할지 결정하게 했습니다.

　나쁜 일이 일어난 어떤 나라라도 아팔리아처럼 될 수 있습니다. 이를 극복하기 위해 무엇을 해야 할지 결정해야 합니다. 이 책은 질문을 던집니다. 같은 상황이라면 우리는 어떻게 해야 할까요? 이 책은 또한 이렇게 말하고자 합니다. 우리가 인터넷, 신문, 광고 같은 것을 통해 믿고 있는 것을 조심하라고 말입니다. 신문기자들과 정치인들은 일반적으로 거짓말쟁이가 아닙니다. 그래도 그들은 자신이 생각하고 믿는 것을 말하고, 여러분도 그걸 믿기를 바랍니다. 하지만 여러분은 스스로 결정하기를 원할 것입니다.

감사의 말

어스본 출판사의 모든 분, 그중에서도 편집자인 앤 피니스에게 감사의 인사를 전합니다. 그는 나를 다독이며 바꿀 필요가 있는 것은 바꾸도록, 짧게 줄여야 할 것은 짧게 줄이도록 격려해주었으며, 인물들이 누가, 언제, 그리고 어디에 있었는지, 무엇을 알고 있으며 무엇을 입고 있었는지, 그 어느것도 놓치지 않도록 끊임없이 살펴주었습니다. 그는 플롯이라는 날뛰는 야생마를 타고 단 한 번도 떨어지지 않았고, 마땅히 해야 하는 것 이상으로 글을 여러 차례 확인해주었습니다. 코로나로 인한 '봉쇄' 기간이었는데도 말입니다. 레베카와 다른 팀원들 역시, 모든 과정에 시의적절하게 참여해주었습니다. 저는 본문에 신문 지면을 넣길 원했고, 질문도 많이 했는데 그다음에 들어오는 삽화를 보니 당시 분위기에 충분히 젖어 들 만했습니다. 1920년대의 '모습'을 포착해준 키스 로빈슨과 멋스러운 책표지(영국판)를 만들어준 레오 니콜에게도 감사한 마음을 전합니다.

용해, 선교, 엔진실에 대해 알려준 해군 남편과 항상 첫 독자가 되어 친절하고 건설적인 비평을 해준 딸 아일사에게도 고마운 마음을 전합니다. 이 책이 출판되기 전 이야기에 먼저 '시승'해준 재커리와 엘라에게도 감사의 마음을 전합니다.

여기까지 이 책을 모두 읽어(그랬길 바라며) 이 책의 끝에 도달해주신 여러분에게 무엇보다도 큰 감사를 드립니다. (비록, 물론, 이 책을 뒤에서부터 열어봤다 할지라도 말이죠.)

*축하합니다